Dennis Lehane est une star incontestée du roman noir américain. Natif de Boston, il y a situé les enquêtes de ses héros fétiches Kenzie et Gennaro. Primés et traduits dans de nombreuses langues, ses romans ont été adaptés par les plus grands réalisateurs (*Gone Baby Gone*, *Mystic River*, *Shutter Island*, *Ils vivent la nuit*). Dennis Lehane vit aujourd'hui à Los Angeles.

Après la chute

Du même auteur
chez le même éditeur

Série Kenzie et Gennaro

Un dernier verre avant la guerre
Ténèbres, prenez-moi la main
Sacré
Gone, Baby, Gone
Prières pour la pluie
Moonlight Mile

Mystic River
Shutter Island
Coronado

Saga des Coughlin

Un pays à l'aube
Ils vivent la nuit
Ce monde disparu

Dennis Lehane

Après la chute

Traduit de l'anglais (États-Unis)
par Isabelle Maillet

Collection fondée par
François Guérif

Rivages/noir

Retrouvez l'ensemble des parutions
des Éditions Payot & Rivages sur

payot-rivages.fr

Ouvrage publié sous la direction
de François Guérif

Titre original :
Since We Fell

En mémoire de David Wickham,
Prince de Providence
Et un gars vraiment cool

Je m'avance masqué.

René Descartes

Prologue

Après *L'Escalier*

Un mardi de mai, l'année de ses trente-cinq ans, Rachel abattit son mari d'une balle en pleine poitrine. Il recula en titubant, l'air étrangement résigné, comme s'il avait toujours su, au fond de lui, qu'elle en arriverait là.

Il paraissait également surpris. Elle aussi, supposait-elle.

Sa propre mère ne l'aurait pas été.

Cette dernière, qui ne s'était jamais mariée, était l'auteur d'un ouvrage devenu célèbre sur les clés d'un mariage réussi. Le titre de chaque chapitre correspondait aux différents paliers qu'Elizabeth Childs, titulaire d'un doctorat, avait identifiés dans toute relation née d'une attirance mutuelle. Le livre, intitulé *L'Escalier*, avait connu un tel succès qu'elle s'était laissé convaincre (ou, plutôt, avait été contrainte) d'écrire deux suites, *Remonter l'escalier* et *Les Paliers de l'escalier : exercices pratiques*, qui s'étaient moins bien vendues que le premier de la série.

Si elle admettait volontiers en privé que les trois tomes avaient un petit côté « psychologie de bazar », elle éprouvait néanmoins envers *L'Escalier* une tendresse teintée de mélancolie, car elle n'avait pas eu conscience, au moment où elle le rédigeait, d'en savoir si peu sur le sujet. Elle l'avait avoué à Rachel quand celle-ci avait eu dix ans. Ce même été, alors qu'elle avait déjà éclusé plusieurs de ses cocktails de l'après-midi, elle lui avait confié : « Un homme n'est jamais que la somme des histoires qu'il raconte sur lui-même, dont la plupart sont des mensonges. Mais ne t'avise pas d'y regarder de trop près : si tu le démasques, ce sera humiliant pour vous deux. Il vaut mieux essayer de faire avec. »

Elle lui avait ensuite déposé un baiser sur le front. Tapoté la joue. Assuré qu'elle ne risquait rien.

Rachel avait sept ans lorsque *L'Escalier* avait été publié. De cette époque, elle conservait encore le souvenir des coups de téléphone incessants reçus par sa mère, de sa frénésie de voyages, de sa dépendance accrue à la cigarette et de cette aura particulière de glamour, mélange d'élégance délicate et de désespoir, qui émanait d'elle. Elle se rappelait aussi avoir eu le sentiment, ou plutôt l'intuition confuse, que le succès avait rendu Elizabeth, malheureuse depuis toujours, encore plus amère. Des années plus tard, elle en viendrait à se dire que l'argent et la gloire l'avaient privée d'excuses pour justifier son mal de vivre. Sa mère, si douée pour analyser la situation de parfaits inconnus, n'avait jamais été capable d'établir un diagnostic dans son propre cas. Alors elle avait passé toute son existence à chercher des solutions à des problèmes qui n'avaient vu le jour, grandi et disparu qu'à l'intérieur des frontières de sa personnalité. Rachel n'aurait pu le comprendre à sept ans, évidemment, ni même à dix-sept ; elle savait juste que sa mère n'était pas heureuse, et qu'elle-même ne l'était pas non plus.

Quand elle tira sur son mari, elle se trouvait sur un bateau dans le port de Boston. Son époux demeura encore debout un temps infinitésimal – sept secondes ? dix ? – avant de basculer par-dessus bord.

Mais, durant ces ultimes secondes, ses traits reflétèrent toute une gamme d'émotions.

La stupeur, d'abord. Ensuite, l'auto-apitoiement et la terreur. Une vulnérabilité si totale qu'elle effaça d'un coup trente années de sa vie et le transforma en gamin désemparé.

Et la colère, bien sûr. L'indignation.

Une détermination soudaine et farouche, comme si, alors que le sang jaillissait de son cœur et coulait sur sa main plaquée dessous, il parvenait encore à se convaincre que tout irait bien. Il allait s'en remettre, il s'en sortirait. Il était solide, après tout, il avait su créer par la seule force de sa volonté tout ce qui avait de la valeur dans sa vie, il n'aurait qu'à la mobiliser de nouveau pour sortir de ce mauvais pas.

Puis, peu à peu, la certitude : Non, cette fois, il ne réussirait pas.

Il regardait Rachel droit dans les yeux quand la plus incompréhensible des émotions affirma ses droits et balaya toutes les autres :

L'amour.

Impossible.

Et pourtant…

Elle ne pouvait s'y méprendre. Un amour fou, pur, plus fort que tout, qui irradiait tel le sang sur sa chemise.

Il articula les mots en silence, comme il le faisait souvent quand ils étaient séparés par la foule dans une salle bondée : « Je t'aime. »

Puis il tomba du bateau et disparut dans les eaux sombres.

On lui aurait demandé deux jours plus tôt si elle aimait son mari, Rachel aurait répondu : « Oui. »

De fait, si on lui avait posé la question au moment où elle appuyait sur la détente, elle aurait encore répondu : « Oui. »

Sa mère y avait consacré un chapitre. Le 13 : « De la discordance. »

À moins que le suivant, « La Fin de l'histoire qu'on se racontait jusque-là », ne soit plus approprié ?

Rachel n'aurait su le dire. Il lui arrivait de les confondre.

I

RACHEL DANS LE MIROIR

1979-2010

1

Soixante-treize James

Rachel était née au cœur de la vallée Pioneer, dans l'ouest du Massachusetts, une région connue pour ses cinq universités – Amherst, Hampshire, Mount Holyoke, Smith et l'université du Massachusetts –, qui employaient deux mille enseignants chargés d'instruire vingt-cinq mille étudiants. Elle avait grandi dans un monde de cafés, de chambres d'hôtes, de vastes espaces verts et de maisons en bardeaux avec véranda et grenier poussiéreux de rigueur. En automne, les feuilles chutaient par tombereaux dans les rues, recouvraient les trottoirs et s'accumulaient contre les clôtures, dont elles bouchaient les trous. Certains hivers, la neige enfermait la vallée dans un silence si absolu qu'on n'entendait plus que lui. En juillet et en août, le facteur faisait sa tournée à vélo, et les touristes affluaient, attirés par les festivals de théâtre et les brocantes.

Son père s'appelait James. C'était à peu près tout ce qu'elle savait sur lui. Elle se souvenait de ses cheveux bruns et ondulés, et aussi de son sourire, imprévisible et incertain. Il l'avait emmenée au moins deux fois dans une aire de jeux où il y avait un toboggan vert foncé. Les nuages des Berkshires étaient alors si bas et la journée si humide qu'il avait dû essuyer la balançoire avant de l'asseoir dessus. Durant l'une de ces sorties, il l'avait fait rire, mais elle ne se rappelait plus pourquoi.

Il donnait des cours dans l'une des facultés. Rachel ignorait cependant laquelle, tout comme elle ignorait s'il était vacataire, maître de conférences, titulaire ou en voie de titularisation. Elle n'était même pas sûre qu'il ait exercé dans l'une des cinq principales universités ; il pouvait très bien avoir eu un poste dans l'un des nombreux établissements d'enseignement supérieur de la région, comme Berkshire Technical, Springfield Technical, Greenfield Community College, Westfield State University ou d'autres encore.

Sa mère enseignait à Mount Holyoke quand il les avait quittées. Rachel, qui allait avoir trois ans à l'époque, aurait été bien en peine de dire si elle avait réellement assisté au départ de son père ou si elle l'avait imaginé dans une tentative pour cautériser la blessure causée par son absence. Elle avait en revanche parfaitement distingué la voix maternelle à travers le mur de la petite maison qu'ils avaient louée cette année-là dans Westbrook Road : « Tu m'entends ? Si tu franchis cette porte, je te raie de ma vie ! » Peu après, il y avait eu le choc sourd d'une lourde valise traînée dans l'escalier, suivi par le claquement d'un coffre de voiture. Puis les crachotements d'un moteur froid, le craquement des feuilles mortes et de la terre gelée sous les pneus, et pour finir… le silence.

Peut-être sa mère n'avait-elle pas pensé sur le moment qu'il partirait vraiment. Peut-être, par la suite, avait-elle essayé de se convaincre qu'il reviendrait. Comme il n'en était rien, son désarroi s'était peu à peu mué en haine, laquelle avait pris des proportions incommensurables.

« Il nous a abandonnées, avait-elle dit lorsque Rachel, cinq ans, avait commencé à la bombarder de questions sur lui. Il ne veut plus nous voir, c'est tout. Mais ce n'est pas grave, mon cœur, parce qu'on n'a pas besoin de lui pour savoir qui on est. » Elle s'était agenouillée devant Rachel et lui avait repoussé une mèche derrière l'oreille. « Alors, à partir de maintenant, on ne parlera plus de lui, d'accord ? »

Sauf que Rachel en parlait tout le temps. Au début, son insistance exaspérait Elizabeth, faisait naître une lueur de panique dans ses yeux et palpiter ses narines. Au fil des ans, néanmoins, sa réaction s'était atténuée, se réduisant à un petit sourire énigmatique – moins un sourire, en vérité, qu'une légère crispation du côté droit de sa bouche, qui lui donnait un air à la fois suffisant, amer et triomphant.

Il faudrait des années à Rachel pour voir dans l'apparition de ce sourire le résultat de la décision maternelle (consciente ou inconsciente, elle l'ignorerait toujours) de faire de l'identité de son père le principal champ de bataille d'une guerre qui devait marquer toute sa jeunesse.

Elizabeth avait promis de lui révéler le nom complet de James le jour de son seizième anniversaire, si et seulement si elle atteignait un niveau de maturité laissant supposer qu'elle était capable de réagir en adulte. Or, cet été-là, juste avant ses seize ans, Rachel avait été arrêtée dans une voiture volée conduite par Jarod Marshall, qu'elle s'était pourtant engagée à ne plus fréquenter. L'échéance suivante avait été fixée à l'obtention de son bac, mais après s'être lamentablement illustrée sous ecstasy lors du premier bal de la promo, elle avait eu de la chance de décrocher son diplôme. Si elle s'inscrivait à la fac, avait dit sa mère, d'abord dans un établissement à moindre coût le temps de remonter ses notes, ensuite dans une « vraie » université, alors elle-même aviserait.

Elles se disputaient constamment à ce sujet. Plus Rachel hurlait et tempêtait, plus le sourire de sa mère devenait crispé et glacial. « Pourquoi ? demandait-elle sans cesse.

– Pourquoi tiens-tu tant à le savoir ? rétorquait Elizabeth. Pourquoi voudrais-tu rencontrer un inconnu qui n'a jamais fait partie de ta vie ni assuré ta sécurité financière ? Ne crois-tu pas qu'il vaudrait mieux comprendre d'abord pourquoi tu es si insatisfaite, avant de te lancer à la recherche d'un homme qui ne peut pas te fournir de réponses ni t'apporter la paix ?

– Parce que c'est mon père ! s'était écriée plus d'une fois Rachel.

– Ce n'est pas ton père, avait un jour répliqué sa mère d'une voix dégoulinante de compassion. C'est juste mon donneur de sperme. »

Elle avait prononcé ces mots en conclusion d'une de leurs querelles les plus violentes, le Tchernobyl des disputes mère-fille. Abattue, Rachel s'était laissée glisser le long du mur du salon en chuchotant : « Tu me tues.

– Faux. Je te protège. »

Rachel avait levé les yeux et s'était rendu compte, à sa grande consternation, que sa mère en était persuadée. Et le plus terrible, c'était qu'elle avait modelé sa personnalité en fonction de cette conviction profonde.

Lors de sa première année de fac à Boston, Rachel assistait à un cours sur l'« Histoire de la littérature anglaise depuis 1550 » quand, au volant de sa Saab, sa mère avait grillé un feu rouge à Northampton avant d'être percutée de plein fouet par un camion d'essence qui respectait la limite de vitesse autorisée. Au début, tout le monde avait craint que la citerne n'ait été percée dans l'accident, mais heureusement elle avait résisté, au grand soulagement des pompiers et des secours arrivés en renfort d'aussi loin que Pittsfield : le carrefour se situait dans une zone d'habitations, qui plus est à proximité d'une maison de retraite et d'une école maternelle.

Le chauffeur du poids lourd s'en était sorti avec un léger traumatisme cervical et une déchirure du ligament dans le genou droit. Elizabeth Childs, écrivain autrefois porté aux nues, était morte sur le coup. Si sa notoriété au niveau national appartenait désormais au passé, elle demeurait néanmoins une célébrité locale. Le *Berkshire Eagle* et la *Daily Hampshire Gazette* publièrent sa notice nécrologique en une, sous la pliure, et son enterrement par une journée pluvieuse d'avril attira beaucoup de monde, même s'ils furent nettement moins nombreux à se rassembler chez elle après la cérémonie. Rachel finit par donner à un foyer pour sans-abri presque tous les plats qu'elle avait préparés. Durant la réunion, elle s'entretint avec plusieurs des amies de sa mère, ainsi qu'avec Giles Ellison, un prof de sciences politiques à Amherst qu'elle soupçonnait depuis longtemps d'être l'amant occasionnel d'Elizabeth. Elle en eut la confirmation à la façon dont les femmes présentes l'entouraient d'attentions et à la réserve dont lui-même faisait preuve. De nature d'ordinaire sociable, il ne cessait d'entrouvrir la bouche, l'air de vouloir dire quelque chose, avant de finalement se raviser et de garder le silence. Il examinait la maison comme pour s'en imprégner, comme si son contenu lui était familier et lui avait un jour procuré du réconfort – comme si c'était tout ce qu'il lui restait d'Elizabeth et qu'il se résignait à l'idée de ne plus jamais revoir ces lieux, ni elle non plus. Alors qu'il s'était posté devant la fenêtre du salon donnant sur Old Mill Lane en cet après-midi de grisaille, Rachel éprouva une immense pitié pour lui qui s'acheminait vers la retraite et l'obsolescence. Il avait sans doute imaginé affronter ce rite de passage aux côtés d'une lionne caustique, et il se retrouvait désormais seul. Il était peu probable qu'il rencontre de nouveau une femme aussi rayonnante d'intelligence et bouillonnante de colère qu'Elizabeth Childs.

Et pour rayonner, elle rayonnait. Quand elle se présentait quelque part, elle faisait toujours une entrée remarquée. Elle n'avait pas besoin de rechercher la compagnie de ses amis et collègues, elle les attirait à elle. Elle ne s'accordait jamais de sieste, ne paraissait que rarement fatiguée, et personne ne se rappelait l'avoir vue malade. Lorsqu'elle venait de quitter une pièce, les autres percevaient aussitôt le vide qu'elle avait laissé, même s'ils étaient arrivés après son départ. Lorsqu'elle quitta ce monde, ils ressentirent pareillement son absence.

Ce fut un choc pour Rachel de constater à quel point elle n'était pas préparée à une telle perte. Elle aurait eu beaucoup de choses à dire sur sa mère, négatives pour la plupart, mais il y en avait au moins une qu'elle ne pouvait pas lui enlever : Elizabeth avait toujours été là. Or, aujourd'hui, elle avait disparu – une disparition brutale, totale et définitive.

En attendant, l'éternelle question concernant son père la hantait toujours. Elizabeth avait emporté son secret dans la tombe, et il était possible que personne d'autre ne puisse lui fournir la réponse.

Même si Giles, ses amies, son agent et son éditeur l'avaient bien connue – quoique sous un jour légèrement différent de celui sous lequel Rachel la connaissait –, leurs relations ne remontaient pas au-delà de la naissance de sa fille.

– Je regrette de ne pas en savoir plus sur James, déclara Ann Marie McCarron, la plus vieille amie d'Elizabeth dans la région, lorsque Rachel se sentit suffisamment en confiance pour aborder le sujet. Malheureusement, je ne me suis liée d'amitié avec ta mère que des mois après leur rupture. Je me souviens qu'il enseignait dans le Connecticut, c'est tout.

– Ah bon ?

Elles s'étaient installées dans la véranda à l'arrière de la maison, située à trente-cinq kilomètres au nord de la frontière du Connecticut. Jusque-là, il n'était jamais venu à l'esprit de Rachel que son père ait pu enseigner ailleurs que dans l'une des facultés du Massachusetts. Or le Connecticut n'était qu'à une demi-heure de route plus au sud.

– À l'université d'Hartford, peut-être ? suggéra-t-elle.

Ann Marie fronça le nez.

– Je l'ignore. C'est possible.

Elle lui passa un bras autour des épaules.

– J'aimerais pouvoir t'aider, Rachel. Surtout, j'aimerais pouvoir te convaincre de renoncer à ta quête.

– Mais pourquoi ? s'écria-t-elle (le sempiternel « pourquoi », comme elle en était arrivée à le considérer). Il était si odieux que ça ?

– Je ne crois pas. Je n'ai jamais entendu parler de lui en ces termes, en tout cas, répondit Ann Marie d'une voix légèrement traînante, en esquissant un sourire triste.

Elle contempla quelques instants à travers la moustiquaire la brume qui voilait les collines grises, avant de déclarer d'un ton ferme :

– Tout ce que j'ai entendu dire, ma chérie, c'est qu'il était passé à autre chose.

Elizabeth lui avait tout légué par testament. Cela représentait moins que ce que Rachel aurait pu imaginer, mais plus que ce dont elle avait besoin à vingt et un ans. Si elle surveillait ses dépenses et faisait des placements judicieux, elle pourrait vivre de son héritage pendant une bonne dizaine d'années.

Elle tomba sur deux annuaires scolaires appartenant à sa mère dans un tiroir verrouillé de son bureau : ceux du lycée North Adams et de Smith College. Elizabeth avait ensuite obtenu sa maîtrise et son doctorat à Johns Hopkins (à seulement vingt-neuf ans), mais les seuls souvenirs qu'elle avait gardés de cette époque étaient les diplômes encadrés sur le mur près de la cheminée. Rachel feuilleta trois fois les albums, lentement, en se forçant à étudier chaque page. Sa mère figurait sur quatre photos au total : deux fois seule et deux fois dans un groupe. Dans l'annuaire de Smith College, elle ne trouva aucun James parmi les étudiants – forcément, c'était un établissement pour filles –, mais elle en repéra deux parmi les professeurs ; ils n'avaient cependant ni l'âge correspondant ni les cheveux bruns. Dans l'album du lycée North Adams, elle recensa six garçons prénommés James, dont deux répondaient aux critères : James McGuire et James Quinlan. Il ne lui fallut qu'une demi-heure sur l'ordinateur de la bibliothèque South Hadley pour découvrir que James McGuire s'était retrouvé paralysé à la suite d'un accident de rafting alors qu'il était encore à la fac ; quant à James Quinlan, il avait obtenu une maîtrise de gestion à l'université de Wake Forest et ne quittait que rarement la Caroline du Nord, où il avait lancé une chaîne de magasins spécialisés dans la vente de meubles en teck qui lui rapportait gros.

Cet été-là, avant de mettre la maison en vente, Rachel prit contact avec la société Berkshire Security

Associates, où elle rencontra un certain Brian Delacroix, détective privé. De quelques années seulement son aîné, il avait l'allure élancée d'un sportif. Il lui avait donné rendez-vous dans son bureau, situé au cœur d'une zone industrielle à Chicopee. De fait, il s'agissait plus d'un réduit que d'un véritable bureau, avec juste assez de place pour son occupant, une table, deux ordinateurs et une armoire de classement. Lorsque Rachel lui demanda où étaient les « associés » mentionnés dans la raison sociale, il expliqua que c'était lui, l'associé. Le siège de la société se trouvait à Worcester. L'occasion s'était présentée pour lui de prendre en franchise l'agence de Chicopee et il y faisait ses débuts. Il proposa de l'adresser à un enquêteur plus expérimenté si elle le souhaitait, mais Rachel, qui ne se sentait pas le courage de remonter en voiture pour faire le trajet jusqu'à Worcester, décida de tenter quand même le coup et de lui raconter son histoire. Il lui posa quelques questions et griffonna sur un bloc-notes jaune, tout en la regardant suffisamment souvent pour qu'elle perçoive dans son expression une sorte de tendresse bienveillante, surprenante chez un homme aussi jeune. Il lui parut sérieux et encore assez nouveau dans le métier pour ne pas avoir perdu son honnêteté, une opinion dont elle eut la confirmation deux jours plus tard, quand il lui conseilla lors de leur rendez-vous suivant de ne pas l'engager – ni lui ni personne d'autre, d'ailleurs. S'il acceptait son affaire, dit-il, il lui facturerait sans doute au moins quarante heures de travail pour aboutir à la même conclusion qu'il s'apprêtait à lui livrer.

– Vous n'avez pas assez d'informations pour pouvoir remonter jusqu'à lui.

– Raison pour laquelle j'ai besoin de vous, répliqua Rachel.

Il changea de position sur sa chaise.

– Voyez-vous, j'ai creusé un peu depuis votre première visite. Oh, rien d'approfondi, rien qui mérite d'être payé…

– Je vous dédommagerai.

– … mais assez néanmoins pour me faire une idée de la situation. S'il s'était prénommé Trevor ou Zachary, on aurait peut-être eu une chance de retrouver sa trace parmi les profs employés il y a deux décennies dans la vingtaine d'établissements d'enseignement supérieur du Massachusetts ou du Connecticut. Malheureusement, mademoiselle Childs, j'ai effectué une recherche informatique rapide et, au cours des vingt dernières années, sur les vingt-sept établissements en question, j'ai dénombré soixante-treize…

Devant son air choqué, il s'interrompit un instant.

– Oui, soixante-treize James, qui avaient le statut de vacataires, de maîtres de conférences, d'enseignants en voie de titularisation et de professeurs titularisés. Certains sont restés en poste un semestre seulement, d'autres moins, et quelques-uns ont fait toute leur carrière dans la même faculté.

– Vous ne pouvez pas obtenir les archives du personnel ? Des dossiers avec des photos ?

– Oh si, je pourrais sûrement pour plusieurs d'entre eux, peut-être la moitié. Mais au cas où votre père ne serait pas parmi eux – et de toute façon, comment pourriez-vous l'identifier ? –, alors il faudra localiser les trente-cinq autres James qui, si les statistiques concernant la mobilité de la population active de ce pays constituent un indicateur fiable, sont probablement éparpillés dans les cinquante États aujourd'hui, et se débrouiller pour obtenir une photo d'eux datant d'il y a vingt ans. Autant vous dire que ce ne seront pas quarante heures de travail que je vous facturerai, mais quatre cents ! Et toujours sans aucune garantie de succès.

Ce discours suscita en elle plusieurs réactions : angoisse, rage, impuissance générant encore plus de rage… Et surtout, une colère noire contre cet imbécile qui refusait de faire son travail. Eh bien, elle engagerait quelqu'un d'autre.

Brian Delacroix dut comprendre ce qu'elle ressentait à son regard et à la façon dont elle plaquait contre elle son sac à main, car il déclara :

– Si vous vous adressez à des confrères, ils verront avant tout en vous une jeune femme qui vient de toucher un héritage, et ils n'auront qu'une idée en tête : vous délester de cet argent. Or ce qui relève de l'escroquerie à mes yeux sera parfaitement légal. Et pour finir, vous serez toujours orpheline de père, mais vous n'aurez plus un sou.

Il se pencha en avant pour demander d'une voix douce :

– Où êtes-vous née ?

Elle inclina la tête vers la fenêtre donnant au sud.

– À Springfield.

– Vous avez consulté les archives de l'hôpital ?

– Oui. Il y avait marqué : « De père inconnu ».

– Ils étaient pourtant ensemble à l'époque, non ? Elizabeth et James…

Rachel confirma d'un signe de tête.

– Ma mère m'a raconté un jour, après avoir bu quelques verres, qu'ils s'étaient disputés le soir où elle avait perdu les eaux, et qu'il avait quitté la maison. Alors, comme il n'était pas là au moment de l'accouchement, elle a refusé de le déclarer sur l'acte de naissance. Par dépit.

Un long silence s'ensuivit, qu'elle fut la première à rompre :

– Donc, vous n'allez pas m'aider ?

Brian Delacroix secoua la tête.

– Oubliez-le.

Elle se leva, tremblante, et le remercia de lui avoir accordé un entretien.

Elle dénicha des photos partout dans la maison : la table de nuit dans la chambre maternelle, un carton dans le grenier, un tiroir dans le bureau… Environ quatre-vingt-cinq pour cent d'entre elles les montraient toutes les deux. Rachel fut frappée par l'amour qu'elle lisait dans les yeux clairs d'Elizabeth, mais aussi par la façon dont la complexité de ce sentiment transparaissait sur l'image, comme si sa mère était sans cesse en train de le remettre en question. Sur les quinze pour cent restants figuraient des amis et des collègues du corps enseignant et de l'édition – des clichés pris pour la plupart lors de cocktails et de barbecues. Il y en avait également deux d'Elizabeth dans un bar, entourée de personnes que Rachel ne reconnut pas mais qui étaient manifestement des profs.

Aucun homme aux cheveux bruns ondulés et au sourire hésitant n'apparaissait sur les tirages.

C'est au moment de la vente de la maison que Rachel trouva les journaux intimes de sa mère. Elle venait d'obtenir sa licence à Emerson et s'apprêtait à quitter le Massachusetts pour aller préparer sa maîtrise à New York. La vieille demeure victorienne de South Hadley où elle avait vécu avec Elizabeth n'était pas chargée pour elle de bons souvenirs et lui avait toujours semblé hantée. (« Mais attention, ce sont des fantômes d'universitaires ! disait sa mère quand elles entendaient un craquement inexpliqué au bout d'un couloir ou un bruit mystérieux dans le grenier. Il doit y en avoir un qui s'est réfugié là-haut pour lire tranquillement Chaucer en buvant une tisane… »)

Les journaux n'étaient pas dans le grenier, mais dans une malle au sous-sol, sous des cartons remplis à la va-vite d'éditions étrangères de *L'Escalier*. Elizabeth les avait rédigés sur de simples cahiers de composition, en faisant preuve d'un manque de rigueur pour le moins étonnant chez quelqu'un d'aussi organisé dans son quotidien. La moitié des passages n'étaient pas datés, et il pouvait s'écouler des mois, et même une année entière dans un cas, sans qu'elle écrive. Le plus souvent, elle parlait de ses peurs, lesquelles, avant *L'Escalier*, étaient essentiellement d'ordre financier : elle redoutait de ne pas gagner assez, en tant que prof de psychologie, pour pouvoir rembourser ses emprunts étudiants et plus tard envoyer sa fille dans un lycée privé et une université de renom. Lorsque son livre avait figuré en bonne place sur les listes nationales de bestsellers, elle avait craint de ne pas pouvoir écrire une suite valable. Elle vivait dans l'angoisse d'être démasquée et accusée d'imposture si elle publiait de nouveau. Sur ce point, la suite des événements ne lui avait pas vraiment donné tort.

Surtout, elle avait peur pour son enfant. Au fil des pages, Rachel se vit évoluer, passer d'une source de fierté parfois exaspérante (« Elle a hérité du goût de son père pour le jeu… Elle est d'une nature si généreuse et sensible que je suis terrifiée à l'idée du mal qu'on pourrait lui faire… ») à une adolescente insatisfaite, malheureuse et autodestructrice (« Ses problèmes de scarification m'inquiètent moins que sa recherche de la promiscuité ; elle n'a que treize ans, bonté divine… Elle plonge dans des eaux troubles et ensuite se plaint qu'elles sont trop profondes, mais d'après elle c'est ma faute si elle a sauté »).

Quinze pages plus loin, elle tomba sur : « Je suis bien obligée de l'admettre, à ma grande honte : j'ai été une mère médiocre. Je n'ai jamais eu de patience envers les êtres dont le lobe frontal est en cours de développement. Je suis trop mordante, je veux toujours aller droit au but quand je devrais au contraire lui laisser du temps. Je me dis qu'elle a malheureusement grandi sous la coupe d'une réductionniste cassante. Et sans père. Cette absence a ouvert un vide en elle. »

Un peu plus loin encore, Elizabeth reprenait son thème de prédilection. « J'ai peur qu'elle ne gâche sa vie en essayant de combler ce vide, de le remplir de choses transitoires, de pansements pour l'âme tels que les thérapies New Age, l'automédication… Elle se croit rebelle et endurante, mais elle se trompe. Elle est trop en demande. »

Dans un autre passage, qui ne comportait pas de date, Elizabeth Childs écrivait : « Elle est alitée en ce moment, malade dans une chambre inconnue, et encore plus en manque d'affection que d'habitude. L'éternelle question revient sans arrêt : "Qui est-ce, maman ?" Elle a l'air si fragile, vulnérable et larmoyante… Elle possède de merveilleuses qualités, ma petite Rachel, mais elle n'est pas forte. Si je lui dis qui est James, elle se lancera à sa recherche. Et il lui brisera le cœur. Pourquoi donnerais-je autant de pouvoir à cet homme ? Après tout ce temps, pourquoi aurait-il la possibilité de la blesser encore une fois ? De mettre en miettes ce joli petit cœur écorché et trop tendre ? Je l'ai vu aujourd'hui. »

Rachel, assise sur l'avant-dernière marche de l'escalier menant à la cave, retint son souffle. Ses doigts se crispèrent sur les bords du cahier tandis que sa vue se brouillait.

Je l'ai vu aujourd'hui.

« Lui ne m'a pas vue. Je me suis garée dans la rue en face de chez lui. Il était dehors, dans le jardin de la maison où il s'est installé après nous avoir abandonnées. Et ils étaient avec lui – la femme et les enfants de substitution. Il a perdu beaucoup de cheveux et s'est empâté. Piètre consolation… Il semble heureux. Heureux ! N'est-ce pas ce que je pouvais imaginer de pire ? Moi, je ne crois même pas au bonheur – pas en tant qu'idéal ni en tant qu'état authentique ; ce n'est qu'un rêve d'enfant –, et lui, il est heureux… Je ne doute pas qu'il ressentirait comme une menace pour sa sérénité cette fille dont il ne voulait pas pour commencer, et qu'il voulait encore moins après sa naissance. Elle lui ferait trop penser à moi, à la haine que je lui inspirais. Et il s'en prendrait à elle. J'étais la seule personne autour de lui à ne pas le vénérer et il ne le pardonnerait jamais à Rachel. Il supposerait d'emblée que je lui ai raconté des tas de choses peu flatteuses sur lui, et James, comme nous le savons tous, n'a jamais toléré la moindre critique à l'égard de son précieux ego. »

Rachel se souvenait d'avoir été obligée de garder le lit seulement une fois, en seconde. Elle avait contracté une mononucléose avant les vacances de Noël, un timing qui ne l'avait finalement pas trop pénalisée. Il lui avait fallu treize jours pour pouvoir se lever, et encore cinq pour recouvrer la force de retourner au lycée. Au total, elle n'avait manqué que trois jours de cours.

Mais c'était sans doute à cette période que sa mère avait vu James. Elle était alors professeur invité à l'université Wesleyenne. Cette année-là, elle avait loué une maison à Middletown, dans le Connecticut, d'où l'allusion à la « chambre inconnue ». Sa mère, se rappelait-elle maintenant avec autant de fierté que de désarroi, était restée à son chevet tout le temps, sauf cette fois où elle était sortie faire des courses. Elle-même venait de mettre la cassette de *Pretty Woman* dans le magnétoscope et regardait toujours le film quand sa mère était rentrée. Cette dernière lui avait pris sa température, puis avait déclaré qu'elle trouvait le large sourire de Julia Roberts « juste insupportable », avant d'aller ranger les courses dans la cuisine.

Revenue auprès d'elle, un verre de vin dans une main, un gant de toilette imbibé d'eau tiède dans l'autre, Elizabeth l'avait couvée d'un regard reflétant la solitude et l'espoir.

« On s'en est bien sorties, toutes les deux, n'est-ce pas ? »

Rachel avait levé les yeux au moment où sa mère lui posait le gant de toilette sur le front.

« Bien sûr », avait-elle répondu.

En cet instant, elle en était convaincue.

Elizabeth lui avait tapoté la joue, avant de tourner la tête vers le téléviseur. C'était la fin du film. Le prince charmant, Richard Gere, arrivait avec des fleurs destinées à sa princesse du trottoir, Julia. Il lui tendait le bouquet, Julia éclatait de rire puis fondait en larmes, et la musique s'élevait en arrière-fond. « Non mais c'est bon, arrête de sourire, on a compris ! » avait dit Elizabeth.

Ce passage du journal remontait donc à décembre 1992. Ou au tout début du mois de janvier 93. Huit ans plus tard, assise sur les marches du sous-sol, Rachel en déduisit que son père devait habiter à cette époque dans un rayon de cinquante kilomètres autour de Middletown. Pas plus, puisque, en moins de deux heures, Elizabeth s'était rendue dans la rue où il vivait, l'avait observé en famille, puis avait fait les courses avant de rentrer. Autrement dit, James enseignait à proximité, probablement à l'université d'Hartford.

– S'il enseignait toujours à cette époque..., souligna Brian Delacroix quand elle lui téléphona pour le mettre au courant de sa découverte.

– C'est vrai.

Il reconnut néanmoins disposer désormais d'assez d'éléments pour accepter son affaire et son argent, et pouvoir encore se regarder dans la glace le matin. C'est ainsi qu'à la fin de l'été 2001, Brian Delacroix ouvrit une enquête pour le compte de Berkshire Security Associates, visant à établir l'identité du père de Rachel Childs.

Sans plus de résultat.

Les seuls James qu'il recensa dans les établissements d'enseignement supérieur du Connecticut cette année-là ne correspondaient pas à celui qu'elle recherchait : l'un était blond, l'autre afro-américain et le troisième avait vingt-sept ans.

Une nouvelle fois, il conseilla à Rachel de renoncer.

– Je m'en vais, ajouta-t-il.

– Vous quittez Chicopee ?

– Oui, et je laisse tomber ce métier. Je ne veux pas être détective privé, c'est trop déprimant : j'ai toujours l'impression de décevoir les gens, même quand je leur apporte ce qu'ils m'ont payé pour trouver. Désolé de ne pas avoir pu vous aider, Rachel.

À ces mots, elle sentit s'agrandir le vide en elle. Encore un départ. Une autre connaissance qui, même si elle n'avait joué qu'un rôle mineur dans sa vie, s'en allait. Qu'elle le veuille ou non, peu importait ; elle n'avait pas son mot à dire.

– Qu'allez-vous faire ? demanda-t-elle.

– Retourner au Canada, je crois.

– Vous êtes canadien ?

Il laissa échapper un petit rire.

– Oh que oui !

– Qu'est-ce qui vous attend là-bas ?

– L'entreprise familiale, dans le bois de construction. Et vous ? Que devenez-vous ?

– La fac me plaît beaucoup. New York en ce moment, un peu moins.

Cette conversation avait lieu fin septembre 2001, moins de trois semaines après l'effondrement des tours jumelles.

– Je m'en doute, dit-il d'un ton grave. Quoi qu'il en soit, j'espère que tout ira bien pour vous. Je vous souhaite beaucoup de bonnes choses, Rachel.

La façon dont il prononça son prénom lui parut si intime qu'elle en fut surprise. Elle se représenta son visage, la tendresse dans ses yeux, et comprit trop tard qu'elle avait éprouvé pour lui une attirance dont elle n'avait pas su se rendre compte à temps.

– Le Canada, hein ?

De nouveau, ce même petit rire.

– C'est ça.

Ils se dirent au revoir.

Dans son appartement en sous-sol de Waverly Place, à Greenwich Village, d'où elle pouvait facilement faire les trajets à pied jusqu'à l'université, Rachel était environnée par la suie et la cendre qui avaient envahi Manhattan après le 11 septembre. Le jour de l'attentat, une épaisse poussière s'était déposée sur ses rebords de fenêtres, mélange de résidus de cheveux, d'os et de cellules. L'air sentait le brûlé. L'après-midi même, elle avait erré dans le quartier et longé le service des urgences de St. Vincent, où des civières alignées attendaient des blessés qui n'étaient jamais arrivés. Dans les jours qui avaient suivi, des photos étaient apparues sur les murs et les grilles de l'hôpital, le plus souvent accompagnées d'un bref message : « Avez-vous vu cette personne ? »

Non. Cette personne, comme tant d'autres, n'était plus.

Rachel percevait autour d'elle une détresse sans commune mesure avec les malheurs qu'elle-même avait connus dans sa vie. Partout, ce n'étaient que chagrin, deuil et prières sans réponse, les manifestations d'un bouleversement si profond, et qui prenait tant de formes – sexuelles, émotionnelles, psychologiques, morales – qu'il devint rapidement le lien unissant tous les habitants.

On est tous perdus, comprit-elle, avant de décider de panser ses propres plaies du mieux qu'elle le pouvait et de ne plus jamais chercher à les aviver.

À l'automne, elle tomba sur deux phrases dans l'un des journaux de sa mère qu'elle se répéta ensuite comme un mantra, chaque soir pendant des semaines, avant de se mettre au lit.

« James n'était pas fait pour nous », avait écrit Elizabeth.

« Et nous n'étions pas faites pour lui. »

2

La foudre

Elle eut sa première attaque de panique à l'automne 2001, après Thanksgiving. Elle marchait dans Christopher Street quand elle passa devant une femme de son âge assise sur les marches d'un perron métallique noir à l'entrée d'un immeuble. L'inconnue pleurait derrière ses mains, une scène alors courante à New York : les gens pleuraient dans les parcs, les toilettes et les trains de banlieue, certains en silence, d'autres sans retenue. On en voyait partout. On se sentait néanmoins obligé d'intervenir, de se manifester.

– Ça ne va pas ? dit Rachel en tendant la main vers elle.

La femme eut un mouvement de recul.

– Qu'est-ce que vous faites ?

– Rien, je voulais juste savoir si vous alliez bien.

– Oh, moi, ça va…

Ses yeux étaient secs. Elle tenait entre ses doigts une cigarette que Rachel n'avait pas remarquée tout de suite.

– Et vous ?

– Bien sûr, répondit Rachel. J'avais seulement…

La femme lui tendit plusieurs mouchoirs en papier.

– Pas de problème. Faut que ça sorte.

Elle ne se cachait pas le visage, elle fumait, comprit Rachel.

Elle saisit les mouchoirs, se tamponna machinalement la figure et sentit alors des larmes couler, s'accumuler sous son nez, dégouliner de chaque côté de sa mâchoire et de son menton.

– Pas de problème, répéta l'inconnue, qui semblait pourtant penser le contraire.

Elle jeta ensuite un coup d'œil derrière Rachel, comme si elle espérait voir surgir une bonne âme prête à la débarrasser de l'importune.

Rachel bredouilla des remerciements avant de s'éloigner d'un pas mal assuré. Au moment où elle atteignait le croisement de Christopher Street et de Weehawken Street, elle vit une camionnette rouge arrêtée au feu. Le conducteur la fixa de ses yeux clairs, puis lui sourit, dévoilant des dents jaunies par la nicotine. En plus des larmes qui coulaient toujours, elle sentit la sueur l'inonder, tandis que sa gorge se nouait, empêchant l'air de circuler. Elle ne pouvait plus respirer. Elle allait étouffer ! Sa gorge était bloquée, sa bouche aussi. Bon sang ! Il fallait absolument qu'elle parvienne à ouvrir la bouche.

Le conducteur descendit de la camionnette. Elle le regarda approcher, avec ses yeux clairs, son visage blême en lame de couteau et ses courts cheveux roux, et lorsqu'il la rejoignit…

Il était noir. Et replet. Il n'avait pas les dents jaunes, elles étaient au contraire d'un blanc éblouissant. Il s'accroupit près d'elle (comment s'était-elle retrouvée assise sur le trottoir ?), le front plissé par l'inquiétude.

– Vous ne vous sentez pas bien ? Vous voulez que j'appelle quelqu'un, mademoiselle ? Vous pouvez vous relever ? Tenez, prenez ma main.

Elle obéit docilement et il l'aida à se redresser au croisement de Christopher Street et de Weehawken

Street. Ce n'était plus le matin. Le soleil se couchait et l'Hudson River avait pris une teinte ambrée.

L'inconnu au grand cœur la serra dans ses bras, et elle pleura longtemps sur son épaule en lui faisant promettre de rester avec elle, de ne pas l'abandonner.

– Comment vous appelez-vous ? demanda-t-elle. Dites-moi votre nom.

Il s'appelait Kenneth Waterman et elle ne le revit jamais. Il la raccompagna chez elle dans sa camionnette rouge, qui n'avait rien de la fourgonnette empestant le cambouis et les sous-vêtements souillés qu'elle avait imaginée : il s'agissait en réalité d'un monospace avec des sièges-bébé sur la rangée du milieu et des miettes de Cheerio sur les tapis de sol. Kenneth Waterman était marié, père de trois enfants, et habitait Fresh Meadows, dans le Queens. Il était ébéniste. Quand il la déposa devant chez elle, il proposa encore une fois de prévenir une personne susceptible de l'aider, mais Rachel lui assura qu'elle allait mieux, bien mieux.

– C'est juste l'effet que produit cette ville, parfois, vous voyez ?

Il la dévisagea quelques instants d'un air soucieux, mais les conducteurs commençaient à s'impatienter derrière eux et la lumière du jour déclinait vite. Un premier coup de klaxon s'éleva, suivi presque aussitôt par un second. Kenneth Waterman lui donna sa carte de visite – « Kenny's Cabinets » – en lui disant qu'elle pouvait l'appeler à n'importe quelle heure. Elle le remercia et descendit de la camionnette. Lorsque celle-ci s'éloigna, Rachel se rendit compte qu'elle n'avait jamais été rouge. Elle était couleur bronze.

Elle décida de différer d'un semestre sa rentrée à l'université de New York. Elle ne sortait presque plus de son appartement, sauf pour se rendre chez son psy à Tribeca. Il se nommait Constantine Propkop et ne lui révéla qu'une seule information personnelle : sa famille et ses amis insistaient pour l'appeler Connie. Il tenta de la convaincre que son obstination à vouloir se servir de la tragédie nationale pour éviter de se confronter à l'ampleur de son propre traumatisme lui faisait beaucoup de mal.

– Il n'y a rien de tragique dans ma vie, affirma Rachel. Est-ce qu'il y a eu des moments de tristesse ? Oui, bien sûr. Comme tout le monde, non ? Mais j'ai toujours été entourée d'attention, bien nourrie et j'ai grandi dans une belle maison. Alors, je n'ai pas à me plaindre, pas vrai ?

Assis en face d'elle dans son petit cabinet, le psychiatre la regarda droit dans les yeux.

– Votre mère vous a privée d'un de vos droits les plus fondamentaux : celui de connaître votre père. Elle vous a soumise à une tyrannie affective afin de mieux vous garder sous sa coupe.

– Elle voulait me protéger.

– De quoi ?

– D'accord, elle *croyait* me protéger, rectifia Rachel. De moi-même, sans doute, de ce que je risquais de faire une fois en possession de cette information.

– Pour vous, c'est la seule explication ?

– Pourquoi y en aurait-il une autre ? répliqua Rachel, gagnée par une soudaine envie de se jeter par la fenêtre derrière lui.

– Si une personne détient une chose que non seulement vous désirez, mais dont vous avez un besoin vital, qu'est-ce que vous ne lui ferez jamais ?

– Ne me dites pas « la détester », parce que je peux vous assurer que je l'ai détestée de toutes mes forces.

– La quitter, déclara le psy. Vous ne la quitterez jamais.

– Ma mère était la femme la plus indépendante que j'aie jamais rencontrée.

– Tant qu'elle vous avait près d'elle, elle pouvait en donner l'impression. Mais que s'est-il passé après votre départ ? Quand elle a senti que vous vous détachiez d'elle ?

Rachel savait déjà où il voulait en venir. Elle était la fille d'une psychologue, après tout.

– Oh non, docteur. Ne vous aventurez pas sur ce terrain-là.

– Quel terrain ?

– C'était un accident.

– Une femme que vous avez vous-même décrite comme ultra-vigilante, ultra-prudente et ultra-compétente ? Qui n'avait ni drogue ni alcool dans le sang le jour de sa mort ? Et cette femme-là grille un feu rouge en plein jour ?

– Alors, maintenant, j'ai tué ma mère, c'est ça ?

– Cette conclusion est à l'opposé de ce que je suggère, mademoiselle Childs.

Rachel récupéra son manteau et son sac à main.

– Si ma mère n'a jamais exercé, c'est parce qu'elle ne voulait pas être associée à des charlatans dans votre genre !

Elle darda un regard noir sur les diplômes accrochés au mur.

– Université de Rutgers, hein ? ironisa-t-elle, avant de sortir.

Sa psy suivante, Tess Porter, avait plus de doigté, sans compter que le trajet jusqu'à son cabinet était beaucoup plus court. Elle lui expliqua qu'elle la laisserait dicter elle-même le rythme auquel elles exploreraient les divers aspects de sa relation avec sa mère. Rachel se sentait en sécurité avec elle. Connie lui avait toujours donné l'impression qu'il allait l'attaquer ; avec lui, du coup, elle était toujours sur la défensive.

– Que diriez-vous à votre père, si vous le retrouviez ? s'enquit Tess Porter un après-midi.

– Je ne sais pas.

– Vous avez peur ?

– Oh oui !

– De lui ?

– Hein ? Non…

Rachel s'accorda quelques instants de réflexion.

– Non, pas de lui. De la situation, plutôt. Par où commencer ? « Salut, papa ! Putain, mais où t'étais passé durant toutes ces années ? »

La psy pouffa, avant de déclarer d'un ton grave :

– J'ai cru déceler une certaine hésitation chez vous quand je vous ai demandé si vous aviez peur de lui.

– Ah bon ? fit Rachel, qui contempla le plafond un moment. Eh bien, c'est peut-être parce que ma mère se contredisait parfois quand elle l'évoquait.

– Comment ça ?

– En général, elle parlait de lui en termes infantilisants : « Ce pauvre petit James » ou « Ce cher James si sensible »… Et elle levait les yeux au ciel. Elle était trop ouvertement progressiste pour admettre qu'il n'était pas assez viril à son goût. Je me rappelle que, deux ou trois fois, elle m'a sorti : « Tu es comme lui, Rachel, tu as un fond de méchanceté. » Et moi, je me disais : « Non, je suis comme *toi*, espèce de garce ! »

De nouveau, elle contempla le plafond.

– « Cherche-toi dans ses yeux. »

– Pardon ?

Tess Porter se pencha en avant.

– C'est un truc qu'elle m'a répété au moins deux fois, déclara Rachel. « Cherche-toi dans ses yeux. Dis-moi ce que tu trouves. »

– Dans quel contexte vous a-t-elle fait cette remarque ?

– Éthylique.

La réponse arracha un sourire contraint à la psychiatre.

– Qu'est-ce qu'elle entendait par là, à votre avis ?

– Les deux fois, elle était furieuse contre moi, je m'en souviens. J'ai toujours pensé que ça voulait dire que… que s'il me rencontrait, il serait…

Elle secoua la tête.

– Quoi, Rachel ? l'encouragea la psychiatre d'une voix douce. Il serait quoi, d'après vous ?

Il fallut quelques instants à Rachel pour recouvrer une contenance.

– Il serait déçu.

– Ah bon ?

Rachel soutint son regard.

– Dégoûté, même.

Dehors, les rues s'obscurcissaient, comme si quelque chose de gigantesque et de surnaturel occultait le soleil et étendait son ombre sur New York. L'orage éclata soudainement. Des trombes d'eau s'abattirent sur la ville avec un bruit semblable à celui des pneus d'un énorme semi-remorque traversant un vieux pont. Des coups de tonnerre résonnaient au loin.

– Qu'est-ce qui vous fait sourire ? interrogea Tess Porter.

– Une autre remarque de ma mère, surtout les jours comme aujourd'hui. Elle disait qu'elle avait la nostalgie de son odeur. La première fois que je lui ai demandé de m'expliquer cette phrase, elle a fermé les yeux, humé l'air et répondu : « Il sentait la foudre. »

La psychiatre arrondit légèrement les yeux.

– C'est le souvenir que vous en gardez vous aussi ?

Rachel fit non de la tête.

– Il sentait le café.

Son regard se porta vers la vitre éclaboussée de pluie.

– Le café et le velours côtelé.

À la fin du printemps 2002, enfin remise de cette première crise de panique et de légère agoraphobie, elle tomba par hasard sur un garçon de la fac qui était avec elle en « Techniques de recherche avancées » le semestre précédent. Il s'appelait Patrick Mannion, et il était d'une extrême prévenance. Il avait aussi un côté un peu mollasson et la fâcheuse habitude de plisser les yeux quand il n'entendait pas bien, ce qui lui arrivait souvent : il avait perdu cinquante pour cent de son audition de l'oreille droite à la suite d'un accident de luge dans son enfance.

Pat Mannion eut du mal à croire que Rachel puisse continuer de lui parler une fois épuisé le sujet du seul cours qu'ils avaient suivi ensemble. Il fut encore plus surpris qu'elle lui propose d'aller boire un verre. Et son expression quelques heures plus tard, après qu'elle eut accepté de venir chez lui et posé la main sur la boucle de sa ceinture, était celle d'un homme qui, levant les yeux vers le ciel pour admirer les nuages, voit des anges passer au-dessus de sa tête. Elle devait plus ou moins rester gravée sur son visage pendant les deux ans que dura leur liaison.

Lorsque Rachel finit par rompre, avec tant de douceur qu'elle réussit presque à le convaincre qu'il s'agissait d'une décision commune, il se drapa dans une sorte de dignité meurtrie et déclara :

– Je n'ai jamais compris ce que tu faisais avec moi. Je veux dire, tu es sublime et je suis tellement… l'inverse.

– Toi, tu es…

Il avait levé la main pour l'arrêter.

– Jusqu'au jour où, il y a environ six mois, j'ai eu une révélation : ce n'est pas l'amour qui compte avant tout pour toi, c'est la sécurité. Et j'ai compris que, tôt ou tard, tu me plaquerais avant que je te plaque, parce que… et écoute-moi bien, Rach, c'est le plus important : moi, je ne t'aurais jamais plaquée.

Il avait accompagné ces mots d'un magnifique sourire de désespoir.

– Ce sentiment de sécurité dont tu avais besoin, j'ai toujours essayé de te le donner.

Sa licence en poche, elle passa une année à Wilkes-Barre, en Pennsylvanie, où elle travailla pour le journal régional, le *Times Leader*. Puis elle rentra dans le Massachusetts et accéda rapidement à la rubrique Société du *Patriot Ledger* à Quincy. Un article qu'elle rédigea sur la politique de contrôle au faciès pratiquée par la police d'Hingham lui valut pas mal d'éloges et attira suffisamment l'attention sur elle pour qu'elle reçoive à sa grande surprise un e-mail de Brian Delacroix. Il était en déplacement professionnel quand il avait par hasard mis la main sur un exemplaire du *Ledger* dans la salle d'attente d'un fournisseur de bois à Brockton. Il voulait savoir si elle était bien la Rachel Childs qu'il connaissait et si elle avait fini par retrouver son père.

Elle lui répondit que c'était bien elle, et que non, elle n'avait pas progressé dans ses recherches. Serait-il intéressé par une nouvelle tentative ?

« Impossible. Du boulot par-dessus la tête. Des déplacements des déplacements encore des déplacements. Faites attention à vous, Rachel. Vous ne resterez pas longtemps au *Ledger*. Vous êtes promise à un brillant avenir. J'adore votre style. »

Il avait raison : un an plus tard, elle intégrait le *Boston Globe*.

Ce fut là que le Dr Felix Browner, le gynécologue de sa mère, la contacta. En objet de son mail, il avait indiqué « Un vieil ami de votre mère », mais après quelques échanges il devint clair pour elle que les relations entre Elizabeth et lui étaient avant tout celles d'un médecin et de sa patiente. Quoi qu'il en soit, ce n'était plus lui que sa mère consultait quand elle-même avait été en âge de comprendre ces choses-là ; elle allait voir le Dr Veena Rao, comme presque toutes les femmes et adolescentes de leur entourage, et ne lui avait jamais parlé de Felix Browner. Il affirma pourtant avoir suivi Elizabeth quand elle était arrivée dans l'ouest du Massachusetts et avoir fait goûter à sa fille sa première bouffée d'oxygène. « Vous gigotiez beaucoup », écrivit-il.

Dans un autre message, il déclara posséder des informations importantes au sujet de sa mère qu'il préférait lui communiquer en face à face. Ils convinrent donc de se rencontrer à mi-chemin de Boston et de Springfield, où il vivait, et choisirent un restaurant à Millbury.

En prévision de ce rendez-vous, Rachel fit des recherches et, comme son instinct le lui soufflait depuis le début, les résultats obtenus dressèrent du Dr Felix Browner un portrait peu flatteur. L'année précédente, en 2006, il avait été condamné à une interdiction temporaire d'exercer la médecine à la suite de nombreuses accusations d'agression sexuelle ou d'attouchements inappropriés portées par ses patientes. La première remontait à 1976, alors que le bon docteur était sorti de la fac depuis seulement une semaine.

Le Dr Browner arriva au restaurant avec deux sacoches à roulettes. À soixante-deux ans, il arborait la coupe style « mulet » – cheveux courts devant et sur les tempes, nuque longue – du vrai fan de Jimmy Buffett qui conduit une voiture de sport et ne manque pas un concert de son chanteur favori. Il portait un jean bleu clair, des mocassins sans chaussettes, et une chemise hawaïenne sous un blazer en lin noir. Il affichait fièrement les quinze kilos de trop autour de sa taille, comme un signe de réussite, et se montra aimable avec les serveurs. Rachel le supposa du genre à savoir se faire apprécier des inconnus mais à être complètement pris de court si quelqu'un ne riait pas de ses blagues.

Après lui avoir présenté ses condoléances pour la mort de sa mère, il lui rappela de nouveau à quel point elle avait gigoté à sa naissance : « un vrai petit asticot ». Il révéla ensuite, d'une voix légèrement haletante, que sa première accusatrice – « On va l'appeler Lianne, et pas seulement parce que les sonorités sont proches de '*lyin*'[1], OK ? » – était en lien avec plusieurs autres. Quand il cita les noms, Rachel se demanda s'il utilisait des noms d'emprunt ou s'il violait leur droit à l'anonymat avec une indifférence cavalière : Tonya, Marie, Ursula, Jane et Patty se connaissaient, affirma-t-il.

– La région n'est pas bien grande, fit remarquer Rachel. Ici, tout le monde se connaît plus ou moins.

1. Du verbe « to lie », qui veut dire « mentir ».

– Ah oui ?

Il secoua un sachet de sucre, puis l'ouvrit et la gratifia d'un sourire glacial.

– C'est vraiment ce que vous croyez ? lança-t-il en versant le sucre dans son café, avant de fouiller dans l'une de ses mallettes. Cette chère Lyin' Lianne, ai-je découvert, a eu beaucoup d'amants. Elle a divorcé deux fois et…

– Docteur…

Il l'interrompit d'un geste.

– Et elle a été présentée comme « l'autre femme » dans un cas de divorce. Patty boit seule. Marie et Ursula ont des problèmes de drogue, et Tonya… Tiens donc ! Tonya a porté plainte contre un autre médecin pour agression sexuelle.

Il fit les gros yeux pour mieux feindre l'indignation.

– Il semblerait qu'il y ait une épidémie de prédateurs sexuels parmi les médecins des Berkshires. Grands dieux !

Rachel avait connu une Tonya dans les Berkshires : Tonya Fletcher, qui gérait le motel Minute Mann Inn et semblait toujours distraite, voire légèrement perturbée.

Le Dr Browner laissa tomber sur la table entre eux une liasse de documents aussi épaisse qu'un parpaing. Regarda Rachel en arquant un sourcil triomphant.

– Vous avez quelque chose contre les clés USB ? lança-t-elle.

Il ne releva pas.

– J'ai des informations sur chacune d'entre elles. Vous voyez ?

– Je vois, oui. Et je suis censée faire quoi ?

– M'aider, répondit-il, comme si c'était l'évidence même.

– Et pourquoi ?

– Parce que je suis innocent. Je n'ai jamais rien fait de mal.

Il tendit les mains vers elle, paumes vers le haut.

– Ces mains donnent la vie. Elles vous ont mise au monde, Rachel. Ce sont les premières à vous avoir tenue. Oui, ces mains-là…

Le regard qu'il posait sur elles en cet instant débordait d'amour.

– Ces femmes ont sali mon nom, reprit-il en ramenant ses mains à lui. Mes proches n'ont pas résisté à la pression et aux conflits. J'ai perdu ma famille, j'ai aussi perdu mon cabinet…

Des larmes brillaient au bord de ses paupières.

– Je n'avais pas mérité ça, Rachel. Absolument pas.

Elle lui adressa un sourire qu'elle espérait compatissant, en se doutant néanmoins qu'il devait surtout paraître grimaçant.

– Je ne suis pas sûre de comprendre ce que vous attendez de moi.

Le Dr Browner se redressa

– Écrivez un article sur ces femmes. Montrez qu'elles avaient une idée derrière la tête, qu'elles m'ont choisi moi pour aller jusqu'au bout de leur projet. Qu'elles avaient prévu de me détruire et qu'elles ont réussi. Quelqu'un doit les démasquer, les obliger à se rétracter et à réparer les torts qu'elles m'ont causés. Aujourd'hui, elles m'assignent en justice. Vous doutiez-vous, jeune dame, qu'il faut compter en moyenne un quart de million de dollars rien qu'en frais d'avocat ? Juste pour se défendre. Quel que soit le verdict, vous êtes refait de deux cent cinquante mille dollars. Vous le saviez ?

Rachel, qui en était encore à « jeune dame », hocha néanmoins la tête.

– Cette… cette assemblée de sorcières m'a violé, poursuivit-il. Quel autre terme pourrais-je employer ? Elles ont anéanti ma réputation et m'ont coupé de ma famille et de mes amis. Mais ça ne leur suffisait pas, oh non… Aujourd'hui, elles s'acharnent encore, elles en veulent au peu d'argent qu'il me reste. Pour que je me retrouve dans la misère, que je finisse mes jours dans un foyer quelque part, abandonné de tous…

Il posa une main sur la pile de documents et écarta les doigts.

– Tous les sales petits secrets de ces femmes indignes sont là-dedans. Racontez leur histoire, Rachel. Révélez au monde entier qui elles sont vraiment. Je vous offre votre Pulitzer, là.

– Je ne suis pas venue pour ça, souligna-t-elle.

– Alors, pourquoi êtes-vous venue ? demanda-t-il, les yeux plissés.

– Vous m'avez écrit que vous possédiez des informations sur ma mère.

Hochement de tête.

– Après, dit-il.

– Après quoi ?

– Après la publication de votre article.

– Ce n'est pas comme ça que je travaille. Si vous savez réellement quelque chose, dites-le-moi et on…

– Il ne s'agit pas de votre mère, mais de votre père, affirma-t-il, les yeux brillants. Comme vous l'avez vous-même fait remarquer, cette région n'est pas grande. Les gens parlent. Et ce qu'ils racontaient à votre sujet, ma chère, c'est que votre mère n'avait jamais voulu vous dire qui était votre père. Nous, tous les bons citoyens de cette ville, on vous plaignait, voyez-vous. On aurait bien voulu vous aider, sauf que ce n'était pas possible. Moi, en tout cas, j'aurais pu ; je connaissais votre père. Malheureusement, le secret professionnel étant ce qu'il est, je n'avais pas le droit de vous révéler son identité contre la volonté de votre mère. Or aujourd'hui elle est morte, et moi je n'ai plus le droit d'exercer.

Il termina son café.

– Alors, Rachel, aimeriez-vous savoir qui était votre papa ?

Rachel mit quelques secondes à recouvrer l'usage de sa voix.

– Oui.

– Pardon ?

– Oui, répéta-t-elle plus fort.

Il accueillit cette réponse d'un lent battement de paupières.

– Alors, pondez-moi ce putain de papier, ma jolie !

3

JJ

Plus Rachel se plongeait dans les dossiers judiciaires et les fichiers fournis par l'intéressé en personne, plus le tableau devenait noir : le Dr Browner avait tout d'un authentique violeur en série. S'il n'était pas encore derrière les barreaux, c'était uniquement parce que la seule à avoir porté plainte contre lui avant l'échéance du délai de prescription, Lianne Fennigan, avait fait une overdose d'Oxycontin la dernière semaine du procès, juste avant d'être appelée à la barre. Elle avait survécu mais se trouvait dans un centre de désintoxication à la date où elle aurait dû témoigner, et le procureur avait accepté un arrangement qui incluait pour le médecin la radiation de l'ordre, six ans de mise à l'épreuve, moins les six mois déjà écoulés, et une obligation de confidentialité.

Rachel rédigea son article, l'emporta au restaurant de Millbury et le sortit de son sac en même temps qu'elle s'asseyait en face du Dr Browner. Ce dernier jeta un coup d'œil à la mince liasse de feuilles mais demeura parfaitement immobile.

– Vous avez quelque chose contre les clés USB ? ironisa-t-il.

Elle le gratifia d'un petit sourire crispé.

– Vous avez l'air… épanoui.

En l'occurrence, il avait abandonné le look Jimmy Buffett au profit d'une chemise d'un blanc éclatant sous un costume brun foncé. Ses cheveux soigneusement peignés en arrière étaient enduits de gel, il avait le teint vermeil, et sous ses épais sourcils épilés ses yeux brillaient.

– Je me sens épanoui, Rachel. Quant à vous, vous êtes magnifique.

– Merci.

– Ce chemisier fait ressortir le vert de vos yeux.

– Merci.

– Vos cheveux sont-ils toujours aussi soyeux ?

– Je sors de chez le coiffeur, il les a lissés.

– Ça vous va à ravir.

Elle lui décocha son plus beau sourire. Il écarquilla les yeux et laissa échapper un petit rire.

– Oh, mes aïeux !

Rachel se borna à hocher la tête d'un air entendu en le regardant bien en face.

– J'ai l'impression que vous humez déjà l'odeur de ce Pulitzer, dit-il.

– Oh, ne nous précipitons pas…

Elle lui tendit l'article, et il s'installa plus confortablement sur sa chaise.

– On devrait commander à boire, fit-il d'un air absent, déjà plongé dans sa lecture.

Quand il tourna la première page, il lui jeta un rapide coup d'œil et elle l'encouragea d'un nouveau sourire. Son front se plissa de plus en plus à mesure qu'il prenait connaissance du texte et que son impatience se muait d'abord en consternation, puis en désespoir et enfin en indignation.

– Il est dit là-dedans que je suis un violeur ! gronda-t-il en chassant d'un geste la serveuse qui approchait.

– Je crois bien, oui.

– Il est dit là-dedans que je suis responsable de la dépendance de ces femmes aux médicaments, à l'alcool et aux cochonneries sexuelles.

– Parce que c'est le cas.

– Il est dit aussi là-dedans que je vous ai fait du chantage pour vous obliger à détruire leur vie une seconde fois.

– Parce que c'est le cas, répéta-t-elle, d'un ton toutefois aimable. Vous les avez également calomniées devant moi. Et je suis prête à parier que, si j'allais faire un petit tour dans vos abreuvoirs de prédilection, j'obtiendrais sans difficulté des témoignages prouvant que vous les avez calomniées auprès de la moitié de la population masculine de la région. Ce qui constituerait alors une violation des termes de votre mise à l'épreuve, n'est-ce pas ? Autrement dit, Felix, lorsque le *Globe* sortira cet article, vous irez droit en taule.

Il en resta muet de stupeur quelques instants, et Rachel s'adossa à sa chaise. Quand il se résolut enfin à la regarder, son expression reflétait l'incrédulité et toute la souffrance d'un martyr.

– Ces mains-là vous ont mise au monde, dit-il en les levant vers elle.

– Rien à foutre. On a un nouvel accord, OK ? Je n'enverrai pas ce papier.

– Dieu soit loué ! lâcha-t-il en se redressant. J'ai su dès l'instant où je…

– Donnez-moi le nom de mon père.

– Avec plaisir. Mais pourquoi ne pas en discuter devant un verre ?

Elle lui arracha les pages des mains.

– Vous me le donnez maintenant ou je dicte mon article de ce téléphone, là-bas, menaça-t-elle en indiquant le combiné sur le bar.

Le Dr Browner se tassa sur son siège, puis considéra le ventilateur rouillé qui tournait lentement au-dessus d'eux dans un concert de grincements.

– Elle l'appelait JJ, lâcha-t-il dans un souffle.

Rachel rangea l'article dans son sac pour dissimuler le tremblement de ses doigts.

– Pourquoi JJ ?

Il retourna ses mains sur la table, tel un suppliant accablé par l'injustice de son sort.

– Qu'est-ce que je vais devenir ? De quoi vais-je vivre ?

– Pourquoi l'appelait-elle JJ ?

À cet instant seulement, Rachel se rendit compte qu'elle serrait les dents.

– Vous êtes toutes pareilles, chuchota-t-il. Vous saignez les hommes à blanc. Des hommes bien. Vous êtes un vrai fléau !

Elle se leva.

– Rasseyez-vous ! lança-t-il, suffisamment fort pour attirer l'attention de deux clients. S'il vous plaît, rasseyez-vous, reprit-il d'un ton plus mesuré. Je serai sage, promis.

Rachel s'exécuta.

Le Dr Felix Browner prit un papier dans la poche de sa veste. Un vieux papier jauni et plié en quatre. Il le déplia et le lui tendit. Elle s'en saisit sans plus chercher à cacher le tremblement de ses mains. Désormais, elle s'en fichait.

Le nom de sa clinique figurait en haut de la page : Clinique Browner, Soins de la femme. Et dessous : « Antécédents médicaux du père ».

– Il n'est venu à mon cabinet que deux fois, révéla-t-il. J'ai eu l'impression qu'ils se disputaient beaucoup. Certains hommes sont effrayés par la grossesse. Elle leur fait l'effet d'un nœud coulant passé autour de leur cou…

Sous « Nom de famille », il avait écrit en majuscules, à l'encre bleue : « JAMES ».

Voilà pourquoi ses recherches n'avaient rien donné, comprit Rachel. James était son nom de famille.

Il se prénommait Jeremy.

4

Groupe B

Jeremy James avait été engagé en septembre 1982 comme enseignant à plein temps au Connecticut College, une petite université de lettres et de sciences humaines et sociales à New London. Cette même année, il avait acheté une maison à Durham, une ville de sept mille habitants située à une centaine de kilomètres au sud de South Hadley, où Rachel avait grandi, et à environ dix minutes en voiture de la villa que sa mère avait louée à Middletown l'année où elle-même avait contracté sa mononucléose.

Il avait épousé Maureen Widerman en juillet 1983. Leur premier enfant, Theo, était né en septembre 1984. Le second, Charlotte, un bébé de Noël, avait vu le jour fin 1986. *J'ai un demi-frère et une demi-sœur*, pensa Rachel. *Nous sommes liés par le sang*. Et pour la première fois depuis que sa mère était morte, elle eut l'impression d'avoir un point d'ancrage.

Avec le nom, il lui fallut moins d'une heure pour se faire une idée de la vie de Jeremy James – ou, du moins, de cette partie de sa vie qui était accessible à tous sur Internet. Il enseignait l'histoire de l'art et avait obtenu sa titularisation en 1995. En cet automne 2007, il travaillait au Connecticut College depuis un quart de siècle et dirigeait le département. Sa femme,

Maureen Widerman-James, était conservatrice au musée Wadsworth Atheneum, à Hartford, où elle s'occupait de l'art européen. Rachel trouva plusieurs photos d'elle sur différents sites, et la douceur de son regard la décida à se servir d'elle comme intermédiaire. Elle chercha également des images de Jeremy James. Il était chauve aujourd'hui, arborait une barbe épaisse et, sur tous les clichés, paraissait érudit et imposant.

Lorsqu'elle se présenta au téléphone à Maureen Widerman-James, celle-ci n'hésita qu'un court instant avant de déclarer :

– J'ai passé vingt-cinq ans à me demander quand vous alliez appeler. Je ne saurais vous dire à quel point c'est un soulagement d'entendre enfin votre voix, Rachel.

Après avoir raccroché, Rachel regarda un long moment par la fenêtre en essayant de ne pas pleurer. Elle se mordit la lèvre jusqu'au sang.

Elle prit le volant pour se rendre à Durham un samedi au début du mois d'octobre. La ville s'était développée au cœur d'une région essentiellement agricole, et les petites routes de campagne qu'elle emprunta étaient ponctuées d'arbres centenaires, de granges d'un rouge fané et de quelques troupeaux de chèvres. L'air sentait la fumée des feux de cheminée et le parfum des pommeraies proches.

Maureen Widerman-James elle-même ouvrit la porte de leur modeste maison dans Gorham Lane. C'était une belle femme dont les grosses lunettes rondes faisaient ressortir les yeux noisette pétillants de curiosité. Ses cheveux acajou, qu'elle avait rassemblés en une queue-de-cheval lâche, grisonnaient au niveau des tempes et du front. Elle portait une chemise à carreaux rouges et noirs sur un legging noir, et pas de chaussures. Quand elle sourit, son visage s'illumina.

– Rachel ! s'exclama-t-elle d'une voix exprimant le même soulagement et la même familiarité affectueuse qu'au téléphone.

Celle-ci se dit que la femme de Jeremy avait dû prononcer son prénom plus d'une fois au fil des ans, et elle en conçut un certain trouble.

– Entrez, entrez..., l'invita Maureen en s'effaçant pour la laisser passer.

Rachel pénétra dans un foyer qui, à ses yeux, correspondait en tout point à celui de deux universitaires : rayonnages de livres dans le vestibule, dans le salon, et même sous une fenêtre dans la cuisine ; murs de couleurs vives, dont la peinture s'écaillait par endroits ; statuettes et masques provenant de pays du tiers-monde exposés un peu partout ; art haïtien sur les cloisons. Rachel avait eu l'occasion de voir beaucoup d'intérieurs de ce genre du vivant de sa mère. Elle savait déjà quels disques seraient rangés sur l'étagère encastrée dans le salon et quels magazines rempliraient le porte-revues dans les toilettes. Elle était même prête à parier que le poste de radio dans la cuisine était réglé sur NPR, la station du service public. Elle se sentit immédiatement à l'aise.

Maureen l'escorta jusqu'à une double porte au fond de la maison. Une main posée sur l'un des battants, elle lui jeta un coup d'œil par-dessus son épaule.

– Vous êtes prête ?

– Oh non ! Comment pourrais-je l'être ? répliqua Rachel avec un petit rire étranglé.

– Tout ira bien, lui assura Maureen d'un ton chaleureux.

Pourtant, Rachel perçut aussi une certaine tristesse dans son regard, dont elle pensa deviner la cause : si ce moment marquait pour eux tous le début de quelque chose, il signifiait aussi la fin de quelque chose d'autre. À partir de maintenant, plus rien ne serait jamais pareil.

Il se tenait au milieu de la pièce et se retourna en entendant la porte s'ouvrir. Sa tenue rappelait celle de sa femme : une chemise à carreaux bleus et noirs, qu'il portait déboutonnée sur un T-shirt blanc et un jean. Une allure décontractée, égayée par quelques touches bohêmes : un anneau en argent à l'oreille gauche, trois bracelets tressés au poignet gauche, une grosse montre avec un épais bracelet de cuir noir au droit. Son crâne chauve brillait. Sa barbe était mieux taillée que sur les photos qu'elle avait pu voir, et il avait aussi l'air plus âgé, avec des traits un peu plus affaissés. Il était également plus grand qu'elle ne l'avait imaginé, mais il avait les épaules tombantes. Le sourire dont il la gratifia quand elle s'approcha était tel que dans souvenir – peut-être la seule image de lui qu'elle emporterait dans la tombe et au-delà. C'était le sourire soudain et hésitant d'un homme qui, à une certaine période de sa vie, avait appris à demander la permission avant d'exprimer sa joie.

Il lui saisit les mains en la dévorant du regard.

– Mon Dieu ! s'exclama-t-il. C'est toi… C'est bien toi !

Il l'attira contre lui avec autant de fougue que de maladresse, et Rachel lui rendit son étreinte. Il avait gagné en corpulence, mais elle le serra si fort contre elle qu'elle eut l'impression de sentir ses os contre les siens. Les yeux fermés, elle écouta les battements de son cœur, aussi réguliers et réconfortants que le bruit des vagues dans la nuit.

Il sent toujours le café, songea-t-elle. *Pas le velours côtelé. Juste le café.*

– Papa, chuchota-t-elle.

– Viens t'asseoir, dit-il en la repoussant doucement, avant de lui indiquer le canapé.

Elle déclina la proposition d'un signe de tête, se préparant déjà sans trop savoir pourquoi à un nouveau coup dur.

– Je préfère rester debout.

– Laisse-moi t'offrir quelque chose à boire.

Il s'approcha d'un chariot-bar et entreprit de remplir trois verres.

– Nous étions en Europe quand ta mère est morte, révéla-t-il. J'avais pris un congé sabbatique cette année-là, et nous séjournions en France, raison pour laquelle je n'ai été informé de sa disparition que bien plus tard. D'autant que nous n'avions pas d'amis communs pour me tenir au courant… Je suis vraiment désolé pour toi, Rachel.

L'immense compassion qu'elle lut dans ses yeux lui noua l'estomac.

Pour une raison inexplicable, la seule question qui lui vint à l'esprit fut :

– Comment vous êtes-vous rencontrés ?

Il avait fait sa connaissance dans le train, expliqua-t-il, alors qu'il revenait de Baltimore, où il s'était rendu pour assister aux obsèques de sa propre mère, décédée durant l'été 1976. Son doctorat en poche, Elizabeth partait pour Mount Holyoke, où elle avait décroché son premier poste d'enseignante. Jeremy était depuis trois ans maître de conférences à Buckley College, à vingt-cinq kilomètres plus au nord. Une semaine plus tard, ils sortaient ensemble, et un mois plus tard ils s'installaient sous le même toit.

Il tendit un scotch à Rachel et à Maureen, puis leur porta un toast.

– Ta mère entamait sa carrière dans l'une des régions les plus libérales d'un État lui-même libéral à la fin d'une décennie particulièrement libérale, alors autant te dire que la cohabitation hors mariage ne posait pas de problème ! Une grossesse hors mariage en posait peut-être encore moins ; pour certains, c'était même admirable, genre pied-de-nez au système et tout le toutim. Mais si elle s'était fait engrosser par un inconnu, alors là, c'était une autre histoire… Elle serait passée pour vulgaire et pitoyable, une victime idiote incapable de s'élever au-dessus de sa condition. Du moins, c'est ce qu'elle craignait.

Rachel remarqua que Maureen l'observait attentivement, la moitié de son scotch déjà avalée.

Le débit de Jeremy s'accéléra, les mots se bousculèrent dans sa bouche.

– Mais c'était une chose de… de vouloir inventer une fiction à l'intention des autres, ses collègues de travail, etc. C'en était une autre d'essayer de me la faire avaler. Je veux dire, je ne suis peut-être pas prof de maths, en attendant je suis capable de compter. Et il y avait un décalage de deux mois.

Voilà, c'est dit, songea Rachel, qui avala une grande gorgée de scotch. *C'est dit, mais je ne veux pas l'entendre. Je ne peux pas.*

– J'aurais volontiers accepté de jouer le jeu, j'en aurais même été heureux, si elle ne s'était pas obstinée à entretenir le mensonge chez nous, au quotidien, poursuivit-il. Là, ça devenait vraiment trop retors.

Rachel sentait ses lèvres remuer, sans toutefois produire le moindre son. Autour d'elle, l'air se raréfiait, les murs se resserraient.

– Alors j'ai fait une prise de sang.

– Une prise de sang, répéta lentement Rachel.

– C'est ça. Rien de sophistiqué, une analyse qui ne constituait pas une preuve de paternité, mais qui permettrait éventuellement de la réfuter. Tu es du groupe B, n'est-ce pas ?

Un étrange engourdissement la gagnait, comme si on lui avait injecté de la Novocaïne dans la cavité spinale. Elle confirma néanmoins d'un signe de tête.

– Elizabeth était du groupe A, dit-il, avant de finir son scotch et de poser le verre sur un coin de table. Et moi aussi.

Maureen plaça une chaise derrière Rachel, qui s'assit.

– Tu comprends ? poursuivit Jeremy. Si ta mère était du groupe A et moi aussi, et que tu es du groupe B, alors…

– Vous ne pouvez pas être mon père, acheva Rachel, qui vida son verre à son tour. Je comprends, oui.

Pour la première fois, elle remarqua les photos posées sur le bureau, disséminées sur les rayonnages de livres et les bouts de canapé, montrant toutes les mêmes personnes : les enfants du couple, Theo et Charlotte, au fil des ans. Bébés, à la plage, pendant des goûters d'anniversaire, le jour de la remise des diplômes… Des moments-clés et d'autres qui auraient peut-être été oubliés sans l'appareil. Des parcours de vie, de la naissance à la fac. Durant les soixante-douze heures écoulées, elle avait cru avoir un demi-frère et une demi-sœur. À présent, ils n'étaient plus que des inconnus. Elle était redevenue fille unique.

En croisant le regard de Maureen, elle esquissa un sourire tremblant.

– Vous ne pouviez pas me le dire au téléphone, j'imagine… Non, sans doute pas.

Elle se leva, imitée par Maureen, et Jeremy fit deux pas vers elle. Ils devaient craindre qu'elle ne s'évanouisse.

– Ça va, affirma-t-elle.

Ses yeux se portèrent vers le plafond – un plafond en cuivre, nota-t-elle machinalement.

– Je suis juste…

Elle chercha le mot exact.

– Triste ?

Elle répondit d'un hochement de tête à sa propre question.

– Oui, c'est ça. Triste. Et lasse. J'ai consacré beaucoup de temps à cette recherche. Bon, je vais vous laisser, maintenant.

– Non, dit Jeremy. Non, ne pars pas.

– S'il vous plaît, intervint Maureen. On a préparé la chambre d'amis. Restez dormir ici ce soir, d'accord ? Reposez-vous. Restez, Rachel, s'il vous plaît.

Elle s'endormit, ce qu'elle n'aurait jamais cru possible tant elle avait honte – honte de leur avoir inspiré une telle pitié, honte de savoir que, s'ils avaient différé cette conversation pendant si longtemps, c'était pour éviter de la réduire à ce qu'elle était maintenant : une orpheline. Alors qu'elle fermait les yeux, elle entendit le vrombissement distant d'un tracteur, et le son se mêla à des rêves dont elle ne devait garder aucun souvenir. À son réveil, quatre-vingt-dix minutes plus tard, elle se sentait encore plus fatiguée. Elle s'approcha de la fenêtre, écarta les épais rideaux et contempla le jardin des James, derrière lequel s'étendait celui de leurs voisins, où elle remarqua un petit toboggan en plastique et une poussette rose et noir parmi tous les jouets disséminés sur la pelouse. Au-delà, elle distingua un petit pavillon de style Cape Cod, coiffé d'un toit en ardoise claire, et encore plus loin, des terres agricoles. Le tracteur qu'elle avait entendu un peu plus tôt était arrêté dans un champ.

Elle qui pensait savoir ce qu'était la solitude mesurait désormais son erreur. Elle n'avait eu durant toutes ces années qu'une illusion pour lui tenir compagnie, une croyance en un faux dieu, en un père mythique. Quand elle le reverrait, se disait-elle depuis qu'elle avait trois ans, le vide en elle serait enfin comblé. Or, elle venait de le revoir, et il s'avérait qu'il n'avait aucun lien de parenté avec elle.

Lorsqu'elle descendit au rez-de-chaussée, elle les trouva dans le petit salon à l'arrière de la maison. En s'immobilisant sur le seuil, elle lut de nouveau la pitié dans leurs yeux, et elle eut l'impression de n'avoir fait que mendier des sentiments toute son existence, d'avoir tendu la main vers de parfaits inconnus en les implorant de lui donner de quoi combler le manque. Encore et encore.

Je suis un puits sans fond. Remplissez-moi ! Remplissez ma vie !

Puis elle croisa le regard de Jeremy, et il lui vint à l'esprit que ce n'était peut-être pas de la pitié qu'elle y voyait, mais l'expression de sa honte.

– J'ai bien compris qu'on n'était pas du même sang, déclara-t-elle.

– Entrez, Rachel, dit Maureen.

– Mais était-ce une raison pour m'abandonner ?

– Je ne voulais pas partir, affirma Jeremy. Je ne voulais pas te laisser, ma petite Rachel.

Elle pénétra dans la pièce et alla se placer derrière le fauteuil disposé en face du canapé où ils étaient assis tous les deux.

– Malheureusement, à partir du moment où ta mère a décidé que j'étais son ennemi – ce qui est arrivé le jour où j'ai refusé de participer à son fantasme –, je n'avais plus d'autre solution.

Rachel s'installa sur le siège.

– Tu connaissais ta mère mieux que personne, Rachel, enchaîna-t-il. Je suis sûr que tu sais comment elle fonctionnait : une fois qu'elle avait choisi une cible sur laquelle concentrer sa colère, il n'y avait plus moyen de l'arrêter. Et encore moins de la raisonner. Avec ce test de paternité, je suis passé du statut d'ennemi à celui de cancer dans le corps de la maison. Et Elizabeth s'est acharnée sur moi, avec une seule idée en tête : me plier à sa volonté ou me chasser de sa vie.

– Vous rayer, rectifia Rachel.

Il cilla.

– Pardon ?

– Elle vous a jeté ces mots à la figure le dernier soir : « Si tu franchis cette porte, je te raie de ma vie ! »

Jeremy et Maureen échangèrent un coup d'œil surpris.

– Tu t'en souviens ?

Rachel hocha la tête, puis saisit la carafe posée sur la table basse entre eux et se servit un grand verre d'eau.

– C'est ce qu'elle a fait, déclara-t-elle. Si elle s'était contentée de vous chasser, Jeremy, je pense qu'on s'en serait mieux sortis tous les deux. Mais elle vous a « rayé », effacé. Les morts ont leur nom gravé sur une pierre tombale ; des effacés, il ne reste rien, comme s'ils n'avaient jamais existé.

Tout en buvant, elle examina le salon. Survola du regard les livres, les photos, le tourne-disque et les

33 tours rangés exactement à l'endroit où elle l'avait supposé à son arrivée. Nota les plaids tricotés à la main, les traces d'usure sur la causeuse, les nombreuses rayures sur le parquet, les éraflures sur les lambris, l'impression de joyeux désordre qui se dégageait de la pièce. Comme il avait dû être agréable pour les enfants de Jeremy et Maureen de grandir dans ce foyer..., se dit-elle. À cette pensée, elle baissa la tête, ferma les yeux pour mieux laisser les souvenirs affluer. Elle revit sa mère, l'aire de jeux avec ses balançoires humides où Jeremy l'avait emmenée petite, et les tas de feuilles mortes détrempées devant la maison de Westbrook Road le lendemain du jour où il était parti. Se demanda quelle aurait été sa vie s'il ne les avait pas quittées, s'il avait rempli auprès d'elle le rôle d'un père, malgré leur absence de lien biologique, s'il l'avait élevée, conseillée, guidée... Et si, dans cette autre vie, sa mère n'avait pas été consumée par le désir d'imposer à ses proches sa propre vision déformée de l'existence, mais s'était révélée telle que dans ses cours et ses livres : objective, rationnelle, capable de rire d'elle-même et surtout de donner de l'amour – un amour simple, sincère et mature.

Ce n'était cependant pas sous ce jour que Jeremy et elle l'avaient connue. Ils avaient été confrontés à une personnalité complexe, conflictuelle et agressive, mélange d'intelligence, d'angoisse et de fureur démesurées, d'autant plus déconcertante qu'elle offrait au monde extérieur l'image d'une femme à la blondeur nordique, calme, compétente et posée.

« Je te raie de ma vie. »

Oh oui, tu l'as bel et bien rayé de notre vie, maman. Et tu as rayé du même coup la famille qu'on aurait pu former, tout ça à cause de tes putains d'obsessions ! Tu n'étais qu'une garce diabolique !

Lorsqu'elle releva la tête et repoussa les mèches tombées devant ses yeux, elle découvrit Maureen près d'elle, qui lui tendait une boîte de mouchoirs.

Jeremy, lui, s'était assis par terre en face d'elle et, les mains posées sur les genoux, la considérait avec bienveillance et tristesse.

– Maureen ? dit-il. Est-ce que je peux rester seul avec Rachel quelques minutes ?

– Bien sûr, bien sûr.

Sa femme posa la boîte de mouchoirs sur une console, puis se ravisa et la laissa sur la table basse. Elle prit encore le temps de remplir d'eau le verre de Rachel, remit en place le coin d'un tapis… Pour finir, elle leur adressa à tous les deux un sourire censé être réconfortant mais qui se mua rapidement en grimace embarrassée, et quitta la pièce.

– Quand tu avais deux ans, déclara Jeremy, ta mère et moi nous disputions sans arrêt. Tu as une idée de ce que ça fait, de se quereller avec quelqu'un à longueur de journée ? Quelqu'un qui prétend détester les conflits mais qui ne vit qu'à travers eux ?

Les yeux fixés sur lui, Rachel inclina la tête de côté.

– C'est à moi que vous posez cette question ?

Il ébaucha un sourire.

– Ça use l'âme et le cœur, ça te tue à petit feu… À partir du moment où Elizabeth a décidé que j'étais son ennemi, l'existence avec elle est devenue une guerre permanente. Une fois, je rentrais du travail, et j'ai vomi dans le jardin, sur la neige qui recouvrait la pelouse. Oh, il ne s'était rien passé de spécial ce jour-là, mais je savais qu'à la seconde où je pousserais la porte, Elizabeth provoquerait une scène sous n'importe quel prétexte : une intonation particulière dans ma voix, la cravate que j'avais choisie, une remarque que j'avais faite trois semaines plus tôt, un truc que quelqu'un lui avait dit à mon sujet, un sentiment qu'elle avait, une intuition d'origine mystérieuse, comme soufflée par une force supérieure, selon laquelle quelque chose clochait chez moi, un rêve qu'elle avait eu dans la même veine…

Il secoua la tête et laissa échapper un léger soupir, comme s'il était surpris par l'acuité de ses souvenirs, près de trente ans plus tard.

– Pourquoi êtes-vous resté avec elle aussi longtemps, alors ? s'étonna Rachel.

Il s'agenouilla devant elle, lui saisit les mains, les porta à ses lèvres et les huma.

– Pour toi, répondit-il. J'aurais volontiers pris le risque de vomir tous les soirs, d'attraper un ulcère, de développer une insuffisance cardiaque précoce ou n'importe quelle autre maladie si, en contrepartie, j'avais pu te voir grandir.

Après l'avoir relâchée, il s'assit en face d'elle sur la table basse.

– Mais…, dit-elle dans un souffle.

– Mais ta mère le savait. Elle savait que je n'avais aucun droit sur toi mais que je ne te quitterais pas, que ça lui plaise ou non. Et puis, une nuit, la dernière fois qu'on a fait l'amour, je m'en souviens encore, j'ai découvert en me réveillant qu'elle avait disparu. Je me suis précipité dans ta chambre, et tu étais là, endormie. J'ai fait le tour de la maison. Pas de message, pas d'Elizabeth. Les téléphones portables n'avaient pas encore été inventés et nous n'avions aucun ami commun que je pouvais appeler.

– Vous étiez ensemble depuis deux ans à ce stade et vous n'aviez pas d'amis communs ?

Il fit non de la tête et se pencha en avant.

– Deux ans et demi, plus précisément. Vois-tu, ta mère s'arrangeait toujours pour étouffer dans l'œuf toute tentative de vie sociale. Je ne m'en rendais pas compte à l'époque, on était trop débordés, entre le boulot, la grossesse, ta naissance et tous les bouleversements liés à l'arrivée d'un enfant. En fait, je ne suis même pas sûr d'avoir remarqué à quel point on s'était éloignés l'un de l'autre avant cette fameuse nuit. J'enseignais à Worcester à cette période, à Holy Cross, et les trajets me prenaient un temps fou. N'empêche, quand je lui proposais une sortie avec ses collègues, d'autres profs de la fac, elle me disait chaque fois : « Machin-chose déteste les femmes en secret », ou « Trucmuche est trop prétentieux », ou encore, l'argument ultime : « Lui, il regarde bizarrement Rachel. » Comment voulais-tu lutter ?

– Elle faisait pareil avec mes copines, révéla Rachel. Elle lançait tout le temps des petites piques à leur sujet, l'air de rien, genre : « Jennifer est bien gentille… pour une gamine aussi complexée. » Ou « Chloé pourrait être si mignonne, mais pourquoi est-ce qu'elle s'habille comme ça ? Est-ce qu'elle a conscience du message qu'elle envoie ? »

Elle avait beau en parler d'un ton léger, son cœur se serra à la pensée de toutes ces amitiés auxquelles sa mère l'avait poussée à renoncer.

– Il lui arrivait même d'aller jusqu'à accepter l'invitation d'un autre couple ou d'un groupe de collègues, poursuivit Jeremy. Et puis, à la dernière minute, alors qu'on était prêts à partir, un problème survenait immanquablement : la voiture de la baby-sitter était tombée en panne, Elizabeth ne se sentait pas bien ou craignait que tu ne couves quelque chose – « Tu ne trouves pas qu'elle a le front chaud, JJ ? » –, ou alors l'autre couple appelait pour annuler, même si je ne me rappelais pas avoir entendu le téléphoner sonner… Sur le moment, la raison me paraissait tout à fait plausible. C'est seulement avec le recul que l'accumulation m'a paru suspecte. Bref, tout ça pour dire que, non, nous n'avions pas d'amis communs.

– Et pour en revenir à cette nuit où elle a disparu… ?

– Elle est rentrée à l'aube. Elle avait été agressée.

Il baissa les yeux.

– Son corps portait des traces de coups, mais pas son visage. Elle avait été frappée et violée.

– Par qui ?

– C'est toute la question, répondit-il en la regardant bien en face. Quoi qu'il en soit, elle s'était rendue au poste de police, où on l'avait prise en photo et fait examiner par un médecin.

Il s'éclaircit la gorge.

– Elle a dit aux flics qu'elle serait incapable d'identifier son agresseur. Mais à son retour, elle m'a menacé : si je ne me montrais pas raisonnable, si je n'admettais pas la vérité, elle…

– Attendez une minute, l'interrompit Rachel. Quelle vérité ?

– Que j'étais ton géniteur.

– Mais ce n'était pas vrai.

– Non.

– Alors…

– Elle exigeait que j'assume cette paternité. C'était d'après elle la condition pour qu'on reste ensemble. Moi, je lui ai répondu : « Écoute, Elizabeth, je veux bien dire au monde entier que je suis le père de Rachel. Je signerai tous les documents. Si on divorce, je vous verserai une pension jusqu'à ses dix-huit ans. Mais s'il y a bien une chose que je refuserai toujours, une chose que tu ne devrais même pas suggérer tellement c'est dingue, c'est de prétendre l'avoir engendrée. C'est au-dessus de mes forces. »

– Et elle a réagi comment ? interrogea Rachel, qui s'en doutait déjà.

– Elle m'a demandé pourquoi je m'obstinais à mentir et comment je pouvais avoir le culot de qualifier de déraisonnable une requête concernant un point aussi crucial. Elle m'a accusé d'essayer de la faire passer pour folle.

Les mains jointes comme pour prier, il poursuivit à voix basse, presque dans un chuchotement :

– Apparemment, tout l'enjeu consistait à me convaincre qu'elle ne croirait jamais à la sincérité de mon amour si je n'acceptais pas de me lier à elle par ce contrat absurde. C'était l'absurdité, la clé de tout : ou je la rejoignais dans sa folie, ou je ne la rejoignais nulle part.

– Et vous avez choisi la seconde option.

– J'ai choisi la vérité.

Il se redressa.

– Et ma santé mentale.

Rachel sentit un sourire amer relever les coins de sa bouche.

– Elle n'a pas apprécié, j'imagine ?

– Elle m'a dit que si j'étais déterminé à vivre dans la lâcheté et le mensonge, il n'était plus question que je te revoie. Au cas où je quitterais la maison, je couperais définitivement les ponts.

– Et vous êtes parti quand même.

– Oui.

– Vous n'avez jamais tenté de reprendre contact ?

Il secoua la tête.

– C'était son arme ultime : à la moindre tentative de ma part pour revenir dans vos vies, m'a-t-elle assuré, elle irait trouver la police pour dire que c'était moi qui l'avais agressée.

Rachel s'efforçait de comprendre. Pourquoi sa mère se serait-elle donné autant de mal pour chasser Jeremy James – ou quiconque – de son existence ? C'était aller un peu loin, lui semblait-il. Mais à peine cette pensée lui eut-elle traversé l'esprit qu'elle se remémora le sort de certaines personnes ayant été en conflit avec Elizabeth : un doyen contre qui elle avait peu à peu monté tous les membres de la fac ; un collègue professeur de psychologie dont le contrat n'avait pas été renouvelé ; un concierge renvoyé ; un employé à la boulangerie de la ville qui avait été remercié… Tous, et sans doute d'autres encore, l'avaient contrariée – du moins en était-elle persuadée –, attirant sur eux une vengeance calculée et impitoyable. Sa mère, elle ne le savait que trop bien, avait toujours raisonné en stratège.

– D'après vous, elle avait vraiment été violée ? demanda-t-elle.

– Non. À mon avis, elle avait tout prévu : ce soir-là, après avoir couché avec moi, elle a rejoint quelqu'un qu'elle avait payé, ou pas, pour la frapper. J'ai eu des années pour y réfléchir, et c'est le scénario qui me paraît le plus probable.

– Tout ça parce que vous refusiez de vivre dans le mensonge ?

– Oui. Et aussi parce que j'avais eu un aperçu de l'ampleur de sa folie. Ça, elle ne pouvait pas me le pardonner.

Durant un moment, Rachel tourna et retourna cette explication dans sa tête. Pour finir, elle déclara à l'homme qui aurait dû être son père :

– Quand je pense à elle, et j'y pense bien trop souvent, je me demande parfois si elle n'était pas le mal incarné.

– Non, elle n'était pas méchante, affirma-t-il. C'était seulement la personne la plus abîmée que j'aie jamais rencontrée. Et elle pouvait se montrer extrêmement cruelle si on la contrariait, je te l'accorde. Pourtant, son cœur débordait d'amour.

Elle salua ces mots d'un petit rire sans joie.

– Ah oui ? Pour qui ?

Le regard que Jeremy James posa sur elle reflétait la gravité et le désarroi.

– Pour toi, Rachel. Uniquement pour toi.

5

Du luminisme

De sa rencontre avec l'homme que Rachel avait cru être son père naquit une amitié inattendue. Ils ne firent aucun effort particulier pour nouer des liens ; ceux-ci se tissèrent naturellement, un peu comme ceux d'un frère et d'une sœur se retrouvant après une longue séparation, même si Jeremy et elle n'étaient pas apparentés, même s'il avait soixante-trois ans, et elle, vingt-huit.

Quand Elizabeth Childs était morte, Jeremy séjournait avec sa famille en Normandie, où il consacrait son congé sabbatique à des recherches sur un sujet qui le fascinait depuis longtemps : le rapprochement possible entre le luminisme et l'expressionnisme. Alors que l'essentiel de sa carrière universitaire était derrière lui et que la retraite se profilait à l'horizon, il rêvait d'écrire un livre sur le luminisme, un courant pictural américain trop souvent confondu avec l'expressionnisme. Comme il l'expliqua à Rachel, qui n'avait aucune connaissance dans le domaine des arts, le terme caractérisait les peintres paysagistes de l'Hudson River School. Pour lui, les deux écoles artistiques s'étaient influencées, même si l'hypothèse dominante – le « dogme », en réalité, précisa-t-il avec dédain – voulait qu'elles se soient développées de façon indépendante à la fin du dix-neuvième siècle de chaque côté de l'Atlantique.

Un certain Colum Jasper Whitstone, raconta-t-il, avait travaillé comme apprenti auprès de deux des plus célèbres luministes – George Caleb Bingham et Albert Bierstadt –, avant de s'enfuir en 1863 avec une grosse somme d'argent volée à l'agence de la Western Union où il était employé. Par la suite, on n'entendit plus jamais parler de lui ni de l'argent en Amérique. Mais dans son journal intime, Madame de Fontaine, une riche veuve établie en Normandie et mécène à ses heures, faisait allusion par deux fois à un certain Callum Whitestone durant l'été 1865, le décrivant comme un gentilhomme venu d'Amérique qui se distinguait par ses bonnes manières, ses goûts raffinés et un héritage d'origine nébuleuse. Lorsque Jeremy rapporta l'histoire à Rachel pour la première fois, ses yeux brillaient comme ceux d'un gamin le jour de son anniversaire, et sa voix de baryton tremblait d'excitation.

– Monet et Boudin ont peint la côte normande cette même année. Tu te rends compte ? Ils installaient chaque jour leur chevalet au bout de la rue où Madame de Fontaine avait sa résidence d'été !

Jeremy pensait que ces deux géants de l'impressionnisme avaient croisé la route de Colum Jasper Whitstone, et que ce dernier, en fait, était le chaînon manquant qui permettait de rattacher le luminisme américain à l'impressionnisme français. Ne lui restait plus qu'à le prouver. Rachel lui apporta son concours dans ses recherches, consciente toutefois de l'ironie de la démarche : tous deux s'évertuaient à retrouver la trace d'un individu disparu corps et âme cent cinquante ans plus tôt, mais étaient incapables d'identifier l'homme qui l'avait engendrée quelque trente ans auparavant.

Jeremy lui rendait souvent visite lorsqu'il était de passage en ville pour consulter ouvrages ou documents au musée des beaux-arts, au Boston Athenæum et à la bibliothèque municipale. À cette époque, Rachel venait de quitter le *Globe* pour faire ses débuts à la télévision et avait emménagé avec Sebastian, un producteur de Channel 6. Parfois, Sebastian était là et se joignait à eux pour le dîner ou devant un verre, mais la plupart du temps il allait travailler sur son bateau.

– Vous formez un très beau couple, observa Jeremy un soir où il était seul avec Rachel dans l'appartement.

Dans sa bouche, la remarque ne sonnait pourtant pas comme un compliment. Il avait l'art de vanter les qualités de Sebastian – son intelligence, son humour à froid, son physique avantageux, l'impression de professionnalisme qu'il dégageait – d'un ton laissant supposer qu'il pensait tout le contraire.

En cet instant, il contemplait une photo d'eux prise à bord du bateau de Sebastian. Après l'avoir reposée sur le manteau de la cheminée, il décocha à Rachel un sourire à la fois aimable et distrait, comme s'il cherchait en vain quelque chose de positif à ajouter sur eux.

– Il travaille beaucoup, déclara-t-il.

– Exact, convint-elle.

– Il veut diriger la chaîne un jour, j'imagine…

– Tout le réseau, plutôt !

Il éclata de rire et emporta son verre de vin près des rayonnages de livres, où il se concentra sur une photo encadrée d'elle avec sa mère dont Rachel avait presque oublié la présence. Sebastian, qui n'en était pas fan, l'avait repoussée tout au bout d'une étagère, dans l'ombre d'un énorme pavé, *The Smithsonian's*

History of America in 101 Objects. Jeremy la saisit délicatement, et Rachel vit son expression devenir à la fois rêveuse et triste.

– Tu avais quel âge, sur cette photo ?

– Sept ans, répondit-elle.

– Ça explique le sourire édenté.

– Mmm… D'après Sebastian, j'ai l'air d'un hobbit là-dessus.

– Il a dit ça ?

– C'était pour rire.

– Bien sûr. Un vrai comique, ce Sebastian…

Le cadre à la main, il vint s'asseoir à côté d'elle sur le canapé.

À sept ans, se rappelait Rachel, elle avait cessé de sourire devant l'objectif parce qu'il lui manquait deux dents du haut et une en bas. Pour régler le problème, sa mère s'était procuré de fausses dents en plastique et, à l'aide d'un feutre, en avait noirci une en haut et deux en bas. Puis, par un après-midi pluvieux, elle les avait mises dans sa bouche et avait demandé à Ann Marie de les photographier, Rachel et elle, dans la maison de South Hadley. Sur la photo que tenait Jeremy, la seule rescapée de cette journée mémorable, elle-même était blottie dans les bras d'Elizabeth, et toutes deux affichaient un grand sourire hideux.

– J'avais oublié à quel point elle était jolie, dit soudain Jeremy. Oh, bon sang !

Il adressa un sourire ironique à Rachel.

– Elle ressemble à ton petit ami.

– Peuh ! N'importe quoi.

C'était pourtant vrai. Comment avait-elle pu ne pas le remarquer ? Sebastian et sa propre mère incarnaient l'idéal aryen : cheveux d'un blond presque blanc, pommettes saillantes et mâchoire volontaire, yeux bleu glacier, lèvres si fines qu'elles paraissaient faites pour sceller un secret.

– Je sais bien que certains hommes épousent le sosie de leur mère, reprit Jeremy, mais là, c'est…

Elle lui donna un coup de coude dans le ventre.

– Ça suffit, maintenant.

Il s'esclaffa, l'embrassa sur la tête et alla remettre le cadre à sa place.

– Tu en as d'autres ?

– Des photos ?

– Oui. Je n'ai pas eu l'occasion de te voir grandir, hélas…

Elle alla chercher dans sa penderie la boîte à chaussures qu'elle vida sur la table de la cuisine. Les clichés se répandirent devant elle, formant une sorte de collage disparate – à l'image de sa vie, lui sembla-t-il. Le goûter d'anniversaire le jour de ses cinq ans ; une sortie à la plage quand elle était adolescente ; au bal de promo des classes de première au lycée ; en tenue de sport au collège ; en train de traîner au sous-sol avec Caroline Ford, probablement lorsqu'elle avait onze ans, puisque le père de Caroline n'avait enseigné à la fac que cette année-là ; sa mère avec Ann Marie et Don Klay lors d'un cocktail, apparemment ; elle avec sa mère le jour où elle avait obtenu son brevet ; sa mère, Ann Marie et son premier mari, Richard, ainsi que Giles Ellison au festival de théâtre de Williamstown ; les mêmes pendant un barbecue, les cheveux légèrement plus clairsemés et grisonnants ; elle, le jour où on lui avait enlevé son appareil dentaire ; deux photos d'Elizabeth en compagnie d'une demi-douzaine d'amis inconnus dans un bar… Sa mère était encore jeune sur celles-là, elle avait peut-être vingt-cinq ans, et Rachel ne reconnaissait ni ses compagnons ni l'établissement.

– C'est qui, là ? demanda-t-elle à Jeremy.

Il examina les deux clichés, qui semblaient avoir été pris à quelques minutes d'intervalle.

– Aucune idée.

– On dirait des étudiants, non ? Maman a l'air tellement jeune là-dessus ! À mon avis, ça date de son premier séjour dans les Berkshires.

Jeremy considéra le tirage qu'elle tenait dans sa main gauche. Le photographe avait manifestement appuyé sur le déclencheur à l'insu d'Elizabeth, qui avait les yeux fixés sur les bouteilles derrière le bar.

– Non, je ne les connais pas, confirma Jeremy. Je ne connais même pas ce bar. Il ne doit pas être dans les Berkshires. Ou alors, je n'y ai jamais mis les pieds.

Il ajusta ses lunettes et se pencha.

– Les Colts.

– Hein ?

– Là, regarde.

Elle se concentra sur le point qu'il lui indiquait. Derrière le comptoir, à l'entrée d'un étroit couloir lambrissé comme ceux qui mènent en général aux toilettes, on distinguait une banderole accrochée au mur. Une moitié seulement était visible, celle comportant l'écusson de l'équipe : un casque blanc avec un fer à cheval bleu marine au milieu. Les Colts d'Indianapolis.

– Qu'est-ce qu'elle faisait à Indianapolis ? s'interrogea Rachel.

– Les Colts ne se sont installés dans cette ville qu'en 1984. Avant, ils étaient à Baltimore. Donc, cette photo doit remonter à l'époque où ta mère était à Johns Hopkins, avant ta naissance.

Rachel la replaça sur la table, et tous deux reportèrent leur attention sur la seconde, où tous les protagonistes faisaient face à l'objectif.

– Qu'est-ce qu'on cherche ? demanda Rachel au bout d'un moment.

– Tu dirais que ta mère était sentimentale ? Ou portée à la nostalgie ?

– Oh non !

– Alors, pourquoi a-t-elle gardé ces deux tirages ?

– Bonne question.

Ils étaient six dans ce bar : trois hommes et trois femmes, dont Elizabeth. Ils avaient rapproché leurs tabourets pour se regrouper à une extrémité du comptoir. Tous souriaient largement, le regard un peu vitreux. L'aîné des six était l'homme corpulent le plus à gauche de l'image. La quarantaine, le visage mangé par d'impressionnants favoris, il portait une veste à carreaux sur une chemise bleu vif, barrée par une large cravate dont le nœud avait été desserré au-dessus de son col déboutonné. Sa voisine était une petite brune en pull à col roulé violet, menton fuyant et nez minuscule, cheveux rassemblés en chignon. Près d'elle était assise une Noire mince arborant une permanente de style Jheri-curl, vêtue d'un haut noir sous un blazer blanc au col relevé, qui tenait près de son oreille une fine cigarette qu'elle n'avait pas encore allumée. Sa main gauche reposait sur le bras d'un Noir à l'apparence soignée, en costume trois-pièces couleur fauve, au regard franc et solennel derrière ses épaisses lunettes carrées. Son voisin, un brun en chemise blanche et cravate noire sous un pull camionneur en maille velours, avait les cheveux séparés par une raie au milieu et dégradés au niveau des tempes. Ses yeux verts pétillaient de gaieté, et Rachel crut déceler aussi une certaine lascivité dans son expression. Il avait passé un bras autour des épaules d'Elizabeth, mais difficile d'en tirer une conclusion : tous, serrés les uns contre les autres, s'étaient enlacés. Elizabeth elle-même était assise au bout de la rangée, en chemisier bouffant à rayures dont elle avait défait les trois premiers boutons, révélant le décolleté le plus profond que Rachel lui ait jamais vu. Ses cheveux, qu'elle avait toujours eu courts durant toute leur vie dans les Berkshires, lui tombaient presque jusqu'aux épaules et, pour suivre la mode, étaient dégradés sur les côtés. À cette époque déjà, elle se distinguait par la seule force de sa présence. Malgré les trois décennies qui les séparaient, elle paraissait les dévisager, comme si elle avait deviné au moment où le photographe appuyait sur le déclencheur que les circonstances placeraient un jour sa fille et un homme qu'elle avait failli épouser dans la position exacte où ils se trouvaient maintenant : scrutant ses traits, une fois de plus, pour essayer de sonder son âme. Mais sur les photos, ainsi que dans la vie, elle ne livrait rien : son sourire, pourtant le plus éclatant de tous, n'éclairait pas ses yeux. Elle souriait parce que c'était ce qu'on attendait d'elle, pas parce qu'elle en avait envie, une impression renforcée par le second cliché, qui semblait avoir été pris quelques secondes avant ou après.

Après, se rendit compte Rachel, parce que la cigarette de la Noire rougeoyait sur la seconde image. Sa mère était tournée vers le bar et contemplait les bouteilles à droite de la caisse enregistreuse. Des bouteilles de whiskey, constata-t-elle avec un certain étonnement ; elle se serait plutôt attendue à la voir manifester de l'intérêt pour la vodka. Elle ne souriait plus mais, paradoxalement, paraissait plus heureuse. Son visage exprimait une intensité que Rachel aurait qualifiée d'érotique si elle s'était concentrée sur autre chose que l'alcool. Elle semblait avoir été surprise en pleine rêverie, anticipant une rencontre avec quiconque quitterait le bar avec elle ou la rejoindrait plus tard.

Ou alors, elle se contentait de regarder les bouteilles en se demandant ce qu'elle mangerait au petit déjeuner le lendemain matin, tout simplement… Rachel se rendit compte qu'elle en était réduite à inventer, à multiplier les conjectures, parce qu'elle voulait à toute force donner de l'importance à des photos qui n'en avaient pas.

– C'est ridicule, finit-elle par dire en allant chercher la bouteille de vin qu'ils avaient laissée sur le comptoir.

– Pourquoi ?

Jeremy disposa les deux tirages côte à côte.

– On s'obstine à le chercher là-dessus, alors que c'est seulement un groupe de copains réunis dans un bar quand elle était en fac, répondit-elle.

Elle les resservit et plaça la bouteille sur la table entre eux.

– Rien de plus.

– J'ai vécu avec ta mère pendant trois ans et je n'ai jamais vu que des photos de toi dans la maison. Et aujourd'hui, je découvre l'existence de ces deux-là, qu'elle ne m'avait jamais montrées durant tout le temps où j'étais avec elle. Pourquoi ? Quel secret renferment-elles ? Je pencherais pour ton père.

– C'était peut-être juste une soirée dont elle gardait un bon souvenir…

Il ne parut pas convaincu.

– Ou alors, elle avait oublié l'existence de ces deux photos, suggéra Rachel.

Jeremy avait toujours l'air sceptique.

– Bon, dit-elle. Vas-y, donne-moi tes arguments.

– Lui, il a les mêmes yeux que toi, affirma-t-il en indiquant l'homme le plus proche d'Elizabeth, le brun en pull camionneur.

Elle se pencha pour examiner l'image. Comme elle, l'inconnu avait les yeux verts, mais d'une nuance plus foncée ; les siens étaient si clairs qu'ils paraissaient presque gris. Et, tout comme elle, il était brun. La forme générale du visage et la ligne du nez correspondaient. Il avait le menton pointu, alors que le sien était plutôt carré, comme celui de sa mère. Et alors ? Elle pouvait très bien avoir hérité le menton d'Elizabeth et les yeux et les cheveux de son père. Il était incontestablement séduisant, malgré sa petite moustache style acteur de porno, pourtant il y avait quelque chose en lui de superficiel, d'immature. Or sa mère n'avait jamais eu d'inclination particulière pour les minets. Jeremy et Giles n'étaient peut-être pas les spécimens les plus virils que Rachel ait rencontrés, mais il émanait d'eux une indéniable impression de solidité, et ils possédaient en outre une vive intelligence, immédiatement perceptible. L'homme en pull, lui, semblait taillé pour présenter l'élection d'une Miss Junior.

– Il n'est pas vraiment son genre, fit-elle remarquer.

– Tu crois que je l'étais, moi ?

– Tu n'es pas frivole, répondit Rachel. Pour maman, c'était le plus important.

– Bon, quoi qu'il en soit, ce n'est pas lui, dit Jeremy en posant son index sur l'homme corpulent en veste hideuse. Et ce n'est pas celui-là non plus, ajouta-t-il en déplaçant son doigt vers le Noir. Le photographe, peut-être ?

– *La* photographe.

Rachel lui indiqua le reflet dans la glace derrière le comptoir d'une femme dont la chevelure brune cascadait de sous un bonnet multicolore, et qui tenait l'appareil à deux mains.

– Ah.

Elle regarda les autres clients capturés à leur insu sur la pellicule : deux vieillards et un couple de quinquagénaires, assis un peu plus loin au comptoir, le barman en train de chercher de la monnaie dans la caisse, et un homme assez jeune en blouson de cuir noir, pris au moment où il entrait dans la salle.

– Lui, peut-être ?

Jeremy ajusta ses lunettes et se pencha.

– Ah, zut, j'ai du mal à voir. Attends…

Il se leva pour aller chercher le sac à dos en toile qui l'accompagnait partout dans ses expéditions à la bibliothèque. Il en sortit une loupe qu'il plaça au-dessus du visage de l'inconnu en blouson de cuir. Celui-ci avait l'air surpris, comme s'il venait de découvrir la photographe et craignait d'avoir gâché la photo. Il avait aussi le teint plus mat qu'il n'y paraissait de prime abord. Il était colombien, peut-être, ou indien, pensa Rachel. De toute évidence, ce n'était pas de lui qu'elle tenait sa carnation.

Jeremy approcha alors sa loupe de l'homme au pull camionneur. « Cherche-toi dans ses yeux », lui avait dit sa mère. Rachel scruta les prunelles agrandies de l'inconnu jusqu'au moment où sa vue se brouilla. Elle dut détourner la tête quelques secondes.

– On a vraiment les mêmes yeux ? demanda-t-elle.

– Ils sont presque de la même couleur, répondit Jeremy. La forme est différente, les tiens rappellent plutôt ceux d'Elizabeth. Tu veux que je passe quelques coups de fil ?

– À qui ?

Il reposa sa loupe.

– Supposons qu'elle ait rejoint des étudiants en doctorat avec elle à Johns Hopkins cette année-là. Si c'est le cas, toutes les personnes présentes sur ces photos seront facilement identifiables. Si c'est une fausse piste, eh bien, ça ne m'aura coûté que quelques coups de téléphone à des amis qui travaillent là-bas.

– OK.

Jeremy photographia les deux clichés avec son téléphone, vérifia que les images étaient nettes, puis rangea le portable dans sa poche.

Au moment de partir, il se retourna pour demander :

– Ça va, Rachel ?

– Oui, pourquoi ?

– Tu parais vidée, tout d'un coup.

Il fallut quelques secondes à Rachel pour trouver les mots capables de formuler sa pensée.

– Je ne suis pas ta fille et je le regrette, parce que tout serait terminé et que j'aurais pour père un type vraiment cool.

Elle le vit rajuster ses lunettes, un geste qui, elle le savait désormais, trahissait son embarras.

– On ne m'avait encore jamais dit que j'étais « cool »…

– Eh bien, moi, je te le dis, répliqua-t-elle, avant de l'embrasser sur la joue.

Elle reçut son premier mail de Brian Delacroix en deux ans. C'était un message bref – trois lignes –, dans lequel il la félicitait pour une série d'articles qu'elle avait rédigés deux semaines plus tôt, à propos de rumeurs de dessous-de-table et de piston au service pénitentiaire d'insertion et de probation du Massachusetts. Le directeur, Douglas O'Halloran, surnommé « Dougie », avait pendant des années dirigé ledit service comme son royaume personnel, mais depuis l'enquête menée par Rachel et d'autres journalistes du *Globe*, le procureur préparait une mise en examen.

« Quand Dougie a compris que vous vous intéressiez à lui, il en a chié dans son froc », écrivait Brian Delacroix.

Rachel se surprit à sourire.

« Content de savoir que vous êtes parmi nous, mademoiselle Childs. »

Je vous retourne le compliment, envisagea-t-elle de répondre.

Puis elle lut le PS :

« Je m'apprête à retraverser la frontière. Retour en Nouvelle-Angleterre. Quelques bonnes adresses à me recommander ? »

Rachel entra aussitôt son nom dans le moteur de recherche de Google, une initiative qu'elle s'était consciemment interdite jusque-là. Il n'y avait qu'une seule photo de lui dans Google Images, légèrement floue, prise en 2000 lors d'un gala de charité couvert par le *Toronto Sun*. C'était néanmoins bien lui, en smoking – une tenue qui semblait presque incongrue –, la tête détournée. « Brian Delacroix III, héritier d'un empire du bois », disait la légende. L'article dans lequel le cliché avait été publié mentionnait une licence obtenue à l'université de Brown et un MBA à Wharton, et décrivait un homme « réservé » et « notoirement discret ». Qui, une fois ces diplômes en poche, était devenu…

Détective privé à Chicopee, Massachusetts, pendant un an ?

Rachel sourit au souvenir du réduit qui lui servait de bureau, du *golden boy* qui tentait de dévier de la voie toute tracée par sa famille mais souffrait visiblement du conflit engendré en lui par cette décision. Il lui avait paru tellement sérieux, alors, tellement honnête… Si elle avait poussé n'importe quelle autre porte ce jour-là et confié son affaire à n'importe quel autre enquêteur, celui-ci n'aurait sans doute pas hésité à la saigner à blanc, comme l'avait prédit Brian Delacroix.

Lui avait choisi de ne pas le faire.

Elle contempla la photo en imaginant qu'il habitait un quartier proche. Voire, à quelques rues seulement.

– Je vis avec Sebastian, dit-elle à voix haute.

Et encore :

– J'aime Sebastian.

Elle ferma son ordinateur portable en se promettant de répondre à Brian Delacroix dès le lendemain. Elle ne s'y résolut cependant jamais.

Deux semaines plus tard, Jeremy James l'appela et commença par lui demander si elle était bien assise. Rachel s'adossa au mur et prétendit qu'elle l'était.

– Bon, j'ai identifié presque tout le monde, annonça-t-il. Les deux Afro-Américains sont toujours ensemble et exercent en libéral à St Louis. L'autre femme est morte en 1990. Le costaud était prof de fac ; il est décédé lui aussi il y a quelques années. Quant au gars en pull en velours, c'est Charles Osaris, psychologue clinicien. Il a un cabinet à Oahu.

– À Hawaï, donc.

– Si c'est bien ton père, tu auras un super point de chute pour les vacances ! J'espère que tu m'inviteras !

– C'est comme si c'était fait !

Il lui fallut trois jours pour se décider à composer le numéro de téléphone de Charles Osaris. Ses réticences n'avaient rien à voir avec la nervosité ou l'appréhension ; elles s'ancraient en réalité dans le désespoir. Rachel savait qu'il n'était pas son père, elle le savait au plus profond de son cœur, de ses tripes et de son cerveau.

Pourtant, une part d'elle-même continuait d'espérer.

Charles Osaris confirma qu'il avait suivi le programme de doctorat en psychologie clinique à Johns Hopkins en même temps qu'Elizabeth Childs. Il gardait effectivement le souvenir de plusieurs soirées passées avec elle dans un bar appelé le Milo, à East Baltimore, où une banderole des Colts était accrochée au mur à droite du comptoir. Il était désolé d'apprendre qu'elle était morte ; il l'avait toujours considérée comme une femme particulièrement mystérieuse.

– On m'a dit que vous étiez sortis ensemble, avança Rachel.

– Qui a bien pu vous raconter une chose pareille ?

Il laissa échapper un son qui tenait à la fois de l'aboiement et du rire.

– J'ai fait mon coming-out dans les années 70, mademoiselle Childs ! Je n'ai jamais eu d'illusions sur ma sexualité. Elle a été source de confusion pour moi, c'est certain, mais pas d'illusions. Je ne suis jamais sorti avec une femme, je n'en ai même jamais embrassé une !

– J'ai été mal informée, de toute évidence.

– Il n'y a pas de doute. En attendant, pourquoi vouliez-vous savoir si j'avais eu une liaison avec votre mère ?

Rachel décida de jouer franc-jeu et lui avoua qu'elle cherchait son père.

– Elle ne vous a jamais dit qui c'était ? s'étonna Charles Osaris.

– Non.

– Mais *pourquoi* ?

En guise de réponse, elle lui fournit la seule explication dont elle disposait et qui, avec les années, lui paraissait de plus en plus absurde :

– Pour une raison qui m'échappe, elle croyait me protéger. Elle devait penser que me révéler un secret reviendrait à me mettre en danger.

– La femme que je connaissais n'aurait pas opéré de tels rapprochements. Elle avait toujours une vision très claire des choses.

– Pour quelle autre raison m'aurait-elle caché une information aussi importante ?

Lorsqu'il reprit la parole, ce fut d'une voix teintée de tristesse :

– J'ai côtoyé votre mère pendant deux ans. Comme j'étais sans doute le seul homme dans un rayon de quinze kilomètres à ne pas rêver de la déshabiller, nous avions de bonnes relations. Elle se sentait en sécurité avec moi, mademoiselle Childs. Mais, en réalité, je ne la connaissais pas, parce qu'elle ne laissait personne la percer à jour. Elle aimait trop les secrets. Pour elle, ils étaient la clé du pouvoir. Une source de jouissance encore plus grande que le sexe. Je suis convaincu qu'ils constituaient sa drogue de prédilection.

Après sa conversation avec Charles Osaris, Rachel eut trois crises de panique en une semaine : une dans les toilettes des employés à Channel 6, une autre sur un banc au bord de la Charles River alors qu'elle faisait son jogging matinal et la troisième sous la douche, un soir, alors que Sebastian dormait. Elle n'en parla à personne, ni à lui ni à ses collègues. Pour autant qu'on puisse garder une certaine maîtrise de soi pendant une attaque de panique, elle ne céda pas à l'affolement et conserva assez de lucidité pour se répéter qu'il ne s'agissait pas d'un malaise cardiaque, que sa gorge finirait par se dénouer et qu'elle pourrait respirer de nouveau.

Son désir de rester enfermée s'intensifia. Pendant quelques semaines, elle ne parvint à sortir le matin qu'au prix d'un effort délibéré, d'une volonté de relever le défi lancé par sa conscience. Le samedi et le dimanche, cependant, elle ne mettait pas le nez dehors. Les trois premiers week-ends, Sebastian la supposa prise d'une envie de cocooning. Le quatrième, il manifesta des signes d'irritation. Tous deux figuraient alors sur la liste des invités de presque toutes les réceptions données en ville – galas, soirées caritatives et autres cocktails où il fallait se montrer. Ils étaient devenus un couple en vue, de ceux qui alimentent les potins dans *Inside Track* et *Names & Faces*. Et, au fond, Rachel n'aurait pu nier qu'elle appréciait la situation : si elle n'avait plus de famille, au moins la ville était prête à l'accueillir en son sein.

Alors elle se força à affronter de nouveau le monde extérieur. Elle serra des mains, embrassa des joues et savoura l'attention que lui accordaient le maire, le gouverneur, des juges, des millionnaires, des acteurs, des romanciers, des sénateurs, des banquiers, des joueurs et des entraîneurs des Red Sox, des Patriots, des Bruins et des Celtics, des présidents d'université. À Channel 6, elle gagna du galon à une vitesse record, passant en seize mois seulement du statut de pigiste à celui de titulaire à la rubrique Éducation, puis Justice et enfin Reportages généraux. Son visage apparut sur une affiche aux côtés de Shelby et de Grant, les présentateurs du JT, et elle joua un rôle de premier plan dans une publicité destinée à promouvoir le nouveau logo de la chaîne. Lorsque Sebastian et elle décidèrent de se marier, ils eurent l'impression de s'être eux-mêmes élus roi et reine du bal ; la ville applaudit et leur accorda sa bénédiction.

Une semaine après avoir envoyé les invitations, Rachel tomba sur Brian Delacroix. Elle venait d'interviewer deux représentants du Congrès au sujet de nouvelles restrictions budgétaires et, alors que son équipe remontait dans la camionnette, elle décida de marcher jusqu'à la station de métro. Elle posait le pied sur le trottoir après avoir traversé Beacon Street lorsque Brian sortit de l'Athenaeum en compagnie d'un rouquin barbu, plus petit et plus âgé que lui. Elle eut alors l'impression de recevoir une sorte de décharge électrique, mélange de stupeur et de familiarité, comme chaque fois qu'elle apercevait une célébrité dans la rue. Le sentiment de reconnaître quelqu'un sans pour autant le connaître. Les deux hommes se trouvaient à environ trois mètres d'elle quand son regard croisa celui de Brian Delacroix. Elle vit dans ses yeux une lueur de surprise ravie, aussitôt suivie par une émotion qu'elle n'aurait su identifier – agacement ? crainte ? autre chose ? –, elle-même vite remplacée par ce que, avec le recul, elle décrirait comme une joie exubérante.

– Rachel Childs ! s'écria-t-il en s'empressant de la rejoindre. Bon sang ! Ça fait quoi, neuf ans ?

Sa poignée de main se révéla plus ferme qu'elle ne s'y attendait. Peut-être trop ferme.

– Huit, précisa-t-elle. Quand êtes-vous…

– Je vous présente Jack, l'interrompit-il.

Il s'écarta afin de laisser son compagnon s'avancer dans l'espace qu'il venait de libérer, tandis que la foule des piétons à l'heure du déjeuner circulait autour d'eux.

– Jack Ahern, déclara ce dernier, qui serra la main de Rachel d'une manière plus délicate.

Il y avait quelque chose en lui de suranné, une sorte d'élégance typique du Vieux Continent. Sa chemise s'ornait de poignets français fermés par des boutons de manchettes en argent qui dépassaient de sa veste sur mesure. Il arborait un nœud papillon et une barbe taillée avec soin. Sa paume était sèche et douce. Rachel le voyait bien fumer la pipe en dissertant sur les cognacs et la musique classique.

– Vous êtes une amie de…

Brian ne le laissa pas terminer sa phrase.

– « Amis », ce serait beaucoup dire. Nous nous sommes rencontrés il y a presque dix ans, Jack. Rachel est journaliste à Channel 6, ici même. Elle est formidable.

Ahern la gratifia d'un hochement de tête poli qui pouvait passer pour une marque de respect.

– Vous aimez votre travail ?

– La plupart du temps, oui, répondit-elle. Et vous, dans quelle branche êtes-vous ?

– Les antiquités, déclara Brian à sa place. Il arrive de Manhattan.

Jack Ahern sourit.

– Mais je viens de Genève, précisa-t-il.

– Je ne suis pas sûre de comprendre, répliqua Rachel.

– Eh bien, j'habite à Manhattan et à Genève, mais c'est à Genève que je me sens vraiment chez moi.

– Difficile à croire, hein ? lança Brian, alors que ça ne l'était pas.

Il jeta un coup d'œil à sa montre.

– Bon, on doit y aller, Jack, j'ai réservé pour midi et quart. Rachel, j'ai été ravi de vous revoir, ajouta-t-il en se penchant pour embrasser l'air près de sa joue. J'ai appris que vous alliez vous marier… J'en suis très heureux pour vous.

– Félicitations, renchérit Jack Ahern, qui saisit la main de Rachel en se fendant d'une petite courbette. Tous mes vœux de bonheur.

– Prenez soin de vous, Rachel, dit encore Brian, un sourire absent aux lèvres, les yeux trop brillants.

Les deux hommes s'éloignèrent vers Park Street, puis tournèrent à gauche et disparurent.

Restée seule, Rachel réfléchit à cette rencontre inattendue. Brian Delacroix s'était étoffé depuis 2001, et ça lui allait bien. Quand elle avait fait sa connaissance, il était trop maigre, avec un cou trop gracile pour sa tête. Ses pommettes et son menton étaient également un peu trop ronds, trop juvéniles. Aujourd'hui, ses traits s'étaient affirmés. Il avait atteint cet âge – trente-cinq ans, estimait-elle –, où il commençait sans doute à ressembler plus à son père qu'au fils de quelqu'un. Sans compter qu'il s'habillait mieux, ce qui faisait de lui un homme deux fois plus séduisant qu'en 2001, et Dieu sait qu'il l'était déjà à cette époque. Bref, au niveau de l'apparence physique, il avait changé à son avantage.

Mais l'énergie qui émanait de lui, derrière la façade de charme et d'amabilité, s'apparentait à une sorte de fébrilité inquiète et dérangeante. C'était celle d'un commercial qui essaierait à toute force de vendre un appartement en multipropriété. Elle avait lu sur Internet qu'il était responsable des achats et des ventes à l'international chez Delacroix Lumber, et elle éprouva une certaine tristesse à l'idée que près d'une décennie passée dans ce secteur l'avait transformé en bonimenteur tout sourire qui embrassait le vide.

Elle se représenta Sebastian, probablement en train de travailler, mordillant un crayon en même temps qu'il coupait et assemblait les plans d'une séquence.

Sebastian, le roi du montage précis. De fait, tout chez lui était précis, net et carré. Elle ne l'imaginait pas plus dans la vente que dans l'agriculture. Il lui plaisait, comprit-elle soudain, parce qu'il n'y avait ni désespoir ni manque affectif dans son ADN.

Brian Delacroix..., songea-t-elle. *Quel dommage que la vie ait fait de toi un représentant de commerce !*

Jeremy l'escorta jusqu'à l'autel de l'église de l'Alliance et, quand il souleva son voile, il avait les yeux embués. Maureen, Theo, Charlotte et lui assistèrent tous à la réception organisée après au Four Seasons. Rachel n'avait vu qu'à deux reprises les enfants du couple. Autant elle se sentait bien avec Jeremy, autant les relations avec eux, tout comme avec leur mère, étaient malaisées, et cette fois-là ne fit pas exception à la règle.

Si, lors de leur première rencontre, Maureen avait paru sincèrement heureuse de l'accueillir, elle était devenue de plus en plus distante par la suite, peut-être parce qu'elle n'avait jamais imaginé que la situation se prolongerait. En sa présence, elle ne se montrait ni impolie ni froide ; elle était simplement ailleurs. Elle lui souriait, la complimentait sur son apparence ou sur le choix de ses tenues, lui posait des questions sur son travail et sur Sebastian et ne manquait jamais de lui dire combien Jeremy était heureux de l'avoir retrouvée. Mais elle avait le regard fuyant, et dans sa voix perçait une note de gaieté contrainte, au point que Rachel avait parfois l'impression d'avoir affaire à une actrice déployant tant d'efforts pour se rappeler son texte qu'elle en négligeait la signification.

Theo et Charlotte, le demi-frère et la demi-sœur qu'elle avait failli avoir, la traitaient avec autant de déférence que de crainte. Ils écourtaient toutes les conversations, contemplaient leurs pieds et ne lui posaient jamais une seule question personnelle, comme si le simple fait de l'interroger sur sa vie risquait de lui conférer une dimension trop réelle. De toute évidence, ils étaient résolus à ne voir en elle qu'une créature mystérieuse surgie des limbes, approchant inexorablement de leur foyer sans toutefois jamais l'atteindre.

Ce soir-là, lorsque Maureen et ses enfants prirent congé des mariés, une heure seulement après le début de la réception, tout en eux exprimait le soulagement. Seul Jeremy fut choqué par la brusquerie de leur départ (Maureen et Charlotte avaient peur d'avoir attrapé un rhume des foins, et le trajet du retour serait long, avaient-elles affirmé.) Il prit les mains de Rachel dans les siennes et lui demanda de ne pas oublier les luministes et Colum Jasper Whistone pendant sa lune de miel, car le travail ne manquerait pas à son retour.

– Oh que si, je vais m'empresser de les oublier ! lança-t-elle.

Il éclata de rire tandis que le reste de la famille se dirigeait vers le voiturier.

Puis Jeremy ajusta ses lunettes, tira sur sa chemise qui remontait sur sa bedaine – il semblait toujours embarrassé par ses kilos en trop quand il était avec elle –, et esquissa un sourire hésitant.

– Je sais bien que tu aurais aimé que ton vrai père t'accompagne à l'autel, mais…

Elle l'enlaça.

– Non, non, Jeremy, c'était un honneur.

– … mais, mais…

Il adressa son sourire hésitant au mur derrière elle, avant de la regarder de nouveau. Sa voix se fit alors plus grave, plus ferme aussi.

– Tu ne peux pas imaginer à quel point ça compte pour moi d'avoir été là.

– Pour moi aussi, murmura-t-elle.

Elle appuya le front contre son épaule et il lui posa une main dans la nuque. En cet instant, il lui sembla qu'elle n'avait jamais été aussi près de combler le vide en elle.

Au retour de sa lune de miel, Rachel eut du mal à convenir d'un rendez-vous avec Jeremy. Maureen ne se sentait pas bien – rien de grave, juste la vieillesse, supposait-il. Mais elle avait besoin de lui, et il ne se voyait pas partir à Boston pour passer l'été dans les salles de lecture de la bibliothèque municipale ou de l'Athenaeum. Ils réussirent toutefois à bloquer un déjeuner à New London, et elle fut frappée par ses traits tirés et son expression lasse. Maureen dépérissait, lui confia-t-il. Deux ans plus tôt, elle avait survécu à un cancer du sein qui avait nécessité une double mastectomie. Or, les résultats de ses derniers scanners n'étaient pas concluants.

– Ce qui veut dire ? lança Rachel en pressant la main de Jeremy attablé en face d'elle.

– Le cancer est peut-être revenu. Elle doit faire d'autres analyses la semaine prochaine.

Il repoussa ses lunettes sur son nez, puis la regarda avec un petit sourire annonçant qu'il allait changer de sujet.

– Alors, comment se portent les jeunes mariés ?

– On va acheter une maison, figure-toi.

– Ici, à Boston ?

Elle secoua la tête, encore un peu incrédule.

– À une cinquantaine de kilomètres au sud. On ne peut pas emménager tout de suite, il va falloir la rénover et la moderniser, mais la ville est agréable, et il y a de bonnes écoles si on a un jour des enfants. Ce n'est pas très loin de l'endroit où Sebastian a grandi. Et c'est aussi là qu'il amarre son bateau.

– Il l'aime, ce fichu bateau.

– Hé ! Il m'aime aussi.

– Je n'ai pas dit le contraire…

Jeremy lui décocha un sourire moqueur.

– J'ai juste dit qu'il aimait beaucoup son bateau.

Quatre jours plus tard, dans son bureau à la fac, Jeremy eut un malaise cardiaque – ou, du moins, ce qu'il prit pour tel. Comme il n'en était pas sûr à cent pour cent, il décida de se rendre sur-le-champ à l'hôpital le plus proche. Il se gara à moitié sur le trottoir et se dirigea en titubant vers l'entrée des urgences. Il pénétra dans le service sur ses deux pieds mais ne tarda pas à faire un second malaise dans la salle d'attente. L'aide-soignant qui se précipita vers lui s'étonna de la force avec laquelle le patient l'agrippait par les revers de sa blouse pour attirer son visage près du sien.

Les derniers mots que Jeremy James put prononcer avant de perdre l'usage de la parole pour un bon moment n'avaient aucun sens pour lui.

– Rachel… Rachel est dans le… dans le miroir, bredouilla-t-il, les yeux exorbités.

6

Séparations

Maureen rapporta à Rachel les propos de l'aide-soignant le troisième soir où Jeremy était à l'hôpital.

– « Rachel est dans le miroir » ? répéta-t-elle, déroutée.

– C'est ce qu'a dit Amir, confirma Maureen. Vous semblez fatiguée, vous feriez bien de vous reposer.

Rachel, qui avait encore une heure devant elle avant de retourner au travail, songea qu'elle allait être en retard. Une fois de plus.

– Non, ça va.

Allongé sur son lit, Jeremy contemplait le plafond, la bouche grande ouverte, le regard complètement éteint.

– Le trajet doit être drôlement pénible, intervint Charlotte.

– Non, ce n'est pas si terrible, répliqua Rachel.

Elle s'était assise sur l'appui de fenêtre, car les trois chaises dans la pièce étaient occupées par les membres de la famille.

– Les médecins nous ont prévenus qu'il pourrait rester comme ça pendant des mois, déclara Theo. Peut-être même plus longtemps.

À ces mots, Charlotte et Maureen fondirent en larmes. Theo s'approcha d'elles, et tous trois s'enlacèrent, unis par leur chagrin. Pendant quelques minutes, Rachel ne vit plus que leurs dos.

Une semaine plus tard, Jeremy fut transféré dans un service neurologique et recouvra en partie sa motricité ainsi que des rudiments de langage : « Oui », « Non », « Toilettes ». Il considérait sa femme comme si elle était sa mère, ses enfants comme s'ils étaient ses grands-parents et Rachel comme s'il essayait en vain de lui attribuer une place dans la famille. Ses visiteurs se relayaient pour lui faire la lecture, lui montrer ses tableaux préférés sur un iPad, lui passer la musique de son cher Schubert – sans parvenir à réveiller ses souvenirs. Tout ce que voulait Jeremy James, c'était de la nourriture, du réconfort et quelque chose pour soulager les douleurs dans sa tête et dans son corps. Son rapport au monde était celui d'un jeune enfant à la fois narcissique et terrifié.

Les James avaient bien spécifié à Rachel qu'elle pouvait aller le voir aussi souvent qu'elle le voulait – ils étaient trop polis pour dire le contraire –, mais la plupart du temps ils l'excluaient de la conversation et ne cherchaient pas à cacher leur soulagement lorsqu'elle partait.

Chez eux, Sebastian manifestait une contrariété grandissante. Elle connaissait à peine cet homme, disait-il, et accordait une valeur sentimentale excessive à un lien qui n'existait pas réellement.

– Laisse tomber, lui conseilla-t-il.

– Non, toi, laisse tomber.

Il leva une main en signe d'excuse et ferma les yeux quelques secondes pour bien lui faire comprendre qu'il ne cherchait pas la bagarre. Il les rouvrit en même temps qu'il adoptait un ton plus conciliant.

– Tu sais que tu es pressentie pour intégrer les Big Six ?

C'était le surnom donné aux six majors constituant le réseau national à New York.

– Je l'ignorais, répondit-elle en s'efforçant de ne pas laisser transparaître son excitation.

– On te chouchoute, Rachel. Ce n'est pas le moment de relâcher l'effort, parce qu'ils vont te mettre à l'épreuve sur quelque chose de sérieux. Un truc à l'échelle nationale.

– Genre ?

– Une tempête, une série de meurtres, je ne sais pas… La mort d'une célébrité, peut-être.

– Comment imaginer un monde sans Whoopi Goldberg ? plaisanta-t-elle.

– Ce sera dur, mais on s'en sortira. Elle aurait voulu qu'on se montre courageux.

Elle pouffa et il vint se blottir contre elle sur le canapé.

Il lui déposa un baiser dans le cou.

– On est deux, ma puce. Toi et moi. Ensemble. Où je vais, tu vas. Où tu vas, je vais.

– Je sais.

– Ce serait super de vivre à Manhattan.

– Dans quel quartier ?

– L'Upper West Side, répondit-il.

– Harlem, dit-elle en même temps.

Ils éclatèrent de rire, comme c'est souvent le cas quand des différences cruciales dans un couple n'apparaissent au début que sous un angle purement hypothétique.

Durant l'automne, l'état de Jeremy James s'améliora considérablement. Il se rappelait qui était Rachel, mais pas ce qu'il avait dit à l'aide-soignant, et semblait tolérer sa présence plus que l'espérer. S'il avait gardé en mémoire presque toutes ses connaissances sur le mouvement luministe et Colum Jasper

Whitstone, elles étaient cependant décousues ; il avait plus ou moins perdu son sens de la chronologie, si bien qu'il situait son premier voyage en Normandie, en 1977, après la disparition de Whitstone en 1863. Il croyait Rachel plus jeune que Charlotte et, certains jours, ne comprenait pas que Theo puisse s'absenter si souvent du lycée pour lui rendre visite.

– Il ne s'investit pas assez dans ses études, dit-il une fois. Je ne veux pas qu'il se serve de ma maladie comme d'un prétexte pour s'en désintéresser encore plus.

Il rentra chez lui, dans la maison de Gorham Lane, en novembre, et fut épaulé par une infirmière. Ses forces lui revenaient, son élocution était beaucoup claire, mais son esprit s'obstinait à lui échapper.

– Je n'arrive pas à mettre la main dessus, dit-il un jour.

Maureen et Rachel étaient toutes les deux dans la pièce et il leur adressa un sourire hésitant.

– C'est comme si j'étais dans une magnifique bibliothèque remplie d'ouvrages sans titre, ajouta-t-il.

Fin décembre 2009, Rachel le surprit deux fois en train de regarder sa montre dans les dix premières minutes de sa visite. Comment aurait-elle pu lui en vouloir ? Privés de leur principal sujet de conversation, les enquêtes qu'ils avaient eu tant à cœur de résoudre – lui à la recherche d'une preuve que Colum Jasper Whitstone avait rencontré Claude Monet, elle à la recherche de son père, et tous deux s'efforçant de percer le mystère Elizabeth Childs –, ils n'avaient plus grand-chose à se dire. Pas d'ambitions partagées, pas de souvenirs communs non plus.

Elle promit de rester en contact.

Alors qu'elle s'engageait sur l'allée dallée en sortant de chez les James ce jour-là, Rachel ressentit plus cruellement que jamais l'éloignement de Jeremy. Et avec la douleur ressurgit l'intuition déjà ancienne que la vie, telle qu'elle en avait fait l'expérience jusque-là, était une succession de détachements. Des personnages traversaient la scène, et certains s'attardaient plus longtemps que d'autres, mais tous finissaient par s'en aller.

Elle se retourna vers la maison en atteignant sa voiture. *Tu étais mon ami*, songea-t-elle. *Mon ami.*

Deux semaines plus tard, le 12 janvier, un tremblement de terre de magnitude 7 secoua Haïti à cinq heures de l'après-midi.

Comme l'avait prédit Sebastian, Rachel fut chargée de couvrir le sujet pour les Big Six. Elle passa d'abord quelques jours à Port-au-Prince. Son équipe et elle filmèrent les largages aériens de vivres et de matériel de secours, qui le plus souvent donnaient lieu à des émeutes. Ils filmèrent les cadavres entassés sur le parking de l'hôpital général, les crématoriums de fortune qui apparaissaient à tous les coins de rue en ville, les corps brûlant telles des offrandes sacrificielles au milieu de tourbillons de soufre gris et de fumée noire et grasse – ces corps déjà réduits à une abstraction, la fumée autour indistincte de celle des bâtiments qui se consumaient et des conduites de gaz toujours en feu. Elle fit des reportages dans des camps et des postes de secours. Dans ce qu'il subsistait du quartier commerçant, elle et sa cadreuse, Greta Kilborne, tournèrent des images de la police en train de tirer sur des pillards, et d'un jeune aux dents et aux côtes saillantes qui gisait sur un tas de cendres et de gravats, un pied arraché, les quelques boîtes de conserve qu'il venait de voler éparpillées autour de lui, hors de sa portée.

Au lendemain de la catastrophe, Port-au-Prince fut envahi par les journalistes. Bientôt, Rachel et Greta décidèrent de se rendre dans la ville côtière de Léogâne, au sud, où se situait l'épicentre du séisme. Ce n'était qu'à quarante kilomètres de la capitale, mais le trajet leur prit deux jours. La puanteur de la mort les assaillit trois heures avant leur arrivée. Il ne restait plus aucune infrastructure, et il n'y avait ni aide médicale, ni secours envoyés par le gouvernement, ni policiers pour éloigner les pillards.

Lorsque Rachel compara la région à l'enfer, Greta ne fut pas d'accord.

– En enfer, au moins, il y a quelqu'un aux commandes, souligna-t-elle.

Le second soir, dans un campement de réfugiés dressé à la va-vite à l'aide de draps en guise de toits et de cloisons, Greta, Rachel, une ancienne religieuse et un futur infirmier firent de leur mieux pour déplacer quatre fillettes de tente en tente. Les six aspirants violeurs lancés à leur poursuite étaient armés de couteaux et de serpettes. Avant le tremblement de terre, la moitié d'entre eux avaient occupé de bons postes, apprit Rachel. Leur chef, Josué Dacelus, venait d'une région située plus à l'est. Neuvième rejeton d'une grande fratrie dans une petite plantation de sorgho à Croix-des-Bouquets, il avait commencé à en vouloir au monde entier le jour où il avait compris qu'il n'hériterait jamais de la ferme familiale. Il ressemblait à un acteur de cinéma et bougeait comme une rock star. Il portait en général un maillot de foot vert et blanc sur un pantalon en toile couleur fauve dont il avait retroussé le bas. Sur sa hanche gauche reposait un Desert Eagle automatique calibre 45, et sur la droite, une serpette dans un vieil étui en cuir. La serpette, affirmait-il à tous, c'était pour sa protection. Le

45, ajoutait-il avec un clin d'œil, c'était pour la leur. Il y avait beaucoup d'atrocités commises, beaucoup d'êtres malveillants dans les parages. Sur ces mots, il se signait et levait les yeux au ciel.

La ville de Léogâne avait été détruite à quatre-vingts pour cent par le tremblement de terre. Anéantie. La loi et l'ordre n'étaient plus que de lointains souvenirs. Des rumeurs circulaient, selon lesquelles des équipes de secours britanniques et islandaises avaient été aperçues dans les environs. Un peu plus tôt dans la journée, Rachel avait obtenu la confirmation qu'un destroyer canadien avait accosté dans le port, et que des médecins japonais et argentins progressaient dans les ruines du centre-ville. Jusque-là, néanmoins, aucun n'était encore apparu.

Ce jour-là, Greta et elle avaient passé la matinée et l'après-midi à prêter main-forte à Ronald Revolus, l'homme qui faisait des études d'infirmier avant le séisme. Ils avaient transporté trois blessés dans un état critique jusqu'à un poste de secours érigé par des Casques bleus sri-lankais à cinq kilomètres à l'est du camp. Là, Rachel s'était entretenue avec un traducteur qui lui avait annoncé l'arrivée imminente des secours – le lendemain dans la soirée avec un peu de chance, le surlendemain au plus tard.

Lorsque Rachel et Greta revinrent au campement, quatre nouvelles jeunes filles l'avaient rejoint. Les acolytes de Josué Dacelus, fébriles et aux aguets, les avaient aussitôt remarquées et, en moins de temps qu'il n'en avait fallu pour apporter de l'eau aux fillettes et examiner leurs blessures, les mauvaises intentions nées dans l'esprit de l'un d'eux avaient contaminé tous les autres.

Rachel et Greta, qui manquèrent à leur devoir de journalistes ce soir-là en se mêlant d'une histoire qu'elles auraient dû couvrir s'il y avait eu un seul média prêt à la diffuser, s'employèrent, avec l'aide de l'ex-bonne sœur et de Ronald Revolus, à déplacer les filles, demeurant rarement plus d'une heure dans une cachette.

Mais la lumière du jour ne suffit pas à décourager leurs poursuivants. Pour eux, comme pour la plupart de leurs semblables, le viol n'avait rien de répréhensible, et la mort, devenue si familière en quelques jours, ne les affectait que si elle frappait les autochtones – et encore, à condition qu'ils appartiennent à la famille proche. Les membres de la bande de Dacelus avaient bu toute la nuit, et le groupe de Rachel espérait qu'ils finiraient par tomber de sommeil à un moment ou à un autre. Au bout du compte, deux des quatre fillettes furent sauvées par l'arrivée au matin d'un camion des Nations unies, accompagné d'un bulldozer qui devait évacuer les corps de l'église effondrée au pied de la colline.

On ne revit jamais les deux autres filles. Quand on les avait amenées, quelques heures plus tôt, elles étaient orphelines et sans-abri depuis peu. Esther portait un T-shirt d'un rouge fané sur un short en jean. Sa compagne, en robe jaune clair, se prénommait Widelene, mais tout le monde l'appelait Widdy. L'attitude d'Esther, repliée sur elle-même, quasiment muette, les yeux baissés, était compréhensible. Celle de Widdy en revanche, qui rayonnait littéralement et possédait un sourire à faire fondre les cœurs les plus endurcis, dépassait l'entendement. Rachel ne les côtoya qu'une nuit, mais elle resta presque tout le temps avec Widdy. Widdy et sa robe jaune clair, sa joie de vivre et sa manie de fredonner des mélodies inconnues…

Leur disparition fut aussi brutale que totale : elle concernait non seulement leur corps et leurs vêtements, mais jusqu'au souvenir même de leur existence. Une heure après le lever du soleil, leurs deux compagnes se fermèrent comme des huîtres quand on les interrogea à leur sujet. Trois heures plus tard, plus personne dans le campement, à part Rachel, Greta, l'ex-religieuse Veronique et Ronald Revolus, ne se rappelait les avoir vues. À la tombée de la nuit, Veronique avait changé sa version et Ronald doutait de sa mémoire.

À neuf heures ce soir-là, Rachel croisa par inadvertance le regard d'un des violeurs, Paul, professeur de sciences dans un lycée, qui se montrait toujours très courtois. Assis devant sa tente, il se taillait les ongles à l'aide d'un coupe-ongles rouillé. À ce stade, le bruit circulait que, dans l'hypothèse où les fillettes auraient réellement été amenées dans le campement – et elles n'étaient jamais venues, ce n'étaient que des rumeurs sans fondement –, trois des six hommes qui l'avaient sillonné dans la soirée en buvant jusqu'à plus soif n'auraient pas pu s'en prendre à elles, parce qu'ils dormaient profondément au moment où ces créatures qui n'avaient jamais existé étaient censées avoir disparu. Par conséquent, si elles avaient été violées (et elles ne l'avaient pas été, impossible, puisqu'elles n'existaient même pas), Paul était impliqué. Mais si elles avaient été assassinées (et elles ne l'avaient pas été, impossible, puisqu'elles n'existaient pas), Paul n'était pas coupable, vu qu'il dormait lui aussi à cette heure avancée de la nuit. Au pire, ce n'était qu'un violeur, ce bon vieux prof, rien qu'un violeur. Et si le sort de ces enfants le tourmentait d'une façon ou d'une autre, il le cachait bien. Il regarda Rachel droit dans les yeux, tendit le pouce et l'index pour former un pistolet, le pointa vers son entrejambe puis glissa son doigt dans sa bouche et le suça bruyamment. Avant d'éclater de rire en silence.

Pour finir, il se leva, la rejoignit et se planta devant elle.

D'un ton aimable frisant l'obséquiosité, il lui demanda de s'en aller.

– Vous racontez des mensonges qui rendent les gens nerveux, expliqua-t-il d'une voix douce. Ils ne vous le disent pas, parce qu'ils sont polis, mais vos histoires les perturbent. Ce soir, ajouta-t-il en levant un doigt, ils ne vous montreront pas à quel point ils sont bouleversés. Ce soir, il ne vous sera probablement fait aucun mal, ni à vous ni à votre amie.

Greta et elle plièrent bagage vingt minutes plus tard, emmenées par les Sri Lankais, les seuls à quitter le campement. Au centre d'aide humanitaire, Rachel plaida sa cause auprès d'eux et des Casques bleus canadiens qui, une fois débarqués de leur bateau, s'étaient frayé un chemin à l'intérieur des terres.

Mais aucun ne comprit le sentiment d'urgence qui l'animait. Deux fillettes avaient disparu ? Sur cette île ? Et alors ? Les dernières estimations faisaient état de milliers de disparus, et le nombre serait certainement révisé à la hausse.

– Elles sont mortes et vous le savez, lui dit un Canadien. Désolé, mais c'est comme ça. Personne ici n'a le temps ni les moyens de chercher leurs cadavres.

Il regarda autour de lui ses compagnons et les quelques Sri Lankais réunis sous la tente. Tous hochèrent la tête en signe d'assentiment.

Le lendemain, Rachel et Greta se rendirent à Jacmel. Trois semaines plus tard, elles étaient de retour à Port-au-Prince. Désormais, Rachel commençait sa journée par quatre comprimés d'Ativan achetés au marché noir, qu'elle faisait passer avec un verre de rhum. Et elle soupçonnait Greta d'avoir de nouveau cédé à ce penchant pour la consommation occasionnelle d'héroïne dont elle lui avait parlé lors de leur première soirée à Léogâne.

Puis vint le moment où on leur annonça qu'il fallait rentrer. Lorsque Rachel protesta, Klay Bohn, son chef de bureau, lui expliqua via Skype que ses reportages étaient devenus trop dérangeants et monotones, qu'ils comportaient une dimension désespérée malvenue.

– Les téléspectateurs ont besoin d'espoir, souligna-t-il.

– Les Haïtiens ont besoin d'eau, rétorqua-t-elle.

– Et c'est reparti ! lança-t-il à quelqu'un hors champ.

– Laissez-nous encore quelques semaines.

– Rachel, Rachel… Vous faites peur à voir. Et je ne parle pas seulement de vos cheveux ! Vous n'avez plus que la peau sur les os. C'est bon, là, on arrête les frais.

– Personne ne se sent concerné.

– Faux, rétorqua le chef de bureau. On n'est pas restés indifférents. Les États-Unis ont envoyé plus d'un milliard de dollars sur cette putain d'île ! Et notre réseau a largement couvert la catastrophe. Qu'est-ce que vous voulez de plus ?

Et Rachel de penser, dans son cerveau embrumé par l'Ativan : *Dieu.*

Je veux que ce Dieu tout-puissant revendiqué par les télé-évangélistes leur épargne les tornades. Ce même Dieu qui guérit le cancer et l'arthrite chez les fidèles, que les athlètes professionnels remercient de bien vouloir se pencher sur le résultat du Super Bowl ou de la Coupe du monde, ou encore sur la possibilité de réussir un home run dans le quatre-vingt-septième des cent soixante-deux matchs disputés par les Red

Sox cette année. Elle aurait voulu que le Dieu qui s'ingérait dans les affaires humaines descende du ciel pour purifier les réserves d'eau en Haïti, guérir les malades et reconstruire les maisons, les écoles et les hôpitaux en ruine.

– C'est quoi, ce délire ? lança Klay Bohn.

En s'apercevant qu'il la scrutait sur son écran, elle se rendit compte qu'elle avait parlé tout haut.

– Prenez l'avion tant qu'on accepte encore de vous payer le billet, Rachel. Ensuite, revenez bien gentiment sur notre petite chaîne.

Elle comprit alors qu'elle pouvait faire une croix sur ses rêves d'intégrer le réseau national. Elle n'irait pas à New York, ne serait jamais propulsée vers les Big Six et au-delà.

Retour à Boston.

Retour à Channel 6.

Retour à Sebastian.

Elle décrocha de l'Ativan. (Il lui fallut quatre tentatives, mais elle finit par y parvenir.) Elle réduisit sa consommation d'alcool jusqu'à son niveau pré-Haïti (à quelque chose près). Mais ses chefs ne lui confièrent plus de sujet brûlant. Une nouvelle recrue, Jenny Gonzalez, avait été engagée en son absence.

– Elle est intelligente, accessible, et elle ne regarde jamais la caméra comme si elle s'apprêtait à lui donner un coup de boule, déclara Sebastian.

Le pire, et Dieu sait que Rachel avait du mal à l'admettre, c'est qu'il avait raison. Elle aurait adoré détester Jenny Gonzalez, se persuader que seuls son physique et son sex-appeal lui avaient permis d'arriver là où elle était. Or, si ces atouts ne l'avaient certainement pas desservie, Jenny avait aussi une maîtrise de journalisme obtenue à Columbia. Elle possédait en outre une remarquable faculté d'adaptation, respectait les délais et traitait tout le monde, de la standardiste au P.-D.G, avec la même déférence.

Elle ne remplaça pas Rachel parce qu'elle était plus jeune, plus jolie et mieux pourvue au niveau de son décolleté, mais parce qu'elle était plus compétente, plus accommodante et que les gens adoraient lui parler.

Il restait néanmoins une chance à Rachel de se rattraper. Si, grâce à une vie plus saine, elle parvenait à freiner le processus de vieillissement qu'elle avait précipité à Haïti, si elle réussissait à surmonter les rancœurs nées lors de son séjour et qui n'avaient fait que grandir, si elle acceptait de lécher des bottes, de jouer le jeu et de redevenir cette journaliste de choc avec un petit côté sexy, un petit côté garçon manqué et un petit côté intello (on lui avait offert des lunettes à monture rouge à la place de ses lentilles), qu'ils avaient débauchée du *Globe* pour un salaire mirobolant… alors elle retrouverait sa place à Channel 6.

Elle essaya. Fit un reportage sur un chat qui aboyait comme un chien et sur la fête annuelle du « bris de glace » organisée par les Brownies de L Street, un groupe d'hommes qui étaient les premiers chaque année à braver les eaux du port de Boston, nus pour la plupart. Alla filmer le bébé koala né au zoo de Franklin Park et la frénésie dans les rayons de Filene's Basement le jour des soldes sur les robes de mariée.

En parallèle, elle s'occupait avec Sebastian de retaper la maison qu'ils avaient achetée au sud de la ville. Leurs emplois du temps respectifs étaient tels que, quand son mari restait chez eux, elle partait travailler, et vice versa. Ce mode de vie, qui ne leur permettait pas de se voir souvent, leur convenait si bien que Rachel en conclurait plus tard qu'il avait permis à leur couple de tenir un an de plus.

Elle reçut encore deux mails de Brian Delacroix. Même si l'un d'eux – « Vous avez fait un travail remarquable en Haïti. Grâce à vous, les habitants de Boston se sentent concernés » – lui mit du baume au cœur dans une journée par ailleurs pourrie, elle se rappela que Brian Delacroix était un commercial, un homme animé d'une sorte d'énergie négative qui s'expliquait sans doute par l'antagonisme entre ses aspirations les plus profondes et ses choix de carrière. Convaincue que le vrai Brian avait disparu, elle se contenta de rédiger des réponses laconiques et polies : « Merci. Ravie de savoir que vous avez apprécié mes reportages. Prenez soin de vous. »

Elle se répétait qu'elle était heureuse, qu'elle s'efforçait de redevenir la journaliste, l'épouse et la personne qu'elle était avant. Mais elle dormait mal et ne pouvait s'empêcher de regarder tous les reportages sur Haïti, de suivre les efforts du pays pour renaître alors qu'il continuait inexorablement de mourir. Quand le choléra se déclara sur les rives de l'Artibonite, des rumeurs circulèrent, selon lesquelles les soldats des Nations unies seraient à l'origine de la maladie. Rachel supplia alors Klay Bohn de la laisser repartir là-bas une semaine, à ses frais s'il le fallait. Il ne daigna même pas honorer sa demande d'une réponse, se bornant à lui ordonner de se rendre sur le parking derrière l'immeuble de la chaîne, où une camionnette l'attendait pour l'emmener voir un gosse de six ans à Lawrence affirmant que Dieu lui avait soufflé les numéros gagnants que sa mère avait joués à la loterie.

Lorsque les caméras filmèrent en secret les soldats des Nations unies en train de déterrer une canalisation d'eaux usées qui fuyait sur les berges de l'Artibonite et que les images devinrent virales, Rachel interviewait un centenaire, fan des Red Sox, qui assistait à son premier match au stade de Fenway.

Tandis que l'épidémie de choléra continuait de se répandre, Rachel couvrit toutes sortes de sujets : des incendies, le concours du plus gros mangeur de hot dogs, un week-end de règlements de comptes entre gangs à Dorchester, deux sœurs âgées qui fabriquaient des bouts de canapé à l'aide de capsules de bouteilles, une soirée whisky-vodka qui avait dégénéré dans le quartier de Cleveland Circle, un ancien courtier de Wall Street qui avait tourné le dos à la finance pour s'investir dans l'aide sociale aux plus démunis sur la North Shore…

Ils n'étaient pas tous ridicules, ils n'étaient pas tous superficiels non plus. Rachel avait presque réussi à se convaincre qu'elle accomplissait un travail d'utilité publique quand l'ouragan Thomas frappa Haïti. Il n'y eut que quelques morts, mais les abris furent détruits, les égouts et les fosses septiques débordèrent et le choléra se propagea partout sur l'île.

Ce matin-là, alors qu'elle était restée debout toute la nuit, à regarder les images disponibles et à lire les dernières dépêches, Brian Delacroix fit irruption dans sa boîte mail. Elle cliqua sur le message, qui disait simplement :

« Pourquoi n'êtes-vous pas en Haïti ? C'est vous qu'il nous faut sur place. »

Elle eut l'impression qu'il lui posait une main chaude dans le cou pour l'attirer contre son épaule et lui permettre de fermer les yeux. Après leur drôle de rencontre devant l'Athenæum, l'avait-elle jugé trop durement ? Peut-être l'avait-elle tout simplement croisé au mauvais moment ce jour-là, alors qu'il essayait de négocier un marché avec Jack Ahern, un antiquaire venu de Genève… Elle ne voyait pas trop le rapport entre les antiquités et l'industrie du bois de construction, mais elle n'avait jamais compris grand-chose au monde des affaires. Qui sait si Jack Ahern n'était pas un investisseur ? D'accord, Brian s'était montré un peu bizarre, un peu nerveux aussi. Et alors ? Où était le problème ?

« Pourquoi n'êtes-vous pas en Haïti ? C'est vous qu'il nous faut sur place. »

Il comprenait. Malgré le passage des années et seulement quelques échanges des plus brefs dans le cyberespace, il avait saisi qu'il était crucial pour elle d'y retourner.

Une demi-heure plus tard, comme si le destin avait décidé de l'exaucer, Sebastian lui annonça en rentrant :

– Ils ont décidé de te renvoyer là-bas.

– Quoi ?

Il alla chercher une bouteille d'eau minérale dans le frigo, l'appuya contre le côté de sa tête et ferma les yeux.

– Tu as les contacts nécessaires, j'imagine, et tu connais déjà le pays…

– Je repars en Haïti, c'est ça ?

Sebastian ouvrit les yeux tout en continuant de se masser la tempe avec la bouteille.

– C'est ça. En Haïti.

S'il ne l'avait jamais dit ouvertement, Rachel savait néanmoins qu'il rendait Haïti responsable du déclin de sa carrière. Et, par contrecoup, de la stagnation de la sienne. Dans sa bouche, le nom du pays sonnait comme une insulte.

– Quand ?

Des fourmillements la parcouraient tout entière. Elle n'avait pas fermé l'œil de la nuit, pourtant elle se sentait parfaitement éveillée.

– Klay a dit : « Pas plus tard que demain ». Dois-je te rappeler que tu ne peux pas te permettre de foirer ?

Elle se rembrunit.

– Je dois le prendre comment, ça ?

– Prends-le comme tu veux, répondit-il d'un ton las.

Une foule de répliques lui vinrent à l'esprit, mais elles auraient inévitablement déclenché une querelle, et en cet instant elle n'avait aucune envie de se disputer avec Sebastian. Aussi se borna-t-elle à déclarer :

– Tu vas me manquer.

Elle ne pensait déjà plus qu'à monter dans l'avion.

– Toi aussi, marmonna-t-il en examinant le contenu du frigo.

7

Est-ce que vous m'avez vu/vue ?

Retour en Haïti. Toujours la même chaleur, les mêmes ruines, le même désespoir résigné partout. La même expression égarée sur la plupart des visages. Quand ce n'était pas l'égarement qu'on y lisait, c'était la colère. Quand ce n'était pas la colère, c'était la faim et la peur. Mais le désarroi l'emportait : après tant de malheurs, semblaient demander tous ces visages, devons-nous accepter désormais de vivre pour toujours dans la souffrance ?

Alors qu'elle partait rejoindre l'équipe de tournage devant l'hôpital Choscal, situé au cœur des bidonvilles surpeuplés de Cité Soleil, Rachel traversa des rues si misérables qu'un nouvel arrivant aurait sans doute été incapable de faire la différence entre un « avant » et un « après » séisme. Des photos étaient placardées sur les réverbères cassés, les poteaux électriques devenus inutiles et les murets bordant la chaussée : celles de morts dans certains cas, mais surtout de disparus. Dessous, une seule question ou supplique :

« *Èske ou te wè m ?* »

Est-ce que vous m'avez vu/vue ?

Non. Ou peut-être que si. Peut-être cet homme d'âge mûr dont elle avait aperçu le portrait au coin de la rue faisait-il partie des corps entassés dans l'église effondrée ou sur le parking de l'hôpital. Quoi qu'il en soit, il manquait à l'appel. Et il ne reviendrait jamais, elle en était quasiment sûre.

Parvenue au sommet d'une petite colline, elle découvrit le ghetto déployé devant elle, une débauche de taudis en tôle et parpaings chauffés à blanc par le soleil. Un garçonnet la dépassa sur un vélo boueux. Il devait avoir onze ans, douze tout au plus, et portait en bandoulière un fusil automatique. Lorsqu'il lui jeta un coup d'œil par-dessus son épaule, Rachel se rappela qu'elle s'apprêtait à pénétrer sur le territoire des gangs, gouverné par des dieux de la guerre miniatures qui se disputaient ses frontières. Les vivres n'y circulaient pas, mais les armes, si. Elle n'aurait jamais dû venir sans escorte, songea-t-elle. Il lui aurait fallu au moins la présence d'un tank et d'un soutien aérien.

Elle n'avait pas peur, pourtant. Elle se sentait juste engourdie. Littéralement paralysée par l'engourdissement.

Du moins le croyait-elle.

Est-ce que vous m'avez vu/vue ?

Non, désolée. Personne ne t'a vu/vue. Ni ne te reverra. Même si tu as vécu une vie bien remplie. Peu importe, tu as commencé à disparaître au moment de ta naissance.

C'est dans cet état d'esprit qu'elle s'avança sur la petite place devant l'hôpital. Le seul point positif à propos de l'incident qui se produisit ensuite fut sa diffusion limitée au seul marché de Boston. Les Big Six décideraient plus tard de ce qu'ils feraient des images. Channel 6, en revanche, estima que le direct allait redonner un sentiment d'urgence à un drame dont le public, lassé par tant de tragédies, commençait à se désintéresser.

Quand Rachel prit la parole en direct, devant l'hôpital Choscal, le soleil émergea de derrière un rempart de nuages noirs juste au-dessus de sa tête, éclatant et impitoyable. La voix de Grant, le présentateur de la chaîne, bien au frais dans son studio à des milliers de kilomètres, lui semblait déplacée et stupide.

Elle commença par récapituler les faits : trente-deux cas de choléra avérés avaient été dénombrés dans l'hôpital derrière elle ; les inondations provoquées par la tempête contribuaient à la propagation de l'épidémie à l'échelle nationale et compliquaient la tâche des sauveteurs ; la situation empirait de jour en jour. Les yeux fixés sur le bidonville derrière l'équipe de tournage, qui évoquait un sacrifice au dieu soleil, Rachel sentit soudain quelque chose se détacher d'elle : une petite partie de son esprit, épargnée jusque-là par la réalité du monde – un fragment d'âme, peut-être –, qui, à peine envolée, fut anéantie par la chaleur et la détresse ambiantes. À la place, un oiseau surgi de nulle part s'agita dans sa poitrine, et se mit à battre désespérément des ailes.

– Excusez-moi, Rachel, lui dit Grant dans son oreillette. Mais, Rachel…

Pourquoi s'obstinait-il à répéter son prénom ?

– Oui, Grant ?

– Rachel ?

Elle dut prendre sur elle pour ne pas grincer des dents.

– Oui ?

– Avez-vous une estimation du nombre de personnes ayant contracté cette maladie mortelle ? Combien y a-t-il de malades ?

« Combien de malades ? » La question lui parut totalement absurde.

– On est tous malades.

– Pardon ?

– On est tous malades, Grant.

Était-ce un effet de son imagination ou s'exprimait-elle d'une voix légèrement pâteuse ?

– Une minute, Rachel, êtes-vous en train de dire que tous les membres de votre équipe, dont vous-même, ont contracté le choléra ?

– Quoi ? Non !

En face d'elle, son cameraman Danny Marotta décolla son œil du viseur et lui jeta un regard inquiet. À cet instant, Widdy passa derrière lui, avançant d'une démarche gracieuse qui ne cadrait pas avec sa jeunesse ni avec le sang sur sa robe ou le second sourire ouvert dans sa gorge.

– Rachel ? lança Grant. Rachel ? Je crains de ne pas comprendre.

Trempée de sueur à ce stade, tremblant si fort que le micro dans sa main tressautait, elle répondit :

– J'ai dit : « On est tous malades. » Tous... tous, sans exception, vous entendez ?

Les mots jaillissaient de sa bouche comme le sang d'une blessure fraîche.

– On est tous perdus, malades, et on fait tous semblant de ne pas l'être, mais ça ne change rien : à la fin, on disparaît. On disparaît, bordel !

Au coucher du soleil, les images de Rachel tremblante, clignant des yeux pour chasser la sueur qui dégoulinait de son front et répétant « On est tous malades » à un présentateur abasourdi, étaient devenues virales.

De l'avis général parmi les dirigeants de la chaîne réunis après coup pour disséquer l'événement, si la décision de couper la séquence quatre secondes avant que Rachel prononce le mot « bordel » était justifiée, il eût néanmoins été préférable de l'arrêter dix secondes plus tôt. Dès l'instant où il était devenu clair qu'elle perdait pied – quand elle avait dit pour la première fois « On est tous malades », d'après la plupart des participants –, il aurait fallu lancer la publicité.

Rachel apprit son licenciement par téléphone, alors qu'elle s'engageait sur le tarmac à l'aéroport Toussaint-Louverture en direction de l'avion qui devait la ramener aux États-Unis.

Le premier soir après son retour à Boston, elle se rendit dans un bar proche de son immeuble. Sebastian, qui devait travailler toute la nuit, lui avait dit clairement qu'il ne désirait pas la voir dans l'immédiat. Il avait ajouté qu'il logerait dans la maison de Marshfield le temps de « digérer ce qu'elle leur avait fait ».

Comment aurait-elle pu lui en vouloir ? Elle-même mettrait encore quelques semaines à se rendre compte de l'ampleur des dégâts causés à sa carrière, mais, lorsqu'elle croisa son reflet dans le miroir derrière le comptoir tandis qu'elle vidait sa vodka, elle fut frappée par son expression terrorisée. Elle n'avait pas peur, pourtant ; elle ne ressentait rien. Elle continua néanmoins de contempler la femme qui, dans la glace derrière les bouteilles de scotch et de whiskey à droite de la caisse enregistreuse, ressemblait un peu à sa mère, un peu à elle-même, et beaucoup à une proie acculée.

Le barman ne l'avait de toute évidence pas vue péter les plombs en direct. Il se comporta envers elle comme tous les barmen blasés du monde envers les clients dont ils n'ont rien à faire. La nuit s'annonçait tranquille, aussi n'engrangerait-il pas assez de pourboires pour payer ses charges, même s'il multipliait sourires et amabilités. Alors il se borna à lire son journal à l'autre bout du comptoir et à échanger des messages avec quelqu'un sur son portable. Rachel voulut elle aussi consulter ses textos, mais elle n'en avait pas ; toutes ses connaissances semblaient déterminées à garder leurs distances en attendant de savoir si les dieux allaient continuer de se déchaîner contre elle ou se calmer et la recracher hors de la tourmente. Elle avait toutefois reçu un mail, et elle devina qui en était l'expéditeur avant même de l'avoir ouvert. Un sourire lui vint aux lèvres quand elle lut le nom de Brian Delacroix.

« Rachel,

Vous ne méritiez pas d'être punie pour avoir réagi en être humain dans un environnement inhumain. Vous ne méritiez pas d'être renvoyée ni condamnée. Au contraire, c'est une putain de médaille qu'on aurait dû vous donner ! C'est mon avis, en tout cas. Tenez bon.

BD »

Qui es-tu ? songea-t-elle. *Toi, cet homme mystérieux qui se manifeste (presque) toujours au bon moment. Un de ces jours, Brian Delacroix, j'aimerais...*

Quoi ?

J'aimerais te donner une chance de m'expliquer cette étrange rencontre devant l'Athenaeum. Parce que j'ai beau essayer, je n'arrive pas à réconcilier cet homme-là avec celui qui vient de m'envoyer ce message.

Lorsque le barman lui apporta une autre vodka, elle décida qu'elle ferait mieux de rentrer, peut-être pour rédiger un mail à Brian Delacroix dans lequel elle lui exposerait certaines des pensées qui lui occupaient l'esprit. Elle tendit donc sa carte de crédit à l'homme derrière le bar en lui disant qu'elle voulait régler sa note. Alors qu'il s'approchait de la caisse, elle fut soudain assaillie par un sentiment de déjà-vu particulièrement troublant. Au même instant, elle croisa le regard de son vis-à-vis dans le miroir, et il lui adressa un coup d'œil interrogateur en retour, se demandant manifestement pourquoi elle le dévisageait avec une telle intensité.

Je ne sais pas où ni quand, pensa-t-elle, *mais j'ai déjà vécu ce moment.*

Non, faux, comprit-elle soudain. C'était sa mère qui l'avait vécu. Elle, elle avait reproduit à son insu la scène de la photo d'Elizabeth Childs dans un cadre semblable, assise devant un comptoir de forme similaire sous un même éclairage, quelque trente ans plus tôt. Tout comme sa mère, elle avait contemplé les bouteilles d'un air absent. Et tout comme le barman sur le cliché, l'homme devant elle lui tournait le dos. Leurs yeux se rencontraient dans le miroir.

« Cherche-toi dans ses yeux », lui avait dit sa mère.

« Rachel est dans le miroir », avait dit Jeremy.

Le barman lui tendit son reçu. Elle le signa et ajouta un pourboire, avant de sortir précipitamment.

De retour dans son appartement, elle fonça vers sa chambre et ouvrit la boîte à chaussures remplie de photos. Celles du bar à East Baltimore se trouvaient sur le dessus de la pile, telles que Jeremy et elle les avaient laissées deux étés plus tôt. Rachel suivit le regard de sa mère jusqu'au miroir derrière les bouteilles de whiskey, et découvrit alors ce qu'elle fixait réellement, et qui expliquait son expression rêveuse, chargée d'érotisme.

Le visage du barman se voyait nettement au-dessus de la caisse. Ses yeux, d'un vert si clair qu'ils paraissaient presque gris, étaient rivés à ceux d'Elizabeth.

Rachel emporta la photo dans la salle de bains. Devant la glace, elle l'approcha de sa figure. Elle avait les yeux de cet homme. Même couleur, même forme.

– Et merde ! lâcha-t-elle. Salut, p'pa !

8

Granit

Rachel pensait que le bar n'existait plus depuis longtemps mais, lorsqu'elle chercha sur Google le Milo à East Baltimore, le nom et l'adresse apparurent immédiatement sur l'écran, accompagnés de photos. Si des changements avaient été apportés à l'établissement – trois grandes fenêtres avaient été ouvertes dans la façade de brique donnant sur la rue, l'éclairage était plus tamisé, une caisse enregistreuse électronique avait succédé à l'ancienne, les tabourets étaient désormais équipés d'un dossier et d'accoudoirs ouvragés –, il y avait toujours le même miroir derrière le comptoir, et les bouteilles semblaient rangées dans le même ordre. La banderole des Colts sur le mur avait été remplacée par celle des Ravens.

Elle composa le numéro et demanda à parler au propriétaire.

– Allô ? Ronnie à l'appareil, dit-il.

Elle annonça qu'elle était journaliste sur une chaîne de télévision. Elle ne précisa pas laquelle ni sur quel sujet elle travaillait. En général, le simple fait de se présenter comme reporter suffisait à ouvrir ou à fermer une porte ; dans tous les cas, c'était un bon moyen d'éviter de perdre du temps en explications superflues.

– Voilà, Ronnie, j'essaie de retrouver la trace d'un barman qui travaillait au Milo en 1976, et j'aurais voulu savoir si, dans l'hypothèse où vous auriez conservé les dossiers des employés de cette époque, vous accepteriez de me laisser les consulter.

– Barman en 1976, vous dites ? Eh bien, c'était certainement Lee. Attendez, je vais demander à mon père.

– Lee… ?

Mais son interlocuteur avait déjà reposé le combiné. Pendant quelques minutes, elle n'entendit pas grand-chose – à part, peut-être, le bourdonnement assourdi d'une conversation –, puis elle distingua des pas qui se rapprochaient et le raclement du téléphone qu'on soulevait.

– C'est Milo.

Des mots prononcés d'une voix éraillée, suivis par le son d'une respiration nasale.

– Milo, du Milo ?

– C'est ça. Qu'est-ce que vous voulez ?

– Je cherche à joindre un homme qui était employé dans votre bar il y a presque trente-cinq ans. Votre fils a mentionné un certain Lee…

– Sûr, il bossait pour nous en ce temps-là.

– Vous vous souvenez bien de lui ?

– Ben oui, il est resté chez nous au moins vingt-cinq ans ! Ça doit en faire huit qu'il nous a quittés.

– C'était le seul barman à l'époque ?

– Non, mais c'était principalement lui qui s'occupait du bar. Je prenais parfois le relais, ma femme – paix à son âme – aussi, et le vieux Harold, qui perdait déjà la boule, nous donnait également un coup de main. Ça vous aide ?

– Savez-vous où je pourrais trouver Lee ?

– Pourquoi ne pas me dire ce que vous lui voulez, mademoiselle… ?

– Childs.

– Alors, mademoiselle Childs, qu'est-ce que vous lui voulez, à Lee ?

Ne voyant aucune raison de mentir, Rachel opta pour la vérité.

– Il est possible qu'il ait connu ma mère.

– Ah ! C'est que Lee en a connu beaucoup, des femmes !

Cette fois, elle se lança.

– C'est peut-être mon père.

Elle n'entendit plus que la respiration de Milo à l'autre bout de la ligne pendant si longtemps que, gagnée par l'appréhension, elle faillit rompre le silence.

– Vous avez quel âge ? demanda-t-il enfin.

– Trente et un ans.

– Bon, reprit Milo lentement, c'est vrai que c'était un sacré beau gosse, à l'époque. Il a fréquenté pas mal de filles – une dizaine, je dirais. Même du plaqué peut briller comme de l'or quand il est neuf.

De nouveau, le son de sa respiration.

Rachel attendit un moment, persuadée qu'il allait ajouter quelque chose. Puis, comprenant qu'il ne le ferait pas, elle déclara :

– J'aimerais lui parler. Si vous acceptiez de m'aider, ce serait…

– Il est mort.

Elle eut l'impression que deux petites mains lui serraient le cœur à le broyer. Elle se sentit soudain transie.

– Mort ? répéta-t-elle d'une voix plus forte qu'elle ne l'aurait voulu.

– Y a près de six ans, oui. Quand il est parti d'ici, il a été embauché dans un autre bar à Elkton. Deux ans après, il est mort.

– Comment ?

– Crise cardiaque.

– Il n'était pas vieux !

– Cinquante-trois ans, y me semble, ou cinquante-quatre. Sûr, il était encore jeune.

– Vous pourriez me donner son nom de famille ?

– Écoutez, mademoiselle, moi, je ne vous connais pas. Qui me dit que vous n'essayez pas d'obtenir une reconnaissance de paternité, histoire de léser ses proches ? Je ne suis pas au fait de ces trucs-là, moi. Je vous le répète, le problème, c'est que je ne vous connais pas.

– Est-ce que ça changerait quelque chose si on se rencontrait ?

– Certainement.

Le lendemain matin, elle se rendit à la gare de Back Bay afin de prendre un train pour Baltimore. Sur le quai, elle croisa une étudiante dont les yeux s'arrondirent de surprise en la reconnaissant. Rachel marcha jusqu'à l'extrémité de la plateforme en baissant la tête, puis s'arrêta près d'un homme d'un certain âge en costume gris. Il lui adressa un sourire triste avant de se replonger dans sa revue financière, *Bloomberg Markets*, mais elle n'aurait su dire si cette tristesse lui était inhérente ou si c'était le signe de la pitié qu'elle lui inspirait.

Elle monta dans son train sans qu'aucun autre incident se soit produit et s'installa au fond d'un wagon à moitié vide. À chaque kilomètre parcouru, elle eut l'impression d'échapper un peu plus à sa toute nouvelle image publique de cinglée ; au moment de traverser le Rhode Island, elle se sentait presque détendue, et elle se demanda si la perspective d'élucider enfin le mystère de ses origines ne contribuait pas à l'apaiser. Elle éprouvait également un étrange réconfort à l'idée d'effectuer en sens inverse une partie du trajet que sa mère et Jeremy James avaient fait pour se rendre dans l'ouest du Massachusetts durant l'été 1976. On était maintenant à la mi-novembre, et plus de trente ans s'étaient écoulés. Les villes le long de la voie ferrée semblaient figées entre la fin de l'automne et le début de l'hiver. Quelques parkings municipaux avaient déjà regarni leurs stocks de sel et de sable. La plupart des arbres étaient dénudés sous un ciel uniformément gris.

– C'est lui, là, indiqua Milo.

Il plaça sur le comptoir devant elle une photo encadrée et appuya un index boudiné à côté du visage d'un homme mince d'un certain âge, dont la calvitie gagnait du terrain. Il avait le front haut, des joues creuses et les mêmes yeux qu'elle, constata Rachel.

Milo, qui avait dans les quatre-vingts ans, respirait avec l'aide d'un réservoir à oxygène liquide protégé par un étui niché au creux de ses reins. Le tube transparent en silicone remontait le long de son dos, puis passait au-dessus de ses oreilles et redescendait sur ses pommettes vers son nez, où des canules entraient dans ses narines. Il souffrait d'un emphysème pulmonaire depuis ses soixante-dix ans, expliqua-t-il. Récemment, l'hypoxie s'était aggravée, mais pas au point de l'empêcher de griller en cachette ses huit à dix cigarettes par jour.

– J'ai de bons gènes, dit-il en posant cette fois devant elle une photo non encadrée. Lee, il n'avait pas cette chance.

Le second cliché était plus naturel que le premier, sur lequel tout un groupe avait pris la pose. Il remontait aussi à plus loin : Lee avait encore une masse de cheveux brun foncé et un visage plein, qui faisait paraître ses yeux plus écartés. Il souriait derrière le bar et, alors que plusieurs clients riaient, la tête rejetée en arrière, lui se contentait d'un petit sourire en coin – moins une invite qu'un rempart. Il n'avait sans doute guère plus de vingt-sept ou vingt-huit ans sur cette photo, et Rachel vit tout de suite ce qui avait séduit sa mère chez lui : ce petit sourire tout de vitalité contenue et de réticence ardente. Il promettait à la fois trop et trop peu, donnait l'impression que Lee serait un petit ami insupportable mais le meilleur coup de tous les temps.

Elle comprenait mieux maintenant pourquoi sa mère lui avait dit qu'il « sentait la foudre ». Et elle en venait à se dire que, si elle-même était entrée dans ce bar en 1976, quand cet homme faisait le service, elle aurait sans doute pris plus d'un verre. Il avait l'allure d'un poète libertin, d'un peintre de génie drogué jusqu'aux yeux, ou encore d'un musicien appelé à mourir dans un accident de voiture juste après avoir signé le contrat de sa vie avec une maison de disques.

Pour autant, le condensé de son existence que lui présenta Milo à travers différentes photos se limitait principalement à ce bar où elle était assise. Au fil des clichés, Rachel avait l'impression de sentir l'univers de Lee se rétrécir, ses options se restreindre et les occasions de coucher avec des créatures fougueuses se faire de plus en plus rares. Bientôt, le monde au-delà du bar n'était plus l'objet de tous les rêves mais une réalité à fuir. Les femmes qui l'avaient autrefois poursuivi de leurs assiduités devenaient des femmes à poursuivre, puis des femmes qu'il fallait amadouer avec une bonne dose d'humour et d'alcool. Jusqu'au jour où elles s'étaient définitivement détournées de lui, dégoûtées ou amusées de découvrir qu'il fantasmait sur elles.

Étrangement, à mesure que son pouvoir d'attraction diminuait, son sourire s'élargissait. À l'époque où elle-même était au collège, calcula Rachel, et alors qu'il portait toujours la chemise blanche et le gilet noir imposés par Milo à tous ses barmen, sa peau avait commencé à se marbrer, son visage à se creuser, et son sourire jaunissant à révéler des dents manquantes au fond de sa bouche. Sur chaque image, néanmoins, il paraissait plus détendu, délivré peu à peu du fardeau de ce qui se cachait derrière ce petit sourire de branleur et cette arrogance sexy. Son âme semblait s'épanouir en même temps que son corps s'affaiblissait.

Milo apporta ensuite à Rachel une pile de photos prises lors du match de softball et du pique-nique annuels organisés le jour de la fête de l'Indépendance, qui réunissaient amis et proches. Deux femmes apparaissaient souvent aux côtés de Lee : l'une, brune et maigre, avait les traits tirés par la tension et l'angoisse ; l'autre, une blonde débraillée et bien en chair, tenait le plus souvent un verre dans une main et une cigarette dans l'autre.

– Elle, c'était Ellen, précisa Milo en désignant la brune. Elle était toujours de mauvais poil, sans que personne sache pourquoi. Tout à fait le genre à plomber l'ambiance pendant une fête d'anniversaire, un mariage ou un repas de Thanksgiving… Vous pouvez me croire, je l'ai vue à l'œuvre en ces trois occasions. Elle a quitté Lee en 86. Ou c'était peut-être en 87 ? Pas plus tard, en tout cas. L'autre, la blonde, c'était sa deuxième femme, Maddy. Aux dernières nouvelles, elle était toujours de ce monde. Et elle habitait à Elkton. Avec Lee, ils ont été heureux pendant quelques années avant de s'éloigner peu à peu l'un de l'autre.

– Il a eu des enfants ? interrogea Rachel.

– Pas avec ces deux-là, que je sache.

Milo l'observa attentivement pendant quelques instants tout en passant une main dans son dos pour régler quelque chose sur son réservoir d'oxygène.

– Vous pensez que c'est votre père ?

– J'en suis quasiment sûre.

– Vous avez ses yeux, c'est certain. Bon, faites comme si j'avais dit un truc drôle.

– Pardon ?

– Allez-y, rigolez.

– Ha ha...

– Non, pour de vrai.

Rachel balaya la salle du regard. Personne. Elle se força à rire et fut surprise du naturel de sa réaction.

– Y a pas de doute, c'est le même rire, affirma Milo.

– Eh bien, voilà qui règle la question !

Il sourit.

– Quand j'étais jeune, on me disait souvent que je ressemblais à Warren Oates. Vous savez qui c'est ?

Elle fit non de la tête.

– Un acteur de cinéma. Il a joué dans des tas de westerns. Tenez, dans *La Horde sauvage*, par exemple...

Rachel, qui n'avait pas vu le film, lui jeta un coup d'œil embarrassé.

– Bref, c'est vrai, je ressemblais à Warren Oates. Aujourd'hui, on me dit que je ressemble à Wilford Brimley. Pour le coup, vous voyez qui c'est, hein ?

Elle confirma d'un signe de tête.

– Le type des Quaker Oats.

– Exact.

– C'est vrai que vous lui ressemblez, Milo.

– Mouais.

Il leva un doigt.

– En attendant, pour autant que je le sache, je n'ai pas de lien de parenté avec lui. Ni avec Warren Oates. Pas le plus petit lien.

D'un léger mouvement de tête, Rachel reconnut qu'il avait marqué un point. La vie d'un inconnu se trouvait résumée par les photos disposées sur le comptoir devant elle, tout comme la sienne l'avait été devant Jeremy James et elle, deux étés plus tôt. Un collage, encore une fois, qui disait tout et ne disait rien. On pouvait bien se faire photographier chaque jour de son existence, songea-t-elle, sans jamais révéler la vérité sur soi-même – l'essence de son être – à ceux qui tentaient de la découvrir. Elle-même avait côtoyé sa mère quotidiennement pendant vingt ans, et pourtant elle ne savait à son sujet que ce qu'Elizabeth Childs avait jugé bon de lui montrer. Et aujourd'hui, c'était son père qui la contemplait depuis ces clichés de différents formats, bien ou mal cadrés, surexposés ou sous-exposés. Mais, dans tous les cas, il restait inaccessible : elle voyait son visage, pas ce qu'il y avait derrière.

– Il avait un beau-fils et une belle-fille, reprit Milo. Ellen avait un gamin quand il l'a rencontrée, et Maddy, une gamine. Mais je ne pourrais pas vous dire s'il a légalement adopté l'un des deux. Je n'ai jamais su s'il était attaché à eux, ou eux à lui, ni quel genre de relations ils avaient.

Il haussa les épaules en survolant du regard le collage.

– Lee s'y connaissait en whiskeys, il a eu deux ou trois motos qui faisaient sa fierté et aussi un chien qui est mort d'un cancer. Il n'en a jamais repris après.

– Et donc, il a travaillé pour vous pendant vingt-cinq ans ?

– C'est ça. À quelque chose près.

– Il voulait rester barman toute sa vie ? Il n'avait pas d'autres ambitions ?

Milo détourna les yeux quelques secondes, le temps de fouiller dans ses souvenirs.

– À l'époque où il se passionnait pour les motos, il parlait d'ouvrir un garage avec un copain, pour réparer les bécanes et les customiser. Je me rappelle aussi qu'après la mort de son clebs, il a lu des tas de trucs sur les écoles vétérinaires. Mais ça ne s'est jamais concrétisé.

Nouveau haussement d'épaules.

– S'il avait d'autres rêves, il les a gardés dans un coin de sa tête.

– Qu'est-ce qui l'a poussé à partir, à votre avis ?

– Ça ne devait pas lui plaire de bosser pour Ronnie, j'imagine. C'est dur d'avoir pour patron quelqu'un qu'on a vu grandir. Et puis, peut-être qu'il en a eu marre des trajets. Il habitait Elkton, et y a de plus en plus de circulation chaque année.

Quand le vieil homme la dévisagea avec attention, Rachel devina qu'il la jaugeait avant de prendre une décision.

– Vous avez de beaux vêtements, je dirais que vous gagnez bien votre vie.

– Oui.

– Lui, il était presque toujours fauché. Et le peu qu'il avait, ses ex le lui ont piqué.

Un court silence s'ensuivit.

– Grayson, murmura soudain Milo.

Rachel sentit les petites mains lui effleurer le cœur, cette fois, en une caresse sans chaleur mais aussi légère qu'un souffle.

– Leeland David Grayson, déclara-t-il. C'était comme ça qu'il s'appelait.

Elle rencontra la seconde femme de Lee, Maddy, dans un parc à Elkton, Maryland, une ville qui donnait l'impression d'avoir été mise au rebut, avec ses collines parsemées d'usines et de fonderies désaffectées dont l'âge d'or n'était sans doute plus qu'un lointain souvenir.

Maddy oscillait désormais entre corpulence et obésité, et un sourire hésitant, appelé à s'évanouir une seconde après être apparu, avait remplacé celui, triomphant, qu'elle arborait sur la plupart des photos.

– C'est Steph, ma fille, qui a trouvé Lee, raconta-t-elle. Il était à genoux devant le canapé, le coude droit sur les coussins… comme s'il avait voulu se lever pour aller se servir à boire ou pisser, et qu'il s'était brusquement écroulé. Il était là depuis au moins un jour, peut-être même deux… Steph était passée lui emprunter de l'argent, parce qu'il se laissait plus facilement attendrir quand il avait un coup dans le nez. Le reste du temps, tout ce qu'il voulait, c'était qu'on lui fiche la paix. Lorsqu'il ne bossait pas, il aimait s'offrir un bon whiskey, fumer des cigarettes et regarder de vieux feuilletons à la télé. Pas les nouvelles séries, ça non ! Rien que les trucs des années 70 et 80, style *Mannix*, *L'Agence tous risques*, *Deux flics à Miami*…

Elle changea de position sur le banc, l'air soudain tout excité.

– Oh, bon sang ! Il n'aurait pas loupé pour un empire un épisode de *Deux flics à Miami*. Mais c'étaient les premiers qu'il préférait. Il disait toujours que le mariage de Crockett avec cette chanteuse avait tout gâché, que c'était devenu difficile à croire après ça.

Elle plongea la main dans son sac et en retira une cigarette. L'alluma, souffla la fumée et la suivit des yeux.

– S'il aimait autant ces feuilletons, c'est parce qu'ils parlaient d'une époque où les choses avaient du sens. Où le monde lui-même en avait. C'était le bon temps, des années où on comprenait encore ce qui se passait…

Durant quelques secondes, elle considéra le parc désert.

– Pas comme aujourd'hui…

Rachel garda le silence, bien qu'elle ait du mal à imaginer deux décennies plus irrationnelles à ses yeux que les années 70 et 80, ou moins stables et charitables. Elle ne jugea cependant pas nécessaire de contredire Maddy Grayson.

– Il avait des rêves ? demanda-t-elle.

– Comment ça ?

Maddy étouffa une petite toux dans son poing.

– Est-ce qu'il voulait devenir, je ne sais pas… quelqu'un ?

À peine eut-elle prononcé ces mots que Rachel regretta sa formulation.

– Genre, docteur, c'est ça ? répliqua Maddy, dont le regard s'était durci.

Elle semblait à la fois contrariée, déconcertée et exaspérée par sa réaction.

– Eh bien, je… je voulais dire…, bredouilla Rachel en lui adressant un sourire qu'elle espérait amical. Autre chose qu'un barman.

– Pourquoi ? Qu'est-ce que vous avez contre les barmen ?

Maddy expédia sa cigarette sur l'allée devant elle puis se tourna vers Rachel et lui opposa un sourire glacial.

– Les clients se sont bousculés au Milo pendant plus de vingt-cinq ans parce que Lee était derrière le bar, affirma-t-elle. Ils pouvaient tout lui dire ; lui, il ne les jugeait pas. Certains lui racontaient que leur couple battait de l'aile, d'autres qu'ils avaient perdu leur boulot, que leurs gamins faisaient des conneries ou se défonçaient, qu'ils ne comprenaient plus rien à la façon dont tourne ce putain de monde… Quand ils s'asseyaient devant lui, il était toujours là pour leur servir un verre et les écouter.

– À vous entendre, c'était quelqu'un de formidable.

Maddy pinça les lèvres et eut un brusque mouvement de recul, comme si elle venait de voir un cafard.

– Certainement pas ! La plupart du temps, c'était un vrai chieur. À la fin, je ne supportais plus la vie avec lui. Mais comme barman, il était super, et croyez-moi, il apportait beaucoup aux gens.

– Je n'ai jamais eu l'intention de suggérer le contraire.

– Oh si !

– Désolée.

Maddy poussa un soupir de dérision.

– Les seules personnes à poser des questions du style « Il n'a jamais rêvé de faire autre chose que barman ? » sont celles qui ont la possibilité de choisir ce qu'elles veulent devenir. Nous, les autres, on n'est que des Américains.

Nous, les autres, on n'est que des Américains.

La formule paraissait à Rachel aussi grandiloquente qu'empreinte de fausse modestie. Elle s'imagina la replacer lors de cocktails, entendre les rires qu'elle susciterait… Mais, presque aussitôt, cette pensée lui fit honte. Après tout, elle-même ne devait sa réussite qu'à sa naissance et à ses privilèges. Pour elle, l'espoir allait de soi, la chance aussi, sans compter qu'elle n'avait jamais vraiment eu peur de disparaître dans un océan de visages invisibles et de voix étouffées.

C'était néanmoins l'endroit où son père avait vécu : le pays de ceux que personne ne voyait ni n'entendait. Et dont, après leur mort, on ne se souvenait pas.

– Excusez-moi si je vous ai offensée, dit-elle à Maddy.

Celle-ci, qui venait d'allumer une nouvelle cigarette, balaya la remarque d'un geste.

– Bah, ne vous en faites pas, ça ne me touche pas.

Elle pressa gentiment le genou de Rachel.

– Si Lee était vraiment votre papa, tant mieux pour vous. J'espère que ça vous apportera la paix. C'est dommage que vous ne l'ayez pas connu, j'imagine, ajouta-t-elle en tapotant sa cigarette pour en faire tomber la cendre. Mais on n'a jamais ce qu'on veut, dans la vie, juste ce qu'on peut endurer.

Rachel se rendit sur sa tombe, signalée par une stèle toute simple, en granit noir moucheté de blanc, qui lui rappela les plans de travail dans la cuisine d'au moins deux de ses anciennes collègues. Sauf qu'elle était de taille beaucoup plus modeste : environ cinquante centimètres de haut sur quarante de large. Maddy lui avait confié que Lee l'avait achetée à crédit au moment du décès de ses propres parents et avait fini de la payer trois ans avant sa mort.

LEELAND D. GRAYSON
20 novembre 1950-
9 décembre 2004

Ça ne pouvait pas s'arrêter là. Impossible.

Pourtant, s'il y avait autre chose, elle n'avait pas réussi à le découvrir.

Elle n'avait reconstitué qu'un semblant de biographie à partir de ce que Milo et Maddy lui avaient raconté – des témoignages auxquels venaient s'ajouter leurs souvenirs de ce que d'autres avaient dit à propos de Leeland David Grayson.

Il était né et avait grandi à Elkton, dans le Maryland, où il avait fait toute sa scolarité. Il avait travaillé pour une entreprise de pavage et pour une société de transport, avait été vendeur dans un magasin de chaussures et livreur pour un fleuriste avant d'être engagé au Milo, à East Baltimore. Il avait engendré au moins un enfant (pour autant qu'elle le sache), s'était marié à deux reprises et avait divorcé chaque fois. Son premier divorce lui avait coûté la maison dont il était propriétaire. Après, il en avait loué une autre, plus petite, dans laquelle il avait toujours habité. Au cours de son existence, il avait possédé neuf voitures, trois motos et un chien. Il était mort dans sa ville natale. Cinquante-quatre ans passés sur Terre sans attendre grand-chose de son prochain, qui n'en attendait pas plus de lui en retour. Ce n'était pas un homme habité par la colère, pourtant les autres ne se hasardaient pas à le provoquer. Ce n'était pas non plus un homme heureux, même s'il était capable d'apprécier une bonne blague quand il en entendait une.

Tôt ou tard, tous ceux qui se souvenaient encore de lui pour une raison ou pour une autre disparaîtraient de ce monde. Et, à en juger par l'état de santé des quelques personnes qu'elle avait rencontrées parmi les amis et connaissances de Lee, cette échéance n'allait sans doute plus tarder. Ensuite, le seul à connaître son nom serait l'employé du cimetière chargé de tondre l'herbe autour des pierres tombales.

« Il n'a pas mené sa vie, aurait dit Elizabeth Childs, il a laissé sa vie le mener. »

Brusquement, Rachel pensa comprendre pourquoi sa mère ne lui avait jamais parlé de Lee et pourquoi elle n'avait jamais révélé à ce dernier qu'il avait une fille : Elizabeth avait deviné quelle tournure prendrait l'existence de son amant ; elle savait ses désirs modestes, son imagination limitée, ses ambitions nébuleuses. Elizabeth Childs, qui avait grandi dans une petite ville et avait choisi de vivre dans une petite ville, méprisait l'état d'esprit des petites villes.

Pour elle, admettre qu'elle s'était donnée à lui serait revenu à admettre qu'une part d'elle ne voulait pas échapper à ses origines.

Alors tu as préféré nous priver l'un de l'autre, songea Rachel.

Elle demeura assise sur la tombe pendant près d'une heure. Elle espérait que le vent ou les arbres lui feraient entendre la voix de Lee.

Laquelle finit par s'élever. Mais ce qu'elle avait à dire n'était pas agréable.

« Tu attends qu'on t'explique pourquoi. »

Oui.

« Pourquoi la douleur et pourquoi le deuil. Pourquoi les tremblements de terre et la faim dans le monde. »

« Et surtout, pourquoi personne n'en a rien à foutre de toi, Rachel. »

– Arrête, crut-elle dire à voix haute.

« Tu veux vraiment le savoir ? »

– Arrête, s'il te plaît.

« Parce que. »

– Parce que quoi ? demanda-t-elle au silence du cimetière.

« Parce que rien. Parce que, c'est tout. »

Elle baissa la tête, sans verser une larme, sans émettre le moindre son. Pendant longtemps, cependant, elle ne put calmer ses tremblements.

« Tu es venue de loin pour obtenir cette réponse. »
« Et tu l'as enfin. Là, juste devant toi. »
Elle redressa la tête. Rouvrit les yeux. Contempla la stèle, cinquante centimètres de haut sur quarante de large.
« Ce n'est que du granit et de la terre. »
« Il n'y a rien d'autre. »
Elle ne quitta le cimetière qu'au moment où le soleil disparaissait derrière les arbres noirs qui l'entouraient. Il était presque quatre heures de l'après-midi Elle était arrivée à dix heures du matin.
Elle ne devait plus réentendre cette voix. Jamais.

Dans le train qui remontait vers le nord, elle regarda par la vitre, mais il faisait nuit et les villes sur le trajet se réduisaient à des semis de points lumineux séparés par de grands pans d'obscurité.
La plupart du temps, elle ne voyait rien du tout, à part son propre reflet. Il n'y avait qu'elle, Rachel. Toujours seule.
Toujours du mauvais côté du miroir.

II

BRIAN

2011-2014

9

L'oiseau

Les chemins de Rachel et de Brian Delacroix se croisèrent de nouveau au printemps, dans un bar du South End, un an après leur dernier échange de mails.

Lui s'y était rendu parce que l'établissement se situait à quelques centaines de mètres seulement de son immeuble, et que ce soir-là, le premier de l'année à annoncer l'été, un parfum d'optimisme flottait dans les rues mouillées. Elle y entra parce que son divorce avait été prononcé l'après-midi même et qu'elle avait besoin de courage. Elle craignait que sa peur des autres ne provoque chez elle de nouvelles angoisses, et elle voulait essayer de la surmonter, de se prouver qu'elle était capable de maîtriser ses névroses. On était en mai et elle avait à peine mis le nez dehors depuis le début de l'année.

Pour faire ses courses, elle se limitait aux jours et aux heures où elle avait le plus de chances de trouver le supermarché quasiment vide. Le mardi matin à sept heures, c'était l'idéal : les palettes de marchandises sous cellophane attendaient toujours au milieu des allées, les gars du rayon laitages échangeaient des piques avec ceux du rayon traiteur, les caissières rangeaient leur sac à main et bâillaient devant leur gobelet de café en se plaignant des trajets, du temps, de leur mari et de leurs gosses insupportables.

Quand elle avait besoin d'aller chez le coiffeur, elle prenait toujours le dernier rendez-vous de la journée. Même chose chez la manucure et la pédicure. Pour presque tout le reste, elle avait recours à Internet. Bientôt, ce qui s'apparentait au départ à un choix – se tenir à l'écart des lieux publics pour éviter le regard des autres et son corollaire, le jugement – était devenu une habitude qui frisait la pathologie. Six mois avant de la quitter officiellement, Sebastian avait décidé de coucher dans la chambre d'amis ; au cours de l'été précédent, il avait passé toutes ses nuits à bord de son bateau amarré sur la South River, qui se jetait dans la baie du Massachusetts. Pour Rachel, cela n'avait rien d'étonnant : Sebastian ne l'avait probablement jamais aimée, il n'avait probablement jamais aimé aucun être humain, mais il était raide dingue de ce bateau. Depuis son départ, elle n'avait plus de raisons de sortir, puisque sa principale motivation jusque-là avait été le désir d'échapper à son mari et à son mépris toxique.

Avec l'arrivée du printemps, toutefois, la rue devant chez elle s'était de nouveau animée : voix nonchalantes et plaisantes des promeneurs, cris joyeux des enfants, cliquetis des roues des poussettes sur le trottoir, grincement et claquement des portes chez les voisins… La maison qu'elle avait achetée avec Sebastian se trouvait à Marshfield, à environ quarante-cinq kilomètres au sud de Boston. C'était une ville côtière, mais leur propriété se situait à l'intérieur des terres, au grand soulagement de Rachel, qui n'était pas fan de l'océan. Sebastian, bien sûr, adorait la mer, et avait d'ailleurs insisté pour l'initier à la plongée au début de leur liaison. Lorsqu'elle avait fini par lui avouer qu'elle détestait nager sous l'eau alors que des prédateurs potentiels la guettaient depuis les profondeurs, il ne s'était pas senti flatté par ses efforts pour lui faire plaisir ; au contraire, il l'avait accusée d'avoir feint de partager ses passions afin de mieux le « piéger ». Elle avait rétorqué que, le plus souvent, on piégeait seulement les créatures qu'on voulait manger, et qu'elle avait perdu depuis longtemps tout appétit pour lui. C'était un coup bas, mais quand une relation se détériorait de façon aussi rapide et brutale que la leur, la mesquinerie devenait la norme. Après le divorce, ils mettraient la maison sur le marché, se partageraient le prix de la vente, et Rachel déménagerait.

Cette perspective lui convenait. Boston lui manquait et elle ne s'était jamais habituée à devoir prendre sa voiture tout le temps. De plus, s'il n'était pas facile d'échapper à la notoriété dans une métropole, c'était quasiment impossible dans une petite ville. Deux semaines plus tôt, elle avait été reconnue pendant qu'elle faisait le plein dans une station-service. Trois lycéennes en mode candidates à une émission de téléréalité – soutien-gorge push-up, pantalon de yoga, cheveux satinés et pommettes ciselées – étaient sorties du Food Mart et avaient rejoint un garçon en sweat-shirt moulant et jean délavé qui remplissait le réservoir d'un SUV Lexus impeccable. À peine avaient-elles remarqué Rachel que les trois filles s'étaient mises à chuchoter et à se pousser du coude. Lorsqu'elle s'était résolue à les regarder, l'une d'elles avait rougi et baissé les yeux, mais les deux autres avaient gloussé. La brune aux cheveux striés d'orange avait feint de vider une bouteille, tandis que sa copine blonde, langue de pute bis, grimaçait en faisant semblant de pleurer, puis secouait les mains comme pour les débarrasser d'un paquet d'algues.

La troisième avait lancé : « Allez, ça suffit, les filles ! », mais sur un ton mi-plaintif mi-moqueur, si bien que les rires avaient jailli de leurs trois jolies bouches fielleuses comme le vomi un vendredi soir trop arrosé.

Rachel ne mit plus les pieds dehors après cet incident. Elle épuisa ses provisions, ainsi que ses réserves de vin et de vodka. Elle ne trouvait plus de sites intéressants sur lesquels surfer ni d'émissions potables à regarder à la télé. Puis Sebastian l'appela pour lui rappeler que la dernière audience dans le cadre de leur divorce était prévue le mardi 21 mai à 15 h 30.

Le jour dit, une fois présentable, elle décida d'aller à Boston en voiture et se rendit compte seulement en s'engageant sur la Route 3, en direction du nord, qu'elle n'avait pas emprunté la voie express depuis six mois. Autour d'elle, les autres conducteurs fonçaient, faisaient rugir leur moteur, arrivaient de tous les côtés. Les carrosseries brillaient comme des lames de couteau sous un soleil éclatant. Elle se sentait cernée, les feux de stop s'éclairaient comme des yeux diaboliques. *Super*, pensa-t-elle, gagnée par l'angoisse. *Maintenant, j'ai la trouille de conduire*.

Elle parvint néanmoins à destination, avec l'impression d'avoir fait un pied-de-nez au destin, parce qu'elle n'aurait jamais dû prendre le volant dans un tel état de nervosité. En attendant, elle avait réussi l'épreuve. Elle laissa sa Prius au parking, traversa la rue et arriva à l'heure au tribunal du comté de Suffolk, dans New Chardon Street, pour y rencontrer le juge aux affaires familiales.

La procédure fut à l'image de leur mariage : une simple formalité, sans passion ni violence. Après l'audience, une fois leur union légalement dissoute, Rachel tourna la tête vers celui qui était désormais son ex-mari, désireuse de partager avec lui pendant quelques instants, sinon un sentiment de victoire comparable à celui de deux soldats émergeant du champ de bataille avec tous leurs membres intacts, du moins la satisfaction pour les deux parties d'avoir franchi cette ultime étape avec décence. Mais Sebastian n'était déjà plus assis de l'autre côté de l'allée. Il sortait de la salle, la tête droite, le pas déterminé. Et toutes les autres personnes présentes la regardaient avec pitié ou dédain.

Voilà ce que je suis devenue, se dit-elle. *Une créature méprisable.*

Du parking où elle avait garé sa voiture, elle n'avait qu'à tourner deux fois à droite pour rejoindre la 93 vers le sud et rentrer chez elle. Mais à la pensée de tous ces véhicules qui allaient la doubler sur l'autoroute, accélérer ou freiner, et changer de file brusquement, elle préféra tourner à gauche. Elle franchit Beacon Hill, traversa Back Bay et continua jusqu'à South End. Cette fois, le trajet ne lui posa pas de problème. C'est à peine si elle eut les mains moites quand une Nissan entreprit de dépasser par la droite alors qu'elle approchait d'un carrefour. Après avoir sillonné les rues quelques minutes, elle repéra une place de stationnement – une rareté convoitée dans le coin – et s'y gara. Elle demeura encore un moment au volant en se forçant à respirer calmement, et dut faire signe par deux fois à des conducteurs qui, la croyant sur le point de partir, avaient mis leur clignotant.

– Alors coupez le contact, bon sang ! cria le second, avant de redémarrer en trombe et de laisser dans son sillage une puanteur de caoutchouc brûlé.

Elle descendit de voiture et marcha dans les rues, sans autre but que d'essayer de retrouver un bar où elle avait autrefois passé une bonne soirée, quand elle travaillait encore au *Globe*. Des bruits circulaient alors, selon lesquels la série d'articles qu'elle avait rédigée sur la cité Mary Ellen McCormack lui vaudrait peut-être le Pulitzer. Elle ne l'avait pas eu (elle avait tout de même remporté le prix Horace Greeley et le PEN/Winship récompensant l'excellence dans le journalisme d'investigation), mais au fond elle s'en fichait ; elle savait qu'elle avait fait du bon travail et, en ce temps-là, ça lui suffisait. Dans son souvenir, le bar en question, vieillot, avec une porte rouge, se situait dans l'une des dernières zones du quartier à avoir échappé à l'embourgeoisement général. Il lui semblait aussi que son nom, le Kenneally's Tap, était le rappel d'une époque où tous les bars irlandais ne se croyaient pas obligés de faire référence à la littérature, comme le St. James's Gate, l'Elysian Fields ou l'Isle of Statues.

Elle finit par apercevoir la porte rouge dans une partie de la rue qu'elle n'avait pas reconnue au départ, parce que les Mercedes Benz et les Range Rover Sport garés devant s'étaient substitués aux anciennes Volvo et Toyota, et que les barreaux austères aux fenêtres avaient été remplacés par des ferronneries plus esthétiques. Le Kenneally's Tap était toujours là, mais la carte affichée à l'entrée proposait désormais de la joue de porc et du chou kale braisé, au lieu des traditionnels bâtonnets de mozzarella et autres croquettes de poulet.

Rachel se dirigea droit vers une chaise inoccupée au fond de la salle, près de la porte de service, et lorsque le barman s'approcha, elle lui commanda une vodka avec glace et lui demanda s'il avait le journal du jour. En sortant du tribunal, elle avait rassemblé ses cheveux en un chignon qu'elle avait dissimulé sous une casquette des Red Sox. Elle portait un sweat gris à capuche sur un T-shirt blanc et un jean bleu foncé, une tenue complétée par des mocassins noirs tout simples, éraflés, aussi passe-partout que le reste de sa tenue. Pourtant, malgré tous les beaux discours sur le progrès, sur la promotion de l'égalité chez les générations post-sexistes, une femme ne pouvait toujours pas s'attabler seule dans un bar sans attirer les regards. Alors elle s'absorba dans sa lecture du *Globe* en sirotant sa vodka et s'efforça de maîtriser l'oiseau dans sa poitrine.

Le Kenneally était aux trois quarts vide, à son grand soulagement, mais la clientèle était beaucoup plus jeune qu'elle ne l'avait imaginé au départ, ce qui l'inquiétait. Les vieux habitués qu'elle pensait voir en nombre n'étaient que quatre. Assis autour d'une table abîmée près de l'arrière-salle, ils sortaient fréquemment fumer une cigarette. Comment avait-elle pu être assez naïve pour croire qu'ici, dans le quartier le plus branché de Boston, les amateurs de la traditionnelle bière-shot-de-vodka n'avaient pas été balayés par la cohorte des fans de single malt ?

Les quelques piliers de bar qui éclusaient de la Pabst Blue Ribbon et de la Narragansett toute la journée regardaient rarement les informations de dix-huit heures. Les plus jeunes ne les regardaient pas souvent non plus, du moins pas en direct, mais ils avaient toujours la possibilité de les enregistrer ou de les visionner plus tard en streaming sur leur ordinateur portable. Et ils allaient régulièrement sur YouTube. À l'automne précédent, se rappela Rachel, quand les images de son malaise étaient devenues virales, il y avait eu quatre-vingt mille vues dans les douze premières heures. Au bout de vingt-quatre heures, l'incident avait donné lieu à sept mèmes Internet et à un montage vidéo d'elle en nage, clignant des yeux, cherchant ses mots et son souffle, sur la chanson « Drunk in Love », de Beyoncé. C'était ainsi que l'événement avait été perçu : une journaliste ivre se donne en spectacle lors d'un reportage en direct dans un ghetto de Port-au-Prince. Trente-six heures après l'incident, la vidéo totalisait deux cent soixante-dix mille vues.

Ses rares amis avaient dit à Rachel qu'elle surestimait probablement le nombre de personnes capables de la reconnaître en public. Ils lui avaient assuré que la nature même de l'ère virale, gouvernée par la nécessité de renouveler en permanence son contenu, garantissait que, malgré une large diffusion à l'époque, la séquence ne resterait pas dans les mémoires.

Il ne lui paraissait cependant pas déraisonnable de supposer que la moitié des clients du bar ayant moins de trente-cinq ans l'avaient regardée. La plupart ne feraient sans doute pas le lien avec la femme coiffée d'une casquette qui lisait le journal seule dans son coin, mais là encore, il n'était pas impossible que certains se souviennent d'elle.

Quelques coups d'œil discrets lui permirent de se faire une idée plus précise de la clientèle : deux employées de bureau qui sirotaient chacune un martini additionné d'un trait d'alcool rose ; cinq jeunes traders qui enchaînaient les bières et se tapaient le poing devant le match diffusé sur le téléviseur au-dessus d'eux ; un groupe mixte de geeks, dans les vingt-huit, vingt-neuf ans, qui se tenaient le dos rond même quand ils buvaient un verre ; et un couple élégant d'une trentaine d'années, lui manifestement bien éméché, elle manifestement dégoûtée et un peu effrayée. Ces deux-là étaient les plus proches de Rachel, à quatre sièges d'elle sur sa droite, et à un certain moment l'homme repoussa violemment l'un de ces sièges, qui se renversa.

– Oh, bon sang, ça suffit ! s'exclama la femme, dont la voix exprimait aussi la peur et le dégoût.

– Tu vas te calmer, bordel, espèce de…, gronda son compagnon.

Il s'interrompit quand Rachel croisa son regard, puis celui de sa petite amie. Tous trois firent comme si de rien n'était tandis qu'il redressait la chaise.

Alors qu'elle terminait son verre, Rachel regretta d'être venue. Sa peur de certaines personnes – celles qui avaient assisté à sa crise de panique au JT – l'avait empêchée de se rendre compte qu'elle éprouvait maintenant une terreur des autres en général, une phobie toujours plus grande dont elle commençait seulement à mesurer l'ampleur. Elle aurait dû rentrer tout de suite chez elle après l'audience. Bon sang… L'oiseau battait des ailes dans sa poitrine. Pas trop frénétiquement, pas encore. Mais le rythme s'accélérait. Tous les regards étaient braqués sur elle, lui semblait-il, et dans le brouhaha des voix, elle fut presque sûre d'entendre quelqu'un chuchoter : « Tu sais, la journaliste qui… »

Elle sentit sa gorge se nouer au moment où elle plaçait un billet de dix dollars sur la table. Sa vue se brouillait. L'air devenait étouffant et tremblotait comme sous l'effet de la chaleur. Elle s'apprêtait à se lever lorsque le barman posa un verre devant elle.

– Un monsieur vous l'offre, avec ses compliments.

Les cinq jeunes traders en costume de l'autre côté de la salle étaient toujours captivés par le match. Ils dégageaient de mauvaises ondes, genre anciens membres d'une fraternité étudiante ne pensant qu'à se faire du fric et à abuser des filles. Ils avaient tous dans les trente, trente-cinq ans, deux d'entre eux s'empâtaient déjà, et leurs yeux lui parurent trop étrécis et trop brillants. Le plus grand la gratifia d'un hochement de tête en lui portant un toast.

– Lui ? demanda-t-elle au barman.

Il coula un bref regard vers eux par-dessus son épaule.

– Non, il ne fait pas partie du groupe. C'est un autre. Il doit être aux toilettes, ajouta-t-il après avoir examiné la salle.

– Eh bien, remerciez-le de ma part, mais…

Elle s'interrompit brusquement. L'homme qui avait renversé la chaise avançait désormais dans sa direction, le doigt tendu vers elle comme s'il était un présentateur de jeu télévisé et elle, la gagnante d'une cuisine équipée. Entre-temps, sa petite amie avait disparu. Plus il approchait, moins Rachel le trouvait séduisant. Côté physique, pourtant, il n'y avait rien à redire : silhouette musclée, opulente chevelure brune, lèvres pleines, incurvées en un sourire éclatant de blancheur… Des atouts auxquels venaient s'ajouter une démarche souple qui ne manquait pas d'allure et des yeux d'un brun chaud rappelant la couleur d'un caramel. Le problème, c'était ce qu'elle décelait derrière eux, ou plutôt au fond d'eux : la cruauté. Une cruauté impulsive, doublée d'un orgueil sans bornes.

Ce regard-là, tu l'as déjà vu. Chez Felix Browner. Chez Josué Dacelus. Dans les cités et les tours. Chez les prédateurs imbus d'eux-mêmes.

– Salut, dit-il. Désolé pour tout à l'heure.

– De ?

– La scène avec ma copine. Enfin, mon ex-copine, maintenant, et c'est pas trop tôt. Faut toujours qu'elle fasse un drame de tout.

– Ah bon ? Je pensais qu'elle était seulement inquiète parce que vous aviez trop bu.

Pourquoi tu lui parles, bon sang ? Va-t'en.

Il écarta largement les bras.

– C'est sûr, y a des mecs qui, quand ils ont un coup dans le nez, deviennent mauvais. Mais moi, l'alcool me met de bonne humeur. Voilà, je suis juste un type de bonne humeur qui cherche à se faire des amis et à passer une soirée sympa. Je vois pas où est le problème.

– Eh bien, bonne chance. Je dois…

Il indiqua le verre sur la table.

– Vous allez pas le laisser, quand même ! Ce serait du gâchis, ni plus ni moins, ajouta-t-il en lui tendant la main. Je m'appelle Lander.

– Non, c'est bon, je n'ai plus soif.

Après avoir baissé le bras, il tourna la tête vers le barman.

– Une Patrón Silver, mon brave.

De nouveau, il s'adressa à Rachel.

– Je peux savoir pourquoi vous nous espionniez ?

– Je ne vous espionnais pas.

Le barman lui apporta sa tequila, et il en but une gorgée.

– Oh si. Je vous ai surprise en train de nous regarder.

– Forcément, vous parliez de plus en plus fort, alors j'ai levé les yeux.

– Oh, c'est vrai ? On parlait fort ? lança-t-il avec un sourire suffisant.

– Oui.

– On a empiété sur votre espace ?

– Non, répondit-elle, sans pouvoir réprimer un soupir.

– Je vous ennuie, peut-être ?

– Pas du tout. C'est juste que je dois y aller.

Il lui décocha un grand sourire.

– Mais non, voyons… Prenez donc le temps de boire ce verre.

L'oiseau dans la poitrine de Rachel s'affolait, à présent.

– Je m'en vais, d'accord ? Alors au revoir et merci.

Elle glissa la bride de son sac sur son épaule.

– Vous êtes la fille des infos.

Rachel n'avait aucune envie de vivre encore une fois les cinq ou dix minutes qu'il lui faudrait pour nier, puis nier encore, jusqu'à finalement admettre qu'il avait raison, pourtant elle fit semblant de ne pas comprendre.

– Quelle fille ?

– Celle qui a flippé en live.

Il jeta un coup d'œil au verre qu'elle n'avait toujours pas touché.

– Vous étiez bourrée, c'est ça ? Ou défoncée ? Allez, expliquez-moi…

Elle se fendit d'un sourire crispé avant de faire un pas vers la sortie.

– Une petite minute, dit-il en se plaçant entre la porte et elle. Je veux juste savoir…

Il recula d'un pas et, les yeux plissés, la dévisagea.

– Je veux juste savoir ce qui vous est passé par la tête à ce moment-là. Je demande qu'à être votre ami, moi !

– Laissez-moi partir.

De la main droite, elle lui fit signe de s'écarter.

Il redressa la tête et grimaça en imitant son geste.

– Je vous ai posé une question, c'est tout. Les gens avaient placé leur confiance en vous, affirma-t-il en lui enfonçant son index dans l'épaule. D'accord, d'accord, vous pensez que j'ai trop bu, et peut-être que… peut-être que c'est vrai. N'empêche, c'est important, ce que je vous dis. Je suis un type sympa, moi, un marrant, mes copains me répètent toujours que je suis un comique. J'ai trois frangines. Mais là où… là où je veux en venir, c'est que vous vous permettez de cracher sur votre job parce que vous avez sûrement un filet de sécurité pour vous rattraper en cas de pépin. Non ? J'ai pas raison ? Un mari médecin ou spécialiste du capital risque, qui…

Ayant manifestement perdu le fil de ses pensées, il s'interrompit un instant, puis appuya une main rose, doigts écartés, à la base de son cou rose.

– Moi, je peux pas, faut que je bosse pour gagner ma croûte. Vous, je suis sûr que vous avez un papa qui paie pour tout : les cours de Pilates, la Lexus, les déjeuners avec les copines où vous passez votre temps à déblatérer sur tout ce qu'il fait pour vous… Allez, buvez ce verre, espèce de garce pourrie gâtée. Quelqu'un vous l'a offert, alors un peu de respect !

Il tanguait devant elle, et Rachel se demanda comment elle allait réagir s'il la touchait encore une fois. Personne ne bougeait dans la salle. Personne ne disait rien. Personne ne semblait décidé à l'aider. Tous regardaient le spectacle.

– J'aimerais partir, répéta-t-elle en se tournant vers la porte.

De nouveau, il lui enfonça son index dans l'épaule.

– Une minute, j'ai dit. Buvez un coup avec moi. Avec nous, rectifia-t-il en englobant le bar d'un geste circulaire. Leur donnez pas l'impression que vous avez une mauvaise opinion de moi. Vous avez pas une mauvaise opinion de moi, hein ? Je suis un mec normal, sans histoires, un…

– Rachel !

Brian Delacroix, qui venait de se matérialiser derrière l'épaule droite de l'importun, se glissa jusqu'à elle.

– Excuse-moi, j'ai été retenu.

Il adressa à Lander un sourire absent avant de se tourner de nouveau vers elle.

– Désolé de te presser, mais on n'est pas en avance. Les portes ferment à huit heures. On a intérêt à se dépêcher, ajouta-t-il en saisissant le verre de vodka, qu'il vida d'un trait.

Son costume bleu marine laissait voir une chemise blanche dont le premier bouton était défait, et une cravate noire dénouée, légèrement de travers. Il était toujours séduisant, mais ne donnait pas l'impression pour autant de passer des heures dans la salle de bains tous les matins. Son apparence était plus virile, ses traits plus prononcés, son sourire un peu de guingois, ses épais cheveux noirs pas tout à fait disciplinés. Peau tannée, pattes-d'oie, menton volontaire… Une lueur espiègle brillait dans ses yeux bleus, comme s'il était toujours surpris de se retrouver dans de telles situations.

– Tu es superbe, à propos, reprit-il. Encore navré pour le retard. Je suis impardonnable.

– Hé, pas si vite, intervint Lander, qui contemplait sa propre boisson.

Il pouvait très bien s'agir d'un coup monté par les deux hommes, songea Rachel. Lander dans le rôle du loup, elle de l'agneau égaré, et Brian Delacroix dans celui du valeureux berger. Après tout, elle n'avait pas oublié les mauvaises ondes perçues des années plus tôt devant l'Athenæum, et elle avait du mal à croire que cette nouvelle rencontre, le jour même de son divorce, soit simplement le fruit du hasard.

Elle décida alors de ne pas jouer le jeu.

– Eh bien, messieurs, dit-elle en levant les mains, je pense que je vais…

Mais Lander, occupé à repousser Brian, ne l'écoutait pas.

– Yo, bro, faut que tu dégages, là.

L'air amusé, Brian Delacroix arqua un sourcil en s'entendant appeler « bro », et Rachel dut faire un effort pour ne pas sourire.

Il se tourna vers Lander.

– Écoute, vieux, ce n'est pas que je veuille te contrarier, mais là, ce n'est pas possible. Je sais, je sais, t'es déçu, tu ne pouvais pas deviner que je devais la rejoindre... En attendant, t'aimes t'amuser, ça se voit. Et la nuit ne fait que commencer...

De la main, il indiqua le barman.

– Tom me connaît. Pas vrai, Tom ?

– Exact, répondit l'intéressé.

Brian s'adressa de nouveau à son vis-à-vis.

– Et donc, tu t'appelles... ?

– Lander.

– Chouette prénom.

– Merci.

– Chérie ? lança Brian à Rachel. Pourquoi tu n'irais pas chercher la voiture ?

– D'accord, s'entendit-elle répondre.

– Tu sais quoi, Lander ? reprit Brian, tout en montrant la porte à Rachel d'un coup d'œil discret. Inutile de sortir ton portefeuille ici ce soir. Commande ce que tu veux, Tom mettra ça sur mon compte.

Il la regarda de nouveau, avec un peu plus d'insistance, et cette fois Rachel s'éloigna.

– Pourquoi tu n'offrirais pas une tournée à ces nanas, là-bas, près de la table de billard ? suggéra-t-il. Hein, Lander ? C'est pour moi aussi, OK ? Depuis que je suis entré, j'ai remarqué que celle en chemisier vert et jean noir ne te quittait pas des yeux...

Rachel se dirigea vers la porte sans se retourner, alors qu'elle en mourait d'envie. Mais la dernière expression qu'elle avait vue sur le visage de Lander lui avait fait penser à un chien qui, la tête inclinée, attendait de son maître une récompense ou un ordre. En moins d'une minute, Brian Delacroix lui avait imposé son autorité, et elle ne voulait surtout pas prendre le risque de tout gâcher.

Une fois dehors, elle chercha en vain sa voiture, sillonna les rues à l'est, à l'ouest, tourna vers le nord, revint vers le sud… Sans résultat. Quelque part, pourtant, devant cette succession de maisons de ville en brique rouge ou chocolat, bordées de grilles en fer forgé, stationnait une Prius gris clair de 2010.

C'était la voix de Brian Delacroix qui l'avait le plus troublée, décida-t-elle en s'engageant dans une ruelle transversale en direction des lumières de Copley Square. Chaleureuse, ferme et mélodieuse. C'était celle d'un ami qu'on avait espéré rencontrer toute sa vie ou d'un oncle aimant qui venait soudain de reparaître après une longue absence. C'était une voix qui procurait autant de réconfort qu'un foyer, mais pas un foyer réel, plutôt une construction de l'esprit, un idéal.

Quelques minutes plus tard, cette même voix s'éleva derrière elle :

– Je ne serai pas vexé si vous pressez le pas en pensant que je vous harcèle. Sérieux. Je resterai planté là, et vous ne me reverrez jamais.

Rachel s'arrêta. Se retourna. Il se tenait immobile au bout de la ruelle dont elle-même avait émergé trente secondes plus tôt, sous un lampadaire, les mains jointes devant lui. Il avait enfilé un imperméable sur son costume.

– Mais si vous êtes partante pour prolonger un peu la soirée, je marcherai dix pas derrière vous jusqu'à l'endroit de votre choix où vous m'autoriserez à vous offrir un verre.

Elle se borna à le regarder un long moment, durant lequel elle s'aperçut que le battement d'ailes frénétique dans sa poitrine avait cessé et que sa gorge s'était dénouée. Elle se sentait aussi calme désormais que lorsqu'elle était en sécurité derrière les portes fermées de sa maison.

– Cinq pas, ça ira, dit-elle.

10

Lumières

Alors qu'ils traversaient le South End, elle comprit bientôt pourquoi il portait un imperméable. Il tombait une petite bruine si fine que, lorsqu'elle s'en rendit compte, ses cheveux et son front étaient déjà humides. Elle ramena sa capuche sur sa tête, mais elle était mouillée elle aussi.

– C'est vous qui m'avez payé cette vodka ? demanda-t-elle.

– Je plaide coupable.

– Pourquoi avez-vous fait ça ?

– Vous voulez une réponse franche ?

– Non, bien hypocrite de préférence.

Il étouffa un petit rire.

– OK. En vérité, j'avais besoin d'aller aux toilettes et je voulais m'assurer que vous seriez toujours là à mon retour.

– Vous ne pouviez pas venir me parler, tout simplement ?

– J'avais le trac, figurez-vous. Vous ne m'avez pas paru particulièrement enthousiaste les quelques fois où j'ai essayé de reprendre contact par mail.

Rachel ralentit, et il la rattrapa.

– J'aimais bien recevoir vos messages, pourtant, révéla-t-elle.

– Bizarre. Vos réponses n'en donnaient pas l'impression.

– Ces dix dernières années ont été compliquées pour moi, répliqua-t-elle avec un sourire hésitant.

Il ôta son imperméable et, d'autorité, le lui drapa autour des épaules.

– Ah non, il n'est pas question que je prenne votre manteau, déclara-t-elle.

– Je ne vous le donne pas, je vous le prête.

– Inutile, je n'en ai pas besoin.

– D'accord, dit-il en s'écartant d'un pas. Rendez-le-moi.

Elle sourit de nouveau et fit les gros yeux.

– Bon, si vous insistez, je le garde.

Ils continuèrent d'avancer, dans un silence seulement troublé par le bruit de leurs pas.

– On va où, au fait ? s'enquit-il.

– Je pensais au RR, s'il existe toujours.

– C'est le cas. On continue tout droit jusqu'au prochain croisement, ensuite ce sera à deux cents mètres sur la gauche.

– Tant mieux. Pourquoi ce nom, d'ailleurs ? Ça m'a toujours intriguée. C'est bien l'abréviation de « railroad », n'est-ce pas ? Mais il n'y a ni gare ni rails dans le coin.

– Ça vient de l'ancienne voie ferrée souterraine. Beaucoup d'esclaves l'ont empruntée pour s'enfuir à l'époque. Et c'est dans ce bâtiment, là-bas, qu'Edgar Ross a installé la première presse d'imprimerie utilisée par des Noirs, au début du dix-neuvième siècle, ajouta-t-il en indiquant un édifice de brique rouge coincé entre une maison et ce qui était autrefois une église.

Rachel lui coula un regard de biais.

– Parce que vous êtes un puits de science, en plus ?

– J'aime l'histoire, c'est tout.

Il ponctua cette réponse d'un léger haussement d'épaules et, sur ses indications, ils tournèrent à gauche, dans une rue tranquille qui paraissait plus ancienne. Nombre des garages qui la bordaient, dont certains avaient été transformés en appartements, étaient autrefois des écuries, à en juger par leurs fenêtres aux vitres épaisses à croisillons de plomb. Les arbres semblaient aussi vieux que la Constitution.

– Au fait, reprit-il, j'ai toujours préféré la manière dont vous traitiez l'actualité à celle dont vous abordiez les sujets… moins sérieux, disons.

Elle pouffa.

– Pourquoi, vous n'avez pas eu l'impression d'être suffisamment informé quand j'ai couvert l'histoire du chat qui aboyait ?

– Rassurez-moi : ce reportage est archivé, au moins ?

Avant qu'elle puisse répondre, un claquement métallique se fit entendre, et ils furent brusquement plongés dans le noir. Toutes les lumières – les réverbères extérieurs, celles des maisons et du petit immeuble de bureaux au bout de la rue – s'éteignirent d'un coup.

S'ils parvenaient encore à se voir, grâce aux lueurs pâles émanant des grands édifices entourant le quartier, cette quasi-obscurité inhabituelle semblait porteuse d'une vérité à laquelle les citadins évitent en général de penser : Nous ne sommes pas préparés à la plupart des formes de survie. Du moins, pas en l'absence de tout confort.

Ils se remirent en marche, en proie à un étrange sentiment d'irréalité. Rachel avait l'impression de percevoir son environnement avec une acuité particulière. Son ouïe était plus aiguisée, et tous ses sens en alerte.

Les ténèbres lui avaient fait le même effet en Haïti. À Port-au-Prince, à Léogâne, à Jacmel. Dans certains quartiers, les habitants attendaient toujours que la lumière revienne.

Une femme émergea soudain d'un bâtiment au coin de la rue. Elle tenait d'une main une bougie, de l'autre une lampe électrique, et quand elle en braqua le faisceau sur eux, Rachel distingua l'enseigne au-dessus d'elle et s'aperçut qu'ils étaient arrivés au RR.

– Qu'est-ce que vous fabriquez là, vous deux ? lança l'inconnue.

– D'abord, on cherchait sa voiture, répondit Brian. Ensuite, on a décidé de pousser jusqu'à votre bar, et on a été surpris par…

Au moment où il écartait les mains comme pour indiquer la nuit, un autre claquement métallique se fit entendre et les lumières revinrent.

Ils cillèrent, surpris par la clarté des enseignes lumineuses pour la bière fixées derrière la vitre.

– Bravo pour le tour de magie ! s'exclama la barman. Vous animez aussi les goûters d'anniversaire ?

Elle leur ouvrit la porte et s'effaça pour les laisser entrer. Rachel reconnut aussitôt l'endroit : il était tel que dans son souvenir, et peut-être même encore mieux, dans la mesure où l'éclairage lui paraissait plus tamisé, où l'odeur de bière éventée, imprégnée dans le revêtement de caoutchouc noir au sol, avait disparu. Une chanson de Tom Waits passait sur le juke-box lorsqu'ils franchirent le seuil, s'acheva alors qu'ils commandaient, et céda la place à un titre de Radiohead tiré de l'album *Pablo Honey*. Si Rachel n'avait aucun mal à situer Tom Waits, qui avait sorti ses plus grands succès avant sa naissance, elle se sentait toujours ébranlée à l'idée que des jeunes en âge de fréquenter les bars aujourd'hui portaient encore des couches quand elle écoutait Radiohead à la fac. *On vieillit devant le regard des autres*, pensa-t-elle, *mais bizarrement on est les derniers à le savoir.*

Il n'y avait personne dans la salle. Juste eux et Gail, la barman.

Ils avaient vidé la moitié de leur premier verre lorsque Rachel demanda soudain :

– Vous voulez bien me parler de notre dernière rencontre ?

Comme il plissait les yeux d'un air perplexe, elle précisa :

– Le jour où je vous ai vu en compagnie de cet antiquaire…

Il claqua des doigts.

– Ah ! Jack Ahern, c'est ça ? J'étais avec Jack ?

– Oui.

– On partait déjeuner, et on vous a croisée au sommet de Beacon Hill.

– Exact. Ça, ce sont les faits. Mais moi, ce qui m'intéresse, c'est votre attitude. Vous étiez bizarre, pressé de vous débarrasser de moi.

Il hocha la tête.

– C'est vrai. Désolé.

– Vous plaidez coupable ?

– Oui, Votre Honneur. Jack projetait d'investir dans une société que je créais à l'époque – oh, rien d'extraordinaire, juste une petite entreprise qui fabrique des parquets et des stores haut de gamme. Il se veut moraliste, vous voyez, très quinzième siècle à cet égard, tendance fondamentalisme luthérien ou calviniste, je ne me rappelle jamais lequel.

– Je comprends, j'ai tendance à les confondre aussi.

Cette remarque le fit sourire.

– De toute façon, ajouta-t-il, j'étais marié à l'époque.

Rachel porta son verre à ses lèvres.

– Ah bon ?

– Oui, je l'étais encore, même si le divorce se profilait déjà. Et, en bon commercial, je vendais ce mariage à mon investisseur moralisateur.

– Pour l'instant, je vous suis.

– Alors, quand je vous ai vue traverser la rue dans ma direction, j'ai su que si je ne prenais pas les devants, Jack allait se rendre compte de quelque chose. Résultat, j'en ai fait des tonnes, comme chaque fois que je deviens nerveux, et j'ai lamentablement cafouillé.

– Et il se serait rendu compte de quoi ?

Sans la quitter des yeux, il pencha la tête.

– Il faut vraiment que je vous le dise ?

– Je vous ai demandé une explication, cher ami.

– Eh bien, c'est simple : mon attirance pour vous, Rachel. Mon ex me harcelait sans arrêt avec ça : « T'es encore en train de regarder ta chérie aux infos ? » Mes copains s'en étaient aperçus, et je suis prêt à parier que Jack Ahern aurait compris ce qu'il en était s'il m'avait surpris en train de baver devant vous dans Beacon Street. Bon sang ! Je pense à vous depuis le premier jour, à Chicopee. Comme si vous ne le saviez pas.

– Non, je n'en savais rien.

– Ah. Remarquez, comment auriez-vous pu deviner ?

– Vous auriez pu y faire allusion.

– Dans un mail que vous auriez lu en compagnie de votre mari M. Parfait, c'est ça ?

– Oh, il était loin de l'être, croyez-moi !

– Je l'ignorais à l'époque. De plus, comme je vous l'ai dit, j'étais moi-même marié.

– Que s'est-il passé ?

– Elle est partie. Elle est retournée vivre au Canada.

– Et aujourd'hui, on est tous les deux divorcés.

Il hocha la tête et leva son verre.

– À notre célibat.

Elle trinqua avec lui, vida son verre, et ils commandèrent une autre tournée.

– Est-ce qu'il y a quelque chose que vous n'aimez pas chez vous ? demanda-t-elle à brûle-pourpoint.

– C'est quoi, cette question ? On n'est pas censé se montrer sous son meilleur jour, au début ?

– Au début de quoi ?

– Quand on se rencontre, disons.

– Oh, s'agirait-il d'un premier rendez-vous ?

– Je ne l'avais pas envisagé exactement comme ça, répliqua-t-il.

– N'empêche, on est bien en train de discuter dans un bar, devant un verre, en essayant de déterminer si la compagnie de l'autre nous plaît suffisamment pour avoir envie de renouveler l'expérience, pas vrai ?

– OK. Ça ressemble à un premier rendez-vous.

Il leva un doigt.

– Sauf si, comme pour un match de la NFL, on parle de présélection.

– Ou d'entraînement de printemps au base-ball. Comment appelle-t-on la présaison, au basket ?

– La présaison.

– Vous en êtes sûr ? Quel manque d'originalité !

– Peut-être, mais c'est comme ça.

– Et pour le hockey ?

– Je n'en ai pas la moindre idée.

– Hé, vous êtes canadien, non ?

– J'essaie, mais je ne suis pas très doué pour le rôle.

Ils éclatèrent de rire, et Rachel prit conscience que la première étape décrite par sa mère dans son livre, « L'Étincelle », était franchie. Quelque part, entre leur balade dans cette rue silencieuse qui s'était brusquement retrouvée plongée dans le noir, leur entrée en tant que couple dans ce bar où chantait Tom Waits, et l'échange badin qui venait d'avoir lieu devant une vodka et un scotch, ils avaient laissé derrière eux la personne qu'ils étaient avant que leur attirance mutuelle soit reconnue et acceptée comme telle.

– Donc, vous vouliez savoir ce que je n'aime pas chez moi ?

Elle acquiesça de la tête.

Brian saisit son verre et fit s'entrechoquer doucement les glaçons à l'intérieur. Son regard, où la lueur espiègle avait disparu, reflétait désormais la tristesse et le désarroi. Mais Rachel n'y décela aucune trace d'amertume, ce qui lui plut. L'amertume, elle l'avait d'abord connue chez sa mère puis, quand elle s'en était crue délivrée, chez son mari. Elle en avait eu plus que son lot.

– Vous avez une idée de ce qu'on ressent quand on est gamin et qu'on ne vous choisit pas dans l'équipe à l'école, ou que quelqu'un ne vous aime pas en retour, ou que vos parents vous rejettent ou vous marginalisent – pas parce que vous avez fait quelque chose de mal, mais parce qu'ils sont eux-mêmes déboussolés et toxiques ?

– Oui, oui et oui. Je suis impatiente de découvrir où vous voulez en venir.

Il avala une gorgée de scotch.

– Eh bien, lorsque je repense à tous ces moments, et il y en a eu beaucoup dans mon enfance, je me rends compte que j'ai toujours été convaincu au plus profond de moi que les autres avaient raison : je n'étais pas digne de jouer dans l'équipe, je ne méritais pas d'être aimé, ma famille me méprisait parce que j'étais méprisable.

Il posa son verre sur le comptoir.

– Ce que je n'aime pas chez moi, c'est que parfois je ne m'aime pas.

– Et quels que soient vos efforts pour être à la hauteur, en amitié, en amour ou dans n'importe quel autre domaine, rien ne… je veux dire, rien…

– Rien, confirma-t-il.

– … ne peut vous faire oublier à quel point vous êtes nul.

Le visage de Brian s'éclaira d'un grand sourire.

– Vous, vous avez passé pas mal de temps dans ma tête ! s'exclama-t-il.

– Non, juste dans la mienne.

Ils gardèrent le silence quelques instants, durant lesquels ils terminèrent leurs boissons. Puis ils en commandèrent deux autres.

– Pourtant, reprit Rachel, vous donnez l'image d'un homme remarquablement sûr de lui. Ce type au bar, tout à l'heure, semblait hypnotisé.

– Oh, lui… Ce n'était qu'un petit con. Par principe, c'est facile de se montrer plus intelligent que les cons.

– Comment puis-je être sûre que ce n'était pas un numéro que vous m'avez joué tous les deux ?

– Pardon ?

– Eh bien, lui, il était chargé de me faire peur, et vous, vous deviez me sauver.

– Sauf que je suis resté sur place quand vous êtes partie.

– Ça, c'est vous qui le dites ! Si vous étiez de mèche, rien ne vous empêchait de sortir cinq secondes après moi et de me suivre.

Il ouvrit la bouche comme pour protester, puis la referma et hocha la tête.

– D'accord, vous marquez un point. Mais juste une question : les gens se donnent toujours autant de mal pour vous aborder ?

– Pas que je sache.

– En tout cas, ça m'aurait demandé un sacré boulot de préparation ! Au début, ce gars était bien avec sa copine, pas vrai ? Et ils se sont disputés ?

Elle confirma d'un signe de tête.

– Donc, j'aurais dû... Attendez, je récapitule : j'aurais dû prévoir que vous entreriez dans ce bar ce soir, engager un couple de copains chargés de simuler une dispute jusqu'à ce que la fille s'en aille, permettant à son partenaire de vous agresser, de façon à ce que je puisse intervenir et vous ménager le temps de vous échapper, afin d'avoir ensuite la possibilité de...

– OK, c'est bon.

– ... me précipiter derrière vous après votre départ et vous suivre sur la pointe des pieds dans les rues silencieuses.

– C'est bon, je vous dis.

Elle indiqua son costume, sa chemise blanche, son bel imperméable.

– Vous paraissez tellement... équilibré ! J'ai du mal à concevoir que vous ne vous aimiez pas vraiment. En fait, vous exsudez la confiance en soi.

– Façon frimeur ?

– En fait, non.

– En général, c'est vrai, j'ai confiance en moi, admit-il. La plupart du temps, l'adulte rationnel que je suis sait où il en est. Sauf quand, vers minuit dans un bar sombre, une femme met le doigt sur la faille en me demandant ce que je n'aime pas chez moi.

Il se tourna de nouveau vers elle, l'air d'attendre quelque chose.

– À propos de faille…

Rachel dut s'éclaircir la gorge. Elle sentait monter en elle une irrépressible envie de pleurer qui la plongeait dans l'embarras. Elle avait vu de près les dégâts causés par un séisme de magnitude 7 sur une île déjà ravagée par une misère inimaginable. Elle avait passé un mois dans une cité, à marcher à quatre pattes pour pouvoir adopter la perspective d'un enfant placé dans cet environnement. Elle avait un jour grimpé au sommet d'un arbre dans la forêt pluviale brésilienne et dormi à soixante mètres au-dessus du sol. Et aujourd'hui, prendre le volant pour parcourir moins de cinquante kilomètres jusqu'à la ville était une épreuve quasiment insurmontable.

– Mon divorce a été prononcé cet après-midi, lui confia-t-elle. Comme vous le savez, j'ai perdu mon boulot – non, rectification, j'ai foutu ma carrière en l'air – il y a un an, parce que j'ai eu une crise de panique en direct. J'ai développé la phobie des autres, et pas de certaines personnes en particulier, mais de tout le monde, ce qui est bien pire. Ces neuf derniers mois, j'ai vécu chez moi comme une recluse. Et, pour être franche, j'ai hâte de retourner m'enfermer entre mes quatre murs. Alors, laissez-moi vous dire une chose, Brian : il n'y a rien que j'aime chez moi.

Il demeura silencieux un moment, se bornant à la dévisager. Pour autant, elle ne ressentait pas son regard comme une marque d'incrédulité ou un défi. C'était un regard franc, bienveillant, exempt de jugement – celui d'un ami, comprit-elle.

Au même instant, elle prêta attention à la chanson qui passait depuis peut-être trente secondes : « Since I Fell for You », interprétée par Lenny Welch, l'un des premiers génies d'un seul tube, mais aussi l'un des plus mémorables.

Brian aussi écoutait, la tête inclinée, les yeux dans le vague.

– Je me souviens d'avoir entendu ce morceau une fois à la radio quand j'étais gosse, au bord du lac où on allait souvent en famille, raconta-t-il. Ce jour-là, tous les adultes faisaient les andouilles, c'était trop drôle. Il m'a fallu des années pour me rendre compte qu'ils avaient fumé de l'herbe. Sur le coup, je ne voyais vraiment pas pourquoi ils partageaient la même clope… Bref, je me rappellerai toujours ce groupe de Canadiens complètement stone, en maillot de bain, qui dansaient sur cette musique près de l'eau…

Quelle force la poussa à poser la question ? Cette impulsion s'expliquait-elle ou n'était-ce que le résultat d'un processus chimique, de connexions entre les neurones – la biologie l'emportant sur l'intellect ?

– On danse ?

– Avec plaisir.

Il l'entraîna vers la petite piste après le comptoir, où seules les lueurs du juke-box éclairaient la pénombre.

Leur premier slow. La première fois où ils se touchaient, où Rachel était suffisamment proche de lui pour humer ce qu'elle identifierait toujours comme l'odeur distinctive de Brian : un soupçon de tabac, mêlé aux émanations discrètes de son shampooing et à la senteur vaguement musquée de sa peau.

– Je vous ai offert ce verre au Kenneally parce que je ne voulais pas que vous partiez, dit-il.

– Et que vous deviez aller aux toilettes, oui, je sais.

– Non, pour tout vous avouer, j'y suis allé après avoir commandé. Je… j'ai eu la trouille, en fait. La trouille que vous preniez ça pour du harcèlement. Alors je me suis planqué dans les toilettes en me traitant de tous les noms.

– Pfff ! Je ne vous crois pas.

– Je vous jure que c'est vrai. Quand je vous regardais aux infos, vous étiez toujours honnête. Vous ne cherchiez pas à imposer votre opinion, vous n'adressiez pas de clins d'œil à la caméra, vous ne laissiez pas transparaître vos préjugés. Je savais que je pouvais me fier à vous. Vous abordiez votre travail avec intégrité, et ça se sentait.

– Même dans le reportage sur le chat qui aboyait ?

Il prit un air grave qui contrastait avec son ton léger.

– Ne minimisez pas l'importance de ce que je vous dis, Rachel. J'ai passé des journées, parfois même des semaines, avec des gens qui me racontaient des bobards et essayaient de me rouler dans la farine. Les concessionnaires automobiles, les vendeurs de tout poil, mon toubib qui voulait absolument me refiler des médocs parce qu'il cherchait à entuber le représentant du labo, les employés des compagnies aériennes et des hôtels, les femmes dans les bars… Et puis, je rentrais de voyage, j'allumais la télé, et vous… vous au moins, vous ne me mentiez pas. Pour moi, ça comptait. Certains jours, surtout après le fiasco de mon mariage, quand je me suis retrouvé seul, c'était même l'unique chose qui comptait encore.

Sur le coup, Rachel ne sut que dire. Elle n'avait plus l'habitude des compliments, depuis quelque temps, et la confiance lui était devenue étrangère.

– Merci, murmura-t-elle enfin, les yeux baissés.

– Elle est rudement triste, cette chanson, observa-t-il quelques instants plus tard.

– C'est vrai.

– Vous voulez qu'on retourne s'asseoir ?

– Non.

La pression de la main de Brian sur ses reins était trop agréable. Elle lui procurait aussi un profond sentiment de réconfort, comme si elle ne devait plus jamais tomber, ni souffrir, ni perdre, ni être abandonnée.

– Non, on continue.

11

Voraces

Le début de leur histoire apporta à Rachel un faux sentiment d'apaisement, au point qu'elle crut avoir vaincu ses crises de panique, même si les plus récentes avaient aussi été les plus aiguës.

Leur premier rendez-vous officiel eut lieu devant une tasse de café, le lendemain de leur rencontre au Kenneally. Trop pompette pour prendre le volant la veille au soir, Rachel s'était offert une chambre avec vue sur le fleuve au Westin Copley Square. Cela faisait plus d'un an qu'elle n'avait pas couché à l'hôtel ; dans l'ascenseur, elle s'était dit qu'elle allait commander un en-cas au room service et regarder un film en VOD, mais elle s'était endormie entre le moment où elle avait ôté ses chaussures et celui où elle avait ramené la couette sur elle. À dix heures le lendemain matin, quand elle retrouva Brian au Stephanie, dans Newbury Street, des traces de vodka circulaient toujours dans son sang et lui ramollissaient légèrement le cerveau. Lui au contraire semblait en pleine forme. De fait, il était encore plus séduisant à la lumière du jour que dans la clarté tamisée du bar. Elle l'interrogea sur son travail et il lui répondit que c'était avant tout un moyen de payer les factures et de satisfaire son goût pour les voyages.

– Je suis sûre que ça vous apporte plus, déclara-t-elle.

– Détrompez-vous. Vous voulez savoir ce que je fais, jour après jour ? Je négocie des conditions d'achat avec des fournisseurs en fonction de la quantité de bois tel ou tel mois. Une sécheresse en Australie, par exemple, ou une saison des pluies plus longue que d'habitude aux Philippines sont autant de facteurs qui influent sur le prix du bois, et par conséquent de… Par où commencer ? Cette serviette en papier, cette nappe, ce sachet de sucre… Et voilà, je tombe de sommeil rien que d'en parler !

Il but une gorgée de café.

– Et vous ? demanda-t-il. Vous envisagez de retourner un jour au journalisme ?

– Je ne suis pas sûre qu'on veuille encore de moi dans les médias.

– Pourquoi ? Il y a sûrement des gens qui n'ont pas vu cette vidéo.

– Ah oui ? Et où ?

– On m'a rapporté qu'au Tchad, le réseau Internet laissait beaucoup à désirer.

– Au Tchad ?

– C'est ça.

– Oh, eh bien, si je suis capable un jour de remonter dans un avion, je tenterai ma chance auprès des chaînes d'information de… de…

– N'Djaména.

– Capitale du Tchad, oui.

– Vous l'aviez au bout de la langue, j'en suis sûr.

– Parfaitement !

– Je n'en doute pas, Rachel.

– J'aurais fini par retrouver le nom.

– Je n'ai jamais dit le contraire.

– Pas en mots, mais je le lis dans vos yeux.

– Les vôtres sont remarquables, à propos.
– Mes yeux ?
– Votre bouche aussi est sublime.
– J'apprécie de plus en plus votre compagnie !
– Tant mieux, parce que c'est l'idée.

Une expression grave assombrit soudain le visage de Brian.

– Il ne vous est jamais venu à l'esprit que vous n'étiez peut-être pas obligée d'aller aussi loin que le Tchad, Rachel ?

– Comment ça ?

– Et si vous n'étiez pas aussi reconnaissable que vous le pensez ?

Elle fronça les sourcils.

– Dans cette ville, on m'a vue au journal télévisé cinq soirs par semaine pendant près de trois ans.

– D'accord. Mais quel est le pourcentage d'audience ? Cinq pour cent sur deux millions d'habitants ? Ça nous fait cent mille personnes, réparties sur les je ne sais combien de kilomètres carrés qui constituent la zone métropolitaine. Je parie que, si on interrogeait les clients de ce café, seulement un ou deux vous reconnaîtraient, et encore, parce que la question les aurait amenés à vous regarder de plus près.

– Je me demande si vous essayez de me remonter le moral ou de me déprimer encore plus…

– Je veux que vous vous sentiez mieux, Rachel. Alors, il faut que vous compreniez une chose : d'accord, il est possible que quelques personnes se rappellent cette séquence, et que certaines d'entre elles fassent le lien avec vous quand elles vous voient en public, mais leur nombre est restreint et diminue jour après jour. On vit dans un monde de souvenirs jetables. Rien n'est fait pour durer, même pas la honte.

Elle fronça le nez.

– Vous êtes un sacré beau parleur !

– Et vous, vous êtes rudement jolie.

– Ahhhh !

Pour leur deuxième rendez-vous, ils choisirent un restaurant sur la South Shore, près de chez elle. Pour le troisième, ils se rejoignirent dans un autre restaurant, à Boston cette fois, et après le dîner ils se pelotèrent tels des lycéens, elle adossée à un réverbère. Brusquement, il se mit à pleuvoir, et pas une fine bruine comme le soir de leur rencontre, mais une averse violente accompagnée d'une chute brutale des températures. À croire que l'hiver avait décidé de lancer une dernière offensive désespérée.

– Je te raccompagne jusqu'à ta voiture, d'accord ? dit Brian en l'attirant d'autorité sous son imperméable.

Alors qu'ils avançaient sur le trottoir, relativement au sec, ils passèrent devant un petit parc où un sans-abri était allongé sur un banc. Il regardait la rue comme pour essayer de repérer quelque chose qu'il aurait perdu dans cette direction. Il s'était recouvert de vieux journaux, pourtant il tremblait de tous ses membres.

– Quel printemps pourri, hein ? leur lança-t-il.

– D'autant qu'on est presque en juin, répliqua Brian.

– En principe, ça devrait se dégager vers minuit, intervint Rachel, qui se sentait soudain coupable et honteuse de posséder un lit, une voiture, un toit.

L'homme pinça les lèvres d'un air résigné, puis ferma les yeux.

Dans sa voiture, elle mit le chauffage et se frotta les mains. Brian se pencha vers elle par la vitre ouverte pour lui donner un baiser qui se prolongea tandis que la pluie martelait le toit.

– Je te ramène, si tu veux, proposa-t-elle.

– Ça t'obligerait à faire un détour. Non, ne t'inquiète pas, j'ai mon imper.

– Tu n'as rien pour te protéger la tête.

– Tu paries ?

Il s'écarta, sortit de sa poche une casquette des Blue Jays et la coiffa. Après avoir relevé la visière, il lui adressa un petit sourire en coin.

– Sois prudente sur la route, lui recommanda-t-il. Et appelle-moi quand tu seras arrivée.

– Viens ici…

Elle l'attrapa par les revers de son imperméable, et ils échangèrent de nouveau un long baiser.

Lorsque Brian s'éloigna dans la direction d'où ils étaient arrivés, elle activa les essuie-glaces et se prépara à démarrer mais, comme les vitres s'étaient embuées dans l'intervalle, elle poussa la soufflerie à fond avant de s'écarter du trottoir. Au moment de tourner à droite au croisement suivant, elle jeta un coup d'œil sur sa gauche et découvrit Brian dans le petit parc. Il avait ôté son imperméable, dont il recouvrit le sans-abri. Puis, après avoir relevé son col de chemise, il s'élança dans la rue.

Sa mère avait consacré tout un chapitre à ce qu'elle venait de voir, songea Rachel : « L'Acte qui incite à sauter le pas ».

Pour leur quatrième rendez-vous, Brian l'invita à dîner chez lui. Alors qu'il remplissait le lave-vaisselle, elle se débarrassa de son T-shirt, puis de son soutien-gorge, et s'approcha de lui seulement vêtue de son jean déchiré. Il se retourna au moment où elle le rejoignait. Ses yeux s'arrondirent de surprise tandis qu'il laissait échapper un petit « Oh ! ».

Elle se sentait maîtresse d'elle-même – une fausse impression, bien sûr –, et suffisamment libre pour dicter les termes de leur premier corps-à-corps. Ce soir-là, ils commencèrent dans la cuisine et terminèrent dans le lit de Brian. Vers deux heures du matin, ils tentèrent la baignoire, et pour finir Rachel se retrouva juchée sur le meuble de la salle de bains, entre les deux lavabos. Ils retournèrent ensuite dans la chambre pour un dernier tour de piste qui s'avéra particulièrement agréable, même si Brian était à bout de course.

Durant tout l'été, ils se donnèrent l'un à l'autre sans retenue ; sur le plan physique, ils s'entendaient merveilleusement bien. Le reste, cependant, posa plus de problèmes. Surtout quand les crises de panique resurgirent En général, elles se produisaient pendant que Brian était en voyage. Comme Rachel le découvrit, vivre avec lui supposait accepter ses nombreux déplacements. Le plus souvent, lorsqu'il partait au Canada, dans l'État de Washington, dans l'Oregon et deux fois par an dans le Maine, il ne restait absent que deux nuits. Mais d'autres destinations – la Russie, l'Allemagne, le Brésil, le Nigeria et l'Inde – impliquaient des séjours plus longs.

Parfois, quand il n'était pas là, elle prenait plaisir à redevenir elle-même, à ne plus se considérer comme la moitié d'un couple. Il lui arrivait de se réveiller le lendemain de son départ avec l'impression d'être pleinement Rachel Childs. Puis elle jetait un coup d'œil par la fenêtre et sentait renaître sa défiance envers elle-même, associée à sa peur du monde extérieur. Au fil des heures, son affolement grandissait à la seule pensée de sortir, jusqu'à devenir quasiment incontrôlable.

Elle se représentait ce monde à l'image de ce qu'elle éprouvait lorsqu'elle était assez courageuse pour l'affronter : un ennemi menaçant, pareil à un nuage d'orage, qui allait fondre sur elle. L'encercler. S'insinuer en elle et aspirer sa substance vitale sans rien lui donner en retour. Il anéantirait toutes ses tentatives pour établir un lien avec lui, pour essayer de s'y intégrer. Et quand elle ne serait plus qu'une enveloppe vide, il la recracherait hors de son maelström avant de s'attaquer à une autre victime.

Un jour où Brian était à Toronto, elle se pétrifia à l'intérieur du Dunkin'Donuts dans Boylston Street. Pendant deux heures, elle ne put quitter le petit comptoir qui donnait sur la rue.

Un matin où Brian devait revenir de Hambourg, elle prit un taxi dans Beacon Street. Ils avaient parcouru cinq cents mètres lorsqu'elle se rendit compte qu'elle venait de confier sa vie à un inconnu. Elle lui demanda de s'arrêter, le gratifia d'un généreux pourboire et descendit du véhicule. Sur le trottoir, la lumière lui parut trop vive, les couleurs trop agressives. Son ouïe était soudain exacerbée ; elle entendait les trois personnes de l'autre côté de Massachusetts Avenue parler de leur chien. Une femme, sur la rive du fleuve trois mètres plus bas, grondait son enfant en arabe. Un avion atterrissait à Logan, un autre décollait. Elle les entendait. Tout comme elle entendait des voitures klaxonner dans Massachusetts Avenue, ralentir dans Beacon Street ou faire rugir leur moteur dans Storrow Drive.

Par chance, il y avait une poubelle tout près. Elle eut juste le temps de faire les trois pas qui l'en séparaient avant de vomir dedans.

En retournant vers l'appartement où elle vivait avec Brian, elle eut l'impression que les autres la dévisageaient ouvertement, avec dans le regard du mépris, du dégoût et une expression qui, pour elle, évoquait la voracité. Comme s'ils envisageaient de la mordre au passage, d'emporter un morceau d'elle.

Un scientologue l'accosta à un coin de rue, lui fourra une brochure dans la main et lui demanda si elle serait intéressée par un test de personnalité, vu qu'elle paraissait mal en point et pourrait certainement apprendre sur elle des choses qui…

Elle n'en fut jamais sûre à cent pour cent, mais il lui sembla qu'elle avait aussi vomi sur lui. Arrivée chez elle, elle découvrit ses chaussures souillées, alors qu'elles ne l'étaient pas après l'épisode de la poubelle.

Elle se déshabilla et prit une longue douche. Lorsque Brian rentra ce soir-là, elle était toujours en peignoir et avait presque terminé une bouteille de pinot grigio. Il se prépara un verre, un single malt avec un seul glaçon, puis vint s'asseoir à côté d'elle sur la banquette de fenêtre dominant la Charles River et l'écouta lui raconter l'incident sans l'interrompre. À la fin de son récit, Rachel fut surprise de ne voir aucune trace de répulsion dans son regard, seulement…

De la compassion.

Du bout des doigts, il repoussa les mèches humides qui lui tombaient devant les yeux. Puis il lui embrassa le front et lui resservit du vin.

– T'as vraiment gerbé sur un scientologue ?

– Ça n'a rien de drôle, Brian.

– Oh si, ma puce. C'est hilarant !

Il trinqua avec elle et but une gorgée de whisky.

Elle éclata d'un rire qui mourut rapidement à l'idée de ce qu'elle avait été capable de faire un jour – des sujets qu'elle avait couverts dans les cités, avec les flics qu'elle accompagnait en patrouille, dans les couloirs du pouvoir, dans les rues de Port-au-Prince, et lors de cette nuit interminable dans le campement de Léogâne – et de ce qu'elle était devenue désormais :

une femme différente, sans aucun lien avec l'ancienne Rachel.

– J'ai tellement honte…

Devant cet homme bien plus généreux que tous ceux qu'elle avait rencontrés, ou en tout cas plus gentil et patient, elle ne put retenir ses larmes.

– Mais pourquoi, Rachel ? Tu n'es pas faible. Tu m'entends ?

– Je ne peux même plus franchir cette putain de porte ! chuchota-t-elle. Ni prendre un taxi…

– Tu vas aller voir un médecin. Il t'aidera, et tu guériras. Entre-temps, pourquoi voudrais-tu sortir ? On a des bouquins, un frigo plein et une Xbox. Qu'est-ce qu'on pourrait rêver de mieux ?

Elle appuya le front contre son torse.

– Je t'aime.

– Je t'aime aussi. On n'aura qu'à organiser le mariage ici, d'accord ?

Rachel redressa la tête et le regarda droit dans les yeux. Il sourit.

Ils se marièrent à l'église située à quelques rues de leur appartement. Seuls quelques-uns de leurs amis assistèrent à la cérémonie. Du côté de Rachel : Melissa, Eugenie et Dany Marotta, son cameraman en Haïti ; du côté de Brian : son associé, Caleb, et la femme de ce dernier, Haya, une immigrante japonaise d'une beauté saisissante qui bataillait encore pour apprendre l'anglais, et Tom, le barman du Kenneally, où ils s'étaient rencontrés. Pas de Jeremy James cette fois pour l'accompagner jusqu'à l'autel ; elle n'avait plus de nouvelles de lui depuis deux ans. Quant à Brian, lorsqu'elle lui avait demandé s'il souhaitait la présence de ses proches, il avait fait non de la tête tandis que son visage se fermait.

– Je suis en affaires avec eux, avait-il déclaré. Mais je ne les aime pas et je n'ai aucune envie de leur faire partager les plus belles choses de ma vie.

– C'est quand même ta famille…

– Non, c'est toi, ma famille.

Après la noce, ils allèrent tous boire un verre au Bristol Lounge. Plus tard, Brian et elle rentrèrent à pied en traversant le Common et le Public Garden. Rachel ne s'était jamais sentie aussi heureuse.

Alors qu'ils attendaient à un feu pour traverser Beacon Street, cependant, Rachel vit deux fillettes mortes au milieu de l'autopont qui donnait sur le parc de l'Esplanade : Esther, en T-shirt d'un rouge fané et short en jean, et Widdy dans sa robe jaune clair. Sous ses yeux, elles grimpèrent sur le garde-fou, au-dessus des flots de voitures qui circulaient dans Storrow Drive, puis plongèrent tête la première et disparurent avant de toucher le bitume.

Elle n'en parla pas à Brian. De retour chez eux, ils ouvrirent une bouteille de champagne, firent l'amour, reprirent du champagne et, allongés sur leur lit, regardèrent la pleine lune s'élever au-dessus de la ville.

À ce moment-là seulement, Rachel se rappela les deux fillettes qui s'étaient jetées du pont. Elle se remémora alors toutes les personnes qui avaient disparu de sa vie, les plus importantes comme celles dont elle n'avait fait que croiser la route, et fut soudain confrontée à sa plus grande terreur : se retrouver un jour seule au monde. Au détour d'un coin de rue, elle découvrirait les larges avenues désertes, les voitures abandonnées… Tous les autres se seraient volatilisés, elle serait l'unique survivante de la planète.

C'était une idée absurde, de celles qu'un enfant souffrant d'un complexe du martyr ressasserait à longueur de temps. Il lui semblait néanmoins qu'elle était à l'origine de toutes ses peurs. En regardant son mari qui, épuisé par le sexe, le champagne et la solennité de la journée, avait du mal à garder les yeux ouverts, elle comprit qu'elle ne l'avait pas choisi pour les mêmes raisons que Sebastian. Elle avait épousé Sebastian parce qu'elle savait inconsciemment que, s'il la quittait un jour, elle n'aurait pas trop de mal à s'en remettre. Mais elle avait épousé Brian parce qu'elle avait la certitude que, même s'il lui arrivait de s'éloigner d'elle, il ne la quitterait jamais de façon définitive.

– À quoi tu penses ? demanda-t-il soudain. T'as l'air triste.

– Non, pas du tout, prétendit-elle. Je suis heureuse, ajouta-t-elle, ce qui était également vrai.

Il s'écoulerait ensuite dix-huit mois avant qu'elle ose ressortir de l'appartement.

12

Le collier

Le week-end précédant son départ à Londres, alors que la date de leur deuxième anniversaire de mariage approchait à grands pas, Brian parvint à persuader Rachel de prendre l'ascenseur et de quitter leur immeuble. Il pleuvait, comme tous les jours depuis le début de la semaine, mais pas à verse, plutôt sous la forme d'un voile d'humidité qu'elle remarqua à peine au début, comme le soir où ils s'étaient rencontrés. Brian la prit par la main pour l'entraîner vers Massachusetts Avenue. Il n'avait pas voulu lui dire où ils allaient, se bornant à affirmer qu'elle était prête, tout à fait apte désormais à gérer la situation.

Rachel était sortie de l'appartement une dizaine de fois en six mois, en s'arrangeant pour choisir les moments qui, à ses yeux, présentaient le moins de risques : tôt le matin au supermarché et tard les soirs de semaine pour d'autres rendez-vous, souvent quand il faisait le plus froid. Comme avant, elle restait toujours enfermée le samedi et le dimanche.

Ce jour-là, pourtant, elle se retrouvait bel et bien dehors, à Back Bay, un samedi en fin de matinée. Malgré le temps maussade, Massachusetts Avenue était bondée, de même que les rues perpendiculaires, en particulier Newbury Street. Les fans des Red Sox étaient sortis en force pour soutenir leur équipe, qui allait tenter de jouer au moins un match à domicile après que la pluie l'eut obligée à annuler tous les autres. L'avenue grouillait de supporters en maillot rouge ou bleu et casquette assortie ; d'étudiants en jean et tongs, qui avaient déjà entamé la tournée des bars ; d'hommes et de femmes d'un certain âge arborant fièrement des bedaines gonflées à la bière ; de gamins se frayant un passage au milieu de la cohue et jouant à l'épée avec des battes miniatures… Les embouteillages étaient tels que les conducteurs finissaient par couper le contact dans une cacophonie de coups de klaxon. Les piétons traversaient en dehors des clous, un type criait « Ti-tle Town, ti-tle Town ![1] » en assenant de grandes claques sur les capots des voitures. Outre les fans de sport plus ou moins déchaînés, il fallait compter avec des cohortes de jeunes cadres dynamiques, auxquelles se mêlaient des hipsters fraîchement émoulus de la fac de musique de Berklee ou de l'université de Boston et confrontés à une remarquable absence de perspectives. Plus loin dans Newbury Street, ce serait le domaine des épouses-trophées, lèvres botoxées style bec de canard et chihuahua dans leur sac à main, qui soupiraient à chaque défaillance du service avant d'exiger de voir le directeur. Il y avait si longtemps que Rachel ne s'était pas immergée dans une foule qu'elle avait presque oublié à quel point c'était oppressant.

– Respire, l'encouragea Brian. Respire, calmement.

---

1. Slogan qu'on pourrait traduire par « la ville qui a remporté tous les titres », en référence aux exploits sportifs de ses équipes en championnat : les Red Sox (base-ball), les Bruins (hockey sur glace), les Celtics (basket) et les Patriots (football américain).

– Quoi ? Les gaz d'échappement ? rétorqua-t-elle alors qu'ils étaient en plein milieu de la chaussée dans Massachusetts Avenue.

– Bien sûr ! Ça forge le caractère, c'est bien connu.

Ils atteignaient le trottoir opposé quand Rachel comprit ce qu'il avait en tête.

– Tu peux le faire, dit-il en l'entraînant vers la station de métro Hynes Convention Center.

– Non !

De sa main libre, elle lui encercla le poignet.

– Je t'assure, tu peux, murmura-t-il. Regarde-moi, mon amour.

Elle obéit. Brian possédait une détermination qui pouvait la stimuler ou l'irriter, selon son humeur du moment, une foi quasi religieuse en un credo selon lequel « tout est possible ». Il avait une prédilection pour la musique, les films et les livres qui, d'une façon ou d'une autre, allaient dans ce sens ou, du moins, défendaient l'idée qu'il arrive de bonnes choses aux gens bien. Il n'était cependant pas naïf. Dans ses yeux bleus transparaissaient toute la compassion et la sagesse d'un homme deux fois plus vieux. Brian Delacroix ne niait pas l'existence du mal, mais il se croyait capable de l'éviter par la seule force de sa volonté.

« Pour gagner, répétait-il tout le temps, il faut refuser de perdre. »

Ce à quoi elle répliquait tout aussi souvent : « On peut aussi perdre en refusant de perdre. »

En attendant, elle avait besoin de se raccrocher à cette part de lui, ce mélange d'entraîneur sportif enthousiaste à la Vince Lombardi et de gourou de développement personnel, cet optimisme indéfectible que la cynique en elle aurait jugé typiquement américain si Brian n'avait pas été canadien. Elle avait même besoin qu'il se surpasse dans son rôle, ce qu'il fit.

Il leva leurs mains enlacées.

– Je ne te lâcherai pas.

– Merde, dit-elle dans un souffle, consciente de la note d'hystérie dans sa voix.

– Je ne te lâcherai pas, Rachel, répéta-t-il.

Quelques instants plus tard, elle s'était engagée avec lui dans le vieil escalator de la station Hynes, étroit, noir et raide. Il lui semblait que, si elle se penchait pour une raison ou pour une autre, elle dégringolerait jusqu'en bas, entraînant tout le monde dans sa chute. Alors elle garda la tête haute et le dos bien droit pendant la descente. Elle se sentait cernée par des inconnus. Des visages et des motivations indistincts dans la faible clarté. Des cœurs qui battaient, évoquant le tic-tac d'une bombe à retardement.

– Ça va ? demanda Brian.

Elle lui pressa la main.

– Pour le moment, je tiens le coup.

Une goutte de sueur dégoulina de sa tempe pour aller se perdre derrière son oreille gauche.

Elle avait eu sa dernière crise de panique dans ce même ascenseur qu'ils avaient pris en fin de matinée. Cela s'était passé sept mois plus tôt. Non, huit, rectifia-t-elle avec une certaine fierté. Huit, pensa-t-elle en serrant plus fort la main de son mari.

Sur le quai, la foule n'était pas trop dense. Quand Brian et elle allèrent se placer à mi-chemin, elle fut surprise de constater que ses paumes étaient sèches. À l'époque où elle voyageait beaucoup, jamais elle n'aurait pu imaginer qu'un jour, descendre dans un tunnel sombre au milieu d'inconnus afin de prendre un métro bondé deviendrait un défi presque insurmontable ; ça ne lui serait même pas venu à l'idée. Pareil pour les concerts, les événements sportifs ou les cinémas, qu'elle avait autrefois fréquentés assidûment. Même dans les campements de réfugiés en Haïti, elle n'avait pas eu ce problème. Elle en avait eu beaucoup d'autres à affronter sur place et une fois rentrée – l'alcool, l'Oxycontin et l'Ativan, entre autres –, mais la panique n'en faisait pas partie.

– Rachel ? lança Brian. T'es toujours avec moi ?

Elle lâcha un petit rire.

– C'est moi qui suis censée te demander ça, non ?

– Oh, je suis là. Ne t'inquiète pas, je suis là.

Ils s'installèrent sur un banc, sous un plan du métro montrant un entrelacs de lignes vertes, rouges, bleues, orange et grises.

Brian lui avait pris les deux mains, à présent, et leurs genoux se touchaient. Aux yeux de tous, ils devaient passer pour un couple intimement lié.

– Tu es toujours là, dit-elle. Sauf quand…

– Sauf quand je ne le suis pas.

– Exact.

– Il ne s'agit que de déplacements professionnels, ma puce. Tu peux m'accompagner quand tu veux.

Elle lui fit les gros yeux.

– Je ne suis même pas sûre de pouvoir monter dans ce métro ! Tu m'imagines prendre l'avion ?

– Évidemment que tu vas monter dans ce métro. Tu es plus forte, aujourd'hui. Et tu ne risques rien. Rien du tout, Rachel.

Un courant d'air annonça l'arrivée de la rame, ébouriffant un peu plus les cheveux déjà indisciplinés de Brian.

– Prête ?

– Je ne sais pas.

Ils se levèrent.

– Moi, je le sais, affirma-t-il. Tu es prête.

– Tu n'arrêtes pas de répéter ça…

Ils attendirent que les passagers descendent, puis s'avancèrent vers l'ouverture.

– On y va ensemble, dit-il.

– Merde, merde, merde…

– Tu préfères qu'on attende le suivant ?

Il n'y avait plus qu'eux sur le quai.

– C'est encore possible, ajouta Brian.

Au moment où les portes commençaient à se refermer, Rachel sauta à l'intérieur de la rame en tirant Brian derrière elle. La manœuvre leur valut un regard courroucé de la part de deux vieilles dames, et un jeune Hispanique qui avait posé un étui à violon sur ses genoux leur jeta un coup d'œil intrigué.

Le métro s'ébranla en direction du tunnel.

– Tu l'as fait ! s'exclama Brian.

– Oui, je l'ai fait.

Elle l'embrassa.

– Waouh !

Ils furent de nouveau ballottés quand la rame aborda un virage dans un grincement de roues.

Je suis sous terre, dans le noir, songea Rachel.

Elle regarda son mari en contemplation devant l'une des publicités au-dessus des portes.

Et j'ai moins peur que je ne l'aurais imaginé.

Ils descendirent à Lechmere, la dernière station. Puis ils marchèrent dans la brume jusqu'à East Cambridge et déjeunèrent dans l'un des restaurants franchisés au rez-de-chaussée de la Galleria Mall. Rachel n'avait pas mis les pieds dans un centre commercial depuis des lustres et, alors qu'ils attendaient la note, elle comprit qu'ils n'étaient pas venus là par hasard.

– Tu veux qu'on se promène ici, c'est ça ? demanda-t-elle.

Il feignit l'innocence.

– C'est marrant, je n'y avais pas pensé.

– Tu parles ! Il va y avoir des ados partout, un bruit pas possible…

– Oh, sûrement, oui.

Brian tendit au serveur le petit plateau noir sur lequel il avait posé sa carte de crédit.

– Et si je te disais que l'épreuve du métro, ça m'a suffi pour la journée ?

– J'en tiendrais compte, déclara-t-il.

Il le ferait, elle le savait. Si on lui avait demandé ce qu'elle aimait le plus chez son mari, elle aurait peut-être répondu sa patience, laquelle semblait sans limites pour tout ce qui touchait à la phobie dont elle souffrait. Après sa dernière crise de panique dans l'ascenseur, elle avait été obligée d'emprunter l'escalier pendant deux mois pour monter jusqu'à leur appartement, au quinzième étage, ou en descendre. Et comme Brian ne voulait pas la laisser seule, du moins quand il n'était pas en déplacement, il suait et ahanait avec elle.

« Le côté positif, avait-il dit un jour, alors qu'ils faisaient une pause entre le dixième et le onzième, le visage luisant de sueur, c'est qu'au moins on n'a pas acheté cet appart au vingt-deuxième étage à Huntington. » Il avait baissé la tête en essayant de reprendre son souffle. « Je ne sais pas si ça nous aurait conduits au divorce, mais on aurait sûrement entamé une procédure de médiation ! »

Elle avait encore l'impression d'entendre l'écho de leurs rires las dans la cage d'escalier. Brian l'avait tirée par la main pour gravir les dernières volées de marches. Ils s'étaient ensuite douchés ensemble, puis allongés nus sur le lit en laissant le ventilateur sécher les parties de leurs corps oubliées par les serviettes. Ils étaient restés un long moment ainsi, à se tenir par la main en riant du côté absurde de la situation. C'était ainsi que Brian voyait les choses : une situation, un état imposé par Dieu auquel ils ne pouvaient rien changer, pas plus qu'ils ne pouvaient changer le temps qu'il faisait. Contrairement à Sebastian et à certains de ses amis à elle, Brian ne la pensait pas capable de contrôler ses crises de panique. Pour lui, ce n'était pas le signe qu'elle était faible, complaisante ou portée au mélodrame, mais plutôt qu'elle souffrait d'une maladie altérant ses fonctions vitales, au même titre que la grippe, un rhume, une méningite…

Quand ils avaient enfin fait l'amour, les dernières lueurs du jour cédaient la place au crépuscule derrière la fenêtre de la chambre. Et alors que la rivière virait au violet puis au noir, ils s'étaient sentis si proches que leur union avait été totale, comme s'ils se fondaient l'un dans l'autre.

Cette scène était devenue un souvenir mémorable auquel Rachel en avait ajouté d'autres pendant sept mois, jusqu'au moment où elle avait fait un premier bilan de son mariage et constaté qu'il y avait eu nettement plus de jours avec que de jours sans. Peu à peu, elle avait recouvré de l'assurance, au point que, trois mois plus tôt, sans prévenir personne – ni Brian, ni ses amies Melissa et Eugenie, ni Jane, sa psy –, elle avait repris l'ascenseur.

Et c'était maintenant la foule d'un centre commercial qu'elle affrontait depuis l'escalator, composée surtout d'adolescents, comme elle l'avait prédit, et particulièrement importante en ce samedi pluvieux – la journée idéale dont rêvent tous les commerçants.

Elle sentait des regards se poser sur leur couple – réels ou imaginaires, elle n'aurait su le dire –, percevait la chaleur des corps qui se pressaient autour d'eux et distinguait d'innombrables voix engagées dans des conversations dont elle ne saisissait au passage que des bribes :

« … m'a dit, tu racontes des craques, là, Poot… »

« … dépêche-toi, dépêche-toi, bon sang… »

« … et moi, je dois tout laisser tomber, peut-être ? Juste parce qu'il… »

« … pas si ça ne te fait pas plaisir, évidemment… »

« … Olivia en a un, elle, alors qu'elle n'a même pas encore onze ans… »

Elle n'en revenait pas d'éprouver un tel calme au milieu de cette cohue en mouvement, aussi dense à leur niveau qu'à celui du dessus et du dessous – de ces flots incessants de consommateurs en quête de biens et de services, cherchant à satisfaire leur besoin compulsif d'acheter pour acheter, d'établir un contact humain tout autant que de le rejeter (avant d'arrêter de compter, elle dénombra une bonne vingtaine de couples où l'un des partenaires ignorait l'autre en parlant dans son téléphone portable), et de trouver enfin quelqu'un, n'importe qui, capable de leur expliquer ce qu'ils faisaient là, pourquoi ils agissaient ainsi et ce qui les séparait des insectes évoluant sous leurs pieds, souvent en colonies dont l'organisation rappelait de façon frappante cette galerie marchande sur trois niveaux où eux-mêmes déambulaient.

C'était tout à fait le genre de pensée propre à susciter chez elle une crise de panique. Celle-ci s'annonçait toujours par des fourmillements au milieu de sa poitrine, lesquels se muaient rapidement en coups de piston, tandis que sa bouche s'asséchait. Puis le piston se transformait en oiseau emprisonné et affolé, qui battait frénétiquement des ailes dans le vide à la place de son cœur, tandis que la sueur lui dégoulinait le long des tempes.

Or rien de tel ne se produisit ce jour-là.

Soulagée, Rachel se laissa aller au plaisir du shopping : elle s'offrit deux chemisiers, une bougie parfumée et un après-shampooing hors de prix. Alors qu'ils s'arrêtaient devant une bijouterie, un collier dans la vitrine attira leur attention à tous les deux. Ils l'examinèrent pendant une bonne minute, sans rien dire, se bornant à échanger des coups d'œil. Le bijou se composait de deux rangs de perles d'onyx montés sur des chaînes en or blanc. Il ne coûtait pas cher, ce n'était sans doute pas quelque chose qu'elle transmettrait à sa fille s'ils en avaient une un jour, et pourtant…

– Qu'est-ce qu'on lui trouve, à ton avis ? demanda-t-elle à Brian. Tu peux me dire pourquoi il nous plaît, ce collier ?

Il la regarda un long moment, réfléchissant manifestement à une réponse.

– C'est peut-être parce qu'il y en a deux en un…

Brian le lui passa autour du cou dans la boutique. Il dut batailler avec le fermoir, qui était un peu trop dur – d'après le vendeur, c'était normal, il se relâcherait à l'usage –, puis les perles se répandirent joliment sur le chemisier de Rachel, sous le creux de sa gorge.

En sortant de la boutique, Brian lui effleura les paumes.

– Tu n'as même pas les mains moites…

Les yeux légèrement écarquillés, elle acquiesça.

– Viens par là.

Il la conduisit vers un Photomaton sous les escalators, inséra les pièces de monnaie requises et l'entraîna dans la cabine, où il la fit rire en lui tripotant les seins pendant qu'elle tirait le rideau devant l'ouverture. Juste avant que le flash se déclenche, elle pressa sa joue contre celle de Brian et tous deux s'amusèrent à grimacer et à souffler des baisers en direction de l'objectif.

Après, ils étudièrent les quatre petites photos, sur lesquelles ils avaient l'air de deux parfaits idiots, comme de bien entendu. Sans compter qu'on ne voyait que la moitié de leur visage sur les deux premières.

– J'en voudrais quelques-unes de toi, dit Brian. Rien que de toi, cette fois.

– Pourquoi ?

– S'il te plaît, insista-t-il, soudain grave.

– Bon, d'accord.

– J'aimerais avoir un souvenir de cette journée. Alors, montre-moi que tu es fière de toi, Rachel.

Une fois seule dans la cabine, elle se sentit un peu ridicule quand elle l'entendit glisser les pièces dans la fente. Mais elle éprouvait aussi un sentiment de triomphe, Brian avait raison sur ce point. Un an auparavant, elle n'imaginait même pas franchir le seuil de leur appartement, et aujourd'hui elle se promenait au cœur d'un centre commercial bondé.

Elle se concentra sur l'objectif.

La peur est toujours là, mais je ne suis pas terrifiée. Et je ne suis pas seule non plus.

Quand elle rejoignit Brian, il lui montra les clichés, qui lui plurent. Elle se trouva même l'air plutôt coriace – le genre de femme à qui on évite de chercher des noises.

– Chaque fois que tu regarderas ces photos ou que tu porteras ce collier, tu te rappelleras à quel point tu es forte.

Rachel jeta un coup d'œil autour d'elle.

– Tout ça, c'est grâce à toi, mon amour, dit-elle.

Il lui prit la main et lui embrassa les doigts.

– Je t'ai seulement donné une petite impulsion au départ.

Les larmes lui montèrent aux yeux, sans qu'elle puisse s'expliquer pourquoi au début. Puis elle comprit.

Brian la connaissait bien.

Il savait tout d'elle, cet homme qu'elle avait épousé, avec qui elle s'était engagée à passer le reste de sa vie.

Et, ô miracle, il était toujours là.

13

Reflets

Le lundi matin, quelques heures après le départ de Brian pour l'aéroport, Rachel décida de s'atteler à la rédaction de son livre. Elle y travaillait depuis près d'un an, sans toutefois avoir une idée bien précise de ce qu'elle voulait en faire. Au départ, elle avait envisagé un récit de type journalistique sur son expérience en Haïti, mais quand elle s'était aperçue qu'il lui était impossible de ne pas s'insérer dans la narration, elle en était venue peu à peu à considérer l'ouvrage comme ses mémoires. Elle n'avait pas encore tenté de rédiger le passage sur son effondrement en direct, car elle estimait nécessaire de fournir d'abord le contexte. Dans cette perspective, elle avait consacré un chapitre à sa mère, ce qui l'avait amenée à en consacrer un autre aux soixante-treize James, ce qui l'avait amenée à remanier complètement la première partie de l'ouvrage. Même si elle ignorait toujours où allait son projet, la plupart du temps elle adorait écrire. Certains jours, néanmoins, elle baissait les bras avant sa deuxième tasse de café. Ce fut le cas ce lundi.

Elle n'aurait su dire pourquoi les mots coulaient parfois aussi facilement que si elle avait ouvert une vanne, et pourquoi à d'autres moments la source semblait tarie, mais elle en venait à soupçonner que l'absence de plan y était pour beaucoup. Elle avait adopté naturellement une approche plus libre qu'elle ne s'y serait autorisée en tant que journaliste, un processus inspiré de l'écriture automatique qu'elle ne comprenait pas vraiment et qui, pour l'instant, lui imposait une cadence plus qu'une structure.

Si elle refusait encore de montrer son texte à Brian, elle acceptait néanmoins d'en discuter avec lui. Il lui apportait tout son soutien, même si elle croyait avoir surpris une ou deux fois une lueur condescendante dans son regard, comme s'il voyait dans cette activité une distraction ou un passe-temps qui n'aboutirait jamais à un résultat complet, achevé.

« Tu as déjà pensé à un titre ? lui avait-il demandé un soir.

– Oui : *En transit.* »

C'était le seul thème qui lui semblait unifier l'ensemble. Son existence, tout comme celle des êtres qui l'avaient le plus marquée, paraissait définie par l'impossibilité de s'ancrer. Par une tendance incontrôlable à dériver, à se laisser inexorablement emporter vers le vide par les courants et les tourbillons.

Ce matin-là, elle rédigea quelques pages sur ses années passées au *Globe*, mais le résultat lui parut plat – et pire, sans âme –, si bien qu'elle finit par renoncer. Après avoir pris une longue douche, elle se prépara pour son déjeuner avec Melissa.

Elle traversa Back Bay sous une pluie battante – une pluie interminable, omniprésente, « biblique », avait dit Brian la veille au soir. « Digne du déluge. » Elle tombait sans discontinuer depuis huit jours. Les lacs et les étangs au nord de l'État débordaient sur les routes, transformant certaines d'entre elles en affluents. Des voitures avaient été emportées. Au cours du week-end, un avion commercial avait dérapé sur la piste au moment du décollage, heureusement sans faire de blessés. Les victimes d'un carambolage impliquant dix véhicules sur la 95 n'avaient pas eu autant de chance.

Rachel savait qu'elle n'avait pas vraiment de raisons d'être inquiète : elle ne prenait plus l'avion, conduisait rarement (la dernière fois remontait à deux ans), et leur appartement situé au quinzième étage ne risquait pas d'être inondé. Mais Brian, lui, voyageait souvent en avion et se déplaçait encore plus souvent en voiture.

Elle retrouva Melissa à l'Oak Room, le bar-restaurant du Fairmont Copley Plaza Hotel – lequel avait changé de nom depuis qu'il avait été rénové, à l'époque où Rachel avait craqué en direct, pour devenir l'OAK Long Bar + Kitchen. Mais au bout de tant d'années d'existence, il restait l'Oak Room pour presque tout le monde.

Il y avait au moins deux ans qu'elle ne s'était pas rendue seule à Copley Square. Dans la phase la plus aiguë de ses crises de panique, les bâtiments autour de la place – l'Old South Church, la bibliothèque municipale, Trinity Church, l'hôtel Fairmont, l'hôtel Westin et la tour Hancock avec ses grandes vitres bleues reflétant l'ensemble – étaient devenus trop oppressants pour elle, tels des murs immenses qui se resserraient pour l'emprisonner. Elle le regrettait d'autant plus qu'elle avait toujours aimé cet endroit, symbole à ses yeux de l'union hybride entre l'ancien et le nouveau Boston – l'ancien représenté par le néo-classicisme style Beaux-Arts et le calcaire poli de la bibliothèque, du Fairmont et, bien sûr, de Trinity Church, avec son toit en argile et ses arches majestueuses, le nouveau par l'architecture fonctionnelle et épurée, tout en angles droits, du Westin et de la tour Hancock, des structures qui semblaient revendiquer une indifférence souveraine envers l'histoire et sa sœur larmoyante, la nostalgie. Pendant près de deux ans, Rachel avait contourné la place sans jamais la traverser.

Lorsqu'elle s'y engagea pour la première fois depuis son mariage, elle s'attendait à avoir des palpitations ou des vertiges. Or, au moment de fouler le tapis bordeaux sous l'auvent du Fairmont, elle ne ressentit qu'une légère accélération de son rythme cardiaque, qui revint rapidement à la normale. Peut-être la pluie exerçait-elle un effet apaisant sur elle. Protégée par son parapluie, elle n'était qu'une silhouette spectrale en tenue sombre parmi tant d'autres. Cette atmosphère de brume et de grisaille lui semblait propice à la dissimulation, aux crimes appelés à rester impunis et aux liaisons clandestines.

– Tiens donc, dit Melissa lorsqu'elle lui en fit la remarque. Tu serais tentée par une petite aventure ?

– Sûrement pas ! C'est déjà un exploit quand j'arrive à mettre le nez dehors, alors…

– Tu es là, pourtant, pas vrai ? Sans compter que tu as goûté aux joies du métro ce week-end, gambadé dans un centre commercial…

Elle lui pinça la joue.

– C'est qu'on est une grande fille, maintenant !

Rachel repoussa la main de son amie, et cette dernière éclata d'un rire trop bruyant. Elle-même avait pris une grosse salade accompagnée d'un verre de vin blanc, mais Melissa, dont c'était le jour de congé, avait à peine touché à son plat et enchaînait les cocktails Bellini comme si le prosecco devait être interdit au douzième coup de minuit. Si l'alcool la rendait plus mordante, plus drôle aussi, il avait également pour effet de lui faire perdre toute discrétion, et Rachel savait par expérience que son humour caustique pouvait rapidement se transformer en dégoût de soi, et que le ton ne cesserait alors de monter. Depuis le début du repas, elle avait déjà vu plusieurs clients tourner la tête vers leur table ; cela dit, c'était peut-être elle qu'ils regardaient, et non Melissa…

Quand celle-ci porta son verre à ses lèvres, Rachel constata avec soulagement qu'elle ne buvait plus qu'à petites gorgées. Melissa, qui avait été sa productrice sur une dizaine de reportages pour Channel 6, ne s'était heureusement pas occupée de ceux d'Haïti. Elle passait sa lune de miel à Maui lorsque Rachel s'était effondrée en direct dans Cité Soleil. Son mariage avait duré moins de deux ans, mais elle au moins avait encore son travail, qu'elle avait toujours aimé bien plus que son ex, Ted. « Au bout du compte, j'en sors gagnante », disait-elle toujours avec un grand sourire factice, le pouce levé en signe de triomphe.

– Blague à part, reprit-elle, si tu devais avoir une liaison avec quelqu'un dans cette salle, tu choisirais qui ?

Rachel balaya rapidement du regard les tables voisines.

– Personne.

Melissa tendit le cou et dévisagea ouvertement tous les clients.

– Bon, c'est vrai que tout ça n'est pas terrible. Oh, attends… Pas même lui, là-bas dans le coin ?

– Celui qui a un chapeau et trois poils sur le menton ?

– Oui. Il n'est pas mal.

– Je ne veux pas d'une aventure avec un type « pas mal ». D'ailleurs, je ne veux pas d'aventure, point final. Mais si c'était le cas, je viserais le nec plus ultra.

– Et il ressemblerait à quoi ?

– Aucune idée. Ce n'est pas moi qui cherche un mec.

– Je mets de côté la catégorie « grand brun ténébreux », bien sûr, puisque tu en as déjà épousé un.

– Pas si ténébreux que ça, quand même…

– Tu rigoles ? lança Melissa. Chaque fois que je parle à cet homme dont tout le monde vante le physique avantageux, le charme, l'humour et l'intelligence, j'ai toujours le sentiment après coup qu'il ne m'a absolument rien dit de personnel.

– Je vous ai déjà vus discuter pendant des heures !

– Peut-être. N'empêche, je ne sais rien de lui.

– Il est né en Colombie-Britannique. Il…

– Je connais sa bio, l'interrompit Melissa. C'est lui que je ne connais pas. En fait, il s'y prend tellement bien pour m'interroger sur ma vie, mes attentes et mes rêves, que je suis toujours étonnée le lendemain de m'apercevoir qu'on n'a parlé que de moi.

– En même temps, c'est ton sujet de conversation préféré, non ?

– Exact, mais ce n'est pas le propos.

– Oh, parce que cette conversation allait quelque part ?

– Parfaitement, connasse.

– Alors crache le morceau, connasse.

Elles échangèrent un sourire, avec l'impression de travailler de nouveau ensemble.

– Je me demandais juste si quelqu'un connaissait vraiment Brian Delacroix, déclara Melissa.

– Tu m'inclus dans la question ? répliqua Rachel en éclatant de rire.

– D'accord, oublie.

– C'est bien ce que tu sous-entends, non ?

– J'ai dit : « oublie ».

– Et moi, je t'ai demandé si tu m'incluais dans la liste des personnes qui ne connaissent pas mon mari.

D'un signe de tête, Melissa lui signifia qu'elle refusait de poursuivre dans cette voie. Puis elle voulut savoir où Rachel en était dans la rédaction de son livre.

– J'ai du mal à trouver un plan, avoua cette dernière.

– Il est tout trouvé, pourtant ! s'exclama Melissa d'un ton léger, vaguement dédaigneux. Il y a eu un tremblement de terre en Haïti, ensuite une épidémie de choléra, et là-dessus un ouragan. Et toi, tu étais aux premières loges.

– Dit comme ça, c'est presque obscène. Je ne veux pas tomber dans le porno du désastre, c'est ma plus grande peur.

Melissa balaya la remarque d'un geste, comme elle le faisait en général quand ses interlocuteurs évoquaient un sujet qu'elle ne comprenait pas ou qui ne l'intéressait pas.

En de tels moments, Rachel se demandait toujours pourquoi elle continuait à la voir. Melissa se complaisait dans la superficialité comme d'autres recherchent la profondeur, et avait l'art de réduire n'importe quelle tentative pour aborder une question complexe à une simple cible de mépris. Mais ayant perdu presque tous ses amis au fil des années, Rachel était terrifiée à l'idée de se découvrir un jour complètement isolée. Alors elle s'obligea à écouter Melissa lui parler de son travail et lui raconter les derniers ragots sur qui baisait qui à WCJR, au propre comme au figuré.

De temps à autre, elle plaçait un « Oh ! », un « Pas possible ! » ou un « C'est trop drôle ! » aux bons endroits, mais son esprit restait bloqué sur les remarques de Melissa au sujet de Brian, et elle sentait grandir son irritation. Ce matin-là, elle s'était réveillée de bonne humeur et elle n'avait eu qu'une envie : rester dans cette disposition d'esprit toute la journée. Ce qu'elle éprouvait n'avait rien à voir avec la joie exubérante et surjouée de la gagnante d'un concours de beauté ou d'un fanatique religieux ; c'était la satisfaction d'une femme lucide qui, au prix de gros efforts, avait réussi à surmonter ses peurs durant le week-end avec l'aide d'un mari particulièrement aimant, même s'il était souvent préoccupé.

Dès le lendemain, elle le savait, ses doutes resurgiraient. Elle serait de nouveau la proie de l'ennui et de la déprime. Mais en cette triste journée de grisaille, elle refusait de donner prise à la tristesse. C'était néanmoins compter sans Melissa, qui semblait bien décidée à miner sa gaieté.

Lorsque cette dernière proposa de commander une autre tournée, Rachel prétexta un rendez-vous chez le coiffeur dans Newbury Street. Et tant pis si son amie ne la croyait pas. La pluie s'était muée en petite bruine, et elle voulait profiter de cette relative accalmie pour traverser le Public Garden jusqu'à la Charles River, puis suivre la berge et rentrer chez elle en passant par le petit pont qui conduisait à Clarendon. Elle voulait sentir l'odeur de la terre détrempée et du bitume mouillé.

Melissa, elle, décida de rester pour un « dernier verre », et elles échangèrent un baiser sur la joue. Une fois dehors, Rachel tourna à droite dans St. James. En face d'elle, trois des panneaux vitrés de la tour Hancock reflétaient le Fairmont, et elle se vit apparaître sur celui le plus à gauche, près d'une petite file de taxis. Le panneau du milieu montrait la façade du vénérable hôtel, et le troisième renvoyait l'image de la minuscule ruelle entre l'établissement et la tour, utilisée presque exclusivement par les camions de livraison. Une camionnette de blanchisserie était garée devant des portes ouvertes à l'arrière de l'établissement, et un Suburban noir stationnait près de l'immeuble, moteur au ralenti, ses gaz d'échappement se mêlant à la vapeur qui montait d'une grille d'égout.

Soudain, Brian sortit de la tour et ouvrit le hayon du SUV. Du moins, elle crut qu'il s'agissait de Brian, ce qui bien sûr était impossible : il survolait l'Atlantique dans un avion à destination de Londres.

La ressemblance n'en était pas moins troublante : même dessin de la mâchoire, légèrement plus large à l'approche de la quarantaine, même mèche brune qui lui retombait sur le front, et jusqu'à la même tenue qu'il portait ce matin-là en la quittant, à savoir un pardessus couleur cuivre sur un jean et un pull-over noir.

Rachel ouvrit la bouche pour l'appeler, mais son expression l'en dissuada. Elle ne l'avait jamais vu ainsi ; il avait l'air à la fois impitoyable et traqué. *Ce n'est pas le visage de l'homme qui me regarde dormir la nuit*, pensa-t-elle. Elle vit le reflet de son mari monter dans le SUV, puis atteignit le coin de la rue au moment précis où l'image du véhicule se transformait en véhicule réel. Il la dépassa sans qu'elle puisse rien distinguer derrière les vitres teintées et tourna dans St. James Avenue. Rachel pivota lentement sur elle-même, bouche bée, et le regarda s'insérer dans la file du milieu, passer le feu au niveau de Dartmouth Street, puis descendre la rampe d'accès en direction du Massachusetts Turnpike. Elle le perdit de vue quand il s'engagea dans le tunnel.

Elle demeura un long moment immobile sur le trottoir. La pluie s'intensifiait de nouveau, crépitait sur son parapluie et rebondissait sur le trottoir, lui éclaboussant les chevilles et les mollets.

– Brian…, dit-elle enfin dans un souffle.

Elle répéta son nom, mais cette fois sous forme de question.

14

Scott Pfeiffer, de Grafton, Vermont

Elle rentra directement, en se répétant qu'il y avait partout dans le monde des personnes d'apparence presque identique. De plus, elle n'avait pas pu évaluer précisément le degré de ressemblance, puisqu'elle n'avait aperçu qu'un reflet. Une image réfléchie par une vitre sous la pluie… S'il s'était immobilisé un instant près de la portière, et si au même moment elle avait tourné au coin de la rue pour le regarder bien en face, elle aurait sans doute découvert un parfait inconnu. Un homme aux lèvres plus fines, peut-être, aux yeux bruns et non bleus, qui n'avait ni petite bosse sur l'arête du nez ni cicatrices d'acné sous les pommettes, tellement atténuées par le temps qu'on ne les distinguait que de près. Cet inconnu aurait adressé un sourire hésitant à la femme qui le dévisageait sous l'averse, en se demandant probablement si elle n'avait pas un grain. Et qui sait si, au bout de quelques instants, il ne l'aurait pas reconnue. « Ah oui, bien sûr ! C'est cette fille de Channel 6 qui a perdu les pédales en direct il y a quelques années… » Ou alors, il n'aurait même pas fait attention à elle. Il serait monté dans sa voiture et aurait démarré sans attendre. Et, à vrai dire, c'était exactement ce qui s'était passé.

De fait, Brian lui avait raconté qu'il avait bel et bien un sosie : Scott Pfeiffer, de Grafton, dans le Vermont.

Lorsqu'il était étudiant en première année à l'université de Brown, Brian avait appris qu'il y avait en ville un autre jeune de son âge, un certain Scott Pfeiffer, livreur de pizzas, qui lui ressemblait comme deux gouttes d'eau. Intrigué, il avait voulu en juger par lui-même. Un jour, il s'était posté sur le trottoir devant la pizzeria jusqu'à ce qu'il voie son jumeau émerger de derrière le comptoir, chargé d'une pile de cartons à pizzas qu'il avait glissée dans un sac isotherme rouge. L'air de rien, il s'était écarté pour le laisser sortir. Scott Pfeiffer était monté dans une camionnette blanche sur laquelle le nom de l'établissement, « DOM'S PIZZA », était peint au pochoir, puis avait pris la direction de Federal Hill. Brian ne pouvait expliquer pourquoi il ne s'était jamais présenté. Au lieu de quoi, de son propre aveu, il avait commencé à le suivre « en douce ».

« Tu l'as filé, c'est ça ?

– Je sais, je sais. Mais je t'assure, la ressemblance était si saisissante que c'en était sacrément perturbant, avait expliqué Brian. L'idée de me présenter à moi-même… Non, c'était trop bizarre.

– Sauf que ce n'était pas toi. C'était Scott…

– … Pfeiffer, de Grafton, dans le Vermont. D'accord. »

Brian le mentionnait souvent ainsi, comme si la formule débitée d'un trait rendait son sosie un peu moins réel, le transformait en personnage d'un sketch comique. Scott Pfeiffer, de Grafton, dans le Vermont.

« Je l'ai pris en photo, avait-il révélé.

– T'as fait quoi ?

– Je t'ai dit que je l'avais espionné. J'ai utilisé un objectif. Il m'arrivait de me planter devant la glace de la salle de bains à Providence et d'approcher les photos de mon visage en m'étudiant de face, de profil, tête baissée, tête relevée… Et, je te jure, la seule différence, c'est qu'il avait le front un peu plus haut et pas de bosse sur le nez. »

Cette bosse était le résultat d'un coup reçu pendant un match de hockey en CM2, qui lui avait abîmé les cartilages. Elle n'était visible que de profil, et encore, il fallait la chercher.

À Noël, alors qu'il était en deuxième année à l'université, Brian avait suivi Scott Pfeiffer jusque chez lui, à Grafton, dans le Vermont.

« Tu n'es pas rentré chez toi pour les fêtes ? s'était étonnée Rachel. Ta famille a dû regretter ton absence…

– Pas que je sache », avait-il répondu d'une voix atone, comme chaque fois qu'il évoquait ses proches.

Scott Pfeiffer, de Grafton, dans le Vermont, menait le genre de vie que Brian ne lui aurait jamais enviée s'il ne l'avait pas vue d'aussi près. Il travaillait à plein temps chez Dom's Pizza pour pouvoir se payer ses études de gestion hôtelière à Johnson & Wales, quand Brian étudiait la finance internationale à Brown, vivait grâce à une rente annuelle versée par ses grands-parents et n'avait aucune idée du montant des frais universitaires pris en charge par ses parents.

Le père de Scott, Bob Pfeiffer, était boucher dans le supermarché local, et sa mère Sally était agent municipal. Ils étaient aussi respectivement trésorier et vice-présidente du Rotary Club du comté de Windham. Et, une fois par an, ils faisaient les deux heures de route jusqu'à Saratoga Springs, dans l'État de New York, où ils passaient la nuit dans l'hôtel où ils avaient séjourné lors de leur lune de miel.

« C'est pas possible, tu sais tout sur eux ! s'était exclamée Rachel.

– Oh, tu en apprends beaucoup quand tu espionnes quelqu'un… »

Il espérait découvrir un scandale, lui avoua-t-il, ou un sale petit secret.

« Une histoire d'inceste, peut-être, ou de rendez-vous dans les toilettes publiques entre Bob et un flic sous couverture, pour une petite branlette vite fait… Je me serais contenté d'une escroquerie, sauf que je ne vois pas trop ce qu'on peut détourner au rayon boucherie d'un supermarché, à part des steaks…

– Mais pourquoi voulais-tu qu'ils soient malhonnêtes ?

– Parce qu'ils étaient trop parfaits. Ils vivaient dans cette jolie baraque de style colonial… Blanche, bien sûr, avec une clôture autour du jardin, une véranda et une balancelle. Ils s'y sont installés le soir du réveillon, bien emmitouflés, ils ont branché des petits radiateurs et bu du chocolat chaud en se racontant des histoires et en riant… Dans la soirée, la gamine, qui devait avoir dix ans, a chanté des chants de Noël, et ils ont tous applaudi. Je n'avais jamais rien vu de pareil.

– C'est mignon, non ?

– À gerber, tu veux dire ! Personne n'a le droit d'être aussi heureux, merde ! Sinon, quelle image ça nous renvoie de nous-mêmes, hein ?

– Il y a des gens comme ça, avait-elle fait remarquer.

– Ah oui ? Où ? Moi, je n'en ai jamais rencontré. Et toi ? »

Elle avait ouvert la bouche, puis l'avait refermée. Non, bien sûr, elle n'en avait jamais rencontré, alors pourquoi en avait-elle l'impression ? Elle s'était toujours considérée comme sceptique de nature, voire cynique. Et, après Haïti, elle aurait juré avoir été dépouillée de ses derniers vestiges de sentimentalisme ou de romantisme. Pourtant, au plus profond de son esprit résidait la conviction qu'il y avait réellement des gens heureux sur Terre.

« Ça n'existe pas », affirmait souvent sa mère autrefois. Le bonheur, d'après Elizabeth Childs, n'était qu'un sablier fendillé.

« Tu l'as dit toi-même, les Pfeiffer étaient heureux, avait-elle rappelé à Brian.

– Ils en donnaient l'apparence, en tout cas.

– Mais… ? »

Il avait souri. Un sourire de triomphe, nuancé cependant de désespoir.

« Le soir, avant de rentrer à la maison, Bob s'arrêtait toujours dans ce pub écossais. Un jour, je me suis assis à côté de lui. Il m'a regardé à deux fois, bien sûr, avant de me dire à quel point je ressemblais à son fils. J'ai feint la surprise. Pareil quand le barman m'a dit la même chose. Bob m'a offert un verre, je lui ai offert un verre, et ainsi de suite. Il m'a demandé qui j'étais, alors je me suis présenté. J'ai prétendu que je faisais mes études à Fordham, pas à Brown, mais sinon je suis resté assez proche de la vérité. Bob m'a confié qu'il n'était pas fan de New York : trop de crimes, trop d'immigrants. Au troisième verre, les "immigrants" étaient tous des "métèques" et des "enturbannés". Au cinquième, il s'est emporté contre les "nègres" et les "pédés". Oh, et j'oubliais les "gouines". Il détestait les lesbiennes, ce bon vieux Bob ! Il m'a expliqué que si sa fille manifestait un jour ce genre de tendance, il lui en ferait passer l'envie à coups de latte. Il avait des idées bien arrêtées sur les punitions corporelles, qu'il avait mises en pratique d'abord sur Scott, ensuite sur Nannette, sa gamine. Une fois lancé, on ne l'arrêtait plus. À un certain moment, je me suis rendu compte que tout ce qui sortait de sa bouche depuis quinze minutes était un ramassis d'horreurs. Bob Pfeiffer n'était qu'un putain de lâche mort de trouille, un monstre caché derrière une façade de normalité.

– Et Scott ? Qu'est-ce qu'il est devenu ? »

Brian avait haussé les épaules.

« Il n'a jamais terminé ses études. Faute de moyens, je suppose. La dernière fois que je me suis renseigné sur lui, et ça doit remonter à une quinzaine d'années, il bossait dans un des B&B de Grafton.

– Et tu ne t'es jamais présenté.

– Non.

– Pourquoi ? »

Nouveau haussement d'épaules.

« Quand j'ai compris que sa vie ne valait pas mieux que la mienne, je me suis désintéressé de lui. »

Par une incroyable coïncidence, elle venait de tomber sur Scott Pfeiffer, de Grafton, dans le Vermont. Peut-être était-il venu en ville assister à une conférence sur la restauration. Peut-être avait-il fait son chemin et monté une petite chaîne hôtelière de qualité en Nouvelle-Angleterre… Rachel le lui souhaitait, en tout cas. Elle avait beau ne pas le connaître, il lui était devenu familier, et elle espérait sincèrement que tout allait bien pour lui.

Mais comment expliquer qu'ils aient porté les mêmes vêtements ?

C'était le détail qui la chiffonnait le plus. Admettre qu'elle ait pu tomber par hasard sur le sosie de Brian dans une ville de deux millions d'habitants, c'était une chose ; imaginer que, par pur hasard aussi, ils aient tous les deux choisi ce jour-là un pardessus couleur cuivre, un pull-over noir sur un T-shirt blanc et un jean bleu foncé, c'en était une autre.

Attends un peu, se dit-elle alors qu'elle tournait dans Commonwealth Avenue en direction de son immeuble. *Comment peux-tu savoir qu'il portait un jean bleu foncé ? Il y avait un SUV entre ses jambes et toi.*

Sauf que les panneaux vitrés de la tour lui en avaient renvoyé l'image, comprit-elle. Elle avait d'abord découvert son visage, son pardessus et son pull. Puis elle l'avait aperçu de dos au moment où il montait en voiture, baissait la tête et ramenait sous lui les pans du manteau. Sur le coup, frappée de stupeur, elle n'avait pas eu conscience de voir tous ces éléments, mais à présent ils s'assemblaient dans son esprit. Alors, oui, le reflet du sosie (ou Scott Pfeiffer, de Grafton, dans le Vermont) portait bel et bien un jean de la même couleur que celui de Brian ce matin-là. Même jean, même pardessus, même pull, même T-shirt.

Une fois rentrée dans leur appartement, pourtant, elle avait presque réussi à se convaincre que c'était possible. Après tout, les coïncidences existent… Elle se sécha les cheveux puis se rendit dans la chambre d'amis, que Brian utilisait souvent comme bureau. Elle l'appela sur son portable et tomba directement sur la messagerie. Logique : il était encore dans les airs ou venait d'atterrir. Pas de quoi s'alarmer.

Une table de travail en bois blond était disposée devant la fenêtre, qui donnait sur le MIT et Cambridge de l'autre côté de la Charles River. Par temps dégagé, en y mettant du sien, on distinguait même au loin Arlington et certaines parties de Medford. Mais ce jour-là, derrière les rideaux de pluie, le panorama s'apparentait plutôt à un tableau impressionniste, où les bâtiments conservaient leurs contours mais se retrouvaient dépouillés de toute spécificité. C'était sur cette table que Brian posait son ordinateur, qu'il avait en l'occurrence emporté à Londres. Rachel y installa le sien en réfléchissant à ses options. Tenta encore de le joindre sur son mobile. Messagerie.

Les cartes de crédit dont il se servait, une Amex et une Visa MileagePlus, étaient sur le compte de sa société. Par conséquent, il conservait les relevés dans ses locaux, situés de l'autre côté du fleuve, à Cambridge, tout près d'Harvard Square.

Ceux de leurs cartes de crédit personnelles, en revanche, étaient facilement accessibles. Elle afficha sur son écran celui de leur Mastercard. Remonta sur trois mois sans rien relever d'anormal, élargit sa recherche aux six derniers mois. Rien que les transactions habituelles. À quoi s'attendait-elle ? De toute façon, en imaginant qu'elle ait repéré quelque chose de louche, un achat inexplicable ou une référence à un site web au nom mystérieux, elle ne voyait pas trop comment elle aurait pu en déduire qu'il était à Copley Square en début d'après-midi, et non à Londres. Elle aurait seulement eu la preuve qu'il surfait sur des sites pornos, ou que le cadeau d'anniversaire qu'il prétendait avoir choisi un mois en avance avait été acheté en toute hâte le matin même…

Ces pensées en tête, elle se rendit sur le site de la British Airways pour consulter les informations relatives au vol 422, de Logan à Heathrow :

Retard au décollage en raison du mauvais temps.
Heure estimée d'arrivée : 20 h 25 (GMT + 1)

Autrement dit, quinze minutes plus tard.

Elle vérifia ensuite leurs relevés ATM. Pas de retraits importants en liquide. Elle se sentit un peu honteuse en se rendant compte que la dernière fois qu'il avait utilisé cette carte, c'était dans une bijouterie, celle du centre commercial où il lui avait offert le collier.

Son regard se posa sur le téléphone à côté d'elle. Elle aurait donné cher pour qu'il vibre, pour que le nom de Brian apparaisse sur l'écran. Il ne lui faudrait pas longtemps pour éclaircir toute cette histoire, et elle raccrocherait en riant de sa propre paranoïa.

Les yeux toujours fixés sur le mobile, elle eut soudain une autre idée. Les relevés téléphoniques… Bien sûr ! Elle n'avait pas accès à ceux de Brian, qui utilisait le portable fourni par sa société, laquelle prenait en charge les frais, mais elle pouvait toujours examiner les siens. Elle fit pivoter son fauteuil de bureau, puis pianota sur son clavier. En moins d'une minute, elle avait affiché la liste de toutes ses communications sur un an. Le temps de choisir l'application iCal sur son portable, et elle compara les dates où il était en déplacement avec ses propres archives.

Ils y étaient tous : les appels passés du téléphone de Brian quand il était à Nome, à Seattle, à Portland. Mais là encore, ça ne signifiait rien : il aurait pu les passer de n'importe où. Alors elle sélectionna une autre semaine, ces huit jours glacials de janvier durant lesquels Brian avait séjourné (ou prétendait avoir séjourné) à Moscou, à Belgrade et à Minsk… Dans la cinquième colonne du relevé figuraient les surcoûts qui lui avaient été facturés pour avoir répondu. Des sommes qui, à la longue, finissaient par être conséquentes (d'ailleurs, pourquoi était-elle pénalisée pour avoir répondu ? Elle allait devoir changer de fournisseur). Et qui semblaient prouver qu'il l'avait bien appelée de l'autre bout du monde.

Au moment où elle revenait sur le site de la British Airways, son téléphone vibra. Brian. Enfin.

– Salut, dit-elle.

Un long sifflement, suivi par deux claquements assourdis.

– Salut, ma puce. Je suis…

– Où es…

– Quoi ?

– Où es-tu ?

– Dans la file d'attente à la douane. Et mon téléphone va bientôt me lâcher.

Au soulagement qu'elle avait éprouvé en entendant sa voix succéda presque aussitôt l'irritation.

– Il n'y avait pas de prise d'alimentation en première classe ? Sur un vol de la British Airways ?

– Si, mais la mienne ne marchait pas. Ça va ?

– Mmmm.

– T'es sûre ?

– Oui, pourquoi ?

– Je ne sais pas, tu sembles… tendue.

– C'est sûrement la ligne qui est mauvaise.

Un court silence s'ensuivit.

– Sûrement, oui, dit-il.

– Il y a du monde dans la queue ?

– Un monde fou ! Je crois qu'un vol de la Swiss Air et un autre de la compagnie Emirates sont arrivés en même temps que nous.

Un blanc, de nouveau.

– Au fait, j'ai déjeuné avec Melissa aujourd'hui, déclara Rachel.

– Ah oui ?

– Après, je marchais dans…

Le reste de la phrase fut noyé par une série de bips et de cliquetis.

– Je n'ai plus de batterie, mon cœur. Désolé. Je te rappellerai de l'hôt…

La communication fut coupée.

Les sons qu'elle avait perçus en arrière-fond pouvaient-ils correspondre à ceux de la douane ? Elle n'avait pas quitté les États-Unis depuis longtemps, mais elle tenta de se représenter la salle remplie de monde. Il lui semblait qu'un *ding* s'élevait chaque fois qu'un guichet se libérait, dont elle n'aurait su dire cependant s'il était étouffé ou sonore. De toute façon, elle n'avait rien entendu de tel pendant leur conversation. Peut-être tout simplement parce que Brian se trouvait tout au bout d'une longue file d'attente, trop loin de la source du bruit.

Qu'avait-elle distingué d'autre ? Rien qu'un brouhaha général. Pas de conversations distinctes. Beaucoup de passagers gardaient le silence dans la queue à la douane, surtout après des heures de vol. Ils étaient trop fatigués pour parler, trop « éreintés » comme disait Brian en affectant l'accent anglais.

Pensive, elle regarda par la fenêtre la vue embrumée sur la Charles River et Cambridge au-delà. Certaines formes lui étaient familières. En aval, elle apercevait la masse anguleuse du Stata Center, un ensemble de constructions en aluminium et en titane de couleurs vives qui évoquait le résultat d'une implosion. Si elle détestait l'architecture moderne en général, Rachel éprouvait néanmoins une certaine tendresse pour le Stata Center, dont la bizarrerie lui semblait inspirée. En amont, elle reconnaissait le dôme du bâtiment principal du MIT et, plus loin, le clocher de la Memorial Church à Harvard Yard.

Elle avait déjeuné plusieurs fois à Harvard Yard avec Brian. Son bureau se trouvait à quelques centaines de mètres seulement et, durant le premier été où ils étaient ensemble, il l'avait rejointe là-bas en apportant des hamburgers de chez Charlie's Kitchen ou des pizzas de chez Pinocchio. Ses locaux n'avaient rien de remarquable : six pièces au troisième et dernier étage d'un petit immeuble de brique tout simple dans Winthrop Street, qui aurait sans doute paru plus à sa place dans une vieille cité ouvrière comme Brockton ou Waltham que dans l'enceinte d'une des plus prestigieuses universités du monde. Sur une plaque dorée près de l'entrée figurait la raison sociale : Delacroix Lumber Ltd. Rachel y était allée trois ou quatre fois, et à part Brian et son associé, Caleb, elle ne connaissait aucun des employés, qui lui avaient tous paru jeunes et beaux, les garçons comme les filles. Des stagiaires pour la plupart, lui avait dit Brian, qui espéraient faire la preuve de leurs mérites et décrocher une place bien rémunérée dans la maison-mère à Vancouver.

S'il avait coupé les ponts avec ses proches, lui avait-il expliqué aussi, c'était uniquement au niveau personnel. Sa décision n'avait jamais affecté leurs rapports professionnels. Il aimait travailler dans le secteur du bois de construction et il était compétent dans son domaine. Quand son oncle, qui s'occupait du marché américain depuis ses locaux de la Cinquième Avenue à Manhattan, était mort terrassé par une crise cardiaque alors qu'il promenait son chien dans Central Park un soir, Brian – qui n'avait jamais été une source de déception pour sa famille, seulement d'incompréhension – avait hérité du poste. Au bout d'un an, fatigué de Manhattan – « Il faudrait pouvoir tout débrancher de temps en temps », disait-il –, il avait transféré ses activités à Cambridge.

Rachel regarda l'heure dans le coin inférieur droit de son écran d'ordinateur : 16 h 02. Il y aurait encore quelqu'un au bureau – au moins Caleb, qui travaillait comme un forcené. Elle n'aurait qu'à lui raconter que Brian avait oublié quelque chose et lui avait demandé de venir le récupérer. Une fois sur place, elle pourrait jeter un coup d'œil à l'ordinateur de son mari ou chercher ses relevés bancaires dans ses dossiers, et s'assurer ainsi que tout collait bien.

Était-ce un crime de perdre confiance en quelqu'un aussi vite ? Elle se posa la question alors qu'elle essayait de héler un taxi dans Commonwealth Avenue.

Ce n'était peut-être pas un crime ni un péché, mais c'était révélateur d'une certaine fragilité dans leur couple. Et dire qu'elle avait chanté les louanges de Brian devant Melissa, pendant le déjeuner... Comment avait-elle pu en arriver là, quelques heures plus tard seulement ? Leur union était pourtant solide, contrairement à d'autres.

Mais qu'est-ce qui faisait une union solide ? Une union réussie ? Elle connaissait des gens odieux qui avaient vécu heureux ensemble, soudés en quelque sorte par leur méchanceté. Et des gens tout à fait respectables qui avaient juré devant Dieu et tous leurs proches de se vouer un amour indéfectible, pour ensuite le fouler aux pieds au bout de quelques années. Il n'était plus resté alors de leurs beaux sentiments que des pensées au vitriol, des regrets, et une sorte de stupeur effarée devant la noirceur des voies qu'ils avaient empruntées.

Les liens du mariage, disait souvent sa mère, sont mis à l'épreuve à chaque conflit.

Rachel n'y croyait pas. Ou plutôt, refusait de le croire, du moins en ce qui les concernait, Brian et elle. Force lui était cependant d'admettre que c'était vrai de sa relation avec Sebastian, mais ils avaient su dès le début qu'ils allaient droit dans le mur. C'était complètement différent avec Brian.

Pourtant, compte tenu du caractère improbable d'une rencontre fortuite à Boston avec un homme qui ressemblait à son mari et était vêtu à l'identique, quand le mari en question était censé avoir embarqué dans un avion pour Londres, une seule réponse rationnelle s'imposait : c'était Brian qui était sorti de la tour Hancock en début d'après-midi. Donc, il n'était pas à Londres. Donc, il mentait.

Elle fit signe à un taxi qui approchait.

15

Trempés

Je ne veux pas qu'il mente, songea-t-elle alors que le taxi traversait le pont BU puis s'engageait sur le rond-point pour tourner dans Memorial Drive. *Je ne veux pas croire à tout ça. Je veux me sentir exactement comme ce week-end : amoureuse et en confiance.*

Mais quelle est la solution ? Faire semblant de ne pas l'avoir vu ?

Ce ne serait pas la première fois que tu imagines voir quelque chose.

Sauf que, les autres fois, c'était différent.

En quoi ?

Ça l'était, c'est tout.

Le chauffeur n'ouvrit pas la bouche de tout le trajet. Elle jeta un coup d'œil à sa licence. Sanjay Seth. Il avait l'air renfrogné sur la photo. Il lui était totalement étranger, pourtant elle le laissait la transporter, de même qu'elle laissait des inconnus lui préparer sa nourriture, trier ses ordures ou lui faire passer un scanner. Et elle ne pouvait qu'espérer qu'ils n'empoisonneraient pas son plat juste parce qu'ils avaient eu une sale journée. Ou, dans le cas de ce chauffeur, qu'il n'allait pas soudain décider d'accélérer jusqu'à un endroit isolé au fin fond d'une zone industrielle désaffectée, grimper sur la banquette arrière et lui expliquer ce qu'il pensait des femmes qui ne disaient pas « S'il vous plaît ». La dernière fois qu'elle avait pris un taxi, ce genre de raisonnement l'avait obligée à descendre en catastrophe, mais cette fois elle était déterminée à tenir le coup. Les poings serrés, elle s'efforça de contrôler sa respiration et regarda tomber la pluie derrière la vitre en se répétant qu'elle allait surmonter l'épreuve, tout comme elle avait surmonté celles du métro et du centre commercial.

Lorsqu'ils arrivèrent en vue d'Harvard Square, elle demanda à Sanjay Seth de la déposer au croisement de John F. Kennedy Street et de Winthrop Street, parce que cette dernière était une rue à sens unique et inverse du leur. Elle n'avait pas envie d'attendre que le taxi perde encore cinq ou dix minutes à faire un détour juste pour la rapprocher de quelques mètres.

Au moment où elle atteignait l'immeuble abritant les locaux de Delacroix Lumber, Caleb Perloff en sortit. Vêtu d'un imperméable et coiffé d'une casquette des Red Sox trempés par la pluie, il vérifia que la porte s'était bien verrouillée derrière lui, puis se retourna et la découvrit sur le trottoir.

Rachel vit bien, à son expression, qu'il ne comprenait pas ce qu'elle fabriquait là, à Cambridge, quand Brian était en Europe, et elle se sentit ridicule. Quelle explication pourrait-elle lui donner ? Elle avait eu tout le trajet pour y penser, pourtant elle n'avait toujours pas trouvé de raison valable de vouloir accéder au bureau de son mari.

– Alors, c'est là que tout se passe, hein ? hasarda-t-elle.

Il esquissa un sourire moqueur.

– Exact. Tu as devant toi le saint des saints, répondit-il en jetant un bref coup d'œil à l'immeuble par-dessus son épaule. Tu savais que le cours du bois avait perdu un dixième de *cent* hier à Andhra Pradesh ?

– Très franchement ? Non.

– Tandis qu'à l'autre bout du monde, au Mato Grasso…

– Rappelle-moi où c'est, déjà.

– Au Brrrésil, dit-il en roulant les « r ».

Il descendit les quelques marches à l'entrée du bâtiment.

– Au Mato Grasso, donc, le cours a gagné un demi-*cent*. Et tout indique qu'il continuera à grimper le mois prochain.

– Alors qu'en Inde…

– On gagne un dixième de *cent* sur nos achats. En même temps, ajouta-t-il en haussant les épaules, le marché est plutôt volatil et les coûts de transport sont plus élevés. Alors, avec qui vaut-il mieux traiter, à ton avis ?

– C'est un dilemme, reconnut-elle.

– Et qu'est-ce qu'on fait de tout le bois à exporter ?

– Bonne question.

– On ne peut pas le laisser pourrir…

– Sûrement pas.

– C'est un risque, avec toute cette pluie.

– Ah ! La pluie…

Il leva une main, paume vers le ciel. Il ne tombait plus qu'une fine bruine.

– C'est bizarre, il n'y a pas eu de précipitations en Colombie-Britannique depuis un mois, déclara-t-il. Sec là-bas, humide ici… En général, c'est plutôt le contraire.

Sans la quitter des yeux, Caleb inclina la tête, et elle l'imita.

– Alors, qu'est-ce qui t'amène, Rachel ?

Elle n'avait aucune idée de ce que Brian avait pu confier à son associé sur sa phobie. Il lui avait affirmé qu'il n'en avait pas parlé, pourtant elle en doutait. Il avait bien dû dire quelque chose, ne serait-ce qu'après quelques verres… Ses amis s'étaient forcément demandé à un moment ou à un autre pourquoi sa femme ne les avait pas rejoints à telle ou telle soirée, pourquoi elle n'avait pas assisté au feu d'artifice du 4 juillet qui les avait tous réunis l'année précédente à Esplanade, ou pourquoi ils la voyaient rarement dans les bars. Un esprit aussi brillant que Caleb ne pouvait ignorer que les seules fois où il la croisait, c'était dans des environnements familiers (en général leur appartement), en comité restreint. Mais savait-il qu'elle ne conduisait plus depuis deux ans ? Qu'elle n'avait pas pris le métro pendant presque aussi longtemps ? Était-il au courant qu'elle s'était pétrifiée un jour dans l'aire de restauration du Prudential Center Mall et qu'elle avait dû s'asseoir, hors d'haleine et persuadée qu'elle allait s'évanouir malgré l'intervention d'agents de sécurité bien intentionnés, jusqu'à ce que Brian vienne la chercher ?

– Je faisais du shopping dans le coin, prétendit-elle en indiquant la place.

Comme il jetait un coup d'œil à ses mains vides, elle se crut obligée de se justifier :

– Je n'ai rien trouvé. Ce n'était pas le bon jour pour acheter quelque chose, alors je me suis dit que j'allais passer saluer mes rivaux, ceux qui me volent l'attention de mon mari.

Caleb sourit.

– Tu veux monter ?

« Je vais juste entrer dans son bureau pour… »

« Il a oublié quelque chose dans son tiroir… »

« Ah, voilà le poste de commandement ! Ça t'ennuie si je reste ici un petit moment ? Et tu peux fermer la porte en partant ? »

– Vous avez changé la déco ? demanda-t-elle.
– Non.
– Alors je n'en vois pas l'intérêt. J'avais seulement envie de me balader un peu avant de rentrer.

Il hocha la tête comme s'il était convaincu par cette explication.

– On partage un taxi ? suggéra-t-il.
– Volontiers.

Ils s'engagèrent dans Winthrop Street et traversèrent John F. Kennedy Street. Il était presque 17 heures et la circulation en direction d'Harvard Square était chargée. S'ils voulaient trouver un taxi qui partait de la place, se dirent-ils, mieux valait pousser jusqu'au Charles Hotel, quelques centaines de mètres plus loin. Mais de gros nuages noirs et menaçants étaient apparus dans le ciel uniformément gris jusque-là.

– Ce n'est pas bon signe, observa Caleb.
– Je ne crois pas, non.

Parvenus au bout de Winthrop Street, ils constatèrent que la station de taxis devant l'hôtel était vide. Et les voitures qui se dirigeaient vers le fleuve étaient au moins aussi nombreuses que celles affluant vers la place.

Des grondements se firent entendre au loin. À quelques kilomètres plus à l'ouest, un éclair zébra le ciel.

– Je t'offre un verre ? proposa Caleb.
– Peut-être même deux, répondit Rachel au moment où les nuages crevaient. Oh, bon sang !

Leurs parapluies ne leur offrirent qu'une piètre protection lorsque le vent se mit de la partie. D'énormes gouttes crépitaient sur la toile et explosaient sur le bitume tandis qu'ils couraient dans Winthrop Street.

– Le Grendel ou le Shay ? lança Caleb.

Rachel apercevait le Shay de l'autre côté de John F. Kennedy Street, à encore une cinquantaine de mètres. Et si le feu passait au vert, il leur faudrait attendre encore. Le Grendel, lui, était juste sur leur gauche.

– Le Grendel, décida-t-elle.

– Excellent choix. De toute façon, on est trop vieux pour le Shay.

Dans le hall, ils ajoutèrent leurs parapluies à la dizaine d'autres appuyés contre le mur, puis enlevèrent leurs manteaux. Caleb ôta sa casquette, révélant des cheveux bruns coupés si court qu'il n'eut qu'à y passer la main pour les débarrasser des gouttes. Après avoir laissé leurs manteaux à l'hôtesse du vestiaire, ils furent conduits à une table. Le Grendel's Den était un bar en sous-sol et ils commandèrent en regardant derrière la vitre des chaussures de toutes sortes courir sur les pavés dehors. Bientôt, la pluie tomba si fort qu'il ne resta plus personne dans la rue.

Le Grendel existait depuis si longtemps que non seulement Rachel se rappelait avoir été refoulée à l'entrée avec une fausse carte d'identité dans les années quatre-vingt-dix, mais aussi que sa mère lui avait raconté avoir fréquenté l'établissement au début des années soixante-dix. La clientèle se composait essentiellement d'étudiants et d'enseignants d'Harvard. Les étrangers à la ville venaient surtout l'été, quand des tables étaient disposées à l'extérieur.

La serveuse apporta un verre de vin pour Rachel et de bourbon pour Caleb, puis leur donna des cartes. Caleb s'essuya le visage et le cou avec une serviette en papier.

Ils gardèrent le silence quelques instants, se bornant à échanger un sourire.

– Alors, quelles nouvelles de la petite ? finit par demander Rachel.

Le visage de Caleb s'éclaira aussitôt.

– Oh, c'est une vraie charmeuse ! Les trois premiers mois, elle ne semblait voir que les seins et le visage de sa mère, alors je commençais à me sentir délaissé. Et puis, le quatre-vingt-onzième jour, AB m'a regardé droit dans les yeux, et là, j'ai compris que j'étais foutu !

Caleb et Haya avaient baptisé leur fille de six mois Annabelle, mais Caleb la surnommait AB depuis qu'elle avait deux semaines.

– Eh bien, dit-il en levant son verre, à la tienne.

Ils trinquèrent.

– À la pneumonie qu'on a évitée ! lança Rachel.

– J'espère…

Chacun but une gorgée d'alcool.

– Et comment va Haya ? reprit Rachel.

– Bien. Vraiment bien. Elle s'épanouit dans son rôle de mère.

– Elle a progressé en anglais ?

– Oui, elle est souvent devant la télé, ça aide. Maintenant, elle est capable de soutenir une conversation, même si ça demande un peu de patience à ses interlocuteurs. C'est qu'elle fait très attention à… au choix de ses mots.

Caleb était revenu avec elle d'un voyage au Japon. Il maîtrisait les rudiments du japonais, elle parlait à peine l'anglais. Ils s'étaient mariés dans les trois mois, ce qui avait contrarié Brian. D'après lui, son associé n'était pas du genre à se caser. Et puis, de quoi allaient-ils discuter, tous les quatre, quand ils se retrouveraient pour dîner ?

Rachel devait bien admettre que les réserves de son mari avaient influencé son opinion sur Caleb lorsque celui-ci lui avait présenté sa femme lumineuse, docile et quasiment muette. Qu'est-ce qui avait bien pu l'attirer chez elle, s'était-elle demandé, sinon sa beauté exquise et sa silhouette de rêve ? Le type de relation maître-servante qu'ils semblaient entretenir était-il pour lui un moyen de réaliser un fantasme secret ? Ou se montrait-elle mesquine dans son jugement, parce qu'il ne lui avait pas échappé que, si Caleb avait épousé une femme qui ne parlait pas anglais, Brian avait épousé une asociale ?

Lorsqu'elle avait abordé le sujet avec Brian, il avait déclaré :

« C'est différent pour nous.

– Ah oui ? En quoi ?

– Tu n'es pas asociale, Rachel.

– Excuse-moi de te contredire, mais…

– C'est une phase, c'est tout. Tu t'en sortiras. Mais lui ? Avoir un gosse ? Il en est lui-même un, bon sang !

– Et alors ? Pourquoi tu t'énerves ?

– Je ne m'énerve pas, je dis juste que ce n'était pas le bon moment pour lui.

– Comment se sont-ils rencontrés ?

– Tu connais l'histoire. Il est parti au Japon essayer de décrocher un marché et il est revenu avec elle. Et sans le contrat, d'ailleurs. Il s'est fait doubler par un…

– C'est possible, de tout simplement "revenir" avec une citoyenne japonaise ? Je veux dire, il existe bien des lois sur l'immigration, chez nous, non ? On ne peut pas entrer sur le territoire comme ça…

– Sauf si elle a un visa et qu'il l'épouse.

– Mais ça ne te paraît pas bizarre ? Elle avait à peine fait sa connaissance là-bas qu'elle a décidé de tout abandonner pour le rejoindre en Amérique, un pays qu'elle n'avait jamais vu, où les gens parlent une langue qu'elle ne maîtrise pas ? »

Il avait réfléchi quelques instants.

« OK, tu marques un point. Ce serait quoi, alors, ton explication ?

– Une fiancée rencontrée sur Internet, peut-être.

– Elles ne viennent pas toutes des Philippines ou du Vietnam ?

– Pas toutes, non.

– Mmm… Plus j'y pense, et plus je me dis que c'est possible. En attendant, on en revient à mon argument de départ : Caleb n'est pas mûr pour le mariage. Résultat, il a choisi une fille dont il ne sait pas grand-chose et qui est tout juste capable de communiquer.

– Bah, l'amour, c'est l'amour », avait-elle dit, lui renvoyant l'un de ses clichés favoris.

Il avait grimacé.

« L'amour, c'est l'amour, jusqu'à ce que tu fasses entrer des gosses dans l'équation. Après, ça devient un partenariat d'affaires avec difficultés financières garanties. »

Brian n'avait pas tort, mais Rachel craignait toujours qu'il ne parle de lui dans ces moments-là, de ses craintes au sujet de leur propre relation et du désastre potentiel qui pourrait s'abattre sur eux s'ils avaient un enfant.

Une pensée glaçante lui traversa soudain l'esprit : *Qui es-tu, Brian ? Est-ce que je te connais vraiment ?*

De l'autre côté de la table, Caleb la regardait fixement, un sourire étrange aux lèvres, l'air de se demander ce qui pouvait bien lui passer par la tête.

Son portable vibra sur la table. Brian. Elle dut résister à l'envie puérile de l'ignorer.

– Salut, dit-elle en prenant l'appel.

– Salut, mon cœur ! lança-t-il avec chaleur. Désolé pour tout à l'heure. Ce satané téléphone m'a lâché.

Et après, j'ai eu peur d'avoir oublié mon adaptateur. Mais non. Je suis content de t'entendre, en tout cas.

Elle se leva et fit quelques pas.

– Moi aussi.

– T'es où ? s'enquit-il.

– Au Grendel.

– Où ça ?

– Au Grendel, le bar étudiant près de tes bureaux.

– Je sais, c'est juste que j'ai du mal à comprendre ce que tu fais là-bas.

– Je suis avec Caleb.

– Ah, OK... Pourquoi ? Qu'est-ce qui se passe ?

– Rien. Pourquoi voudrais-tu qu'il se passe quelque chose de particulier ? Il pleut comme vache qui pisse, c'est vrai, mais sinon, je prends un verre avec ton associé, c'est tout.

– Eh bien, c'est super. Qu'est-ce qui t'a amenée à Harvard Square ?

– Une idée, comme ça. J'avais envie de traîner dans les librairies. Dans quel hôtel tu loges, déjà ? J'ai oublié.

– Le Covent Garden. Tu m'as dit en le voyant que Graham Greene aurait sûrement aimé y séjourner.

– J'ai dit ça, moi ? Quand ?

– Quand je t'ai envoyé une photo la dernière fois. Ah non, c'était la fois d'avant.

– Tu m'en renvoies une ?

Au moment où les mots jaillissaient de ses lèvres, Rachel sentit l'adrénaline affluer dans ses veines.

– Quoi ?

– Une photo.

– Il est dix heures du soir, Rachel.

– Un selfie dans le hall, alors.

Une autre décharge d'adrénaline.

– S'il te plaît, Brian... Tu me manques.

– D’accord.
– Tu le fais, hein ? Promis ?
– Bien sûr.
Un court silence s’ensuivit.
– Tout va bien, ma puce ?
Elle éclata d’un rire qui lui parut trop aigu.
– Oui, évidemment ! Pourquoi tu me demandes ça tout le temps ?
– T’as l’air bizarre.
– C’est la fatigue, j’imagine. Et puis, toute cette pluie, ça finit par jouer sur le moral.
– Bon, je te rappellerai demain matin, d’accord ?
– D’accord. J’ai hâte.
– Je t’aime.
– Je t’aime aussi.

Après avoir raccroché, elle revint s’asseoir en face de Caleb. Il lui sourit tout en déplaçant son pouce sur l’écran de son téléphone portable. Rachel était toujours étonnée de voir qu’on pouvait parler à quelqu’un tout en rédigeant un texto destiné à quelqu’un d’autre, les plus doués pour ce genre d’exercice étant bien sûr les petits génies de l’informatique et des nouvelles technologies… comme Caleb, justement.
– Alors, quelles nouvelles ?
– Il a l’air en forme, répondit-elle. Un peu las, peut-être, mais ça va. Tu ne l’accompagnes jamais dans ses déplacements ?
Caleb fit non de la tête tout en continuant de tapoter sur son écran.
– C’est lui qui représente la société, déclara-t-il. Avec son paternel, bien sûr. Et il a le sens des affaires. Moi, je me contente de veiller à ce que tout roule en son absence.
– Tu joues les modestes ?
– Non, pas du tout.

Il passa encore quelques secondes à tripoter son téléphone d'un air distrait, puis le rangea dans sa poche, croisa les mains sur la table et regarda Rachel droit dans les yeux, sans doute pour bien lui montrer qu'elle avait de nouveau toute son attention.

– Si on n'était pas là, mes collègues et moi, ici et maintenant, cette firme deux fois centenaire ne tiendrait pas six mois, dit-il. Parfois, la rapidité d'une transaction peut permettre d'économiser jusqu'à deux ou trois millions de dollars. C'est ce qu'on appelle la volatilité des marchés, ajouta-t-il en agitant les doigts pour mieux souligner ses propos.

Quand la serveuse s'approcha de leur table, ils lui commandèrent une autre tournée et Caleb consulta la carte.

– Ça ne t'embête pas si je grignote un truc ? Je suis arrivé au bureau à dix heures ce matin et je n'ai décollé de ma chaise qu'un peu avant cinq heures.

– Non, vas-y, ne te gêne pas.

– Tu veux quelque chose ?

– J'ai comme une petite faim, à vrai dire.

La serveuse leur apporta les boissons et ils choisirent chacun un plat. Alors qu'elle s'éloignait, Rachel remarqua un homme d'une quarantaine d'années assis à quelques tables de la leur, en face d'une femme plus âgée, impressionnante d'autorité professorale et d'élégance. Si elle n'avait sans doute pas moins de soixante ans, c'était l'incarnation même de la « sexygénaire ». En d'autres circonstances, Rachel l'aurait étudiée attentivement pour essayer d'analyser ce qui lui conférait une telle allure – ses vêtements, la façon dont elle était assise, sa coupe de cheveux, la vivacité de son regard –, mais en l'occurrence c'était son compagnon qui l'intéressait. Il avait des cheveux châtains qui grisonnaient sur les tempes et ne s'était pas rasé depuis au moins deux jours. Une alliance brillait à sa main gauche refermée sur son verre de bière. Surtout, il portait exactement la même tenue que Brian ce matin-là, à l'exception du pardessus : jean bleu foncé, T-shirt blanc, pull noir dont il avait relevé le col.

Était-elle passée à côté de certaines évolutions de la société à force de rester enfermée chez elle ? se demanda-t-elle. Après tout, elle sortait si rarement qu'elle n'avait probablement pas prêté attention à l'émergence de nouveaux styles. Quand les hommes avaient-ils décidé de ne plus se raser que tous les trois ou quatre jours ? Quand les feutres et autres chapeaux étaient-ils redevenus à la mode ? D'où venaient toutes ces baskets de couleurs vives qui fleurissaient partout ? Et à quel moment les cyclistes du dimanche avaient-ils tous décidé d'arborer maillots et cuissards bardés de noms de marques, comme s'il fallait être sponsorisé pour pédaler jusqu'au Starbucks du coin ?

Lorsqu'elle était à la fac, se rappela-t-elle, près d'un garçon sur trois portait une chemise à carreaux, un T-shirt à encolure en V et un jean déchiré. Et si elle entrait aujourd'hui dans un bar d'hôtel fréquenté par des commerciaux républicains d'un certain âge, combien en verrait-elle vêtus d'une chemise bleu clair sur un pantalon fauve ? Alors, en partant de ce principe, n'était-il pas tout à fait possible que trois hommes dans la zone Boston-Cambridge aient opté le même jour pour l'association d'un pull noir, d'un T-shirt blanc et d'un jean, une tenue des plus passe-partout ? Dans le premier centre commercial venu, elle en repérerait certainement d'autres, sans parler des mannequins dans les vitrines de magasins comme J. Crew et Vince.

Rachel en était là de ses réflexions quand leurs plats arrivèrent. Caleb engloutit son hamburger en deux temps trois mouvements, et elle-même dévora sa salade avec un bel appétit.

Leurs assiettes terminées, ils savourèrent quelques instants en silence l'atmosphère chaleureuse de la salle, éclairée par des lumières tamisées en ce début de soirée. La pluie avait diminué d'intensité et un bruit de pas ininterrompu se faisait de nouveau entendre sur les pavés à hauteur de leurs têtes.

Caleb sourit en portant son verre à ses lèvres.

Elle lui sourit en retour.

Ils avaient partagé un moment d'intimité, un seul, au début de son histoire avec Brian, chez un ami de ce dernier à Fenway. Elle allait chercher des olives dans le cellier quand Caleb en était sorti – avec une boîte de crackers, lui semblait-il –, et ils s'étaient immobilisés tous les deux juste avant de se croiser. Ils s'étaient dévisagés ouvertement. Puis, comme aucun d'eux ne baissait les yeux, l'échange avait tourné au défi : lequel allait ciller le premier ?

« Salut, avait-elle dit.

– Salut. »

Il avait prononcé le mot d'une voix étrangement étranglée.

L'effet de la vasoconstriction, avait-elle pensé. Réduction du diamètre des vaisseaux sanguins afin d'élever la température du corps. Augmentation correspondante du rythme respiratoire et cardiaque. Rougeurs sur la peau.

Elle s'était penchée vers lui en même temps qu'il se penchait vers elle, et leurs fronts s'étaient touchés. Elle avait senti ses seins lui effleurer le torse, tandis que la main de Caleb glissait sur la sienne, qu'elle portait à sa hanche – peut-être le contact le plus intime de tous. Lorsqu'elle s'était détournée pour entrer dans le cellier, elle l'avait entendu émettre un son étouffé, à mi-chemin entre le rire surpris et le soupir d'exaspération. Un instant plus tard, il avait disparu.

Vasodilatation : quand la température du corps est trop élevée, les vaisseaux sanguins se dilatent de façon à permettre à la chaleur de s'évacuer.

Il lui avait fallu presque cinq minutes pour dénicher les olives.

Le bar se remplissait autour d'eux, tandis qu'elle sirotait son vin et Caleb son bourbon. Bientôt, ils ne virent plus la porte derrière la foule des clients. Avant, cette constatation aurait suffi à plonger Rachel dans les affres de l'angoisse, mais pas ce soir-là. Au contraire, la salle n'en paraissait que plus douillette et cosy.

– Brian n'est pas trop affecté par toute cette pluie ? demanda soudain Caleb.

– Oh, tu le connais ! C'est l'incarnation même de la pensée positive. À mon avis, c'est le seul dans toute la ville à ne pas avoir râlé à cause du temps.

– Mouais, il est pareil au bureau. On a tous l'impression de se noyer, et lui, il te sort : « Non, j'aime bien, ça crée une certaine atmosphère. »

– Il me l'a dit aussi. J'étais là : « Quelle atmosphère ? Ultra-démoralisante ? » Et lui, il m'a répondu : « Non, c'est marrant. Sexy. » Du coup, j'ai répliqué que c'était peut-être marrant et sexy au début, mais qu'au bout de dix jours, ça lassait !

Caleb étouffa un petit rire avant d'avaler une gorgée de bourbon.

– Il trouve toujours un côté positif à tout. En taule, il serait bien capable de s'extasier sur la qualité des barreaux aux fenêtres et de vanter la ponctualité des repas !

Rachel but encore un peu de vin.

– C'est remarquable, déclara-t-elle.

– Tout à fait.

– Mais fatigant aussi, parfois.

– Épuisant, même. Je crois que je n'avais jamais rencontré quelqu'un d'aussi optimiste. Oh, rien de comparable avec tous ces trucs simplistes et un peu mièvres qu'on peut lire sur les cartes d'Hallmark ! Non, il ne fait pas semblant, c'est naturel, ancré en lui. Tu vois ce que je veux dire ?

– Oh oui, je vois…

Un sourire vint aux lèvres de Rachel. Son mari n'aimait pas les films qui finissaient mal, les livres où le héros perdait, les chansons déprimantes.

« Je peux comprendre, lui avait-il dit un jour. J'ai lu Sartre à la fac, et j'avais des copains qui m'ont traîné un soir à un concert de Nine Inch Nails. Tu sais, style le monde n'est qu'un immense chaos où rien n'a de sens… OK, je veux bien. En attendant, j'ai choisi de ne pas adopter ce point de vue, parce que ça ne m'aide pas. »

Brian, avait-elle constaté depuis longtemps avec autant d'admiration que d'irritation, ne connaissait pas la déprime. Le désespoir, la sinistrose, les lamentations à n'en plus finir, ce n'était pas son genre. Lui, ce qui le faisait avancer, c'étaient les objectifs, les stratégies et les solutions. Le truc de Brian, c'était l'espoir.

Un jour où il lui avait dit : « Tout est possible », alors qu'elle était déjà d'humeur morose, elle avait répliqué : « Oh non, Brian, certainement pas. On ne peut pas plus venir à bout de la faim dans le monde que battre des bras pour s'envoler. »

Son regard s'était brusquement animé.

« Personne ne raisonne plus à long terme, avait-il affirmé. On veut tout, tout de suite.

– De quoi tu me parles, là ?

– Si tu y crois vraiment, si ta stratégie est saine et si tu es prêt à donner tout ce que tu as sur le champ de bataille pour remporter la victoire, alors… » Il avait écarté largement les bras. « Tu peux tout faire. »

Elle lui avait souri, puis avait quitté la pièce avant d'être obligée de se demander si l'homme qu'elle avait épousé n'était pas un peu fêlé.

L'avantage, c'est qu'elle ne l'entendait jamais se plaindre, ni râler ni se lamenter, contrairement à Sebastian, qui geignait tout le temps. Il était de ces négativistes adeptes de la théorie du verre à moitié vide, convaincus que le monde se réveille tous les matins avec une seule idée en tête : leur pourrir la vie. Brian, lui, semblait croire que chaque journée recelait un présent dissimulé à découvrir. Et s'il ne le trouvait pas, eh bien, tant pis pour lui !

Une autre de ses formules : « Un problème qui ne cherche pas de solution, c'est comme une maladie qui ne cherche pas de remède. »

– Il adore la citer au bureau, celle-là, confirma Caleb. Je suis sûr qu'un de ces quatre, il va la faire graver sur une plaque pour l'accrocher dans la salle d'attente.

– En attendant, il faut bien reconnaître que ça lui réussit. T'as déjà vu Brian de mauvais poil plus de cinq minutes ?

– Non, c'est vrai. Je me dis parfois que certains seraient prêts à le suivre à travers un mur de flammes, tellement ils seraient convaincus de pouvoir ressortir avec lui.

L'image plut à Rachel. Elle donnait une dimension héroïque à Brian, le faisait apparaître comme un leader, une source d'inspiration.

Elle s'adossa à sa chaise, Caleb l'imita, et durant une minute aucun d'eux ne reprit la parole.

– T'es radieuse, dit enfin Caleb. Oh, tu l'es toujours, mais aujourd'hui t'as l'air plus…

Il chercha le mot quelques secondes.

– Stable.

Lui avait-on jamais dit une chose pareille ? s'interrogea Rachel, surprise. Sa mère répétait toujours qu'elle avait tellement l'habitude de foncer partout sans réfléchir qu'elle aurait sûrement oublié sa tête si celle-ci n'avait pas été attachée à son cou. Deux de ses anciens petits amis et son ex-mari lui reprochaient souvent d'être « anxieuse, incapable de se poser cinq minutes ». De vingt à trente ans, seuls l'alcool, les cigarettes et les livres, toujours les livres, lui avaient permis de tenir en place. Quand elle avait arrêté de fumer, un tapis de course avait remplacé la banquette de fenêtre chez elle, jusqu'au moment où son médecin, alerté par des micro-fractures des tibias à répétition et une perte de poids significative chez quelqu'un qui n'avait jamais été menacé par l'obésité, lui avait conseillé de compléter cette activité par des cours de yoga. La pratique avait été bénéfique pendant un temps, mais le yoga avait fini par provoquer des « visions », lesquelles, après Haïti, avaient à leur tour provoqué des crises de panique.

Non, décidément, personne n'avait jamais utilisé le mot « stable » à son sujet. Alors, comment expliquer qu'elle puisse aujourd'hui donner cette impression à Caleb ?

Son téléphone vibra près de son coude. Un texto de Brian. Elle l'ouvrit. Sourit.

C'était bien lui, toujours dans la même tenue, un grand sourire aux lèvres même s'il avait l'air un peu fatigué, les cheveux ébouriffés par le voyage. Derrière lui, une façade de bois sombre surmonté de brique brune, une large double porte, de grosses lanternes fixées de chaque côté de l'entrée, et au-dessus le nom de l'établissement, COVENT GARDEN HOTEL. Il lui avait envoyé quelques photos de la rue au cours de ses précédents déplacements – une jolie ruelle incurvée, bordée de commerces et de restaurants, de bâtisses de brique rouge avec des encadrements de fenêtre blancs. Le portier, ou quiconque avait pris la photo, avait dû descendre du trottoir pour avoir un plan large.

Brian agitait la main, comme pour lui montrer qu'il comprenait la situation : il savait qu'elle n'avait pas réclamé un selfie ordinaire parce qu'il lui manquait, que c'était une sorte de test.

Et tu l'as bel et bien réussi ! pensa-t-elle en rangeant le téléphone dans sa poche.

Pour rentrer, Caleb et elle partagèrent un taxi. C'était lui qui allait le plus loin, puisqu'il vivait dans le district de Seaport. Durant le court trajet jusque chez elle, ils ne parlèrent que de la pluie et de ses effets sur l'économie locale. Les Red Sox, par exemple, allaient bientôt détenir le record des annulations de matchs pour cause de mauvais temps.

Lorsqu'ils arrivèrent devant son immeuble, Caleb se pencha pour l'embrasser sur la joue, mais elle se détournait déjà et ses lèvres ne rencontrèrent que le vide.

Une fois remontée dans l'appartement, Rachel prit une longue douche, savourant la sensation de l'eau chaude sur sa peau piquetée toute la journée par la pluie froide. Elle ferma les yeux, revit Caleb dans le bar et le jour où ils s'étaient croisés devant le cellier, avant de se focaliser sur Brian la dernière fois qu'ils s'étaient douchés ensemble, quelques jours plus tôt, quand il s'était glissé derrière elle pour lui passer la savonnette sur les seins, dans le cou et sur le ventre, en décrivant de petits cercles lents et sensuels.

Elle reproduisit ses gestes en se rappelant la pression de son sexe durci contre son corps. Son souffle s'accéléra tandis que, dans son esprit, Brian et Caleb se confondaient. Elle lâcha la savonnette, s'appuya d'une main contre le mur et se concentra sur l'image de Brian devant le Covent Garden Hotel, un grand sourire aux lèvres, les yeux pétillants de malice. Caleb s'évanouit. Elle se caressa jusqu'à l'orgasme, et jouit sous le jet de la douche, avec l'impression que l'eau chaude pénétrait sa peau et la lavait de l'intérieur.

Après, elle s'allongea sur leur lit, et elle sombrait peu à peu dans le sommeil quand une pensée étrange lui traversa l'esprit :

Au moment de commander à manger, Caleb avait affirmé qu'il était resté toute la journée au bureau, de dix heures du matin à cinq heures du soir. Lorsqu'elle l'avait vu devant l'immeuble, il venait tout juste de sortir.

Pourtant, son imperméable et sa casquette étaient trempés.

16

Retour

Vendredi. Le jour où Brian devait rentrer.

Elle songea à aller le chercher à l'aéroport, sauf qu'elle n'avait plus de voiture. Elle l'avait vendue quand elle avait emménagé chez Brian, car il ne disposait que d'une place de parking. Pendant un temps, elle avait eu recours au service Zipcar[1] chaque fois qu'elle devait se rendre quelque part ; c'était pratique, sans compter qu'il y avait une station à cent mètres de leur immeuble. Cependant, après l'incident du Dunkin'Donuts, de l'aire de restauration et du scientologue, Brian lui avait demandé de ne pas reprendre le volant tout de suite.

Lorsqu'elle avait parlé de faire renouveler son permis, ils avaient eu l'une de leurs plus violentes disputes. Rachel ne voulait pas renoncer, mais Brian avait décrété qu'il avait droit à une certaine tranquillité d'esprit.

« Ce n'est pas de toi qu'il s'agit, merde ! s'était-elle écriée dans la cuisine. Pourquoi faut-il toujours que tu ramènes tout à toi ? »

M. Imperturbable-en-toutes-circonstances avait assené une grande claque sur le bar.

1. Société de location de voitures, qui met à la disposition de ses abonnés une flotte de véhicules prêts à être utilisés.

« Tu peux me dire qui on a appelé quand *tu* as paniqué dans l'aire de restauration ? Et quand…

– Ça t'a fait perdre un peu de ton précieux temps, c'est ça ? »

Elle avait enroulé un torchon autour de sa main, serrant si fort que le sang avait afflué sous la peau.

« Oh non, Rachel ! Tu ne m'entraîneras pas sur ce terrain-là.

– "Oh non, Rachel !" », l'avait-elle parodié, consciente de la puérilité de sa réaction, tout en y prenant aussi un malin plaisir, parce que la crise couvait depuis une semaine.

Durant une fraction de seconde, elle avait cru déceler une étincelle de haine dans le regard de Brian. Mais elle n'aurait pu en jurer et, déjà, il relâchait lentement son souffle.

« Un ascenseur ne va pas à quatre-vingt-dix kilomètres-heure », avait-il déclaré.

Elle en était encore à s'interroger sur l'expression qu'elle avait surprise dans ses yeux. *Est-ce le vrai Brian que je viens de voir ?*

Pour finir, elle avait reposé le torchon sur le bar.

« Quoi ?

– Tu ne risques pas de te tuer si tu as une crise de panique dans un ascenseur, un centre commercial ou, je ne sais pas, moi… si tu te balades dans un parc ou dans la rue. Mais au volant d'une voiture…

– Ça ne fonctionne pas comme ça. Je n'ai pas de crise quand je conduis.

– Tu n'en as que depuis quelques années seulement. Comment pourrais-tu prévoir où et comment se manifestera la prochaine ? Je ne veux pas recevoir un coup de fil m'annonçant que tu t'es encastrée dans un poteau électrique.

– Oh, bon sang !

– Tu estimes que c'est une crainte déraisonnable ?
– Non, avait-elle admis.
– D'après toi, ce n'est pas dans le domaine du possible ?
– Si, mais…
– Que se passerait-il si tu avais des difficultés pour respirer, si la sueur te coulait dans les yeux et t'empêchait de voir un piéton en train de traverser ?
– Tu charries, là !
– Non, je te posais la question, c'est tout. »

Pour finir, ils avaient négocié un compromis : elle renouvellerait son permis, en s'engageant néanmoins à ne pas prendre la voiture.

Depuis, cependant, elle avait réussi à relever un certain nombre de défis – le métro, le centre commercial, la promenade jusqu'à Copley Square, le taxi, le bar bondé avec Caleb – sans ressentir le moindre malaise, la moindre accélération de son rythme cardiaque. Alors, ne serait-ce pas une bonne idée d'aller l'attendre à Logan ? Il se ferait un sang d'encre rétrospectivement, bien sûr, mais la fierté ne finirait-elle pas par l'emporter sur ses inquiétudes ?

Elle alla jusqu'à mettre à jour les informations sur son compte Zipcar – la carte qu'elle avait utilisée au début avait expiré –, avant de se rappeler brusquement que Brian s'était rendu à l'aéroport au volant de son Infiniti, qu'il avait laissée dans le parking longue durée.

La question ne se posait donc plus. Si le soulagement qu'elle éprouvait à la pensée de s'épargner une épreuve se nuançait d'une certaine culpabilité – elle se sentait faible, et même lâche –, il lui paraissait néanmoins plus raisonnable de ne pas courir de risques inutiles.

Lorsqu'il ouvrit la porte de leur appartement, il avait l'air légèrement déconcerté de quelqu'un qui tente de retrouver ses repères dans un univers qui n'inclut ni les aéroports, ni les hôtels, ni le changement constant d'environnement, mais représente au contraire la routine. Il jeta un coup d'œil au porte-revues qu'elle avait placé près du canapé comme s'il ne le reconnaissait pas, et pour cause : Rachel l'avait acheté pendant son absence. Il traîna sa valise à roulettes jusque dans un coin, ôta son pardessus et lui lança « Salut ! » avec un sourire contraint.

– Salut.

Elle hésita un instant avant de se porter à sa rencontre.

Quand il partait plus de vingt-quatre heures, son retour s'accompagnait toujours d'un petit moment de gêne, le temps que chacun reprenne ses marques. Pendant plusieurs jours, l'un et l'autre avaient de nouveau raisonné en termes de « Je » et non plus de « Nous » ; du coup, chaque fois qu'il réintégrait leur environnement, il leur fallait quelques instants pour déterminer où finissait le « Je » et où recommençait le « Nous ».

Ils échangèrent un baiser rapide, presque chaste.

– Fatigué ? demanda-t-elle en notant ses traits tirés.

– Oui. Oui, je suis crevé.

Il regarda sa montre.

– Il est, quoi… minuit là-bas.

– J'ai préparé le dîner.

Un grand sourire illumina le visage de Brian, le premier depuis qu'il avait franchi le seuil.

– C'est vrai ? Ma petite femme a décidé de me chouchouter ? Merci, mon cœur.

Il l'embrassa cette fois avec plus de chaleur. Rachel sentit alors sa tension se dénouer et lui rendit son baiser avec une ardeur égale.

Ils s'attablèrent, et Rachel leur servit du saumon en papillote accompagné de riz complet et d'une salade. Il l'interrogea sur sa semaine, et elle lui posa des questions sur Londres et la conférence, qui apparemment ne s'était pas très bien passée.

– Ces gars-là créent des comités dans le but de convaincre tout le monde qu'ils se préoccupent de l'environnement et des questions d'éthique dans le commerce du bois, expliqua-t-il. Et ceux qu'ils choisissent pour y siéger sont des connards de l'industrie dont la seule ambition, en plus de goûter aux joies de la prostitution locale, est de s'assurer que rien n'est fait.

Il se frotta les yeux et poussa un profond soupir.

– C'est… frustrant, dit-il en contemplant son assiette vide. Et toi ? Tu n'avais pas l'air en forme quand on s'est parlé au téléphone.

– Non, ça va.

– Sûr ?

– Mmmm…

À en juger par la façon dont il étouffa un bâillement dans son poing avant de lui adresser un sourire las, il n'était pas convaincu par sa réponse.

– Je vais prendre une douche, annonça-t-il.

– D'accord.

Il débarrassa la table et mit les assiettes dans le lave-vaisselle. Au moment où il se dirigeait vers la chambre, elle lança :

– Bon, tu veux qu'on en parle ?

Brian se retourna juste avant de sortir de la cuisine, puis écarta les mains.

– J'aimerais bien, oui.

– J'ai vu ton sosie.

– Pardon ?

– Ton double, si tu préfères. Il montait dans un Suburban noir derrière le Hancock lundi après-midi.

– Quand j'étais dans l'avion ? s'étonna-t-il. OK, une seconde, que j'essaie de récapituler, parce que je suis vanné… Tu as vu un type qui me ressemblait et…

– Non, je te dis que c'était ton sosie.

– Oh. Alors, peut-être que tu as vu Scott…

– … Pfeiffer, de Grafton, dans le Vermont ? J'ai envisagé cette possibilité. Le problème, c'est que cet homme était habillé exactement comme toi lorsque tu es parti lundi matin.

Il hocha lentement la tête.

– Donc, ce n'est pas mon sosie que tu penses avoir vu, mais moi.

Elle leur resservit du vin, lui apporta son verre et alla s'asseoir sur le canapé. Il s'appuya contre l'encadrement de la porte.

– Oui.

– Ah.

Brian ferma les yeux, sourit, et parut soudain soulagé d'un grand poids.

– Je m'explique mieux pourquoi tu avais une voix bizarre et pourquoi tu as tellement insisté pour que je t'envoie un selfie : tu croyais que…

Il rouvrit les yeux.

– Tu croyais quoi, au juste ?

– Je n'en sais trop rien.

– C'est pourtant simple : tu as cru soit que Scott Pfeiffer était à Boston, soit que je t'avais menti.

– Quelque chose dans ce goût-là, oui, répondit Rachel, qui se sentait de plus en plus ridicule.

Il grimaça, puis avala une gorgée de vin.

– Tu as une si mauvaise opinion de nous ?

– Non…

– Tu t'es imaginé que je menais une double vie ?

– Je n'ai jamais dit ça !

– Ah oui ? Et qu'est-ce que je dois comprendre, alors ? Tu affirmes m'avoir vu dans une rue de Boston alors que j'étais dans un 767, probablement en train de survoler… peut-être Greenland à ce stade. Du coup, tu me cuisines pour essayer de savoir où je suis quand je t'appelle d'Heathrow, tu me reproches de ne pas avoir rechargé mon téléphone et…

– Je ne t'ai pas « cuisiné » !

– Ah non ? Là-dessus, tu me demandes de t'envoyer une photo, histoire de te prouver que… que je suis bien où je t'ai dit être, et tu vas trouver mon associé pour… pourquoi, hein ? Pour le cuisiner lui aussi ?

– C'est bon, j'en ai assez entendu.

– Tiens donc ! Tu pourrais au moins avoir l'honnêteté de reconnaître que tu t'es comportée comme une conne.

Il baissa la tête et leva une main en signe d'apaisement.

– Écoute, je suis mort de fatigue. On va en rester là pour ce soir, parce que je risque de dire des trucs que je regretterai. Sans compter que j'ai besoin de… de réfléchir à tout ça. OK ?

Elle hésita, essayant de déterminer si elle avait envie de s'obstiner dans sa colère et à qui elle en voulait le plus, à lui ou à elle-même.

– Je rêve ou tu viens de me traiter de « conne »… ?

– Non, j'ai dit que tu t'étais comportée *comme* une conne.

Un semblant de sourire.

– La distinction est subtile, je te l'accorde, mais significative.

Elle lui rendit son sourire et plaça une main sur sa poitrine.

– Va prendre ta douche.

Quelques instants plus tard, elle entendit l'eau couler dans la salle de bains.

Machinalement, elle s'approcha du pardessus de Brian, qu'il avait abandonné sur le dossier d'une chaise. En posant son verre sur la console, elle se demanda pourquoi elle ne ressentait aucune culpabilité. Elle aurait dû, pourtant ; Brian avait raison, elle avait eu une attitude blessante en le soupçonnant de lui avoir menti sur sa destination. Or elle n'éprouvait pas la moindre honte. Toute la semaine, elle s'était répété qu'il s'agissait d'une illusion d'optique. Le selfie le prouvait. Leurs deux ans de vie commune, durant lesquels il ne lui avait jamais donné la moindre raison de douter de sa parole, le prouvaient aussi.

Alors, comment expliquer cette soudaine défiance ? Cette impression tenace que quelque chose clochait ?

Elle souleva le vêtement, plongea la main dans la poche gauche et en retira un billet d'avion – un vol d'Heathrow à Logan, daté du jour –, et un peu de monnaie. Ainsi que son passeport. Elle l'ouvrit et le feuilleta rapidement, faisant défiler les tampons de tous les pays où il s'était rendu. Le problème, c'est qu'ils n'apparaissaient pas dans l'ordre ; ils semblaient avoir été imprimés sur les pages au gré de l'humeur de l'officier des douanes ce jour-là. Elle écouta le bruit assourdi de l'eau dans la salle de bains tout en continuant de tourner les pages : Croatie, Grèce, Russie, Allemagne et… oui, c'était là : Heathrow, le 9 mai 2014. Après avoir remis le passeport en place, elle fouilla l'autre poche : une carte magnétique de l'hôtel Covent Garden, 10 Monmouth Street, et un minuscule reçu, à peine plus gros que son pouce, provenant d'un marchand de journaux dans la même rue, au 17 Monmouth Street. Il était daté du même jour, 05/09/14, à 11 h 12 du matin, et prouvait que Brian avait acheté un journal, un paquet de chewing-gums et une bouteille d'Orangina. Il avait donné un billet de 10 livres et reçu 4,53 livres de monnaie.

La douche s'arrêta. Elle rangea la carte magnétique dans la poche du manteau, qu'elle reposa sur la chaise. Mais elle glissa la facture dans la poche arrière de son jean. Sans raison. Sur une impulsion.

17

Gattis

Chaque année, à la date anniversaire de leur premier rendez-vous, Brian et Rachel retournaient au RR et dansaient sur « Since I Fell For You ». Le plus souvent, quand le titre était proposé sur un juke-box, c'était la version de Johnny Mathis, mais dans ce bar c'était toujours celle de Lenny Welch.

C'était moins une chanson d'amour qu'une chanson sur le déchirement, la complainte d'un être dans un état de dépendance irréversible envers une femme sans cœur qui finira inévitablement par le détruire. Ou par se détruire elle-même, selon les versions. Depuis leur première danse sur ce morceau, ils les avaient presque toutes écoutées : celle de Nina Simone, de Dinah Walker, de Charlie Rich, de George Benson, de Gladys Knight, d'Aaron Neville et de Mavis Staple. Et encore, pour ne citer que les plus célèbres. Un jour, en faisant des recherches sur iTunes, Rachel avait découvert qu'il existait deux cent soixante-quatre reprises, interprétées par des artistes aussi différents que Louis Armstrong ou Captain & Tennille.

Cette année-là, pour célébrer l'événement, Brian loua l'arrière-salle du RR et invita quelques amis. Melissa fut de la partie, ainsi que Danny Marotta, l'ancien cameraman de Rachel, et son épouse Sandra, qui avait amené une collègue, Liz. Annie, Darla et Rodney, qui avaient tous accepté de négocier leur départ du *Globe* depuis la démission de Rachel, firent également une apparition. Caleb était là, bien sûr, en compagnie d'Haya, époustouflante dans sa petite robe noire toute simple avec ballerines assorties, chevelure de jais rassemblée en un chignon sophistiqué qui dégageait sa nuque gracile – l'image même de la perfection faite femme, que la présence du bébé calé sur sa hanche rendait d'une certaine manière plus charnelle et sexy. Un bébé lui-même parfait, comme de bien entendu, ayant hérité de ce que ses parents avaient de plus séduisant : traits délicats, yeux d'un brun chaud, peau de pêche… Rachel surprit plusieurs fois Brian, d'ordinaire plutôt réservé vis-à-vis de la gent féminine, en train de lever les yeux au ciel en voyant passer la mère et la fille. Elle remarqua aussi les longs regards admiratifs que posaient sur la femme de Caleb certains des hommes les plus jeunes – des stagiaires embauchés par Delacroix Lumber dont elle ne se donna même pas la peine de retenir le nom, vu qu'ils se succédaient à une vitesse record dans l'entreprise –, alors qu'ils étaient eux-mêmes environnés de jolies filles de vingt ans, au corps ferme et au visage lisse.

En d'autres circonstances, Rachel aurait peut-être éprouvé un pincement de jalousie ou un sentiment de rivalité envers cette femme qui, quelques semaines seulement après son accouchement, avait déjà recouvré une silhouette de mannequin digne de figurer dans les pages centrales d'un catalogue de lingerie. Ce soir-là, néanmoins, elle se savait elle-même à son avantage. Sans ostentation, mais avec une élégance discrète suggérant qu'elle ne ressentait pas le besoin d'exhiber les atouts dont Dieu l'avait pourvue au départ, et que la génétique – avec l'aide du Pilates – lui avait permis de conserver jusque-là.

À un certain moment, elle rejoignit Haya au bar alors qu'Annabelle dormait dans le siège-bébé aux pieds de sa mère. Gênées par la barrière de la langue, elles ne s'étaient pas beaucoup parlé les rares fois où elles s'étaient vues au cours de l'année écoulée, mais Caleb avait affirmé que sa femme avait fait de remarquables progrès en anglais. Rachel décida d'engager la conversation et ne tarda pas à s'apercevoir qu'il n'avait pas exagéré : Haya s'exprimait bien, quoique lentement.

– Alors, comment vas-tu ? s'enquit-elle.

– Je suis… heureuse. Et toi ?

– Ça va. Très bien, même. Ce n'est pas trop dur, avec la petite ?

– Elle est… remuante, répondit Haya.

Étonnée, Rachel jeta un coup d'œil à l'enfant qui dormait à poings fermés au beau milieu d'une soirée animée. Plus tôt, quand elle était sur la hanche de sa mère, elle n'avait pas pleuré une seule fois ni même bougé.

Comme Haya n'ajoutait rien, se bornant à la regarder, le visage totalement inexpressif, elle finit par dire :

– C'est gentil d'être venue, en tout cas.

– Bien sûr. C'est… mon mari.

– Et c'est pour ça que tu es là ? demanda Rachel, qui ne put retenir un sourire. Parce que c'est ton mari ?

– Oui.

Devant son air désemparé, Rachel eut honte de sa réaction. Elle avait l'impression de jouer sur des différences linguistiques et culturelles qui échappaient à Haya.

– Tu es très… belle, reprit cette dernière.
– Merci. Toi aussi.
Haya jeta un coup d'œil à sa fille.
– Elle va… se réveiller.
Cinq secondes plus tard, comme l'avait prédit sa mère, la petite ouvrait les yeux.
Rachel s'accroupit devant le siège. Elle ne savait jamais comment s'y prendre avec les bébés. La façon dont la plupart des gens se comportaient avec eux, adoptant le ton infantilisant, voire bêtifiant, qu'on réserve en général aux animaux ou aux personnes très âgées, lui semblait tellement peu naturelle…
– Bonjour, dit-elle à la fillette.
Celle-ci posa sur elle le même regard que sa mère, si franc et dénué de toute trace de scepticisme ou d'ironie qu'elle eut l'impression d'être jugée.
Quand elle lui effleura la poitrine de son index, l'enfant lui emprisonna le doigt dans sa menotte.
– Tu as déjà de la force, dis donc !
Annabelle la libéra, puis leva les yeux vers la capote de son transat, qu'elle considéra d'un air perplexe, comme si elle était surprise par sa présence. Soudain, son visage se chiffonna, et Rachel n'eut que le temps de dire « Non, non » avant qu'elle se mette à hurler.
L'épaule d'Haya frôla la sienne lorsqu'elle se pencha pour saisir les poignées du siège. Elle le souleva, le plaça sur le comptoir, puis lui imprima un lent balancement. Le bébé s'arrêta aussitôt de pleurer, et Rachel se sentit embarrassée et gauche.
– Tu as un don avec elle, observa-t-elle.
– Je suis… sa mère.
De nouveau, Haya parut légèrement déconcertée.
– Elle est fatiguée. Elle a faim.
– Bien sûr, je comprends.

– Nous allons partir. Merci de… nous avoir invités à votre… fête.

Haya prit la petite dans ses bras et l'appuya contre son épaule, amenant la joue du bébé dans le creux de son cou. Mère et fille ne semblaient plus faire qu'une, comme si elles respiraient par les mêmes poumons, voyaient le monde à travers les mêmes yeux. Leur union était si totale et profonde que, par comparaison, tout le reste – la soirée, les invités, Rachel elle-même – paraissait superficiel. Et un peu triste.

Caleb s'approcha pour récupérer le siège, ainsi que le sac rose contenant les affaires d'Annabelle et sa couverture de mousseline blanche, puis accompagna sa femme et sa fille jusqu'à la voiture et les embrassa. Rachel, qui les observait par la fenêtre, réussit presque à se persuader qu'elle ne les enviait pas. Presque.

– Regarde-toi, lui glissa Brian à l'oreille.

Quelqu'un – Rachel penchait pour Melissa – venait d'insérer un dollar dans le juke-box et de sélectionner le B17, « Since I Fell for You », les obligeant à danser une seconde fois ce soir-là. De la tête, Brian lui indiquait le grand miroir sur le mur du fond, et Rachel contempla son reflet de face. Comme chaque fois qu'elle se voyait dans une glace, elle fut surprise, durant un millième de seconde, de constater qu'elle n'avait plus vingt-trois ans. On lui avait dit un jour que chacun conserve dans sa mémoire une image de soi arrêtée à un âge déterminé. Certains se voient toujours à quinze ans, d'autres à cinquante ; pour Rachel, c'était vingt-trois ans. Sa figure s'était affinée et marquée au cours des douze années suivantes. Si ses yeux étaient toujours du même gris-vert, leur expression paraissait moins assurée, moins fébrile aussi.

Ses cheveux, d'un acajou si foncé qu'ils paraissaient presque noirs sous la plupart des éclairages, étaient désormais coupés court, avec une mèche sur le côté, une coiffure qui adoucissait les contours les plus saillants de son visage en forme de cœur.

C'était du moins ce que lui avait dit un jour un producteur pour la convaincre non seulement de se couper les cheveux mais aussi de les lisser. Jusque-là, elle les avait toujours laissés cascader librement jusqu'à ses épaules. Or le producteur, après avoir précédé sa critique du « Sans vouloir vous vexer » qui annonce toujours quelque chose de vexant, avait déclaré : « Il ne vous manque pas grand-chose pour être belle, mais la caméra ne le sait pas ; elle est trop loin pour s'en rendre compte. La caméra vous aime. Et c'est grâce à elle que nos patrons vous aiment. »

Le producteur, c'était Sebastian. Elle avait alors une si piètre opinion d'elle-même qu'elle l'avait épousé.

Dans les bras de Brian ce soir-là, elle ne put que se féliciter d'avoir gagné au change. Brian était plus beau, plus gentil, plus drôle, plus ouvert, et il avait aussi plus d'esprit, même s'il s'efforçait toujours de minimiser cette part de lui, quand Sebastian, lui, s'en vantait.

Restait le problème de la confiance. Sebastian avait beau être un connard, il avait au moins le mérite d'être authentique dans sa connerie, à tel point qu'il ne jugeait même pas nécessaire de s'en cacher. Il ne cachait rien.

Or, avec Brian, elle ne savait plus trop où elle en était. Depuis son retour, ils faisaient preuve l'un envers l'autre d'une politesse étrangement guindée. En l'absence d'éléments concrets pour alimenter ses soupçons, Rachel n'avait pas cherché à relancer le sujet, ce qui semblait parfaitement convenir à Brian. Pourtant, tous deux marchaient sur des œufs. Ils s'interrompaient souvent en pleine conversation, de peur de formuler de petits reproches susceptibles de déboucher sur un conflit – la manie qu'avait Brian de laisser traîner ses habits de la veille au pied du lit, l'obstination de Rachel à ne pas changer le rouleau de papier toilette tant qu'il restait encore un carré sur le carton – et choisissaient leurs mots avec le plus grand soin. À ce rythme, ils n'oseraient bientôt plus aborder les sujets potentiels de discorde, ce qui serait source de ressentiment. Matin et soir, ils échangeaient des sourires absents. Passaient de plus en plus de temps sur leurs ordinateurs et téléphones portables. La semaine précédente, ils n'avaient fait l'amour qu'une fois, et le moment avait été à l'image de leurs sourires : dépourvu de tendresse et d'intimité.

À la fin de la chanson, tout le monde les applaudit. Quelques invités émirent des sifflements d'admiration, puis Melissa tapa sur son verre avec une fourchette en criant « Un baiser ! Un baiser ! », jusqu'à ce que les intéressés s'exécutent.

– Vas-y, ose me dire que tu n'es pas embarrassé, murmura Rachel à Brian quand leurs lèvres se séparèrent.

Il ne répondit rien. Il essayait manifestement de donner un sens à ce qu'il voyait derrière elle.

Elle se retourna au moment où il desserrait son étreinte.

Un homme venait d'entrer dans la salle. Une petite cinquantaine, maigre, de longs cheveux gris rassemblés en queue-de-cheval. Il portait une veste sport grise sur une chemise hawaïenne bleu et blanc, et un jean foncé. Dans son visage tanné et hâlé, ses yeux bleus brillaient d'un éclat fiévreux.

– Brian ! s'écria le nouveau venu en écartant les bras.

Ce dernier échangea un bref coup d'œil avec Caleb, puis se fendit d'un large sourire et se porta à la rencontre de l'arrivant.

– Andrew…

Il le prit par le coude gauche en même temps qu'il lui serrait la main.

– Qu'est-ce qui t'amène à Boston ?

– Un spectacle avec la Lyric Stage, expliqua le dénommé Andrew.

– Ah oui ? La classe !

– Sérieux ?

– Pourquoi, t'es pas d'accord ?

– Bah, c'est juste un boulot.

Entre-temps, Caleb les avait rejoints avec deux verres de vodka.

– Andrew Gattis, de retour au pays ! s'exclama-t-il. Tu carbures toujours à la Stoli ?

Sans répondre, Gattis vida d'un trait le premier verre, le lui rendit et saisit le second en le remerciant d'un signe de tête. Il se contenta cette fois d'y tremper les lèvres.

– Content de te revoir, Caleb.

– Pareil, Andrew.

Gattis lâcha un petit rire.

– Sérieux ?

Caleb s'esclaffa et lui assena une claque sur l'épaule.

– C'est ton refrain, ce soir ?

– Andrew, je te présente ma femme, Rachel, déclara Brian.

Elle serra la main de Gattis, étonnamment lisse, presque délicate.

– Enchanté, dit-il avec un sourire entendu. Vous, vous êtes loin d'être bête.

Prise au dépourvu, elle éclata de rire.

– Pardon ?

– Vous êtes loin d'être bête, répéta-t-il, sans lui lâcher la main. Je l'ai vu tout de suite. Et pour cause, ça saute aux yeux. Belle, je peux comprendre : Brian a toujours eu un faible pour les belles femmes. Mais la…

– Attention à ce que tu dis, l'avertit Brian.

– … la matière grise, c'est de l'inédit.

– Andrew ? lança Brian d'un ton léger.

– Oui, Brian ? répliqua Gattis, qui relâcha la main de Rachel sans toutefois la quitter des yeux.

– Tu fumes toujours ?

– Je vapote.

– Moi aussi.

– Sérieux ?

– On va téter notre bout de plastique dehors ?

Gattis s'adressa à Rachel :

– Vous croyez que c'est une bonne idée ? D'aller vapoter avec votre mari, j'entends.

– Pourquoi pas ? Comme ça, vous pourrez parler du bon vieux temps ou échanger les dernières nouvelles…

– Mmmm…

Il embrassa la pièce du regard, puis reporta son attention sur Rachel.

– Vous dansiez sur quel morceau, tout à l'heure ?

– « Since I Fell for You ».

– Quelle idée ! s'exclama-t-il, l'air désarçonné. C'est une chanson désespérante, sur la dépendance affective.

Rachel acquiesça d'un signe de tête.

– En fait, on voulait jouer sur un concept post-ironique, plaisanta-t-elle. À moins que ce ne soit méta-romantique ? Je confonds toujours les deux. Vapotez bien, Andrew.

En guise de salut, il inclina un chapeau imaginaire, puis s'éloigna en compagnie de Brian et de Caleb.

Tous trois se dirigeaient vers la porte quand, soudain, Andrew Gattis se retourna pour lancer à Rachel :

– Cherchez sur Google.

– Hein ?

Brian et Caleb, presque à la porte, n'avaient pas remarqué qu'il ne les suivait plus.

– « Since I Fell for You ». Cherchez sur Google.

– Oh, je sais, il en existe plus de deux cents versions.

– Je ne parle pas de la chanson.

Gattis dut sentir que Brian revenait vers eux car, sans rien ajouter, il pivota et le rejoignit au milieu de la salle.

Rachel s'approcha de la fenêtre pour les observer dans la rue. Ils riaient beaucoup tout en exhalant leur vapeur, comme de bons vieux amis, et manifestaient leur plaisir de se retrouver par des démonstrations viriles : et que je te tape le poing, et que je te frappe l'épaule, et que je te bouscule… À un moment, Brian saisit Andrew par l'arrière de son col et l'attira si près de lui que leurs fronts se touchèrent. Tous deux souriaient, hochant la tête de concert comme deux frères siamois unis par le crâne.

Lorsqu'ils s'écartèrent, les sourires s'évanouirent. Puis Brian jeta un coup d'œil en direction de la fenêtre, croisa le regard de Rachel et leva le pouce comme pour signifier : « Tout va bien, pas de problème. »

Cet homme-là est littéralement prêt à se dépouiller de son manteau pour toi, songea-t-elle.

Revenu dans la salle, Gattis parut s'intéresser à tout le monde sauf à elle. Il flirta un moment avec l'une des employées de Delacroix Lumber, engagea la conversation avec Melissa, passa un long moment à bavarder avec Caleb, tous deux arborant un air grave, et se soûla à une vitesse record. Une heure après son arrivée, il n'était plus capable de marcher droit.

– Il n'a jamais tenu l'alcool, observa Brian quand Gattis fit tomber le sac d'une stagiaire accroché au dossier d'une chaise, puis renversa la chaise en question en essayant de le ramasser.

Des rires s'élevèrent, même si personne ne paraissait trouver l'incident particulièrement drôle.

– On peut compter sur lui pour plomber l'ambiance, grommela Brian. Il a toujours été comme ça.

– Comment l'as-tu connu ? demanda Rachel.

Mais il ne l'écoutait pas.

– Attends, je vais régler ça.

Il s'approcha de son ami, l'aida à redresser la chaise, puis lui posa une main sur le bras. En voulant le repousser, Gattis renversa un verre de bière à moitié plein posé sur le comptoir.

– T'as drogué ma putain de vodka pour m'emballer, Bri ?

– Hé, doucement, intervint Caleb. On se calme.

Jarod, le barman, neveu de Gail et adepte du crossfit, s'avança vers eux, le visage fermé.

– Tout va bien, les gars ?

– T'en penses quoi, Andrew ? fit Brian. Le gentleman ici présent nous demande si tout va bien.

– Tout est au poil, chef, répondit Gattis, qui esquissa un salut militaire à l'intention de Jarod.

Celui-ci ne parut pas goûter la plaisanterie.

– Je peux toujours m'arranger pour vous faire raccompagner chez vous, monsieur. Vous voyez ce que je veux dire ?

Gattis prit un accent anglais guindé pour répondre :

– Je vois parfaitement, monsieur le tenancier de cet honorable établissement. Et, entre nous, je préférerais ne pas croiser la route de l'agent de police local ce soir.

– Mettez votre ami dans un taxi, conseilla Jarod à Brian.

– Je crois que ça vaut mieux, oui.

Le barman disparut derrière le comptoir pour ramasser le verre qui, par miracle, ne s'était pas brisé.

– Il est encore là, lui ? lança-t-il en se redressant.

– Je m'en occupe, déclara Brian.

À ce stade, Gattis avait la mine renfrognée du buveur agressif. Dans sa jeunesse, Rachel avait vu cette même expression sur le visage de sa mère et de deux des amants de celle-ci tandis qu'une journée regrettable cédait la place à une nuit appelée à l'être tout autant.

Sans regarder Brian, Gattis récupéra sa veste sur le dossier d'une chaise qu'il manqua de renverser elle aussi.

– T'as toujours ta baraque au lac Baker ? marmonna-t-il.

Rachel le regarda sans comprendre, mais il avait les yeux rivés sur le sol.

– On y va, ordonna Brian.

– T'avise pas de me toucher ! gronda Gattis.

Brian leva haut les mains, tel un conducteur de diligence à l'époque du Far West menacé par des voleurs.

– C'est à l'écart de tout, là-bas, poursuivit Gattis. Mais bon, les écarts, ça t'a jamais dérangé, hein, Bri ?

Il tituba vers la porte, suivi par Brian, qui n'avait pas encore tout à fait baissé les bras.

Sur le trottoir, deux choses se produisirent presque simultanément : le taxi arriva et Andrew expédia un coup de poing à Brian.

Celui-ci évita adroitement l'attaque, puis rattrapa un Gattis chancelant comme s'il se portait à la rescousse d'une femme dans un vieux film au moment où elle tombe en pâmoison sur un canapé. À peine l'avait-il redressé sans ménagement qu'il le giflait.

Tous les invités le virent. Tous se pressaient à la fenêtre depuis que les deux hommes avaient quitté le bar. Plusieurs stagiaires laissèrent échapper une exclamation de stupeur, d'autres éclatèrent de rire.

– Comme quoi, faut pas emmerder le patron ! lança l'un d'eux.

Rachel n'en revenait toujours pas de la rapidité et surtout de la désinvolture avec lesquelles Brian avait frappé son ami. Il ne l'avait manifestement pas fait pour se défendre, mais plutôt pour l'humilier. Il y avait du mépris dans cette gifle. Les épaules de Gattis se soulevèrent, sa tête tressauta à plusieurs reprises. Il pleurait.

Elle regarda son mari échanger quelques mots avec le chauffeur de taxi, qui était descendu de son véhicule et gesticulait, apparemment peu désireux de prendre en charge un client ivre et violent.

Mais Brian lui tendit une poignée de billets, qu'il finit par empocher. Puis tous deux poussèrent Gattis sur la banquette arrière, et quelques instants plus tard le taxi s'éloignait en direction de Tremont Street.

À son retour, Brian parut surpris de constater que tout le monde avait assisté à la scène. Il prit Rachel par la main, l'embrassa et déclara :

– Désolé.

– Qui est cet homme pour toi ? interrogea-t-elle, toujours choquée par la cruauté de la gifle.

Ils s'approchèrent du bar, où Brian commanda un scotch et glissa à Jarod un billet de cinquante pour sa peine.

– Un vieux copain, répondit-il. Le genre boulet, lourdaud et immature. Tu n'en as pas des comme ça ?

– Oh si.

Elle avala une gorgée de scotch.

– Enfin, j'en avais, avant.

– Comment t'as fait pour t'en débarrasser ?

– À vrai dire, ce sont plutôt eux qui se sont débarrassés de moi, avoua-t-elle.

En voyant de la peine dans son regard, Rachel se sentit soudain submergée par la tendresse.

Il tendit vers elle la main qui avait giflé Gattis et lui caressa la joue.

– Des idiots, murmura-t-il. Tous des idiots.

18

Le choc des cultures

Le lendemain de la soirée, malgré une bonne gueule de bois, Rachel passa une partie de la matinée sur Google pendant que Brian partait courir au bord du fleuve.

Elle débuta ses recherches par « Since I Fell for You ». Comme elle s'y attendait, la première page de résultats ne lui livra que des liens vers les différentes versions de la chanson. Sur la deuxième, elle découvrit une référence à un épisode d'une série télé, *La Loi de Los Angeles*, diffusée quand elle-même était à l'école primaire. Elle se rappelait encore sa mère regardant religieusement chaque feuilleton, et même un jour, plaquant les mains sur sa bouche d'un air horrifié lorsque l'un des personnages – une femme aux cheveux crêpés, qui portait une veste à larges revers – avait chuté dans une cage d'ascenseur. Elle consulta IMDb pour en savoir plus sur l'épisode intitulé *Since I Fell for You*, mais les éléments cités dans la fiche descriptive ne lui disaient rien.

Sur la troisième page, elle repéra un lien vers un film datant de 2001, avec Robert Hays, Vivica A. Fox, Kristy Gale et Brett Alden, et la participation exceptionnelle de Stephen Dorff et de Gary Busey. Elle cliqua dessus, pour tomber sur un message d'erreur 401. Le site n'existait plus. Alors elle revint sur la page d'accueil de Google et tapa cette fois : « Since I Fell for You film 2002. »

Malgré ces indications supplémentaires, ce furent surtout des liens concernant la chanson qui apparurent sur l'écran. Alors qu'elle les faisait défiler, l'un d'eux attira son attention : « Since I Fell for You/Drame sentimental (2002) VHS eBay ». D'un clic, elle afficha la photo d'une cassette vidéo mise en vente sur le site. La fonction zoom ne changeait pas grand-chose à l'image, mais Rachel parvint néanmoins à l'agrandir suffisamment pour distinguer le visage des deux principaux acteurs. Il lui fallut quelques instants pour reconnaître la vedette masculine de *Y a-t-il un pilote dans l'avion ?*. Quant à la femme, elle était presque sûre de l'avoir vue dans *Independence Day* ; c'était l'écervelée qui, à un certain moment, mettait la vie de tout le monde en danger en voulant sauver son chien. À droite de la photo figurait un bref résumé, probablement tiré du texte au dos de la jaquette :

> Un veuf, Tom (Hays), tombe amoureux de sa ravissante femme de ménage LaToya (Fox), qui a la moitié de son âge. Parallèlement, le fils de Tom (Alden) et la colocataire handicapée de LaToya sont eux aussi attirés l'un par l'autre dans ce drame sentimental qui pose la question de savoir s'il peut être mal d'aimer.

Rachel retourna sur IMDb et étudia les filmographies de Robert Hays et de Vivica A. Fox, au cas où elles contiendraient d'autres liens ou informations. Elle fit chou blanc. Sans se décourager, elle chercha le titre dans les filmographies de Stephen Dorff, de Gary Busey et des deux acteurs dont elle n'avait jamais entendu parler, Kristy Gale et Brett Alden.

M. Dorff et M. Busey ne le citaient même pas.

Kristy Gale avait apparemment eu une carrière des plus éphémères dans les productions sorties directement en DVD et n'était apparue que dans un seul autre long-métrage à succès, *Scary Movie 3*, où elle interprétait la « fille au monocycle ». Sa page n'avait pas été mise à jour depuis 2007, date à laquelle elle avait joué dans son dernier film, intitulé *Lethal Kill*. (« Meurtre fatal » ? s'étonna Rachel. Parce qu'ils ne l'étaient pas tous ?)

Il n'existait aucune page consacrée à Brett Alden. Il avait dû lui aussi connaître le désenchantement du off-off-off d'Hollywood Boulevard et rentrer la queue basse chez lui, dans l'Iowa ou le Wisconsin… Rachel cliqua sur la fenêtre d'eBay qu'elle n'avait pas fermée, acheta la cassette pour 4,87 dollars et choisit la livraison en deux jours ouvrés.

Après avoir fait une courte pause, le temps d'aller se chercher une autre tasse de café, elle se réinstalla devant son ordinateur, toujours en pyjama, et contempla le fleuve. Il s'était arrêté de pleuvoir durant la nuit et le soleil daignait enfin se montrer. Tout paraissait non seulement propre mais lustré, le ciel évoquait une immense vague gelée, les arbres sur les berges ressemblaient à des sculptures de jade. Pourtant, songea Rachel, elle restait cantonnée chez elle, avec un mal de crâne lancinant qui lui vrillait le cerveau et court-circuitait ses neurones. Elle cliqua sur son dossier musique, choisit une playlist qu'elle avait compilée pour se détendre les jours où elle avait les nerfs à fleur de peau – The National, Lord Huron, Atoms for Peace, My Morning Jacket et d'autres dans la même veine –, puis entama des recherches sur le lac Baker.

Elle en dénombra trois : le plus grand dans l'État de Washington, un autre dans l'Arctique canadien et le troisième dans le Maine. Celui de Washington avait tout d'un site touristique, celui du Canada était peuplé essentiellement par des Inuits et celui du Maine se situait en pleine nature, à environ soixante-cinq kilomètres de la première bourgade un peu importante. Pour ce qui était des grandes villes, l'endroit semblait plus proche de Québec que de Bangor.

– T'as l'intention de partir camper ?

Surprise, Rachel fit pivoter son fauteuil. Brian, trempé de sueur, se tenait à deux mètres cinquante d'elle et portait à ses lèvres sa bouteille d'eau minérale.

– Tu lis par-dessus mon épaule, maintenant ? répliqua-t-elle avec un sourire.

Il le lui rendit.

– En entrant, j'ai vu ma femme de dos et les mots « lac Baker » sur son écran.

Elle enfonça son gros orteil dans le tapis pour faire de nouveau tourner le fauteuil, de droite à gauche cette fois.

– Ton copain en a parlé hier soir.

– Lequel ? demanda Brian. J'en avais invité pas mal à cette fête.

– Et tu en as baffé combien ?

– Ah.

Il recula d'un pas et avala une gorgée d'eau.

– C'est ça, oui : « Ah ». Qu'est-ce qui s'est passé exactement, Brian ?

– Il avait trop bu, il a failli nous faire virer de notre bar préféré, et là-dessus il a voulu m'envoyer son poing dans la figure.

– D'accord, mais pourquoi t'a-t-il agressé ?

– *Pourquoi ?*

La façon dont il la regardait en cet instant, les yeux étrécis, lui fit vaguement penser à un reptile.

– Il a le vin mauvais, répondit-il. Depuis toujours.

– Dans ce cas, pourquoi Caleb lui a-t-il apporté deux verres ?

– Parce que c'est Caleb. Qu'est-ce que tu veux que je te dise ? Pose-lui la question.

– C'est juste que je trouve bizarre de refiler des hectolitres d'alcool à un type dont on sait qu'il a le vin mauvais.

– Des hectolitres ? Rien que ça ?

Elle confirma d'un signe de tête.

– Parfaitement.

Brian haussa les épaules.

– Eh bien, encore une fois, il va falloir que tu poses la question directement à Caleb quand tu le verras. Tiens, la prochaine fois que je partirai en déplacement, pourquoi pas ?

Rachel fit une moue exagérée – le genre de mimique qu'il ne supportait pas.

– Et alors ? Ça te dérange ? riposta-t-elle.

– Je n'ai pas dit ça.

Il haussa de nouveau les épaules d'un air dégagé, s'efforçant de jouer la décontraction alors que la température dans la pièce avait déjà grimpé d'au moins cinq degrés.

– C'est quoi, le problème ? reprit-elle. Tu ne fais pas confiance à ton associé, peut-être ? À moins que tu ne fasses pas confiance à ta femme ?

– Je vous fais confiance à tous les deux. N'empêche, ça me paraît un peu étrange : toi qui as vécu quasiment en recluse ces deux dernières années, tu décides soudain de sauter dans un taxi pour aller à Cambridge, où comme par hasard tu tombes sur mon associé… ?

– Je ne suis pas tombée sur lui par hasard, je me rendais à ton bureau.

– Et pourquoi, s'il te plaît ? demanda Brian, qui s'accroupit et fit rouler la bouteille entre ses mains.

– Parce que j'ai cru que tu m'avais menti.

– Encore cette histoire ? lança-t-il avec un petit rire désagréable. Tu te rends compte à quel point tout ça est ridicule ?

– Non. Mais vas-y, éclaire-moi.

Il rebondit plusieurs fois sur place, comme s'il préparait ses muscles à un départ en flèche dans les starting-blocks.

– Tu as cru me voir à Boston alors que j'étais à trente mille pieds dans les airs.

– Sauf si tu ne l'étais pas.

– Là-dessus, tu m'as fait passer toutes sortes de tests pour te prouver que j'étais bien à Londres. Tests que j'ai réussis haut la main. Mais ça ne t'a pas convaincue, hein ? Tu…

Il lâcha un petit rire incrédule.

– Toute la semaine dernière, tu m'as tourné autour en me regardant comme si j'étais le… le chef d'une putain de cellule terroriste dormante !

– Ou alors, tu pourrais être comme ce type qui se faisait passer pour un Rockefeller…

– C'est vrai, je pourrais, convint-il, avant de vider sa bouteille. Il a bien tué des gens, non ?

– Je crois, répondit Rachel en soutenant son regard.

– Mais il a épargné sa femme.

– Beau geste ! ironisa-t-elle, consciente cependant du sourire qui, malgré elle, relevait les coins de sa bouche.

– Il a enlevé leur gosse, d'accord. En attendant, il n'a pas touché à l'argenterie.

– Et on ne doit pas négliger l'importance des services de table.

– Rachel…

– Quoi ?

– Pourquoi tu souris ?

– Et toi ?

– Parce que c'est n'importe quoi.

– Je ne te le fais pas dire.

– Alors pourquoi on continue ?

– Bonne question.

Il vint s'agenouiller devant elle et lui prit les mains.

– J'ai quitté Boston lundi dernier à bord d'un avion de la British Airways.

– Tu n'as pas à…

– Le vol a été retardé d'une heure quinze à cause des conditions météo. Je me suis baladé dans le terminal E, jusqu'au moment où j'ai ramassé un *US Weekly* abandonné dans un coin. Un agent d'entretien m'a vu. T'as déjà été regardée de travers par un agent d'entretien à l'aéroport ? Y a de quoi te ratatiner les roubignoles, je t'assure.

Elle sourit et secoua la tête.

– C'est bon, je te crois.

– Après, je me suis payé un café, et à ce stade on embarquait. Une fois dans l'avion, je me suis rendu compte que la prise d'alimentation de mon siège ne fonctionnait pas. J'ai dû dormir à peu près une heure. Je me suis réveillé, j'ai relu mes dossiers en prévision de la réunion du conseil d'administration, même si je savais que ça ne servait à rien, et après j'ai regardé un film où fallait pas faire chier Denzel.

– C'était ça, le titre ?

– Dans plusieurs pays étrangers, oui.

Ils échangèrent un long regard. Chaque fois qu'ils jouaient à ce petit jeu, la question se posait à un moment ou à un autre de savoir s'il fallait céder le pouvoir, s'en emparer ou le partager. D'un commun accord, ils décidèrent de le partager.

Elle lui caressa la tempe.

– Je te crois, Brian.

– Ce n'est pas l'impression que tu m'as donnée.

– Et j'aimerais vraiment te dire pourquoi. C'est peut-être à cause de toute cette foutue pluie !

– Il ne pleut plus, souligna Brian.

– Exact. N'empêche, tu dois bien reconnaître que j'ai fait de sacrés efforts durant ces deux dernières semaines : le métro, le centre commercial, le taxi... Je me suis même aventurée sur Copley Square.

– Je le reconnais.

En cet instant, l'expression de Brian reflétait une telle tendresse, un amour si sincère, qu'elle sentit son cœur se serrer.

– Et tu n'imagines même pas à quel point je suis fier de toi, ajouta-t-il.

– Je sais que tu étais à Londres.

– Redis-le.

De son pied nu, elle lui donna un petit coup dans la cuisse.

– Je sais que tu étais à Londres.

– Parfait. On oublie tout et on recommence ?

– D'accord. On oublie tout et on recommence.

Il lui embrassa le front, puis lui caressa la hanche en se relevant.

– Bon, je vais prendre une douche.

Rachel resta assise sur sa chaise, dos à l'ordinateur, à la rivière et à une magnifique journée, en se demandant si le malaise entre eux cette semaine-là ne venait pas d'elle, finalement. Brian s'était-il comporté de manière étrange parce qu'elle-même s'était comportée de manière étrange ?

Après tout, elle avait relevé plus de défis au cours de ces quatorze derniers jours qu'en deux années entières. Peut-être était-elle plus ébranlée qu'elle ne l'avait cru ? Le moindre pas qu'elle risquait en dehors de sa zone de confort pouvait aussi bien la rapprocher de la guérison que la précipiter dans une nouvelle dépression. Sauf qu'une nouvelle dépression maintenant, alors qu'elle avait accompli tant de progrès, serait un échec insupportable.

Durant ces deux années écoulées, chaque minute de chaque journée avait été rythmée dans sa tête par un seul refrain : « Je ne veux pas replonger. Je ne veux surtout pas replonger. »

Dans ces conditions, il était tout à fait possible que, en prenant des initiatives susceptibles de la délivrer aussi bien que de l'enfermer encore plus, elle ait cherché un dérivatif en faisant une fixation sur quelque chose d'entièrement différent, quelque chose qui avait un point de départ crédible – elle avait aperçu un homme qui ressemblait à son mari dans un endroit où il n'était pas supposé être –, mais qui avait largement dépassé les limites du rationnel.

Brian était quelqu'un de bien. La meilleure personne qu'elle ait jamais rencontrée. Pas la meilleure du monde, mais celle qu'il lui fallait. À l'exception de la « vision », comme elle en était venue à la considérer, il ne lui avait jamais donné la moindre raison de mettre sa parole en doute. Quand elle était déraisonnable, il se montrait compréhensif. Quand elle avait peur, il l'apaisait. Si elle se montrait incohérente, il redonnait du sens à ses propos. À sa frénésie, il opposait la patience. Et lorsque était arrivé le moment pour elle de réaffronter le monde extérieur, il l'avait guidée. Il l'avait tenue par la main en lui assurant qu'elle ne craignait rien, parce qu'il était là, avec elle. Il ne l'avait pas abandonnée.

Et c'est cet homme-là dont tu te défies aujourd'hui ? songea-t-elle. Elle pivota de nouveau vers la fenêtre et découvrit son reflet fantomatique qui flottait au-dessus de la rivière et des berges verdoyantes.

Quand Brian sortit de la douche, elle l'attendait assise sur le meuble de la salle de bains, son pyjama en tas sur le sol. Il était déjà en érection lorsqu'il la rejoignit. Si leur corps-à-corps fut malaisé – le meuble était étroit, elle entendait les crissements de sa peau contre la surface embuée du miroir derrière elle, et il glissa hors d'elle par deux fois –, elle comprit à l'expression de son regard, une sorte de stupeur émerveillée, qu'il l'aimait comme on ne l'avait jamais aimée. Et dans la mesure où cet amour semblait parfois source de conflit en lui, ses manifestations étaient d'autant plus grisantes.

On a gagné, pensa-t-elle. *On a encore gagné.*

Elle se cogna la hanche contre le robinet une fois de trop et suggéra qu'ils s'allongent sur le sol. Ils terminèrent sur le pyjama froissé, elle enfonçant ses talons derrière les genoux de Brian, consciente du ridicule de leur position aux yeux de quiconque, Dieu ou leurs proches disparus, les regarderait de là-haut – si tant est que les morts puissent les voir –, mais elle s'en fichait. Elle l'aimait.

Le lendemain matin, elle dormait encore quand Brian partit travailler. En entrant dans leur dressing chercher sa tenue pour la journée, un peu plus tard, elle vit sa valise ouverte sur le support à bagages qu'il gardait en général plié et entreposé à côté de ses chaussures. Il l'avait presque remplie, à l'exception du carré vide qu'il réservait à son kit de rasage. Près du bagage, une housse à vêtements abritant trois costumes était suspendue à un crochet.

Il devait partir en déplacement le lendemain. Ce serait cette fois un long voyage, de ceux qu'il faisait environ toutes les six semaines. D'abord Moscou, lui avait-il dit, ensuite Cracovie et Prague. Elle souleva quelques-unes des chemises, remarqua qu'il n'avait pris qu'un pull et le fin pardessus qu'il avait emporté à Londres. N'était-ce pas un peu léger pour partir en Europe de l'Est au mois de mai ? Les températures moyennes seraient sans doute de l'ordre de 5 à 10 degrés en cette saison…

Elle vérifia aussitôt sur son téléphone.

De fait, les températures attendues dans les trois villes tournaient autour de 15 degrés.

Revenue dans leur chambre, elle se laissa tomber sur le lit et se demanda une fois de plus ce qui clochait chez elle. Brian avait réussi tous les tests qu'elle lui avait imposés. La veille, après qu'ils eurent fait l'amour, il s'était montré tendre, attentionné, drôle… Le mari idéal.

Et comment le récompensait-elle ? En consultant les prévisions météo pour voir s'il emportait les tenues correspondant aux endroits où il prétendait aller.

Pourquoi « prétendait »... ? Décidément, c'était plus fort qu'elle. Peut-être serait-elle bien avisée de doubler le rythme de ses séances avec sa psy, au moins pendant un temps, afin de maîtriser sa paranoïa. Ou peut-être avait-elle juste besoin d'occuper ses journées autrement qu'en ressassant d'improbables scénarios, selon lesquels son mariage ne serait qu'une comédie. Il fallait qu'elle retourne à l'écriture de son livre, qu'elle pose ses fesses sur une chaise et n'en bouge plus tant qu'elle n'aurait pas compris d'où lui venait ce blocage concernant la partie sur Jacmel.

Forte de cette résolution, elle se leva et emporta le panier à linge sale dans l'alcôve où ils avaient installé la machine à laver et le sèche-linge. Elle examina tous les pantalons de Brian un par un, car il laissait toujours des pièces de monnaie dans ses poches, et récupéra ainsi soixante-dix-sept *cents* et deux reçus froissés, délivrés par des distributeurs de billets. Elle les éplucha – forcément – et constata qu'il s'agissait de ses retraits habituels de deux cents dollars, à une semaine d'intervalle. Elle les jeta dans la petite poubelle en osier toute proche et ajouta la monnaie à la boîte à café fendillée qu'elle avait placée sur une étagère à cet effet.

Elle passa ensuite en revue ses propres poches, où elle ne trouva rien, jusqu'à ce qu'elle tombe sur la facturette qu'elle avait volée dans le pardessus de Brian une semaine plus tôt. Ou plutôt, qu'elle s'était appropriée. Elle s'assit par terre, le dos appuyé contre la machine à laver, et lissa le papier sur son genou en se demandant une nouvelle fois ce qui la chiffonnait. Ce n'était qu'un reçu prouvant qu'il avait acheté un paquet de chewing-gums, le *Daily Sun* et une bouteille d'Orangina à 11 h 12 le 05/09/14 pour un total de 5,47 livres sterling. Le magasin se situait au 17 Monmouth Street, soit dans la même rue que le Covent Garden Hotel.

Une simple facturette, donc... Elle l'expédia dans la poubelle, versa de la lessive dans la machine et la fit démarrer. S'éloigna de l'alcôve.

Y revint. Récupéra le reçu et l'examina de nouveau. Voilà, c'était la date qui la troublait : 05/09/14. Autrement dit, le 9 mai 2014. C'était bien la date à laquelle Brian était censé être à Londres. Mois, jour, année. Sauf que les Anglais n'inscrivaient pas la date ainsi. Eux commençaient par le jour : jour, mois, année. Alors, si le reçu avait réellement été imprimé à Londres, il aurait dû indiquer 09/05/14, et non 05/09/14.

Après l'avoir fourré dans la poche de son pantalon de pyjama, elle se précipita à la salle de bains, où elle vomit.

Elle parvint à tenir le coup pendant le dîner, mais lui adressa à peine la parole. Lorsqu'il lui demanda s'il y avait un problème, elle répondit que ses allergies l'avaient reprise et que son manuscrit lui donnait beaucoup plus de travail que prévu. Comme il insistait, elle déclara :

– Écoute, je suis crevée. On en reste là, d'accord ?

Il hocha la tête, l'air résigné et vaincu – un martyr obligé de supporter les caprices d'une épouse déraisonnable.

Elle se coucha dans le même lit que lui. Elle pensait ne jamais pouvoir fermer l'œil de la nuit, et de fait, elle passa une bonne heure allongée sur le flanc, un côté du visage enfoncé dans l'oreiller, à le regarder dormir.

Qui es-tu ? aurait-elle voulu crier, assise à califourchon sur lui, en lui martelant le torse de coups de poing.

Que m'as-tu fait ?

Que me suis-je fait quand je me suis engagée avec toi ? Liée à toi ?

Où mènent tes mensonges ?

Si tu es un imposteur, que dois-je penser de ma vie ?

Ces questions en tête, elle finit par sombrer dans un sommeil agité et se réveilla le lendemain matin en poussant un léger « Oh » de surprise.

Pendant que Brian prenait sa douche, elle se rendit au salon et regarda par la fenêtre la petite Ford Focus rouge qu'elle avait louée la veille sur le parking Zipcar au coin de la rue. Même de cette hauteur, elle distinguait la contravention orange qu'une contractuelle avait glissée sous l'essuie-glace droit. Elle s'y attendait : elle s'était garée en stationnement interdit parce que c'était la seule façon de placer la voiture à l'endroit où elle la voulait ce jour-là : en face de la sortie de leur parking.

Elle enfila une tenue de sport, complétée par un sweat-shirt à capuche. Quand l'eau s'arrêta de couler dans la salle de bains, elle toqua à la porte.

– Oui ?

Rachel ouvrit et s'appuya contre le chambranle. Brian avait noué une serviette autour de sa taille et étalé du gel à raser sur son cou et sa mâchoire. Il s'apprêtait à s'en enduire les joues lorsqu'elle avait frappé, et à présent il la regardait, un petit tourbillon de gel violet dans sa paume droite.

– Je vais à la gym, annonça-t-elle.

– À cette heure-ci ?

Elle hocha la tête.

– La prof que j'aime bien ne vient que le mardi matin.

– Oh. OK.

Il s'avança vers elle.

– À dans une semaine, alors.

– Bon voyage.

Ils se dévisagèrent, séparés par quelques centimètres seulement, et elle soutint son regard sans ciller.

– Salut.

– Je t'aime, dit-il.

– Salut, répéta-t-elle.

Et de refermer la porte derrière elle.

19

Alden Minerals Ltd

La veille, quand elle avait pris la voiture sur le parking Zipcar au coin de la rue pour aller la garer en face de leur immeuble, elle avait parcouru à peine plus de deux cents mètres, mais le trajet avait suffi à lui mettre les nerfs à vif. Ce matin-là, en regardant Brian sortir du parking souterrain et émerger au niveau de la rue, elle sentit le souffle lui manquer et son cœur s'affoler. Il tourna dans Commonwealth Avenue et s'inséra presque aussitôt dans la file de gauche. Rachel faillit caler en démarrant. Un taxi s'approchait sur sa gauche, un coup de klaxon retentit. Le chauffeur la doubla en agitant la main, manifestement exaspéré par cette idiote incapable de conduire et de faire attention en même temps.

Assaillie par une soudaine bouffée de chaleur, Rachel demeura un instant paralysée au volant, à moitié engagée sur la chaussée.

Abandonne.

Tu feras une nouvelle tentative au prochain déplacement.

Elle savait cependant que, si elle écoutait cette petite voix dans sa tête, elle ne recommencerait jamais. Elle passerait encore une année (et peut-être même plusieurs) enfermée chez elle, à vivre dans la peur, la méfiance et l'amertume, jusqu'à finir par s'y complaire. Et le plus terrible, c'était qu'à ce stade, elle aurait réussi à se convaincre que son existence lui convenait.

Alors, prenant sur elle, Rachel s'engagea à son tour dans Commonwealth Avenue. Elle s'entendait respirer, ce qui n'était pas bon signe. Si elle ne parvenait pas à maîtriser son souffle, elle risquait d'hyperventiler, peut-être même de perdre connaissance et d'avoir un accident, comme Brian le lui avait prédit un jour... Elle se força à expirer lentement tandis que, devant elle, son mari tournait à gauche dans Exeter Street. Elle se déporta également sur sa gauche, pour se retrouver juste derrière le taxi qui avait failli l'emboutir et qui prenait lui aussi cette direction. Expira de nouveau, tout doucement. Sa respiration recouvrait peu à peu un rythme plus régulier, mais son cœur tressautait toujours dans sa poitrine. Elle agrippait le volant comme une vieille dame, la nuque raide, les paumes moites, les épaules crispées.

Brian tourna encore une fois à gauche après l'hôtel Westin, et elle le perdit de vue durant quelques secondes. Elle étouffa un juron. L'endroit offrait trop de possibilités : il pouvait faire une boucle pour rejoindre le Massachusetts Turnpike, continuer tout droit dans Stuart Street ou s'engager dans Dartmouth Street à droite en direction du South End. Elle aperçut ses feux de stop au moment où il choisissait cette troisième option, ralentissait et longeait le centre commercial sur sa droite. Son soulagement fut cependant de courte durée : le taxi qui la précédait poursuivit sur sa lancée tandis qu'elle tournait dans Dartmouth, la privant ainsi de sa protection. La voiture de Brian était à une bonne cinquantaine de mètres devant elle, mais il n'y avait plus de véhicules entre eux. Si elle se rapprochait trop, il n'aurait qu'à jeter un coup d'œil dans son rétroviseur pour la reconnaître.

Elle avait bien envisagé de se déguiser, la veille, mais l'idée lui avait paru complètement stupide. Allait-elle porter un masque ? Une fausse moustache ? Alors elle s'était contentée d'une casquette et d'une paire de lunettes de soleil à verres ronds qu'il n'avait jamais vue. À condition de rester à distance prudente, ces deux accessoires lui garantiraient l'anonymat.

Quand Brian prit Columbus Avenue sur sa gauche, une autre voiture s'interposa : un break noir, immatriculé dans l'État de New York. Rachel le colla sur un peu plus de trois kilomètres. Puis tous trois quittèrent Columbus Avenue pour s'engager dans Arlington Street, et ensuite dans Albany Street en direction de l'I-93. À la pensée que Brian allait peut-être emprunter la voie express, elle sentit un flot de bile lui remonter dans la gorge. L'épreuve avait déjà été pénible jusque-là – elle avait dû affronter les bruits environnants, les trous dans la chaussée, le vacarme des marteaux-piqueurs sur un chantier, les piétons qui traversaient n'importe où, les autres voitures autour d'elle –, mais au moins elle n'avait pas dépassé les quarante kilomètres-heure.

Elle n'eut cependant pas le temps de s'appesantir sur la question : devant elle, l'Infiniti de Brian prenait la bretelle d'accès à l'I-93 vers le sud. Rachel le suivit avec l'impression de chuter dans le vide. Parvenu sur la voie express, il accéléra brusquement et se déporta sur la file de gauche. Elle appuya elle aussi sur l'accélérateur, sans grand résultat : sa petite Ford se traînait toujours. Accentua la pression de son pied. Quand l'aiguille du compteur se rapprocha enfin des cent vingt kilomètres-heure que Brian avait atteints presque tout de suite, Rachel constata qu'il avait au moins cinq cents mètres d'avance sur elle. Elle continua d'accélérer tout en restant sur la file du milieu, et lorsqu'ils traversèrent Dorchester en direction de Milton, il n'y avait plus que cinq voitures entre eux.

Sa concentration était telle qu'elle en avait temporairement oublié sa terreur de l'autoroute, laquelle resurgissait à présent, sous forme d'une palpitation persistante au creux de sa gorge et d'une tension grandissante.

Accompagnée néanmoins d'un sentiment de trahison et de colère aussi toxique qu'un poison mortel. Car il était désormais clair, même s'il n'y avait guère eu de place pour le doute dans son esprit, que Brian ne se rendait pas à l'aéroport : Logan était à vingt-cinq kilomètres derrière eux.

Pourtant, quand ils quittèrent l'I-93 pour l'I-95, toujours en direction du sud, et que le nom de Providence apparut sur les panneaux, elle envisagea la possibilité qu'il ait choisi de partir de l'aéroport TF Green, le plus important du Rhode Island. Elle avait entendu dire que certaines personnes le préféraient à celui de Logan, toujours bondé, mais elle savait aussi qu'il ne proposait pas de vol direct pour Moscou.

– Parce qu'il ne va pas à Moscou, bordel ! s'écria-t-elle.

Ses soupçons se confirmèrent un peu plus loin, lorsqu'elle vit Brian mettre son clignotant une quinzaine de kilomètres avant l'aéroport, puis se rabattre sur la droite et prendre la sortie Brown University, à Providence, au niveau de la jonction entre College Hill et Federal Hill. D'autres véhicules s'y engagèrent à sa suite, dont celui de Rachel, à trois voitures derrière lui. Au bout de la bretelle, Brian tourna à droite, et les deux conducteurs entre eux bifurquèrent vers la gauche.

Rachel ralentit à l'approche du croisement pour le laisser s'éloigner le plus possible, mais elle n'aurait pas dû s'inquiéter : une Porsche la doubla dans un rugissement de moteur et fila devant elle, lui offrant de nouveau une protection bienvenue. Jamais elle n'avait été aussi heureuse qu'une petite bite conduisant une bagnole de petite bite se comporte comme une petite bite.

Ça ne dura cependant pas. Au premier feu, la Porsche se décala sur la file réservée à ceux qui tournaient à gauche, puis démarra en trombe avant de faire une queue-de-poisson à Brian en plein milieu du carrefour et de disparaître à l'horizon quelques instants plus tard.

Et merde ! songea Rachel. *Foutues petites bites !*

Il n'y avait désormais plus rien entre son mari et elle. Elle franchit le croisement à son tour en s'efforçant de rester à bonne distance de Brian, mais un coup d'œil à son rétroviseur lui révéla que le conducteur de la Chrysler verte derrière elle commençait à s'impatienter. De toute évidence, il ne comprenait pas ce qui l'empêchait de se rapprocher de la voiture qui la précédait.

Ils roulaient à présent dans des rues bordées de maisons en bardeaux, de boulangeries arméniennes et d'églises en calcaire. À un certain moment, Brian leva la tête vers la droite, certainement pour regarder dans son rétroviseur, et, paniquée, elle faillit écraser la pédale de frein. Mais déjà, il reportait son attention sur la route devant lui. Environ deux cents mètres plus loin, elle repéra ce qu'elle cherchait : le bas-côté s'élargissait devant une pâtisserie et une station-service. Elle mit son clignotant, s'arrêta devant la pâtisserie et se prépara à redémarrer quand la Chrysler serait passée.

Malheureusement, une Prius marron collait la Chrysler, suivie par une Jaguar elle-même talonnée par un Toyota 4Runner avec des pneus énormes, derrière lequel arrivait un monospace. Lorsqu'elle parvint enfin à s'insérer dans la file, le monospace lui bouchait la vue. De toute façon, même si elle parvenait à le doubler, elle se retrouverait derrière le 4Runner, qui était encore plus haut.

Tous les véhicules ralentirent puis s'arrêtèrent au feu suivant. Rachel pesta. Elle n'avait aucun moyen de savoir si Brian l'avait eu au vert.

Quand la file s'ébranla, Rachel redémarra elle aussi. Ils roulaient à présent en ligne droite. *Faites qu'il y ait un virage, juste un virage, pour que j'aie au moins une chance de l'apercevoir...*

Environ deux kilomètres plus loin, la route se scindait. La Prius, le monospace et le 4Runner tournèrent à droite dans Bell Street, alors que la Chrysler et la Jaguar restaient sur Broadway.

Problème : l'Infiniti de Brian n'était plus devant la Chrysler. Elle n'était plus nulle part en vue.

Rachel hurla entre ses dents serrées et agrippa le volant si fort que ses jointures blanchirent.

Puis elle braqua brusquement pour faire demi-tour, sans réfléchir ni prévenir, s'attirant les coups de klaxon furieux à la fois de la voiture derrière elle et de celle arrivant en face d'elle sur la file opposée. À ce stade, elle s'en moquait. Elle ne ressentait plus que de la rage et de la frustration. Surtout de la rage, à vrai dire.

Elle reprit Broadway en sens inverse jusqu'à la pâtisserie et la station-service où elle avait perdu Brian. Là, elle refit demi-tour, cette fois plus prudemment, en mettant son clignotant, et repartit dans la direction d'où elle venait. Tout en conduisant, elle s'efforçait de scruter toutes les rues latérales.

Quand elle atteignit de nouveau la fourche, elle dut résister à l'envie de se remettre à hurler. Ou de fondre en larmes. Après un autre demi-tour dans le minuscule parking d'une association locale pour les vétérans, sur sa gauche, elle s'engagea encore une fois dans Broadway.

Si elle n'avait pas été arrêtée par un feu rouge, elle ne l'aurait jamais retrouvé. Alors qu'elle attendait, elle survola du regard une autre station-service et un cabinet d'assurances sur sa droite, puis considéra la rue perpendiculaire et aperçut une large bâtisse victorienne avec une petite pelouse devant, sur laquelle était plantée une pancarte blanche donnant la liste de toutes les entreprises domiciliées à cette adresse. Et là, parmi les voitures alignées sur le parking à côté, elle reconnut l'Infiniti, stationnée sous l'escalier de secours.

Elle se gara six maisons plus loin et revint à pied. La rue était bordée de chênes et d'érables centenaires, la rosée matinale ne s'était pas encore complètement évaporée sur les parties ombragées du trottoir, et dans l'air de mai flottait un parfum de renaissance. Même maintenant, alors qu'elle s'approchait d'un endroit où son mari cachait la vérité sur lui-même, ou du moins une vérité, elle ressentait l'effet apaisant de cet environnement.

D'après la pancarte sur la pelouse, la bâtisse accueillait trois psychiatres, un généraliste, une compagnie minière, un cabinet d'assurances et deux avocats. Rachel marcha dans l'ombre des arbres jusqu'à l'entrée du parking, où un grand panneau précisait qu'il était réservé aux occupants du 232 Seaver Street. D'autres plaques, beaucoup plus petites, indiquaient quelles places appartenaient à qui. Celle occupée par l'Infiniti était au nom d'Alden Minerals Ltd.

Rachel n'en avait jamais entendu parler, pourtant ce nom lui disait vaguement quelque chose. Encore un paradoxe dans une semaine qui n'en avait pas manqué.

Alden Minerals Ltd avait ses locaux au deuxième étage. Le moment était-il venu de découvrir ce que son dissimulateur de mari avait en tête ? Rachel hésita. Elle s'adossa au mur sous l'escalier de secours en essayant de réfléchir à une explication plausible. Certains hommes avaient parfois recours à toutes sortes de stratagèmes pour tromper la vigilance de leur femme quand, par exemple, ils organisaient une fête en secret à son intention.

Non, pas au point de prétendre être à Londres alors qu'ils n'avaient pas quitté Boston ou se trouver dans un avion pour Moscou quand ils roulaient vers Providence. Ça n'avait aucun sens.

À moins que…

Et si c'était un espion ? se demanda-t-elle soudain. *Les espions mentent à leurs proches, non ?*

Bien sûr, répondit une petite voix sarcastique dans sa tête qui ressemblait à celle de sa mère. *Les maris infidèles et les sociopathes aussi.*

Elle poussa un profond soupir en regrettant amèrement d'avoir arrêté de fumer.

Si elle l'affrontait maintenant, qu'y gagnerait-elle ? La vérité ? S'il l'abusait depuis le début, c'était peu probable. Et de toute façon, quoi qu'il dise, elle ne le croirait pas. Même s'il lui montrait sa carte de la CIA, elle repenserait au selfie qu'il avait « envoyé » de Londres (comment s'était-il débrouillé, d'ailleurs ?) et lui ordonnerait de remballer ses faux papiers avant de l'envoyer balader.

Si elle l'affrontait maintenant, elle ne serait pas plus avancée.

Le plus difficile à admettre, peut-être, c'était que si elle l'affrontait maintenant, leur couple n'y résisterait pas. Or, elle n'était pas encore prête à cette éventualité. C'était un constat humiliant, mais elle ne supportait pas l'idée de le perdre. Elle tenta de se représenter l'appartement débarrassé des affaires de Brian, de ses livres, de sa brosse à dents et de son rasoir, le frigo vidé des produits qu'il aimait, le bar privé de sa bouteille de scotch… Songea aux revues auxquelles il était abonné, qui continueraient à arriver dans la boîte aux lettres des mois après son départ, et imagina une existence faite de longues journées solitaires ponctuées par de longues soirées solitaires. Depuis sa crise d'angoisse en direct, elle n'avait presque plus d'amis. Il lui restait bien Melissa, mais cette dernière était du genre à lui ordonner de « réagir », de « reprendre le dessus », d'« aller de l'avant », tout en sirotant un énième cocktail. Les autres n'étaient que de simples connaissances ; à leur décharge, ce n'était pas facile de maintenir des relations sociales avec une recluse.

Ces quelques dernières années, son seul véritable ami avait été Brian. Il lui avait donné un point d'ancrage. Il constituait le centre et le fondement de son univers. La part rationnelle en elle savait que, bien sûr, elle serait obligée de se séparer de lui. C'était un imposteur. Leur vie n'était qu'un château de cartes. Et pourtant…

Il émergea soudain à l'arrière du bâtiment et passa devant elle. Il écrivait un texto sur son téléphone en marchant vers sa voiture, et elle n'était même pas à deux mètres de lui sous l'escalier de secours. Elle se raidit, persuadée qu'il allait la voir. Essaya de penser à ce qu'elle pourrait dire. Il s'était changé et portait maintenant un costume bleu marine, une chemise blanche avec une cravate à carreaux noirs et gris, et des chaussures marron. À son épaule droite pendait une sacoche d'ordinateur en cuir brun. Il monta dans l'Infiniti et posa la sacoche sur le siège passager, sans cesser de tapoter d'une main sur son portable tandis qu'il fermait la portière de l'autre, puis bouclait sa ceinture. Il mit ensuite le contact, et dut aussitôt envoyer son message, car il expédia le téléphone sur le siège voisin avant de reculer, les yeux rivés au rétroviseur. Il suffirait que son regard se décale de quelques centimètres pour qu'il la découvre. Sous le choc, il risquait d'oublier qu'il était en marche arrière et de percuter le réverbère proche… Mais rien de tel ne se produisit. Il manœuvra de façon à se retrouver en face de la sortie, s'éloigna et tourna dans Seaver Street.

Rachel courut vers sa Ford en se félicitant d'avoir enfilé des tennis pour accréditer l'histoire du « cours de gym ». Elle s'installa au volant, démarra, remonta la rue et traversa le carrefour au moment où le feu passait de l'orange au rouge. Une minute plus tard, elle apercevait Brian dans Broadway, à trois voitures d'elle.

Il la ramena dans College Hill. Dans une zone figée entre le délabrement et la rénovation, il se gara le long du trottoir. Elle-même s'arrêta cinquante mètres derrière lui, en face d'une agence de voyages et d'un magasin de disques qui avaient définitivement baissé le rideau. Juste après se trouvait le local d'un loueur de meubles qui semblait avoir accaparé le marché des commodes en laque noire. Venaient ensuite un marchand de vins et de spiritueux et un photographe, Little Louie. Si les boutiques d'appareils photo lui semblaient destinées à connaître le même sort que celui des magasins de disques et des agences de voyages – les marchands d'alcools, supposait-elle, se maintiendraient jusqu'à la fin des temps –, Little Louie paraissait tenir le coup. Ce fut là que Brian entra. Rachel envisagea de s'approcher pour essayer de voir ce qu'il pouvait fabriquer à l'intérieur, mais elle finit par juger cette initiative trop risquée. Une intuition qui se révéla fondée deux minutes plus tard, quand Brian ressortit ; si elle avait cédé à son impulsion, ils se seraient forcément croisés sur le trottoir. Il redémarra, et elle l'imita. Alors qu'elle arrivait devant la boutique du photographe, elle s'aperçut que l'intérieur était sombre. Quant à la vitrine, elle ne montrait que des photos d'appareils et des publicités scotchées sur le verre. Impossible de savoir ce qui se passait dans ce magasin. Elle était néanmoins prête à parier que vendre des appareils photo n'en était pas la principale activité.

Elle sortit de Providence à la suite de Brian, qui lui fit ensuite traverser des villes de plus en plus petites, empruntant des routes bordées de maisons en bardeaux de plus et plus délabrées et de quelques fermes ici et là, jusqu'au moment où il bifurqua vers une zone commerciale d'aspect assez récent. Il longea la boulangerie Panera Bread à l'extrémité de la rangée de boutiques et continua jusqu'à une banque isolée du reste. Il s'arrêta sur le parking, descendit de voiture, sacoche à l'épaule, et marcha jusqu'à l'agence bancaire.

Rachel resta en retrait, au point mort, devant une pharmacie et un magasin de chaussures discount. Machinalement, elle récupéra son téléphone logé dans le porte-gobelet et s'aperçut qu'elle avait reçu un texto.

Elle l'ouvrit. Il venait de Brian et avait été envoyé vingt minutes plus tôt, autrement dit quand il était sorti du bâtiment de Seaver Street alors qu'elle se tenait dans l'ombre.

> « On est sur la piste, bébé. Décollage imminent, atterrissage dans une dizaine d'heures. J'espère que tu ne seras pas couchée quand j'appellerai. Je t'aime fort. »

Dix minutes plus tard, il émergea de la banque sans sa sacoche, se remit au volant et quitta le parking.

Il la ramena à Providence. Quand il s'arrêta chez un fleuriste et choisit un bouquet rose et blanc, Rachel sentit son estomac se nouer. Elle n'était plus certaine à présent de vouloir aller jusqu'au bout. Un peu plus loin, il fit une nouvelle halte devant un magasin de vins et spiritueux, où il acheta une bouteille de champagne. Cette fois, elle comprit qu'elle n'était pas prête. Il quitta la rue principale au niveau de Federal Hill, une ancienne enclave italo-américaine où la mafia de la Nouvelle-Angleterre avait eu son siège, devenue depuis un beau quartier résidentiel où les restaurants chic voisinaient avec les rangées de maisons mitoyennes en brique rouge.

Brian se gara devant l'une de ces maisons, dont les fenêtres ouvertes en cette belle journée révélaient des rideaux blancs voltigeant entre les encadrements pareillement blancs. Rachel alla se ranger le long du trottoir opposé, à quelques mètres de l'endroit où il se tenait sur le trottoir, son bouquet à la main. À sa grande surprise, elle le vit glisser deux doigts entre ses lèvres et émettre un long sifflement strident, chose qu'il n'avait jamais faite en sa présence. Mais ce n'était pas la seule nouveauté : il bougeait différemment, les épaules plus droites, le bassin plus souple, le pas plus assuré.

À peine avait-il gravi les marches du perron que la porte d'entrée s'ouvrit.

– Oh, merde…, murmura Rachel. C'est pas vrai…

Une inconnue venait d'apparaître dans l'embrasure. Environ trente-cinq ans, cheveux blonds et bouclés, visage fin. Ravissante. Ce ne fut cependant pas sur elle que le regard de Rachel se fixa, mais sur Brian qui, après lui avoir tendu fleurs et champagne, se pencha pour embrasser son ventre arrondi de femme enceinte.

20

VHS

Rachel ne se rappelait pas avoir repris l'autoroute. Jusqu'à la fin de ses jours, elle se demanderait comment une personne complètement sobre pouvait rouler sur des kilomètres sans en garder le moindre souvenir après coup.

Elle avait choisi d'épouser Brian parce qu'il la rassurait. Parce qu'il semblait capable de soulever des montagnes et qu'il était d'une honnêteté à toute épreuve, limite exaspérante. Parce que cet homme-là n'était pas du genre à tricher. Ni à mentir. Et encore moins à mener une double vie.

Pourtant, elle l'avait vu entrer dans cette maison, un bras passé autour de la taille de sa femme (petite amie ?) enceinte et refermer la porte derrière eux. Elle n'aurait su dire combien de temps elle était restée assise dans sa voiture, les yeux fixés sur la bâtisse – suffisamment longtemps en tout cas pour remarquer la peinture écaillée sur un rebord de fenêtre au premier étage et le câble d'une antenne satellite rouillée qui pendait du toit le long de la façade… Les encadrements de fenêtres étaient blancs, la façade de brique d'un rouge récemment lustré par la pluie. La porte d'entrée était noire et semblait avoir été repeinte à d'innombrables reprises en un siècle ou plus. Le heurtoir était en étain.

Puis elle s'était retrouvée sur l'autoroute sans savoir comment.

Elle pensait pleurer, mais elle ne versa pas une larme. Elle pensait se mettre à trembler, mais il n'en fut rien. Elle pensait ressentir du chagrin, et peut-être en éprouva-t-elle – peut-être était-ce ainsi qu'il se manifestait, par un engourdissement total. Un néant émotionnel. Une anesthésie de l'âme après une cautérisation.

Les trois voies de l'autoroute se réduisirent à deux lorsqu'elle franchit la frontière du Massachusetts. Un véhicule roulait sur sa droite, qui tenta de se rabattre devant elle alors que sa file s'amenuisait. Des panneaux de signalisation indiquaient le rétrécissement depuis trois kilomètres. Le conducteur les avait ignorés jusqu'au dernier moment.

Il accéléra.

Elle aussi.

Il accéléra encore. Elle aussi. Il se rapprocha d'elle. Elle continua tout droit. Il accéléra de nouveau. Elle l'imita, les yeux rivés sur la route devant elle. Il klaxonna, elle feignit de ne pas l'entendre. Cent mètres plus loin, la voie de droite s'arrêtait. Il fonça de plus belle et Rachel poussa sa Ford Focus au maximum de ce que pouvait donner une Ford Focus. Cette fois, elle le laissa sur place, et il apparut quelques secondes plus tard dans son rétroviseur.

À cet instant seulement, elle remarqua le sigle Mercedes-Benz sur le capot. Rien d'étonnant, à la réflexion. Le conducteur brandit son majeur en klaxonnant comme un dératé. Le genre dégarni, yeux dissimulés derrière des lunettes panoramiques coûteuses, joues flasques, nez fin, lèvres inexistantes. Elle le regarda dans le rétroviseur tempêter, gesticuler, articuler « fais chier » à plusieurs reprises et ajouter deux ou trois « salope » en prime. Le tableau de bord devait être éclaboussé de postillons... Il rêvait probablement de la doubler et de lui faire une queue-de-poisson, mais la circulation sur leur gauche était trop chargée, l'empêchant de se déporter, aussi se bornait-il à la klaxonner et à l'insulter.

Elle écrasa la pédale de frein. Brutalement. Tomba à vingt kilomètres-heure. Elle le vit hausser les sourcils derrière ses lunettes, arrondir la bouche en un « Oh ! » désespéré, se raidir au volant comme s'il était soudain traversé par un courant électrique. Elle sourit. Éclata de rire.

– Va te faire foutre ! lui lança-t-elle dans le rétroviseur. Espèce de minable !

Ils parcoururent encore deux kilomètres dans ces conditions, puis les voitures sur la voie de gauche s'espacèrent suffisamment pour que le conducteur de la Mercedes puisse déboîter et venir se ranger à sa hauteur. Au lieu de l'ignorer, Rachel tourna la tête vers lui et le dévisagea ouvertement. Il avait ôté ses lunettes, révélant de petits yeux éteints, comme elle l'imaginait. Lancée à cent dix kilomètres-heure, elle ne le lâcha pas du regard, jusqu'au moment où elle vit la fureur sur ses traits se muer d'abord en désarroi, ensuite en culpabilité, et enfin en une expression proche de la déception, comme s'il voyait sa fille adolescente rentrer bien après l'heure qui lui avait été fixée, empestant l'alcool et la lotion pour bains de bouche. Il secoua la tête en un geste d'indignation impuissante et reporta son attention sur la route. Après un ultime coup d'œil, Rachel fit de même.

Revenue à Boston, elle alla garer la Ford Focus sur le parking Zipcar puis rentra dans son immeuble et prit l'ascenseur jusqu'au quinzième. Quand elle marcha vers son appartement, elle se sentait plus seule qu'un astronaute dans l'espace ; elle dérivait, flottait par-delà les frontières sans personne pour l'arrimer et la ramener. Cette impression d'isolement était encore accentuée par le fait que, sur les quatre appartements de leur étage, seul le leur était régulièrement habité. Les trois autres appartenaient à des investisseurs étrangers. Parfois, Brian et elle croisaient un couple chinois d'un certain âge ou l'épouse du financier allemand, les bras chargés de sacs, accompagnée de trois enfants et de leur nounou. Elle ignorait qui possédait le troisième appartement. Quant au loft du dessus, il était occupé par un tout jeune homme qu'ils avaient surnommé le « Fils à papa ». Pour autant qu'elle le sache, l'endroit lui servait surtout à assouvir son penchant pour les prostituées. Le reste du temps, Brian et elle ne le voyaient ni ne l'entendaient jamais.

D'ordinaire, Rachel appréciait le calme et l'intimité résultant de cette situation, mais ce jour-là, alors qu'elle longeait le couloir silencieux, elle se faisait l'effet d'une dupe – une parfaite idiote, une créature amputée de son troupeau, une idéaliste stupide que l'on venait brutalement de forcer à ouvrir les yeux. Il lui semblait que l'univers tout entier se moquait d'elle.

Pauvre cloche ! Tu n'avais pas encore compris que l'amour n'était pas pour toi ?

Chez eux, elle eut l'impression d'étouffer. Tout portait leur empreinte, tout racontait leur histoire. Chaque mur, chaque recoin, chaque point de vue lui parlait d'eux. Les endroits où ils avaient fait l'amour, ceux où ils s'étaient querellés, ceux où ils avaient partagé des repas et discuté longuement. Les objets de décoration qu'ils avaient choisis, les tapis, le service de table, la lampe qu'ils avaient achetée dans ce magasin d'antiquités à Sandwich. La serviette de bain encore imprégnée de l'odeur de Brian, le journal ouvert, révélant la grille de mots croisés à moitié remplie. Les rideaux, les ampoules électriques et les articles de toilette. Elle emporterait sans doute certains de ces effets dans sa nouvelle vie, quelle qu'elle soit, mais la plupart seraient trop évocateurs de leur couple pour qu'elle puisse se les approprier.

Afin de se ménager un répit, elle redescendit au rez-de-chaussée chercher le courrier. Dominick, le portier, était assis à son poste, le nez dans un magazine qu'il avait sûrement emprunté à un locataire – peut-être même à elle, songea Rachel. Il leva les yeux, la gratifia d'un bref hochement de tête assorti d'un grand sourire, aussi éclatant que vide, puis se replongea dans sa lecture. Rachel se dirigea vers les boîtes aux lettres derrière lui, ouvrit la leur et en récupéra le contenu. Quand elle eut jeté prospectus et publicités dans la poubelle de recyclage, il ne lui resta que trois factures dans la main.

Alors qu'elle contournait la chaise de Dominick, elle lança :

– Bonne soirée !

– Merci. À vous aussi, Rachel.

Au moment où elle atteignait les ascenseurs, il la rappela :

– Oh, attendez ! J'ai un paquet pour vous. Désolé.

Elle se retourna. Il farfouilla quelques instants dans le casier du courrier volumineux, puis lui tendit une enveloppe jaune matelassée. Sur le moment, le nom de l'expéditeur – Pat's Book Nook & More, Barnum, Pennsylvanie – ne lui dit rien, puis elle se souvint de la cassette vidéo qu'elle avait commandée. Elle palpa le paquet ; la forme à l'intérieur correspondait.

De retour dans l'appartement, elle déchira l'enveloppe et en sortit la cassette. Le boîtier était abîmé et il manquait les coins de la jaquette en carton. Rachel contempla les portraits de Robert Hays et de Vivica A. Fox, souriants, la tête penchée vers la gauche. Puis, alors qu'elle débouchait un pinot noir pour lui tenir compagnie, elle se rendit compte qu'elle n'avait pas de magnétoscope. Plus personne n'en avait, aujourd'hui… Elle envisageait déjà d'aller voir sur Internet s'il y en avait à vendre quand elle se rappela celui qu'ils avaient entreposé chez le garde-meubles à Brookline. Elle allait devoir louer une autre voiture par Zipcar et affronter les embouteillages à l'heure de pointe. Et tout ça pour quoi ? Un film qu'un ivrogne lui avait dit de regarder. Elle savait désormais que son mari avait une autre femme dans un autre État. Que pourrait-elle apprendre de plus en visionnant un navet datant de 2002 ?

Elle se servit un verre de pinot, retourna la cassette et put constater que le résumé du film au dos était bien celui qu'elle avait lu sur eBay. Au-dessus figuraient deux petites photos. L'une d'elles montrait Robert et Vivica discutant sur un trottoir et souriant de toutes leurs dents. Sur l'autre, un jeune homme se penchait vers une jeune femme dans un fauteuil roulant. Il s'apprêtait à l'embrasser dans le cou et elle rejetait la tête en arrière d'un air ravi. C'étaient sûrement les deux rôles secondaires, songea Rachel. Kristy Gale et… Comment s'appelait l'homme, déjà ? Elle chercha le nom des acteurs. Oui, Brett Alden.

Elle posa son verre sur le plan de travail, ferma brièvement les yeux.

Alden Minerals Ltd.

C'était ça, le détail qui avait provoqué un déclic dans son esprit.

Elle examina plus attentivement la photo minuscule dans le coin supérieur droit. L'inclinaison du visage de Brett Alden ne permettait pas de le distinguer nettement. On ne voyait que ses cheveux (bruns, épais, indisciplinés), son front, le côté gauche de son visage, un œil, une pommette, la ligne du nez, la moitié de la bouche.

Or elle connaissait cette bouche, ce nez, cette pommette, cet œil bleu. Le front s'était légèrement dégarni, des rides étaient apparues près de la tempe…

Mais c'était bien Brian. Aucun doute possible.

21

P380

Et s'il revenait ?

Rachel était allongée sur le canapé, les yeux fermés, quand cette pensée lui traversa l'esprit et l'amena à se redresser.

Que se passerait-il si Brian franchissait cette porte et se rendait compte qu'elle était au courant de la supercherie ? La loi interdisait la polygamie, de même que l'emprunt d'identité à des fins malhonnêtes. Même si elle ne comprenait pas grand-chose à tout ce qui se tramait autour d'elle, elle était indiscutablement témoin d'une série de délits. Et elle se doutait que les hommes ayant une double vie réagissent mal quand ils sont démasqués.

Elle se dirigea vers leur dressing et leva la main vers la plus haute étagère, où Brian rangeait une partie de ses chaussures. Son arme était cachée derrière. Un P380 subcompact, à peine plus gros qu'un téléphone portable, mais capable d'après lui de neutraliser n'importe quel intrus qui ne porterait pas un gilet en Kevlar.

Il n'était pas là. Elle se haussa sur la pointe des pieds pour explorer le côté gauche de l'étagère, jusqu'à sentir le mur sous ses doigts.

Un cliquetis se fit soudain entendre à l'entrée de l'appartement. À moins qu'elle n'ait rêvé ? Ce n'était peut-être pas la porte qui s'ouvrait, mais juste la climatisation qui se mettait en route. Ou un autre bruit sans importance.

Quoi qu'il en soit, l'arme avait disparu. Autrement dit…

Ah non. Elle était là. Rachel referma les doigts sur la poignée en polymère noir et souleva le pistolet, expédiant un mocassin par terre dans son mouvement. Le cran de sûreté était engagé. Elle fit tomber le chargeur dans sa main, s'assura qu'il était garni, puis le remit en place. Il y avait eu une époque où elle fréquentait avec Brian le stand de tir de Freeport Street, à Dorchester – sans doute le seul quartier de la ville où les habitants n'avaient pas besoin d'apprendre à tirer des coups de feu ni à les éviter, disait-il pour plaisanter. Rachel appréciait l'atmosphère du stand, résonnant de la détonation des fusils et des pistolets dans les loges voisines. Elle aimait nettement moins le *brrrrapt* des armes d'assaut, qui évoquait pour elle des scènes de carnage dans les écoles ou les salles de cinéma. Parfois, elle avait l'impression de se retrouver dans un camp de vacances pour ados trop agressifs, vu que la plupart des tireurs avaient largement dépassé le stade où ils avaient besoin de s'entraîner. Elle n'avait pas tardé à comprendre que certains cherchaient seulement à réaliser un fantasme, à se donner des sensations fortes en imaginant qu'ils tuaient réellement ce cambrioleur, cet ex-petit copain violent ou cette horde de violeurs. On l'avait laissée essayer différentes armes, et elle s'était révélée plutôt douée avec les pistolets, beaucoup moins avec les carabines. Le P380 lui convenait parfaitement, et il ne lui avait pas fallu longtemps pour apprendre à loger les sept balles – six dans le chargeur, plus une dans la chambre – au milieu de la cible, dans la zone vitale. Après, elle avait cessé d'aller au stand.

En sortant de la chambre, elle s'assura d'un coup d'œil que la chaînette de sécurité était mise sur la porte d'entrée. Quel que soit le bruit qu'elle avait entendu du dressing, ce n'était donc pas Brian qui rentrait. Dans la cuisine, elle ouvrit son ordinateur portable et chercha Alden Minerals Ltd. Il s'agissait d'une compagnie minière domiciliée à Providence, dans le Rhode Island, qui possédait une seule mine en Papouasie-Nouvelle-Guinée – laquelle, d'après une expertise récente menée par un cabinet indépendant, Borgeau Engineering, recelait des ressources dépassant les 400 000 000 d'onces d'or. Un article du *Wall Street Journal* faisait référence à une rumeur d'offre d'achat amicale par le principal conglomérat minier de Papouasie-Nouvelle-Guinée, Vitterman Copper & Gold, basé à Houston.

Alden Minerals était une entreprise familiale dirigée par Brian et Nicole Alden. Rachel ne trouva aucune photo d'eux, mais elle n'en avait pas besoin : elle savait déjà à quoi ils ressemblaient.

Elle appela Glen O'Donnel, au *Globe*. Ils avaient fait carrière ensemble, d'abord au *Patriot Ledger*, puis au *Globe*. Elle avait travaillé dans le journalisme d'investigation, lui s'occupait de la rubrique économique. Après cinq minutes d'échange de nouvelles, durant lesquelles Rachel apprit que Glen et son compagnon, Roy, avaient adopté une petite Guatémaltèque et acheté une maison à Dracut, elle lui demanda s'il pouvait se renseigner sur Alden Minerals.

– Bien sûr, répondit-il. Je te tiens au courant.

– Oh, ne te…

– Ne t'inquiète pas, je n'ai rien d'autre à faire pour le moment. Je te rappelle au plus vite.

Rachel se resservit un verre de vin puis alla s'asseoir dans le salon près de la baie vitrée pour regarder la nuit tomber sur Arlington, Cambridge et le fleuve. Alors que le monde extérieur prenait une teinte cuivrée, puis bleu foncé, elle se demanda ce qu'elle deviendrait sans Brian. Selon toute vraisemblance, les crises de panique resurgiraient dès qu'elle émergerait de son engourdissement. Tous les progrès accomplis en six mois seraient réduits à néant. Non seulement elle serait contrainte de repartir de zéro, mais il était bien possible que cette succession de chocs – oh, ton mari a une autre femme ; oh, ton mari a une autre vie ; oh, tu ne connais peut-être même pas le vrai nom de ton mari – la précipite au fond du gouffre. Elle sentait déjà une boule se former dans sa gorge rien qu'à l'idée de devoir affronter de nouveau les autres, les inconnus, ceux qui ne pouvaient pas la sauver, ceux qui la fuiraient dès qu'ils percevraient sur elle l'odeur du malheur. (*Éliminer les faibles, garder les forts, c'est la loi de la sélection naturelle…*) Un jour, elle recommencerait à ne plus pouvoir prendre l'ascenseur, le lendemain elle se ferait livrer ses courses. Un beau matin, dans quelques années, elle se réveillerait et se rendrait compte qu'elle ne se souvenait même plus de la dernière fois où elle était sortie de son appartement. Elle n'aurait plus aucun pouvoir sur elle-même ni sur ses terreurs.

Or ce pouvoir – cette force –, d'où lui venait-il ? D'elle-même, bien sûr, mais aussi de Brian. De l'amour. Ou de ce qu'elle avait pris pour de l'amour.

Un acteur. Brian était un acteur. Il avait d'ailleurs été bien près de tout lui avouer lors de leur querelle après son « retour » de Londres, quand ils avaient plaisanté sur Clark Rockefeller. Fallait-il en conclure qu'il n'appartenait pas à la famille Delacroix ?

Elle retourna sur Internet et tapa « Brian Delacroix » dans le moteur de recherche. Sa biographie correspondait à ce qu'il lui avait raconté : quarante ans, employé par Delacroix Lumber, une entreprise canadienne spécialisée dans le bois de construction possédant des filiales dans vingt-six pays. Elle cliqua sur « Images » et ne trouva que quatre photos, mais c'était bien lui – « son » Brian : mêmes cheveux, même mâchoire, mêmes yeux, même… Non, pas le même nez.

« Son » Brian avait une petite bosse sur l'arête du nez. Invisible de face mais discernable de profil, même si on pouvait facilement passer à côté.

Brian Delacroix, lui, n'en avait pas, comme elle put le constater sur les deux clichés qui le montraient de profil. Elle étudia de plus près les images de face. À force de scruter les yeux de Brian Delacroix, elle se rendit compte qu'elle ne les avait jamais vus.

« Son » Brian Delacroix/Brett Alden était un acteur. Andrew Gattis, son vieil ami embarrassant, en était un aussi. Caleb semblait bien les connaître tous les deux. Il semblait donc logique de supposer que c'était également un acteur.

Alors que l'obscurité engloutissait le fleuve, elle lui envoya un texto :

« Tu aurais un petit moment pour venir me voir ? »

La réponse lui parvint une minute plus tard :

« Pas de pb. Tu as besoin de qqchose ? »
« De bras. Je fais 1 peu de rangement avant le retour de B. »
« Suis là ds 15 min. »
« Merci. »

Son téléphone portable vibra. C'était Glen.

– Oui ?

– Pourquoi tu t'intéresses à cette compagnie, Rachel ?

– Oh, comme ça. Pourquoi ?

– C'est une entreprise de troisième ordre qui possède une mine de troisième ordre en Papouasie-Nouvelle-Guinée. Néanmoins…

Elle l'entendit cliquer deux fois sur sa souris.

– … ladite mine n'est peut-être pas si ridicule que ça. Apparemment, un cabinet d'experts aurait procédé à une évaluation des ressources et conclu qu'Alden Minerals se retrouvait à la tête de ressources dépassant les quatre cents millions d'onces d'or.

– J'ai lu ça aussi, déclara Rachel. C'est quoi, une once ?

– Une mesure de l'or. Désolé. C'est littéralement une mine d'or. Sauf qu'Alden a peu de chances d'en profiter. Son principal concurrent dans la région – le seul, d'ailleurs –, c'est Vitterman Copper & Gold, qui n'a pas la réputation d'être un tendre. Autant dire qu'il va vouloir s'accaparer une mine avec un tel potentiel. Donc, à un moment ou à un autre, le groupe va lancer une OPA hostile. C'est pour ça qu'Alden s'efforce de ne pas ébruiter les résultats de l'expertise. Mais ses dirigeants ont besoin de fonds, ce qui pourrait expliquer pourquoi ils ont rencontré plusieurs fois ceux de Cotter-McCann.

– Et eux, c'est qui ?

– Une société de capital-risque. La semaine dernière, Cotter-McCann a mis en location plusieurs parcelles destinées au développement de l'immobilier commercial près de la ville d'Arawa, en Papouasie-Nouvelle-Guinée. Qu'est-ce que tu en conclus ?

Rachel avait trop bu pour réfléchir.

– Aucune idée.

– Moi, j'en déduis que Cotter-McCann a ainsi pu refiler un paquet de cash à Alden Minerals en échange d'un tas de parts dans cette mine. Dès que leur investissement initial commencera à payer, ils se débarrasseront d'Alden et feront le ménage. Ils agissent toujours comme ça, ce sont des requins. Pire que des requins, d'après certains ; au moins, les requins arrêtent de bouffer quand ils sont repus.

– Donc, Alden Minerals va probablement couler.

– Pas « couler », non. Ils seront absorbés, soit par Vitterman, soit par Cotter-McCann. Ils se sont retrouvés propulsés en un rien de temps du bac à sable dans la cour des grands. Je doute qu'ils puissent résister longtemps.

– OK, fit Rachel, qui avait du mal à suivre. Merci mille fois, Glen.

– De rien. Oh, à propos, Melissa m'a dit que tu t'étais enfin décidée à ressortir de chez toi.

Elle ravala un cri.

– C'est vrai, elle t'a dit ça ?

– Il faut que tu viennes à la maison, que tu fasses la connaissance de notre petite Amelia. On serait ravis de vous recevoir, Brian et toi.

Une vague de désespoir la submergea.

– Oui, ce serait… super.

– Ça va, Rachel ?

– Oh, euh… oui. J'ai attrapé un mauvais rhume, c'est tout.

Il garda le silence un instant, comme s'il hésitait à approfondir la question, mais pour finir il déclara :

– Soigne-toi bien, Rachel.

Lorsque Caleb sonna à l'interphone, elle lui ouvrit. Elle avait étalé sur le comptoir de la cuisine tous les éléments compromettants dont elle disposait, près d'un verre et d'une bouteille de bourbon, mais il ne remarqua rien sur le moment. Il semblait distrait et éreinté.

– Tu m'offres quelque chose à boire ?

Elle lui indiqua le bourbon.

Il s'assit sur un tabouret de bar et se servit sans prêter la moindre attention aux autres objets devant ses yeux.

– Putain de journée, marmonna-t-il.

– Ah oui ? Pour toi aussi ?

Il avala une longue gorgée d'alcool.

– Des fois, je me dis que Brian avait raison.

– À quel sujet ? s'enquit Rachel.

– Le mariage. Les gosses. Il faut tout le temps jongler avec plein de trucs.

Son regard survola la surface du comptoir et il demanda d'un ton absent :

– Alors, qu'est-ce qu'il faut déménager ?

– Rien, en fait.

– Alors, pourquoi… ?

Les yeux de Caleb s'étrécirent lorsqu'il considéra le billet d'avion devant lui, la facturette du magasin à Covent Garden, une photo imprimée du selfie que Brian avait « pris » devant l'hôtel Covent Garden, la cassette de *Since I Fell for You*.

Après avoir de nouveau porté son verre à ses lèvres, il l'interrogea du regard.

– Tu as mal inscrit la date, dit-elle en lui indiquant la facturette.

Il lui adressa un sourire perplexe.

– Tu as mis d'abord le mois, ensuite le jour et l'année, expliqua-t-elle. En Angleterre, ils auraient mis d'abord le jour, ensuite le mois et l'année.

Caleb jeta un rapide coup d'œil au papier.

– Je n'ai aucune idée de ce que tu…

– Je l'ai suivi, Caleb. Jusqu'à Providence.

Aucune réaction.

Le silence le plus total régnait dans l'immeuble. Fils à papa n'était pas chez lui, sinon elle aurait entendu le bruit de ses pas. Les différents locataires du quinzième n'étaient pas là non plus, apparemment. Caleb et elle auraient pu tout aussi bien se trouver au sommet d'un arbre dans une forêt lointaine.

– Il a une autre femme, reprit-elle en se resservant du vin. Elle est enceinte. Et lui, c'est un acteur. Mais bon, tout ça, tu le sais déjà, vu que… t'en es un aussi.

– J'ignore ce que…

– Stop ! Ça suffit, les conneries.

Elle vida d'un trait la moitié de son verre. À ce rythme, elle n'allait pas tarder à ouvrir une seconde bouteille… Et alors ? C'était agréable de pouvoir passer ses nerfs sur quelqu'un. Ça lui donnait une illusion de puissance. Et elle préférait encore les illusions à la terreur.

– Et qu'est-ce que tu crois savoir ? demanda-t-il.

– Ne me parle pas sur ce ton, OK ?

– Quel ton ?

– Condescendant.

Il écarta les mains comme si elle le menaçait d'une arme.

– J'ai vu Brian à Providence, déclara-t-elle. Je l'ai vu aussi chez Alden Minerals. Je l'ai vu entrer chez un photographe, acheter des fleurs et s'arrêter dans une banque. Et je les ai vus, sa femme et lui…

– Quel photographe, Rachel ? Celui dans Broadway ?

De toute évidence, elle avait touché un point sensible. Caleb fronça les sourcils avant d'écluser son bourbon.

– Qu'est-ce qu'il a de spécial, ce photographe ? interrogea-t-elle.

Comme il ne répondait pas, elle insista :

– Caleb…

Il leva un doigt à son adresse pour lui intimer le silence, puis appela quelqu'un sur son portable. Alors qu'il attendait, elle distingua les sonneries à l'autre bout de la ligne. Elle n'en revenait pas de la façon dont Caleb lui avait ordonné de se taire, du mépris que trahissait son geste. Ça lui rappelait le Dr Felix Browner autrefois, qui l'avait rabaissée de la même manière.

Caleb appuya sur « Terminer l'appel » et essaya aussitôt un autre numéro. Pas de réponse non plus. Il serra le téléphone si fort dans sa main qu'elle le crut sur le point de le briser.

– Raconte-moi…, commença-t-il.

Elle lui tourna le dos, prit la bouteille de vin posée sur le plan de travail près du four et remplit son verre sans se presser. C'était mesquin, mais jouissif. Lorsqu'elle lui fit de nouveau face, l'étincelle de colère dans son regard disparut une demi-seconde après qu'elle l'eut remarquée, et il lui adressa un sourire à la Caleb Perloff : juvénile et indolent.

– Raconte-moi tout ce que tu as vu à Providence, Rachel.

– Non, toi d'abord, répliqua-t-elle en plaçant son verre sur le comptoir en face de lui.

– Je ne vois pas ce que je pourrais te dire. Je ne sais rien.

– Parfait. Barre-toi.

Son sourire indolent se mua en petit rire.

– Pourquoi voudrais-tu que je m'en aille ?

– Si tu ne sais rien, Caleb, alors moi non plus.

– Ah.

Il dévissa le bouchon du bourbon et s'en resservit deux doigts. Après avoir rebouché la bouteille, il fit tournoyer l'alcool dans son verre.

– Tu es absolument certaine d'avoir vu Brian entrer chez ce photographe ?

Elle confirma d'un signe de tête.

– Il y est resté combien de temps ?

– Qui est Andrew Gattis ?

Il prit le temps de boire une gorgée de bourbon.

– Un acteur.

– Ça, j'avais compris, Caleb. Autre chose ?

– Il a fait Trinity Rep.

– L'école d'art dramatique ? À Providence ?

– Exact. C'est là qu'on s'est tous connus.

– Donc, mon mari est un acteur.

– En gros, c'est ça. Bon, pour en revenir au photographe… Combien de temps Brian est-il resté dans la boutique ?

Rachel le dévisagea quelques secondes.

– Cinq minutes, pas plus.

Il se mordilla l'intérieur de la joue.

– Il est ressorti avec quelque chose ?

– C'est quoi, son vrai nom ?

L'échange lui paraissait surréaliste. Comment imaginer qu'une femme puisse demander une chose pareille au sujet de son mari ?

– Alden, répondit-il.

– Brett ?

– Non, Brian. Brett, c'était son nom de scène. À moi, maintenant.

– Non, non, non. Tu as trop d'avance sur moi, tu me caches des choses depuis qu'on se connaît. Alors, pour chaque question que tu poses, moi, j'ai droit à deux.

– Et si ça ne me convient pas ?

Elle tendit la main vers la porte derrière lui.

– Tu dégages, mon pote.

– T'es bourrée.

– Je suis un peu éméchée, je te l'accorde, admit-elle. Qu'est-ce qu'il y a dans les bureaux de Cambridge ?

– Rien. On ne s'en sert jamais. Les locaux appartiennent à un copain. Si on en a besoin – mettons, parce que tu dois passer et qu'on a été prévenus –, on plante le décor. Comme sur une scène.

– Et qui sont les stagiaires ?

– Tu as eu tes deux questions.

Mais la réponse s'était déjà imposée à l'esprit de Rachel.

– Des acteurs, évidemment.

– Gagné ! s'exclama-t-il. Brian est-il ressorti du magasin avec quelque chose ?

– Je n'ai rien remarqué.

Il sonda son regard.

– Il est allé chez le photographe avant ou après la banque ?

– Ça fait deux questions, Caleb.

– Allez, sois sympa.

Elle fut secouée par un rire si violent qu'elle faillit vomir. Un rire de détresse, parce qu'il n'y avait absolument rien de drôle dans tout ça.

– *Sympa ?* répéta-t-elle.

Caleb joignit les mains et appuya son front sur le bout de ses doigts. Une posture de suppliant. De martyr attendant qu'on le sculpte dans le marbre. Au bout d'un moment, il finit par relever la tête. Il avait le teint gris et les traits tirés. Il vieillissait à vue d'œil.

Rachel récupéra son verre de vin mais ne but pas.

– Comment a-t-il fait pour truquer le selfie de Londres ?

– C'est moi qui l'ai aidé, avoua Caleb. Il m'a envoyé un texto pour me demander d'intervenir. Tu étais assise en face de moi, au Grendel. Je n'ai eu qu'à appuyer sur quelques touches de mon téléphone, capturer une image par-ci, une autre par-là, et me servir d'un programme de photo. Si tu l'avais regardé en haute définition, sur un écran d'ordinateur normal, tu te serais peut-être rendu compte de quelque chose. Mais pour un selfie censé être pris de nuit et transféré sur un mobile, ça ne posait pas de problème.

– Caleb..., murmura-t-elle, consciente que l'alcool lui montait à la tête. Qu'est-ce que je viens faire là-dedans ?

– Hein ?

– Quand je me suis réveillée ce matin, j'étais la femme de quelqu'un. Maintenant, je suis... je suis quoi ? Une de ses nombreuses femmes ? Une figurante dans l'une de ses vies ? Qu'est-ce que je suis ?

– Tu es toi.

– Et ça veut dire quoi, bordel ?

– Tu es toi. La même qu'avant. Intacte. Tu n'as pas changé. Ton mari n'est pas celui que tu croyais, d'accord. Mais ça ne change rien à ce que tu es, toi.

Il tendit le bras et lui pressa les doigts.

– Tu es toi, Rachel.

Elle se dégagea. Il laissa ses mains sur le bar et Rachel regarda les siennes, avec les deux bagues à son annulaire gauche : le solitaire monté sur sa bague de fiançailles et l'alliance en platine ornée de cinq petits diamants. Elle les avait portées une fois chez un bijoutier dans Water Street (recommandé par Brian, se rappela-t-elle) pour les faire nettoyer, et le vieil homme au comptoir avait émis un sifflement admiratif. « L'homme qui vous a offert ces pierres doit beaucoup vous aimer ! »

Les yeux fixés sur les gemmes, elle se demanda ce qu'il y avait de réel dans sa vie. Les trois années écoulées avaient été marquées d'abord par un lent cheminement puis par une ascension plus rapide vers la guérison, vers une réappropriation de son existence et de sa personnalité – une succession d'étapes minuscules pour émerger d'un océan de doute et de terreur. Elle avait erré telle une aveugle perdue dans les couloirs d'un bâtiment inconnu où elle ne se souvenait pas d'être entrée.

Et qui était arrivé pour la guider ? Qui l'avait prise par la main en chuchotant « Fais-moi confiance », jusqu'au moment où elle avait enfin accepté ? Qui l'avait menée vers la lumière ?

Brian.

Il avait cru en elle quand tout le monde lui tournait le dos. Il l'avait sauvée des ténèbres.

– Tout n'était que mensonges, alors ?

Rachel fut aussi surprise d'entendre les mots jaillir de sa bouche que de sentir des larmes couler de chaque côté de son nez et tomber sur le comptoir en marbre.

Elle s'apprêtait à attraper un mouchoir en papier quand Caleb lui saisit de nouveau les mains.

– Ça va aller, dit-il. Il faut que ça sorte.

« Non ! aurait-elle voulu crier. Non, ça ne va pas du tout ! Et lâche-moi ! » Mais elle se borna à retirer ses doigts.

– Va-t'en, Caleb. J'ai besoin de rester seule.

– Non, je ne peux pas te laisser comme ça. Tu en sais trop.

– Je…

Les mots moururent sur ses lèvres. Était-ce une menace ?

– Il ne sera pas content si je m'en vais maintenant, reprit Caleb.

– Parce que j'en sais trop ?

– Tu vois ce que je veux dire.

– Non.

Elle songea au pistolet qu'elle avait posé sur le fauteuil près de la baie vitrée.

– Brian et moi, on est sur le coup depuis longtemps, déclara-t-il. Il y a beaucoup d'argent en jeu.

– Combien ?

– Beaucoup.

– Et tu penses que je risque de vous dénoncer ?

Il sourit et but un peu de bourbon.

– C'est une possibilité.

– Mmmm…

L'air de rien, elle emporta son verre près de la baie vitrée, mais Caleb la suivit. Ils se postèrent de chaque côté du fauteuil pour contempler les lumières de Cambridge. S'il baissait les yeux, se dit Rachel, il découvrirait l'arme.

– C'est pour ça que tu as épousé une femme qui ne parlait pas anglais ? demanda-t-elle en essayant de ne pas lorgner vers le siège. Et qui ne connaît personne dans ce pays ?

Sans répondre, il appuya sa hanche contre le fauteuil tout en la dévisageant dans la vitre.

– Et c'est pour ça que Brian a épousé une recluse ? insista-t-elle.

– Il y a tant à gagner, pour chacun de nous…, chuchota-t-il. Ne gâche pas tout, Rachel.

– Tu me menaces ?

– N'inverse pas les rôles ! C'est toi qui as cherché à m'intimider ce soir, ma belle.

Son regard en cet instant rappela à Rachel celui du violeur en Haïti, Paul le prof. Du moins en eut-elle l'impression sur le moment.

– Tu sais où est Brian ?

– J'en ai une vague idée, répondit-il.

– Tu peux me conduire jusqu'à lui ?

– Pourquoi je ferais ça ?

– Parce qu'il me doit des explications.

– Ou sinon ?

– Hein ?

– Sinon quoi, Rachel ?

– Emmène-moi le voir, dit-elle, atterrée par la note de désespoir dans sa voix.

– Non.

– Quoi ?

– Brian a quelque chose dont j'ai besoin. Dont ma famille a besoin. Ça ne me plaît pas du tout qu'il s'en soit emparé en douce.

Rachel s'efforçait de lutter contre les effets du vin, qui l'empêchaient de raisonner.

– C'est en rapport avec le… le photographe ?

– Oui, confirma Caleb. Il a quelque chose dont j'ai besoin, et lui, c'est de toi qu'il a besoin.

Il lui fit face, toujours séparé d'elle par le fauteuil.

– Alors il n'est pas question que je te conduise jusqu'à lui maintenant.

En un éclair, Rachel se baissa, saisit le pistolet, ôta le cran de sûreté et le braqua sur son torse.

– Oh si. On va même y aller tout de suite.

22

La souffleuse à neige

Alors qu'ils roulaient vers le sud dans le SUV Audi de Caleb, celui-ci, qui avait pris le volant, suggéra :

– Et si tu rangeais ton flingue ?

– Non, je préfère le garder.

Elle détestait pourtant la sensation du pistolet dans sa main. La possibilité qu'il lui donnait d'ôter une vie d'une simple pression de l'index lui paraissait soudain monstrueuse. Sans compter qu'elle le pointait sur un ami.

– Au moins, remets le cran de sûreté.

– Ça ne fera que me retarder si je dois appuyer sur la détente.

– Mais tu ne vas pas appuyer sur la détente, bon sang ! C'est moi, Caleb. Et c'est toi. Tu te rends compte à quel point tout ça est grotesque ?

– Oh oui, je m'en rends compte.

– Bon, puisqu'on est tous les deux d'accord pour dire que tu ne vas pas me tirer dessus…

– Je ne me souviens pas qu'on soit tombés d'accord sur ce point.

– Je conduis, souligna-t-il, d'un ton frisant la condescendance. Alors, admettons que tu me tires dessus. Et après ? Tu restes bien tranquillement assise à ta place pendant que la bagnole zigzague à pleine vitesse sur la voie express ?

– Il faut bien que les airbags servent à quelque chose.

– Tu bluffes.

– Tu paries ? Si tu essaies de me prendre cette arme, Caleb, je n'aurai pas d'autre solution que de m'en servir.

Il se déporta brusquement sur la file voisine.

– Plutôt désagréable, hein ? dit-il en souriant.

Rachel sentait les rapports de force s'inverser peu à peu. Or elle savait, pour en avoir fait l'expérience dans les cités, lors des patrouilles avec les flics et des longues nuits passées en Haïti, qu'il ne fallait pas laisser le pouvoir changer de main, au risque de le perdre définitivement.

Caleb se concentrait sur la route quand elle remit le cran de sûreté. Discrètement, sans un bruit. Elle changea de position sur son siège, puis se pencha en avant et lui assena un grand coup de crosse sur la rotule. L'Audi fit une deuxième embardée, saluée par un coup de klaxon furieux.

– Oh, putain ! s'exclama Caleb, avant de pousser un gémissement de douleur. Tu déconnes ou quoi ? Qu'est-ce que…

Elle le frappa encore une fois, au même endroit.

Il redressa péniblement la voiture après un troisième écart.

– Arrête, merde !

Rachel ôta le cran de sûreté. Mieux valait éviter qu'un autre automobiliste circulant sur la voie express appelle la police pour signaler un conducteur ivre et donne le numéro d'immatriculation de Caleb.

– Arrête, répéta-t-il.

À la colère et à la tentative d'autorité dans sa voix s'ajoutait désormais une angoisse sourde. Il n'avait aucune idée de ce qu'elle pourrait faire ensuite mais, de toute évidence, le champ des possibilités l'effrayait.

Elle avait de nouveau l'avantage.

Il sortit à Dorchester, au niveau de la pointe méridionale de Neponset, puis s'engagea dans Gallivan Boulevard en direction du nord. En le voyant rester à droite au rond-point, elle crut qu'ils allaient traverser le pont menant à Quincy, au lieu de quoi il se dirigea vers la bretelle d'accès à la voie express. À la dernière minute, il tourna à droite et prit une rue défoncée. Ils furent bringuebalés jusqu'au moment où Caleb bifurqua encore à droite et longea une étendue de maisons délabrées, abîmées par les intempéries, d'entrepôts en tôle semi-circulaires et de bassins de radoub accueillant des bateaux de taille modeste. Au bout de la rue, ils atteignirent la marina de Port Norfolk, dont Rachel avait entendu parler par Sebastian, qui la lui avait signalée à plusieurs reprises au cours de leurs sorties estivales en mer dans la baie du Massachusetts. Sebastian, qui lui avait appris à naviguer de nuit à la lueur des étoiles. Sebastian, qui ne semblait vraiment heureux qu'à la barre, cheveux au vent.

Un parking quasiment désert jouxtait un restaurant et un yacht-club, tous deux repeints de frais, ce qui paraissait optimiste dans une marina où il n'y avait pas le moindre yacht. Le plus gros bateau au mouillage semblait être un douze mètres. Pour la plupart, les autres étaient des bateaux de pêche au homard, en bois et manifestement vieux. Quelques-uns seulement, parmi les plus récents, étaient en fibre de verre. Le plus beau d'entre eux, qui devait mesurer une dizaine de mètres, se distinguait par sa coque peinte en bleue, sa timonerie blanche et son pont en teck. Mais s'il attira l'attention de Rachel, ce fut surtout parce que son mari se tenait à bord, éclairé par les phares de l'Audi.

Caleb descendit de voiture et se dirigea rapidement vers Brian en lui expliquant que sa femme ne prenait pas très bien les choses. Il boitillait, constata Rachel avec une certaine satisfaction. Pour sa part, elle avança lentement, le regard rivé sur Brian, qui ne la quittait pratiquement pas des yeux, sauf pour surveiller la progression de son associé.

Si elle avait su, en cet instant, qu'elle allait le tuer, aurait-elle embarqué ?

Elle pouvait encore aller trouver la police. Mon mari est un imposteur, dirait-elle. Elle imaginait déjà un agent de permanence obséquieux répliquant : « On l'est tous plus ou moins, ma p'tite dame, non ? » La loi interdisait d'endosser l'identité d'un autre et d'avoir deux femmes, elle en était sûre ; pour autant, étaient-ce des crimes graves ? Ne suffirait-il pas à Brian de négocier un arrangement pour éviter les poursuites ? Et elle serait alors la risée de tous – elle, la journaliste ratée devenue d'abord une droguée aux médicaments dont le seul énoncé du nom sonnait comme une bonne blague, et ensuite une recluse –, une source inépuisable d'inspiration pour tous les comiques du coin lorsque la nouvelle se répandrait que la Flippée de la télé avait épousé un escroc ayant une seconde femme et une double vie.

Pour finir, elle suivit Caleb sur la passerelle. Il monta à bord, et au moment où elle s'apprêtait à faire de même, Brian lui tendit la main. Devant le regard noir qu'elle lui jetait, il laissa retomber son bras. Au même moment, il remarqua l'arme qu'elle tenait toujours.

– Je devrais peut-être te montrer la mienne, tu ne crois pas ? lança-t-il. Histoire de me sentir plus en sécurité.

– Vas-y, ne te gêne pas.

Au moment où elle posait le pied sur le pont, Brian la saisit par le poignet et, d'un même mouvement, la délesta du P380. Il récupéra ensuite son propre pistolet, un calibre 38 à canon court qu'il avait glissé derrière sa ceinture, sous sa chemise, et plaça les deux armes l'une à côté de l'autre sur une table à la poupe.

– Quand on sera au large, mon cœur, tu me diras si tu veux un duel dans les règles, cinq pas en arrière et tout le toutim, déclara-t-il. Je te dois bien ça.

– Tu me dois beaucoup plus que ça.

– D'accord. Et je compte honorer mes dettes.

Il tira un cordage enroulé autour d'un taquet et, à ce moment-là seulement, Rachel se rendit compte que le moteur tournait et que Caleb avait pris la barre dans le poste de pilotage. Quelques secondes plus tard, ils remontaient la Neponset River en direction de la baie.

Brian s'assit sur le banc d'un côté du pont et elle prit place en face de lui. L'avant de la table les séparait.

– Alors comme ça, tu possèdes un bateau, observa-t-elle.

Il se pencha en avant, les mains jointes entre ses genoux.

– Oui.

– Est-ce que j'ai une chance d'en redescendre ? demanda-t-elle, consciente que la marina s'éloignait derrière elle.

– Évidemment ! Pourquoi cette question ?

– Parce que je pourrais t'accuser de mener une double vie.

– Et qu'est-ce que tu aurais à y gagner ? demanda-t-il en se redressant, paumes tournées vers le ciel comme pour souligner l'absurdité d'une telle hypothèse.

– Rien, sinon la satisfaction de t'envoyer en prison.

Il haussa les épaules.

– Si tu veux, on fait demi-tour maintenant et on te ramène à terre. Tu n'auras qu'à te rendre au poste de police le plus proche et raconter ton histoire aux flics. S'ils te croient – et rien n'est moins sûr, Rachel, vu que ta crédibilité en a pris un coup dans cette ville –, ils enverront peut-être un enquêteur demain ou après-demain, ou dans une semaine… bref, quand ils y penseront. Or, à ce stade, je me serai volatilisé. Ils ne me retrouveront jamais et toi non plus.

La perspective de ne plus le revoir fit à Rachel l'effet d'un coup de poignard dans le ventre. Le perdre, en sachant qu'il vivait ailleurs, hors de sa portée, ce serait comme perdre un organe vital. Elle avait beau se dire que sa réaction était insensée, c'était plus fort qu'elle.

– Pourquoi n'es-tu pas encore parti ? interrogea-t-elle.

– Je n'ai pas pu synchroniser toutes les parties de mon plan aussi rapidement que je l'aurais voulu.

– Qu'est-ce que tu racontes ?

– On n'a pas beaucoup de temps, déclara Brian.

– Pour ?

– Autre chose que la confiance.

Abasourdie, elle le dévisagea un instant.

– C'est toi qui me parles de confiance, Brian ?

– J'en ai bien peur.

Elle aurait sans doute eu un bon millier d'arguments à lui opposer pour justifier son refus d'accéder à une requête aussi absurde, pourtant elle se contenta de dire :

– Qui est cette femme ?

À peine les avait-elle prononcés qu'elle regretta ces mots. Brian l'avait dépouillée de ce qu'elle avait laborieusement construit au cours des deux années écoulées, et elle ne trouvait rien de mieux à faire que se comporter en harpie jalouse ?

– Qui ?

– La future maman que tu vas voir à Providence.

Petit sourire suffisant. Il leva les yeux vers le ciel dépourvu d'étoiles.

– C'est une associée.

– Dans ta compagnie minière ?

– Indirectement, oui.

Ils retombaient peu à peu dans le schéma habituel de leurs disputes, elle le sentait : elle attaquait, et il optait pour la défense évasive, ce qui en général la rendait encore plus agressive. Alors, pour éviter de se laisser emporter par la colère, elle posa la question cruciale :

– Qui es-tu ?

– Ton mari.

– Tu n'es pas…

– L'homme qui t'aime.

– Tu m'as menti à peu près sur tout. Ce n'est pas de l'amour, ça, c'est…

– Regarde-moi bien. Dis-moi si ce n'est pas de l'amour que tu vois dans mes yeux.

Elle s'exécuta, d'abord avec un certain cynisme, ensuite avec une fascination grandissante. Oui, les sentiments étaient bien là.

En même temps… n'avait-elle pas affaire à un acteur ?

– Ce que je vois, c'est *ton* interprétation de l'amour.

– C'est la seule que je connaisse.

Caleb coupa le moteur. Ils avaient parcouru un peu plus de deux milles dans la baie. Les lumières de Quincy brillaient sur leur droite, celles de Boston derrière eux et sur leur gauche. Devant eux, seuls les contours escarpés de Thompson Island, à l'ouest, étaient visibles dans la nuit d'encre. Impossible d'évaluer la distance qui les séparait de l'île. Rachel croyait se rappeler qu'il y avait un centre d'accueil pour les jeunes sur Thompson Island, peut-être une antenne d'Outward Bound ; quoi qu'il en soit, rien n'était éclairé dans cette direction. Des vaguelettes venaient se briser contre la coque. Des années auparavant, par une nuit semblable, elle les avait ramenés à bon port, Sebastian et elle, en se repérant uniquement aux balises, et pendant toute la traversée ils avaient gloussé nerveusement pour masquer leur appréhension. En l'occurrence, Caleb avait tout éteint, sauf les petites ampoules sur le pont, à leurs pieds.

Au large, et dans une telle obscurité, les deux hommes n'auraient aucun mal à se débarrasser d'elle, songea Rachel. De fait, rien ne prouvait qu'ils n'avaient pas tout orchestré depuis le début pour l'amener à croire qu'elle avait déroulé elle-même le fil des événements jusqu'à ce moment, alors qu'en réalité ils la manipulaient.

Il lui parut soudain important de demander à Brian :

– C'est quoi, ton vrai nom ?

– Alden, répondit-il. Brian Alden.

– Ta famille est dans le bois de construction ?

– Non, rien d'aussi glamour.

– Tu es canadien ?

Il secoua la tête.

– Je suis né à Grafton, dans le Vermont.

Sans la quitter des yeux, il tira de sa poche un sachet de cacahouètes pareil à ceux qu'on distribue dans les avions, puis l'ouvrit.

– C'est toi, Scott Pfeiffer, dit-elle.

– Oui.

– Mais tu ne t'appelles pas Scott Pfeiffer.

– Non, c'est le nom d'un copain de lycée qui me faisait marrer en cours de latin.

– Et ton père ?

– Beau-père. Oh, c'est bien le type que je t'ai décrit ! Raciste, homophobe, convaincu qu'il existait un vaste complot mondial pour lui pourrir la vie et saloper tout ce qui avait une valeur à ses yeux. Et aussi, peut-être paradoxalement, capable d'être sympa. Un brave type, le genre serviable qui t'aide à réparer une clôture ou une gouttière. Il est mort d'une crise cardiaque, en déneigeant l'allée du voisin, un certain Roy Carrol. Comble de l'ironie, Roy n'avait même jamais eu un mot aimable pour lui, mais mon beau-père voulait lui donner un coup de main, parce qu'il était trop pauvre pour se payer les services de quelqu'un. Tu sais ce que Roy a fait le lendemain de l'enterrement de mon père ?

Brian avala une cacahouète.

– Il est allé s'acheter une souffleuse à neige à trois mille dollars.

Il lui tendit le sachet. En proie à un étrange sentiment d'irréalité, Rachel déclina la proposition d'un mouvement de tête.

– Et ton vrai père ?

– Je ne l'ai pas beaucoup connu, répondit-il, avant de hausser les épaules. Toi et moi, on a ça en commun.

– Comment en es-tu arrivé à endosser l'identité de Brian Delacroix ?

– Tu le sais déjà, Rachel. Je te l'ai dit.

Le jour se fit soudain dans l'esprit de Rachel.

– Il était étudiant à Brown, c'est ça ?

– Exact.

– Et c'était toi, le livreur de pizzas.

– Livrées en quarante minutes ou moins, sinon c'était moitié prix.

Il sourit.

– Maintenant, tu sais pourquoi j'aime rouler vite, ajouta-t-il en piochant d'autres cacahouètes dans le sachet.

– Tu peux m'expliquer pourquoi tu continues à grignoter comme si tout était normal ?

– Parce que j'ai faim. Le voyage a été long.

– Il n'y a pas eu de voyage !

Elle serra et desserra les dents.

Quand il haussa les sourcils à son adresse, elle eut envie de se jeter sur lui pour lui griffer le visage. Pourquoi avait-elle trop bu, bon sang ? Elle avait plus que jamais besoin d'avoir les idées claires, or c'était loin d'être le cas. Elle aurait voulu être capable de lui poser toutes ses questions dans l'ordre, sans flancher.

– Il n'y a pas eu de voyage, parce que tu ne travailles pas et que tu n'es pas Brian Delacroix, ce qui signifie que notre mariage n'est pas valide et que tu m'as menti…

Elle s'interrompit, consciente des ténèbres autour d'elle et du vide en elle.

– Sur tout.

Il frotta ses mains pleines de sel et glissa le sachet vide dans sa poche.

– Pas sur tout, non.

– Ah oui ? Qu'est-ce qui est réel ?

Brian fit aller et venir sa main entre eux.

– Ça. Ce qu'il y a entre nous.

– « Ça », riposta-t-elle en imitant son geste, c'est du vent.

Il eut le culot de paraître blessé.

– Non, tu te trompes, Rachel. C'est on ne peut plus réel.

À cet instant, Caleb les rejoignit sur le pont.

– Parle-moi du photographe, Brian, dit-il.

– Oh, on joue au méchant flic et au gentil flic, c'est ça ? Vous allez vous y mettre à deux pour me cuisiner, comme dans les films ?

– Rachel m'a affirmé t'avoir vu entrer chez Little Louie.

Le visage de Brian se ferma, son expression se fit glaciale et impitoyable. Rachel l'avait déjà vu ainsi quand il avait giflé Andrew Gattis, quand il était sorti de la tour Hancock sous la pluie, et aussi une fois, brièvement, au cours d'une de leurs disputes.

– Qu'est-ce que tu lui as raconté, Caleb ?

– Rien.

– Tiens donc…

Rachel trouva que la voix de Brian rendait un son étrange, comme s'il s'était mordu ou coupé la langue.

– Juste qu'on était des acteurs.

– C'est tout ? lança Brian d'une voix redevenue normale.

– Hé, je suis là ! intervint Rachel.

Brian tourna la tête et posa sur elle un regard éteint. Non, pas encore éteint, mais d'où la lumière disparaissait inexorablement. Elle se sentit soudain toute petite devant lui. Il la détailla lentement, d'une façon à la fois clinique et concupiscente, comme un homme visionnant un film porno sans trop savoir s'il est d'humeur.

– Qu'est-ce que t'es allé faire chez le photographe ? reprit Caleb.

Sans cesser d'examiner Rachel, Brian leva l'index en direction de son associé, dont les traits se figèrent devant ce geste de mépris.

– Ne me traite pas comme si j'étais ton larbin ! s'exclama Caleb. Les passeports sont prêts, au moins ?

La mâchoire de Brian se crispa en même temps qu'il lâchait un petit rire grinçant.

– Holà, mon gars, ne me pousse pas à bout ce soir.

Caleb fit un pas vers lui.

– T'avais dit qu'ils ne seraient pas prêts avant encore vingt-quatre heures.

– Je sais ce que j'ai dit.

– C'est à cause d'elle, c'est ça ? demanda Caleb en indiquant Rachel. D'elle et de ses problèmes à la con ? Il pourrait y avoir des morts, parce que…

– J'en suis conscient, l'interrompit Brian.

– Ma femme pourrait mourir. Ma gosse…

– Tu n'aurais jamais dû avoir ni l'une ni l'autre.

– Ah oui ? Mais toi, t'as le droit ? gronda Caleb en avançant encore de deux pas. Hein ? T'as le droit, c'est ça ?

– Elle est allée dans des zones à risques, répondit Brian. Elle est blindée.

– C'est une asociale.

– Qu'est-ce que vous… ? commença Rachel.

Caleb se campa devant Brian et lui brandit son index sous le nez.

– T'as menti à propos de ces foutus passeports ! Tu nous mets tous en danger. On va tous mourir, parce que monsieur ne voit pas au-delà de sa queue !

Comme Rachel avait pu le constater chaque fois qu'elle avait assisté à une scène de violence, les événements s'enchaînèrent très vite.

Brian gifla la main que son associé lui approchait du visage. Celui-ci riposta d'un direct à la tempe. Brian se levait de son siège quand Caleb lui expédia un autre coup, l'atteignant cette fois à la gorge. Mais déjà, Brian lui écrasait son poing dans le plexus solaire. Lorsque Caleb se voûta, il le frappa à l'oreille, suffisamment fort pour que Rachel entende craquer les cartilages.

Caleb tituba, tomba sur un genou et tenta désespérément de recouvrer son souffle.

– Hé ! Arrêtez ! cria Rachel – des mots qui lui semblèrent dérisoires.

Brian se frotta le cou, puis cracha par-dessus bord.

Prenant appui sur la table, Caleb se redressa. Un instant plus tard, il avait saisi le P380. Rachel le vit repousser le cran de sûreté, mais elle ne pouvait pas le croire. La situation lui paraissait relever de cette irréalité totale qui avait marqué la journée. Tous trois étaient des personnes normales, limite ennuyeuses, et certainement pas du genre à brandir des armes à feu… Pourtant, n'était-ce pas elle qui avait obligé Caleb à la conduire jusque-là, en le menaçant avec ce même pistolet ?

Pistolet qu'il pointait à présent sur le visage de Brian.

– Maintenant, gros malin, tu vas me dire où sont les…

Lorsque Brian saisit le bras armé de Caleb, le coup partit. La détonation ne fit pas autant de bruit qu'au stand de tir, songea confusément Rachel ; elle s'apparentait plutôt au claquement d'un tiroir qu'on referme. À en juger par le feu de bouche, la balle avait dû passer près d'elle. Elle ne cria cependant pas. Brian délesta Caleb du P380, puis le déséquilibra d'un rapide croc-en-jambe laissant supposer qu'il possédait une certaine expérience du combat. Son associé chuta sur le dos, et il le bourra aussitôt de coups de pied, au torse et à l'abdomen, se déchaînant comme s'il voulait le tuer.

– T'oses me coller un flingue sous le nez ? gronda-t-il. Tu te fous de ma gueule ?

Il accompagnait chaque phrase d'un nouveau coup.

– Tu cherches à me doubler, c'est ça ?

Son pied s'enfonça dans le bas-ventre de Caleb.

– Tu te permets d'insulter ma femme ?

Une bulle de sang se forma entre les lèvres de Caleb.

– Tu veux la baiser, pas vrai ? Tu t'imagines que j'ai pas remarqué comment tu la regardais ? Que tu bavais devant elle ?

Au début, Caleb l'avait supplié d'arrêter. Désormais, il ne réagissait plus du tout.

– Brian, stop ! s'écria Rachel.

Il se tourna vers elle et plissa les yeux en découvrant le 38 dans sa main. Elle ne se rappelait pas l'avoir pris sur la table, mais elle avait conscience de son poids, beaucoup plus important que celui du P380, qui ressemblait à un jouet entre les doigts de son mari.

– Tu vas le tuer…

– Qu'est-ce que ça peut te faire ?

– Je t'en prie, Brian.

– Pourquoi ? Quelle importance pour toi s'il y passait ? Ou si moi j'y passais ? Si je n'étais plus là ? Tu continuerais comme avant, à regarder le monde derrière tes fenêtres, sans oser l'affronter ni l'influencer d'une manière ou d'une autre. Je veux dire, oublie Caleb. Qu'est-ce que ça change, que tu sois dehors ou pas, si tu refuses de t'investir ?

Ces mots parurent le surprendre autant qu'elle. Il cilla plusieurs fois, considéra le ciel d'encre et la baie noire. Regarda Caleb. La dévisagea de nouveau. Et elle vit alors une pensée s'imposer à lui : s'il revenait seul à terre, personne ne se rendrait compte de rien.

Il leva son arme. Ou, du moins, elle crut le voir lever son arme. Non, il montait vraiment son bras, l'amenant à hauteur de son torse.

Elle tira.

Comme on le lui avait enseigné : viser la zone vitale. Une balle droit dans le cœur.

Elle s'entendit répéter : « Brian, oh non, Brian, non… » Et aussi : « Non, non, non, je vous en prie… »

Brian recula en titubant tandis que le sang inondait sa chemise et gouttait sur le pont.

Caleb posa sur elle un regard où se lisait la gratitude et l'horreur.

– Merde, dit Brian en lâchant son arme.

– Je… je suis désolée, murmura Rachel.

Une affirmation qui sonna comme une question.

Il y avait tant d'amour dans les yeux de Brian… Tant de peur aussi. Des mots jaillirent de sa bouche en même temps qu'un flot de sang qui dégoulina sur son menton et rendit ses paroles inaudibles.

Il fit un pas en arrière, une paume plaquée sur sa poitrine. Tomba du bateau.

Au même moment, elle comprit ce qu'il lui avait dit avant de basculer : « Je t'aime. »

Attends. Attends, Brian, attends…

Elle voyait une flaque sombre sur le pont, des éclaboussures sur le coussin blanc du banc près du bastingage.

Attends, pensa-t-elle encore.

On était censés vieillir ensemble.

III

RACHEL DANS LE MONDE

2014

23

Dans le noir

Elle commença par ôter sa montre. Enleva ensuite le collier offert par Brian trois semaines plus tôt. Se débarrassa de ses chaussures, de son coupe-vent, de son T-shirt et de son jean. Plaça le tout sur la table, à côté du pistolet dont elle venait de se servir.

Sans un regard pour Caleb, elle descendit dans le carré. À droite de la porte, elle trouva une trousse de secours et un pistolet lance-fusées de détresse. Aucune trace en revanche d'une torche électrique. Elle finit par en dénicher une un peu plus loin : corps en plastique jaune et caoutchouc noir, fonctionnant à l'énergie solaire. Elle vérifia qu'elle était chargée. Une bouteille d'air comprimé lui aurait permis de rester un bon moment sous l'eau, mais elle n'avait pas le temps de chercher. Elle remonta sur le pont, où Caleb l'attendait près du bastingage.

– Il est mort, Rachel. Et s'il ne l'est pas…

Elle ne répondit pas et grimpa sur le bastingage.

– Attends… ! lança Caleb.

Mais déjà, elle plongeait. Le froid lui contracta le cœur, la gorge et l'intestin. Lui vrilla les tempes et lui brûla les sinus comme de l'acide.

Le faisceau de la lampe se révéla plus puissant qu'elle n'aurait pu l'espérer, illuminant un paysage verdâtre, fait d'algues, de coraux, de sable et d'énormes rochers noirs. Elle nagea vers le fond avec l'impression d'être une intruse dans le monde de la nature – un monde plus ancien que la civilisation, qui existait avant le langage, l'humanité, la conscience.

Un banc de morues passa tout près d'elle. Lorsqu'il s'éloigna, elle vit Brian. Il était assis sur le sable, environ cinq mètres plus bas, près d'un rocher. Elle nagea vers lui, puis fit du surplace, secouée de sanglots, devant le mort qui la fixait de ses yeux aveugles.

Je suis désolée.

Un filet de sang tournoyait au bord du trou dans sa poitrine.

Je t'ai aimé, je t'ai détesté, je n'ai jamais su qui tu étais.

Son corps penchait vers la droite, sa tête vers la gauche.

Je te déteste. Je t'aime. Tu me manqueras jusqu'à la fin de mes putains de jours !

Elle regarda longtemps ce visage sans vie, jusqu'au moment où, les poumons en feu, les yeux irrités, elle n'y tint plus.

Adieu.

Adieu.

En remontant, elle constata que Caleb avait éclairé le bateau. La coque se profilait à environ six mètres au-dessus d'elle et à une quinzaine de mètres plus au sud. Elle battit des pieds et sentit soudain quelque chose lui effleurer la cuisse, juste au-dessus du genou. Affolée, elle se frappa la jambe, mais il n'y avait rien, et elle ne réussit qu'à lâcher la torche, qui tomba rapidement. Quand elle la vit pour la dernière fois, la lampe avait atterri sur le fond sableux et semblait darder sur elle son œil jaune brillant.

Après avoir refait surface, elle avala une grande goulée d'air et nagea vers le bateau. Alors qu'elle grimpait à l'échelle, elle remarqua un minuscule îlot à tribord qu'elle n'avait pas vu jusque-là. Un havre pour les oiseaux et les crabes, à peine assez grand pour y poser une fesse. Un érable solitaire et malingre s'élevait au-dessus des rochers, courbé à quarante-cinq degrés par les éléments. Quelques centaines de mètres plus loin se dessinait la forme de Thompson Island, un peu plus distincte mais toujours plongée dans le noir.

De retour à bord, elle emporta ses vêtements dans la cabine sans prêter attention à Caleb assis sur le pont, mains entre les genoux et tête baissée. Elle découvrit une petite salle de bains derrière une porte coulissante après la couchette. Une photo d'eux qu'elle ne connaissait pas était accrochée au-dessus des toilettes. Elle se rappelait néanmoins à quel moment elle avait été prise, parce que c'était la première fois que Brian rencontrait Melissa. Ils avaient déjeuné tous les trois dans le North End, puis flâné jusqu'à Charlestown et s'étaient assis sur la colline herbeuse près du Bunker Hill Monument. Melissa les avait photographiés dos à dos devant l'obélisque. Ils souriaient, et pas seulement pour l'objectif : ils étaient heureux, rayonnants. Cette nuit-là, Brian lui avait dit « Je t'aime » pour la première fois. Elle l'avait fait patienter une demi-heure avant de le dire à son tour.

Assise sur le siège des toilettes, elle répéta le nom de Brian à mi-voix et pleura en silence jusqu'à avoir la gorge à vif. Elle aurait voulu lui expliquer qu'elle regrettait de l'avoir tué, qu'elle le détestait parce qu'il l'avait manipulée, pourtant ces sentiments-là n'étaient rien en comparaison de la conscience de l'avoir perdu, lui, et d'avoir perdu la femme qu'elle avait été avec lui. Alors qu'elle avait été privée de tant de parties essentielles d'elle-même en Haïti – son empathie, son courage, sa compassion, sa volonté, son intégrité, son estime de soi –, Brian lui avait assuré que ce n'était pas définitif, qu'il était possible de ranimer ce qu'elle pensait mort en elle.

« Oh, Rachel ! entendit-elle sa mère lui dire, comme elle l'avait fait si souvent. Quelle tristesse que tu ne puisses t'aimer que si quelqu'un d'autre t'y autorise… »

Elle alla se regarder dans la glace et eut un choc en découvrant à quel point elle ressemblait à la célèbre Elizabeth Childs, cette femme aigrie dont tout le monde prenait l'amertume pour de la bravoure.

– Va te faire foutre, m'man !

Elle se débarrassa de son soutien-gorge et de sa culotte, puis s'essuya avec une épaisse serviette de toilette trouvée sur une étagère. Elle renfila ensuite son jean, son T-shirt et son coupe-vent, avant de dénicher un peigne et de se camper de nouveau devant la glace pour s'arranger les cheveux. Il lui semblait toujours voir sa mère à l'époque où *L'Escalier* avait été publié, mais aussi une nouvelle version d'elle-même. Une meurtrière. Elle venait de tuer quelqu'un. Que cette personne ait été son mari ne changeait rien à l'extrême gravité de l'acte. Elle avait ôté une vie.

Brian avait-il vraiment levé son arme ?

Peut-être.

Aurait-il pressé la détente ?

Sur le moment, elle l'avait cru prêt à le faire.

Et maintenant ? Maintenant, elle ne savait plus. L'homme qui, par une nuit pluvieuse, avait donné son imperméable à un sans-abri, aurait-il pu commettre un meurtre ? Ce même homme qui l'avait soutenue pendant ses trois longues années de maladie sans jamais manifester d'impatience ni de frustration ? Cet homme-là pouvait-il être un assassin en puissance ?

Non, impossible. Sauf que cet homme était Brian Delacroix, un imposteur.

Brian Alden, lui, était capable de gifler un vieil ami sans sourciller. De faire pleuvoir les coups de pied sur son associé avec un acharnement laissant supposer qu'il continuerait jusqu'à ce que mort s'ensuive. Brian Alden avait pointé ce pistolet dans sa direction. Pas sur elle, non. Et il n'avait pas non plus appuyé sur la détente.

Parce qu'elle ne lui en avait pas laissé le temps.

Elle remonta sur le pont. Elle se sentait calme. Trop calme. Le contrecoup du choc, sans doute. Elle avait l'impression d'être une étrangère dans son propre corps.

Elle récupéra le P380 sur le pont, à l'endroit où Brian l'avait fait tomber, et le glissa derrière sa ceinture, sur ses reins. Elle prit ensuite le calibre 38 sur la table et se dirigea vers Caleb, qui la regarda approcher en plissant les yeux, se demandant visiblement ce qu'elle avait en tête mais incapable de l'empêcher d'agir.

D'un simple mouvement du poignet, elle expédia l'arme au-dessus de lui, dans l'océan. Puis elle le toisa.

– Aide-moi à nettoyer le sang, ordonna-t-elle.

24

Kessler

Au volant de l'Audi, Caleb avait du mal à respirer sans grimacer de douleur, et tous deux en déduisirent que Brian lui avait cassé au moins une côte. Alors qu'ils arrivaient en ville, il laissa passer la première sortie, vers Back Bay. Au début, Rachel crut qu'il allait prendre la suivante, mais lorsqu'il l'eut dépassée aussi, elle demanda :

– Qu'est-ce que tu fais ?

– Je roule.

– Jusqu'où ?

– Je connais une planque sûre. Il faut qu'on y aille, qu'on réfléchisse à tout ça.

– Je veux rentrer chez moi.

– Non.

– Si.

– Il est possible que des types très remontés contre nous soient à nos trousses. On doit quitter la ville au plus vite.

– J'ai besoin de mon ordinateur.

– On s'en fout, de ton ordi ! s'écria-t-il. Avec tout le fric qu'on va se faire, tu pourras t'en racheter un.

– Ce n'est pas l'ordi qui m'intéresse, c'est le bouquin qui est dedans.

– T'auras qu'à en télécharger d'autres.

– Il ne s'agit pas d'un bouquin que je lis, Caleb, mais de celui que j'écris.

Il lui jeta un bref coup d'œil. Sous la lumière des réverbères, son visage était blême, presque spectral, et hagard.

– T'as pas fait de sauvegarde ?

– Non.

– Tu ne l'as pas mis sur le Cloud ?

– Non !

– Mais pourquoi, bon sang ?

– J'en ai besoin, Caleb, répéta-t-elle obstinément à l'approche de la sortie suivante. Ne m'oblige pas à me servir de mon arme.

– Encore une fois, t'as pas besoin de ça pour vivre, avec tout ce que tu vas…

– Ça n'a rien à voir avec le fric !

– Tout est toujours lié au fric.

– Prends la sortie, Caleb.

– Et merde ! s'écria-t-il en braquant vers la bretelle.

Ils s'engagèrent dans un court tunnel qui débouchait à proximité du North End, puis tournèrent à gauche en direction du quartier de Government Center et de Back Bay.

– Je ne savais pas que tu écrivais un bouquin, déclara-t-il au bout d'un moment. C'est quoi ? Un roman policier ? Un truc de science-fiction ?

– Non, un document. Sur Haïti.

– Pas facile à vendre, ça.

Son ton réprobateur arracha un petit rire amer à Rachel.

– Qu'est-ce que t'en sais, bordel ?

Il lui adressa un sourire contrit.

– Je te dis la vérité, c'est tout.

– *Ta* vérité.

À peine entrée dans l'appartement, elle se dirigea aussitôt vers sa chambre pour se changer. Après avoir enfilé des sous-vêtements secs, elle choisit un legging noir, un T-shirt également noir et un vieux sweat-shirt gris datant de l'époque où elle était étudiante à NYU. Elle ouvrit son portable, puis rassembla dans un dossier les différents fichiers de son livre, ce qu'elle aurait probablement dû faire depuis longtemps. Pour finir, elle accéda à sa boîte mail, créa un nouveau message dont elle était la destinataire, mit le dossier en pièce jointe et cliqua sur Envoyer. *Voilà*[1]. Son livre serait désormais accessible depuis n'importe quel ordinateur.

En sortant de la chambre, son portable sous le bras, elle constata que Caleb s'était servi un verre, comme elle s'y attendait. Le coup de pied qu'il avait reçu dans le bas-ventre rendait la position assise inconfortable, lui expliqua-t-il, aussi préférait-il boire son bourbon debout au bar.

– Je croyais que t'étais pressé, fit-elle remarquer.

– On a une heure de route devant nous.

– Oh, alors je t'en prie, bois tout ton soûl.

– Qu'est-ce que t'as fait, Rachel ? demanda-t-il dans un chuchotement rauque. Qu'est-ce que t'as fait ?

– J'ai abattu mon mari.

Elle ouvrit le frigo, pour le refermer presque aussitôt, ayant oublié dans l'intervalle ce qu'elle voulait y prendre. Elle alla ensuite chercher un verre et se servit à son tour un bourbon.

– Pour te défendre ?

– Tu étais là, Caleb.

– J'étais sonné. Je n'étais peut-être même plus conscient.

1. En français dans le texte.

Cette dérobade irrita Rachel.

– Tu n'as pas vu ce qui s'est passé ?

– Non.

Une réponse sans ambiguïté, cette fois. Que dirait-il si un jour il devait témoigner à la barre ? Qu'elle avait agi pour les sauver, elle et lui ? Ou qu'il n'était « même plus conscient » ?

Qui es-tu, Caleb ? aurait-elle pu demander. *Sous la surface, qui es-tu vraiment, au fond de toi ?*

Elle but un peu de bourbon.

– Quand il a levé son arme vers moi, j'ai compris à son expression qu'il allait appuyer sur la détente et j'ai tiré la première, déclara-t-elle.

– Tu es d'un calme…

– Je ne me sens pas calme, pourtant.

– Tu parles comme un robot.

– Pas étonnant, j'ai l'impression d'être sur pilote automatique.

– Ton mari est mort.

– Je sais.

– Brian.

– Oui.

– Brian est mort !

Elle le regarda droit dans les yeux.

– Je sais ce que j'ai fait, Caleb. C'est juste que je ne ressens rien.

– Tu dois être en état de choc.

– Possible, oui.

Elle se rendait cependant compte à son grand désarroi que, malgré la douleur qui lui gonflait le cœur, elle se sentait plus vivante qu'elle ne l'avait été depuis Haïti. Le chagrin la consumerait quand elle cesserait de s'agiter et de se concentrer sur les problèmes immédiats. Alors, pour le moment, mieux valait rester en mouvement et ne surtout pas élargir sa perspective.

– Tu comptes aller trouver les flics, Rachel ?

– Ils me demanderont pourquoi j'ai tiré.

– Parce qu'il allait me tuer à force de me cogner.

– Ils me demanderont pourquoi il te frappait.

– On dira qu'il a pété les plombs parce que tu avais découvert sa double identité.

– Ils vont plutôt penser qu'on baisait, toi et moi.

– Ils ne suivront pas cette piste-là.

– Au contraire, c'est même la première qu'ils suivront ! Ensuite, ils voudront savoir dans quel secteur d'activité vous étiez tous les deux et si vous aviez eu des conflits récents sur des questions financières. Alors, j'ignore ce que vous maniganciez, mais j'espère pour toi que ça ne te donnait pas un mobile pour l'éliminer. Sinon, ils en déduiront que non seulement on baisait, toi et moi, mais qu'on essayait aussi de baiser Brian en affaires. Et là-dessus, ils me demanderont pourquoi j'ai balancé le pistolet dans la mer.

– Pourquoi, d'ailleurs ?

– Parce que j'étais… perturbée ? Choquée ? Bouleversée ? À partir du moment où la mort de Brian sera découverte, je ne peux pas imaginer un seul scénario dans lequel je ne finirai pas en taule, même si ce n'est que pour trois ou quatre ans. Et je ne veux pas de ça !

Elle éprouvait bel et bien quelque chose, à présent : des frémissements de peur.

– Je ne veux pas me retrouver enfermée dans une boîte dont quelqu'un d'autre a la clé, insista-t-elle. Pas question, tu entends ?

Caleb la regardait, bouche bée.

– OK.

Il porta son verre à ses lèvres.

– Il faut qu'on y aille, Rachel.

– Où ?

– Dans un endroit sûr. Haya est déjà sur place avec le bébé.

Elle récupérait son ordinateur et ses clés quand, soudain, elle se figea. Une pensée venait de lui traverser l'esprit, l'ébranlant jusqu'au plus profond d'elle-même. Elle se sentait moins engourdie, soudain, moins calme aussi.

– Son corps va refaire surface, n'est-ce pas, Caleb ?

– Oui.

– On doit y retourner.

– Pourquoi ? Qu'est-ce que tu veux faire ?

– Le lester.

– Avec quoi ?

– N'importe quoi. Des briques, une boule de bowling…

– Où veux-tu trouver une boule de bowling à…

Il jeta un coup d'œil à l'horloge du four à micro-ondes.

– … onze heures du soir ?

– Il y a des haltères dans la chambre. Deux.

Il se borna à la dévisager.

– Pour la musculation. Ils font dix kilos chacun, ça devrait suffire.

– On parle de lester le corps de Brian, là…

– Oui.

– C'est absurde.

– Pas du tout.

Rachel savait exactement ce qu'elle avait à faire. Peut-être n'était-elle pas en état de choc, après tout ; peut-être son cerveau s'était-il simplement débarrassé de toutes les données superflues pour mieux se concentrer sur ce qui était vital. Elle avait éprouvé la même chose dans les campements de réfugiés à Léogâne, lorsqu'elle se déplaçait de tente en tente, d'arbre en arbre : une lucidité totale concernant l'objectif à atteindre – se cacher. Il n'y avait pas de place pour les questions existentielles plus larges, pas de nuances de gris. Tous ses sens étaient mobilisés pour assurer sa survie. Ses pensées ne vagabondaient pas, elles défilaient au pas.

– C'est absurde, répéta Caleb.

– Ça fait déjà un moment qu'on nage en plein délire, au cas où tu ne l'aurais pas remarqué.

Alors qu'elle retournait dans la chambre chercher les haltères, un coup de sonnette la stoppa net dans son élan. Ce n'était pas l'interphone, qui aurait signalé la présence de quelqu'un devant l'immeuble. Ni un appel intérieur du portier annonçant des visiteurs. Non, c'était la sonnette de la porte d'entrée.

Elle regarda par l'œilleton. Un Noir se tenait de l'autre côté de la porte, arborant un petit bouc bien taillé. Coiffé d'un feutre brun, il portait un manteau en cuir sur une chemise blanche ornée d'une fine cravate noire. Il était accompagné de deux agents – des femmes – de la police de Boston, en uniforme.

Elle entrouvrit le battant sans ôter la chaînette de sécurité.

– Oui ?

L'homme lui montra une plaque dorée ainsi qu'une carte de la police de Providence. Il s'appelait Trayvon Kessler.

– Inspecteur Kessler, madame Delacroix. Votre mari est là ?

– Non.

– Quand doit-il revenir ?

– Il est en voyage d'affaires.

– Ah. Et où est-il parti ?

– En Russie.

– Pourrions-nous entrer quelques minutes ? demanda-t-il d'une voix très douce.

Si elle hésitait, songea Rachel, la situation risquait de devenir tendue.

– Je vous en prie…, dit-elle en écartant la porte.

Il enleva son chapeau en franchissant le seuil et le posa sur la chaise ancienne à sa gauche. Son crâne rasé luisait comme du marbre poli dans la faible clarté du vestibule.

– Je vous présente l'agent Mullen, déclara-t-il en indiquant sa collègue blonde aux yeux clairs chaleureux et au visage parsemé de taches de rousseur. Et voici l'agent Garza, ajouta-t-il en se tournant vers la brune corpulente dont le regard curieux balayait déjà l'appartement.

Un regard qui survola Caleb, toujours posté près du bar, la bouteille de bourbon à la main. Rachel remarqua qu'elle avait également laissé sur le comptoir la bouteille de pinot éclusée plus tôt dans la soirée, entre un verre de vin vide et celui qu'elle venait de remplir à demi de bourbon. Les apparences pouvaient laisser croire à une petite fête entre amis…

Caleb s'approcha pour serrer la main des nouveaux venus, en se présentant comme l'associé de Brian. Dans le silence qui suivit, alors que les trois flics examinaient les lieux d'un air impavide, il commença à donner des signes de nervosité.

– Vous vous prénommez Trayvon, c'est bien ça ? lança-t-il à Kessler, et Rachel se retint de lui jeter un coup d'œil horrifié.

L'inspecteur considéra un instant la bouteille de bourbon et la bouteille de vin vide.

– C'est ça, confirma-t-il. Mais tout le monde m'appelle Tray.

– Trayvon, comme ce gosse en Floride ? Celui qui a été tué par le type de la milice ?

– Exact. Pourquoi, vous n'avez jamais rencontré d'autres Caleb ?

– Si, bien sûr.

– Alors…

Kessler haussa les sourcils, l'air interrogateur.

– Trayvon, c'est moins courant, c'est tout, se justifia Caleb.

– Là d'où vous venez, peut-être.

N'y tenant plus, Rachel intervint :

– Pourquoi vouliez-vous voir mon mari, inspecteur ?

– On aurait eu quelques questions à lui poser.

– Vous travaillez dans le Rhode Island ?

– Oui, m'dame. Pour la police de Providence. Et ces deux charmantes jeunes femmes ici présentes sont mes agents de liaison.

– En quoi mon mari serait-il concerné par des événements survenus à Providence ?

Rachel fut agréablement surprise de la facilité avec laquelle elle s'était glissée dans le rôle de l'épouse dépassée par les événements.

– Vous allez avoir un coquart, dit Kessler à Caleb.

– Pardon ?

Au même moment, Rachel découvrit une boursouflure rouge sous la paupière inférieure droite de Caleb.

– Vous avez remarqué, agent Mullen ?

La blonde acquiesça d'un signe de tête.

– Comment vous êtes-vous fait ça, monsieur ? demanda-t-elle à Caleb.

– Avec un parapluie.

– Ah bon ? Il vous a sauté à la figure ? lança l'agent Garza.

– Non, quand j'ai pris le métro pour venir – je travaille à Cambridge –, un gars l'avait appuyé sur son épaule. Arrivé à sa station, il s'est tourné vers la porte pour sortir et j'ai reçu la pointe sous l'œil.

– Aïe, fit Kessler.

– Comme vous dites.

– C'est d'autant plus bête qu'il n'a presque pas plu cette semaine, observa l'inspecteur. Oh, c'est vrai, ça ne s'arrêtait plus au début du mois, mais depuis quelque temps… Ça remonte à quand, la dernière fois qu'il a plu ? lança-t-il à la cantonade.

– Au moins dix jours, répondit l'agent Mullen.

– Alors qu'est-ce qu'il foutait avec un parapluie, ce con ?

Kessler ne semblait s'adresser à personne en particulier. Un sourire déconcerté flottait sur ses lèvres.

– Oups, excusez mon langage, ajouta-t-il à l'intention de Rachel.

– Pas de problème.

– N'empêche, si des types commencent à se balader dans les rames de métro avec des parapluies alors qu'il ne tombe pas une goutte d'eau, où va le monde, franchement ?

De nouveau, il gratifia d'un regard appuyé les bouteilles et les verres sur le bar.

– Donc, madame Delacroix, votre mari est en Russie ?

– Oui.

Il se tourna vers Caleb, qui aurait manifestement préféré rester en dehors de la conversation.

– Et vous, vous êtes passé déposer quelque chose ?

– Hein ? Euh, non.

– Des documents professionnels, peut-être ?

– Non, répondit Caleb.

– Dans ce cas… je ne voudrais pas me montrer indiscret mais…

– Non, non…

– Qu'est-ce que vous faites là ? M. Delacroix est absent, et vous en profitez pour venir boire un verre avec son épouse ?

L'agent Mullen dévisagea Caleb d'un air intrigué. L'agent Garza déambulait dans le salon.

– Nous sommes tous amis, inspecteur, expliqua Rachel. Mon mari, Caleb et moi. Je ne sais pas trop quels préjugés démodés vous poussent à soupçonner le pire si un homme rend visite à une femme dont le mari est en déplacement, mais je vous prierais de bien vouloir vous abstenir de ce genre d'insinuations déplacées.

Kessler lui décocha un grand sourire.

– D'accord, d'accord. Désolé. Veuillez m'excuser si je vous ai offensée.

Elle hocha la tête.

Il lui tendit une photo. Au premier coup d'œil, Rachel sentit le sang affluer à ses tempes et précipiter les battements de son cœur. L'image montrait Brian assis, un bras passé autour des épaules de la femme enceinte qu'elle avait vue dans l'après-midi. Elle n'était pas enceinte sur la photo et lui avait les cheveux moins grisonnants. Ils étaient installés sur les coussins gris d'un canapé en rotin blanc qui se confondait avec le mur de lambris peint en blanc derrière eux – tout à fait le genre de décor d'une maison sur la plage ou sur la côte. Une reproduction des *Nénuphars* de Monet était accrochée au-dessus d'eux. Brian paraissait bronzé. Sa compagne et lui arboraient un large sourire. Elle portait une robe d'été bleue à motif floral ; lui, une chemise de flanelle rouge sur un bermuda en toile. Elle avait posé sa main gauche sur la cuisse droite de Brian.

– Vous n'avez pas l'air bien, m'dame.

– Et comment suis-je censée réagir, inspecteur, quand vous me montrez une photo de mon mari avec une autre femme ?

– Vous pouvez me la rendre, s'il vous plaît ?

Rachel s'exécuta.

– Vous la connaissez ? s'enquit l'inspecteur.

Elle fit non de la tête.

– Vous ne l'aviez jamais vue ?

– Non.

– Et vous, monsieur Perloff ?

Kessler montra la photo à Caleb.

– Vous connaissez cette femme ?

– Non.

– Non ?

– Non, insista Caleb.

– Dommage, parce que vous n'aurez plus l'occasion de la connaître, déclara Kessler en rangeant la photo dans la poche de son manteau. On a retrouvé son cadavre il y a huit heures.

– Elle est morte ? Comment ? demanda Rachel.

– Une balle dans le cœur, une autre dans la tête. Vous le sauriez si vous aviez regardé les informations ce soir.

Il jeta un rapide coup d'œil vers le bar.

– Mais vous aviez mieux à faire, manifestement…

– Qui était-ce ? reprit Rachel.

– Elle s'appelait Nicole Alden. À part ça, je ne sais pas grand-chose sur elle. Pas de casier, pas d'ennemis connus, employée dans une banque. Et elle a fréquenté votre mari.

– C'est une vieille photo, fit remarquer Rachel. Il est même possible qu'elle ait été prise avant que je le rencontre. Rien ne dit qu'il soit toujours en contact avec elle…

– Et donc, il est en Russie ?

– Oui.

Rachel alla chercher son téléphone, afficha le dernier texto de Brian, dans lequel il affirmait que son avion s'apprêtait à décoller, et le montra à Kessler.

Ce dernier le lut et lui rendit le mobile.

– Il est parti à l'aéroport avec sa voiture ou il a pris un taxi ?

– Avec sa voiture.

– L'Infiniti ?

– Oui.

Elle marqua une pause.

– Mais comment savez-vous…

– Quelle voiture il conduit ?

– Oui.

– Eh bien, une Infiniti FX45, enregistrée au nom de votre mari à cette adresse, a été découverte cet après-midi en face du domicile de la victime. Et un témoin a vu votre mari sortir de la maison grosso modo à l'heure du meurtre.

– Il serait parti à pied en laissant sa voiture, c'est ça ?

– Pourrions-nous tous nous asseoir, madame Delacroix ? proposa Kessler en inclinant la tête vers le bar.

Ils prirent place sur les tabourets autour du comptoir. Kessler présidait, tel le patriarche dans une réunion de famille.

– D'après notre témoin, poursuivit-il, votre mari est arrivé au volant de l'Infiniti, mais il est reparti une heure plus tard dans une Honda bleue. Vous avez déjà eu l'occasion d'aller sur ces sites de géolocalisation où on vous montre des images de rues, madame ? Et vous, monsieur Perloff ?

Tous deux hochèrent la tête.

– Les sociétés spécialisées dans ce genre de services envoient des camionnettes filmer les rues. Les images mises en ligne n'ont en général guère plus de quelques semaines, quelques mois maximum. Bref, je suis allé sur l'un de ces sites, j'ai entré l'adresse de la victime et examiné des vues de la rue. J'ai élargi un peu le champ, et devinez ce que j'ai découvert ?

– Une Honda bleue, répondit Caleb.

– Tout juste ! Garée à quelques dizaines de mètres plus à l'est. J'ai relevé le numéro d'immatriculation, demandé une recherche et appris ainsi qu'elle appartenait à un certain Brian Alden. Quand je me suis adressé au service des cartes grises, j'ai obtenu la photo d'un homme qui ressemble comme deux gouttes d'eau à votre mari.

– Quoi ? s'écria Rachel, sans avoir à faire beaucoup d'efforts pour paraître convaincante. Vous êtes en train de me dire que mon mari n'est pas mon mari ?

– Je suis en train de vous dire que votre mari mène peut-être une double vie, m'dame, et que j'aimerais beaucoup en discuter avec lui, répliqua Kessler.

Il croisa les mains sur le bar et lui sourit.

– De ça, et de bien d'autres choses encore.

Après un court silence, Rachel déclara :

– Tout ce que je sais, c'est qu'il est en Russie.

Trayvon Kessler secoua la tête.

– Il n'y est pas.

– Je suis seulement au courant de ce qu'il me dit.

– Et je crois qu'il vous raconte pas mal de mensonges, m'dame. Il part souvent en déplacement ?

– Au moins une fois par mois.

– Où ?

– Au Canada et dans le Nord-Ouest Pacifique essentiellement. Mais il va aussi en Inde, au Brésil, en République tchèque et au Royaume-Uni.

– Sympa ! Il vous arrive de l'accompagner ?
– Non, jamais.
– Pourquoi ? Personnellement, j'aimerais bien voir Rio ou me promener à Prague.
– J'ai un problème de santé.
– Ah bon ?
– Du moins, j'en avais un jusqu'à une date récente.

Elle sentait tous les regards peser sur elle, en particulier celui des deux femmes, qui devaient bien se demander quel genre de « problème » pouvait affecter une princesse de Back Bay comme elle.

– Je ne pouvais pas quitter mon domicile, expliqua-t-elle. Et encore moins prendre l'avion.
– Vous avez peur de voyager en avion, donc, fit Kessler d'un ton aimable.
– Entre autres choses, oui.
– Vous êtes agoraphobe ?

Elle sonda son regard, qui lui parut bien trop perspicace.

– J'ai une maîtrise de psychologie, précisa-t-il. Obtenue à l'université de Pennsylvanie.
– Eh bien, il n'y a jamais eu de diagnostic officiel, reconnut-elle, et elle crut entendre l'agent Mullen soupirer. Mais je présentais des symptômes qui le laissaient supposer.
– Vous en parlez au passé ?
– Brian m'a aidée à guérir.
– Et pourtant, il ne vous estime pas suffisamment remise pour vous emmener dans ses déplacements.
– Pas encore, non.
– Souhaiteriez-vous être placée en détention pour votre protection ?

Il avait posé la question d'un ton tellement détaché qu'il fallut quelques secondes à Rachel pour donner un sens à ses propos.

– Pourquoi ?

Il se tourna sur son tabouret.

– Agent Garza ? Vous avez l'autre photo ?

Sa collègue brune lui tendit une photo qu'il posa sur le bar, afin que tous puissent la voir. Nicole Alden gisait dans sa cuisine, à plat ventre sur le sol, le bas du corps hors cadre. Le sang avait formé une flaque sous sa poitrine et s'était accumulé au-dessus de son épaule gauche. Sa joue gauche et la porte du frigo étaient également éclaboussées de rouge. Mais le plus terrible, l'image dont Rachel se dit qu'elle la hanterait jusqu'à la fin de ses jours, était le trou béant au sommet de sa tête, comme si on lui avait arraché une partie du crâne à coups de dents. Le sang qui en avait jailli pour se répandre dans ses cheveux était devenu noir.

– Si votre mari est coupable…

– Mon mari n'y est pour rien, affirma Rachel d'une voix forte.

– Je ne dis pas que c'est forcément lui, mais pour autant qu'on le sache, c'est la dernière personne à avoir vu cette femme vivante. Alors, madame Delacroix, supposons – et attention, il ne s'agit que d'une supposition – qu'il ait commis ce meurtre…

Il se tourna vers le vestibule.

– Il a la clé qui ouvre cette porte, me semble-t-il.

– C'est pour ça que vous voulez me placer en détention ?

– Pour votre protection, m'dame. J'insiste sur ce point.

Rachel fit non de la tête.

– Agent Mullen ? Veuillez noter que Mme Delacroix a refusé notre recommandation concernant sa sécurité.

– Compris, répondit sa collègue blonde en écrivant sur son calepin.

Kessler tapota de l'index le comptoir en marbre, comme pour en éprouver la solidité, puis reporta son attention sur Rachel.

– Accepteriez-vous de passer au poste pour parler de la dernière fois où vous avez vu votre mari ?

– C'était ce matin à huit heures, quand il est parti pour l'aéroport.

– Il n'est pas parti pour l'aéroport.

– Ça, c'est vous qui le dites. Rien ne prouve que vous ayez raison.

Il haussa les épaules.

– C'est le cas, pourtant.

Trayvon Kessler semblait à la fois serein et sceptique. Ce mélange incongru donnait à Rachel l'impression qu'il connaissait déjà ses réponses avant même qu'elle les formule, comme s'il était capable non seulement de lire en elle mais aussi de prévoir l'avenir, comme s'il savait comment tout cela allait finir. C'était si déstabilisant qu'elle devait prendre sur elle pour soutenir son regard légèrement intrigué et ne pas tomber à genoux en implorant sa clémence. Si elle se retrouvait un jour en salle d'interrogatoire avec cet homme, nul doute qu'elle en sortirait les menottes aux poignets.

– Écoutez, inspecteur, je suis fatiguée, prétendit-elle. J'aimerais aller me coucher et attendre que mon mari m'appelle de Moscou.

Il hocha la tête et lui tapota la main.

– Agent Mullen ? Veuillez noter que Mme Delacroix a refusé de nous suivre au poste pour répondre à d'autres questions.

Il plongea la main dans la poche intérieure de son manteau et posa une carte de visite sur le bar entre eux.

– Mon numéro de portable personnel est inscrit au verso.

– Merci.

Il se leva.

– Monsieur Perloff ? lança-t-il d'une voix soudain plus forte, alors qu'il lui tournait le dos.

– Oui ?

– Quand avez-vous vu Brian Delacroix pour la dernière fois ?

– Hier après-midi, quand il a quitté le bureau.

Kessler pivota vers lui.

– Vous travaillez ensemble dans le secteur du bois de construction, c'est ça ?

– Oui.

– Et vous ignoriez tout de la double vie de votre associé ?

– Oui.

– Vous voulez bien venir au poste nous en parler un peu plus en détail ?

– Je suis fatigué moi aussi, inspecteur.

Celui-ci regarda brièvement le bar, puis plus longuement Rachel.

– Bien sûr, je comprends, déclara-t-il en remettant à Caleb une carte de visite.

– Je vous appellerai, lui assura ce dernier.

– Je vous le conseille, en effet. Vous voulez savoir pourquoi ? Parce que si Brian Delacroix, alias Brian Alden, a les mains aussi sales que je le pense…

Kessler se pencha vers lui pour ajouter :

– Les vôtres le sont aussi, mon vieux.

Il lui assena une grande claque sur l'épaule en s'esclaffant comme s'il s'agissait d'une bonne blague entre vieux copains.

– En attendant, ne quittez pas la ville, OK ?

Les trois policiers se dirigèrent vers la porte. L'agent Mullen griffonnait dans son calepin, l'agent Garza balayait encore une fois les pièces du regard, lentement, comme si tout ce qu'elle voyait était transmis à une base centrale de données. L'inspecteur Kessler s'arrêta un instant devant une reproduction de Rothko que Brian avait apportée de son ancien appartement, puis adressa un sourire approbateur à Rachel. Quand son sourire s'élargit, elle sentit un frisson la parcourir.

À peine étaient-ils sortis que Caleb se précipitait sur le bourbon.

– Oh, putain, marmonna-t-il. Putain de bordel de merde…

– Calme-toi, dit Rachel.

– Il faut qu'on se tire. Tout de suite

– T'es dingue ? Tu l'as entendu, oui ou non ?

– On n'a qu'à récupérer le fric et…

– Quel fric ?

Il vida son verre.

– Tellement de fric que ces salopards ne pourront jamais nous coincer. OK, d'abord le fric, ensuite la planque. Et merde…

Ses yeux se remplirent de larmes.

– Nicole… Oh non, pas Nicole.

Elle le regarda. Il pressa le bas de sa paume sur chacune de ses paupières en relâchant lentement son souffle.

– Pas Nicole, répéta-t-il.

– Donc, tu la connaissais.

Il darda sur elle un regard noir.

– Évidemment !

– Qui était-ce ?

– C'était…

Un long soupir.

– Une amie. Quelqu'un de bien. Et maintenant, elle est…

Une nouvelle fois, il la foudroya du regard.

– Foutu Brian ! Je lui avais pourtant bien dit de ne pas attendre, que tu pourrais toujours nous rejoindre après, quand il n'y aurait plus de danger. Et que si tu ne le faisais pas, il n'aurait plus qu'à t'oublier.

– Une minute. Pourquoi moi ? Qu'est-ce que j'étais censée…

Un nouveau coup de sonnette l'interrompit. Rachel jeta un coup d'œil en direction de la porte d'entrée et remarqua le feutre de Trayvon Kessler oublié sur la chaise à côté. Elle le ramassa au passage et l'avait à la main quand elle ouvrit.

Mais ce n'était pas Kessler sur le seuil.

Ils étaient deux. Deux Blancs qui ressemblaient à des notaires ou à des agents d'assurances. La cinquantaine, physique passe-partout, rien de mémorable dans leur apparence.

À l'exception de leurs armes.

25

Quelle clé ?

Chacun d'eux tenait un Glock 9 mm, canon pointé vers le sol, dans une de ses mains croisées au niveau du bas-ventre. Ainsi, quiconque s'engagerait dans le couloir ne verrait que deux hommes de dos.

– Madame Delacroix ? lança celui de gauche. Enchanté. Pouvons-nous entrer ?

Il leva légèrement son pistolet, et Rachel recula.

Ils pénétrèrent dans l'appartement, dont ils refermèrent la porte derrière eux.

– Qui êtes…, commença Caleb, qui se tut brusquement en découvrant les armes.

Le plus petit, celui qui avait pris la parole, visa la poitrine de Rachel. Le plus grand braqua son Glock sur la tête de Caleb puis, d'un mouvement du poignet, indiqua la table de la salle à manger.

– On va tous aller s'asseoir là-bas, dit le plus petit.

Rachel saisit aussitôt la logique de son raisonnement : cette partie de l'appartement, la plus éloignée des fenêtres, n'était pas visible du vestibule.

Ils prirent place autour de la table. Rachel posa le chapeau de Kessler devant elle, parce qu'elle ne savait pas quoi en faire. Elle sentait sa gorge se comprimer, et des fourmillements la parcouraient tout entière.

Le plus petit des deux intrus avait triste allure avec ses yeux de cocker et la mèche rabattue sur le haut de son crâne pour dissimuler sa calvitie. Dans les cinquante-cinq ans, bedonnant, il portait un polo blanc effiloché sous un blouson bleu ciel Members Only – un vêtement en vogue quand Rachel était à l'école primaire mais qu'elle n'avait pas revu souvent depuis.

Son acolyte, qui avait peut-être cinq ans de moins, arborait une épaisse tignasse grise et une barbe de deux jours. Il était vêtu d'un T-shirt noir sous un veston également noir, trop large pour lui et de mauvaise facture : les épaules déformées par le cintre pointaient de chaque côté, et entre les pointes et les revers correspondants s'étendait un champ de pellicules.

Il émanait d'eux une impression de rêves déçus et d'ambitions avortées. C'était sans doute une vie de désillusions qui les avait conduits à intimider des citoyens ordinaires en les menaçant d'une arme, songea Rachel. Celui en blouson bleu avait une tête à s'appeler Ned. L'autre lui faisait penser à un Lars.

Elle qui espérait dominer sa peur en les humanisant déchanta rapidement quand elle vit Ned visser un silencieux sur le canon de son Glock, imité presque aussitôt par son comparse.

– Bon, déclara Ned. Il se trouve qu'on est un peu pressés par le temps. Je vais donc vous demander à tous les deux d'agir au mieux de vos intérêts et d'éviter par conséquent de passer par la case : « Je ne vois pas de quoi vous parlez. » On est d'accord ?

Rachel et Caleb se contentèrent de le dévisager.

Il se pinça l'arête du nez en même temps qu'il fermait brièvement les yeux.

– J'ai dit : « On est d'accord ? »

– Oui, murmura Rachel.

– Oui, fit Caleb en écho.

Les deux complices échangèrent un rapide coup d'œil avant de se concentrer sur leurs vis-à-vis.

– Rachel ? reprit Ned. C'est bien Rachel, n'est-ce pas ?

Elle perçut le tremblement de sa voix quand elle répondit :

– Oui.

– Levez-vous, Rachel.

– Quoi ?

– Mettez-vous debout, ma chère. Là, juste devant moi.

Lorsqu'elle s'exécuta, le tremblement jusque-là cantonné à sa voix gagna ses jambes.

Le nez de Ned, grêlé et sillonné de veinules rouges, se retrouva au niveau de son ventre.

– Parfait, commenta-t-il. Maintenant, ne bougez plus.

– OK.

Ned s'adossa à sa chaise pour mieux voir Caleb.

– Et vous, vous êtes son associé, j'imagine, poursuivit-il.

– L'associé de qui ?

– Ha ha ha, lâcha Ned en tapant la crosse du Glock sur la table. Je croyais qu'on s'était mis d'accord…

– Oh, vous voulez parler de Brian ! s'empressa de dire Caleb. Oui, oui, je suis l'associé de Brian.

Ned fit les gros yeux à l'adresse de son comparse.

– « Oh, vous voulez parler de Brian ! », ironisa-t-il.

– Oh, *ce* Brian-là… ! renchérit Lars.

Une intervention que Ned salua d'un sourire chagrin.

– Alors, Caleb, où est la clé ? demanda-t-il.

– Quelle clé ? répliqua Caleb.

Ned frappa Rachel à l'estomac, si fort qu'elle eut l'impression de sentir son poing s'enfoncer en elle et la soulever du sol. Elle s'effondra et demeura inerte, le souffle coupé, les entrailles en feu, l'esprit paralysé, comme envahi par de la mélasse. Quand ses idées s'éclaircirent enfin, au moment où l'air affluait de nouveau dans ses poumons, la douleur s'intensifia. Elle appuya son front sur le sol et, au prix d'un énorme effort, parvint à se mettre à quatre pattes en hoquetant. La douleur n'était cependant rien en comparaison de la certitude qu'elle allait mourir ce soir-là. *Pas bientôt, pas un jour ou l'autre, mais probablement dans les cinq prochaines minutes.*

Déjà, Ned la hissait sur ses pieds. Puis il l'attrapa par les épaules en la regardant d'un air soucieux, comme s'il craignait qu'elle ne s'évanouisse.

– Ça va ?

Elle hocha la tête, persuadée néanmoins qu'elle allait vomir.

– Je veux vous l'entendre dire, insista-t-il en scrutant ses traits.

Ned, le bon Samaritain.

– Ça va, articula-t-elle.

– Bien.

Alors qu'elle allait se rasseoir, il l'en empêcha.

– Désolé, ma chère, mais il est possible que ce ne soit pas fini.

Elle ne put retenir ses larmes. Elle eut beau essayer, elle n'y parvint pas tant elle était accablée par le souvenir de la violence du coup, de l'impossibilité de respirer, de cette douleur si intense qu'elle avait court-circuité sa faculté de penser, et surtout par la certitude que cet homme au regard triste, avec sa mèche cache-misère et ses intonations pleines de sollicitude, n'hésiterait pas à la frapper encore et encore, jusqu'à obtenir ce qu'il voulait ou la tuer.

– Chut, dit Ned. Tournez-vous, pour qu'il voie votre visage.

Il la força à se placer en face de Caleb.

– Apprenez, jeune homme, que ce premier coup l'a atteinte au plexus solaire. Ça fait un mal de chien mais on s'en remet. Le prochain en revanche risque de lui exploser les reins.

– Je ne sais rien.

– Faux. Vous êtes le petit génie de l'informatique. Vous participez à l'opération depuis le début.

– Brian m'a doublé.

– Ah oui ?

Les yeux de Caleb semblaient incapables de se fixer sur un point. Son visage luisait de sueur, ses lèvres étaient agitées de tressaillements nerveux… Il avait tout du gamin effrayé qu'il avait toujours été, comprit Rachel. Quand il croisa brièvement son regard, elle crut percevoir de l'empathie chez lui, avant de se rendre compte avec horreur que c'était de l'embarras. De la honte. De la pitié, même. Il était mortifié à l'idée de ne pas avoir le courage de la sauver. Il la plaignait, parce qu'il était sûr qu'elle allait mourir.

Il va me bousiller les reins, Caleb. Dis-lui ce que tu sais.

Ned posa le silencieux sur la tempe droite de Rachel, puis lui fit suivre la ligne de son décolleté.

– Ne m'obligez pas à faire ça, jeune homme, reprit-il. J'ai moi-même une fille. Des sœurs aussi.

– Écoutez…, commença Caleb.

– Non, non, il n'y a pas de « Écoutez » qui tienne, l'interrompit Ned. Pas de « Attendez », ni de « Laissez-moi vous expliquer », ni de « Tout ça n'est qu'un énorme malentendu ».

Il inspira profondément par les narines, offrant l'image d'un homme qui s'efforce de conserver son sang-froid.

– Il y a juste une question qui appelle une réponse. Point final.

Rachel sentit le sexe de Ned durcir contre sa hanche gauche. Il bandait, ce père de famille, ce frère qui avait des sœurs. « Les monstres ne s'habillent pas comme des monstres, mais comme des humains, lui avait dit sa mère autrefois. Et le plus étrange, c'est qu'ils ont rarement conscience d'être des monstres. »

– Où est la clé ? répéta Ned.

– Quelle clé ? fit de nouveau Caleb, dont tout le visage tremblotait, désormais.

Des tremblotements qui cessèrent d'un coup lorsque Ned lui logea une balle entre les yeux.

Au début, Rachel ne comprit pas vraiment ce qui se passait. Elle distingua le bruit mouillé du projectile qui pénétrait dans la chair, entendit Caleb lâcher un glapissement de stupeur – le dernier son qu'il émettrait jamais –, vit sa tête partir brusquement en arrière, puis revenir vers l'avant couverte de sang, et elle ouvrit la bouche pour hurler.

Au même instant, Ned lui appuya le silencieux encore chaud sur le côté du cou.

– Si vous criez, je n'aurai pas d'autre solution que de vous tuer, Rachel. Et je n'en ai pas envie.

Mais il le ferait le cas échéant, elle n'en doutait pas.

Non, ma grande, il le fera. *Dès qu'ils en auront fini avec toi. Dès qu'ils auront obtenu ce qu'ils veulent. Une clé. Quelle clé, bon sang ?* Brian en avait tellement sur son trousseau… Quoi qu'il en soit, s'il l'avait bel et bien en sa possession, elle était forcément accrochée à ce foutu trousseau.

Qui se trouvait sur lui.

Qui lui-même se trouvait au fond de la baie du Massachusetts.

Le corps de Caleb s'inclina sur le côté et aurait dégringolé de la chaise s'il n'avait pas été retenu par l'accoudoir. Durant quelques secondes, seul le bruit des gouttes de sang qui tombaient par terre troubla le silence.

– Bref, reprit Ned. Tout ça pour dire qu'il vaut mieux ne pas me répondre « Quelle clé ? » quand je vous poserai ma question suivante.

Certaine qu'il la tuerait de toute façon, Rachel hocha la tête.

Il baissa son pistolet.

– Vous pouvez parler, je sais que vous n'allez pas crier.

– Qu'est-ce que je suis censée dire ?

De l'autre côté de la table, Lars se leva. Il s'ennuyait, manifestement, et se préparait à partir, une attitude que Rachel jugea plus perturbante que s'il avait essayé de lui faire peur. Ce qui se jouait ici touchait à sa fin, de toute évidence. Et elle n'envisageait qu'un dénouement possible : une autre balle en plein visage. Le sien, cette fois.

– C'est facile, reprit Ned. Vous nous donnez la bonne réponse, celle qu'on est venus chercher. Alors, Rachel, où est la clé ? demanda-t-il avec la plus grande douceur.

– C'est Brian qui l'a.

– Et où est Brian ?

– Je l'ignore. Mais, s'empressa-t-elle d'ajouter en voyant Lars lever son arme, j'en ai une vague idée.

– Laquelle ?

– Il a un bateau. Personne n'est au courant.

– Comment s'appelle ce bateau et où est-il amarré ?

Elle n'avait pas fait attention au nom du bateau. Elle n'avait même pas pensé à regarder.

– Il est amarré à…

Un coup de sonnette.

Tous trois se tournèrent vers la porte, se regardèrent, puis se concentrèrent de nouveau sur la porte.

– Qui est-ce, Rachel ? interrogea Ned.

– Je ne vois pas.

– Votre mari ?

– Il ne sonnerait pas.

Second coup de sonnette, suivi d'un tambourinement sur le battant.

– Madame Delacroix ? C'est l'inspecteur Kessler.

– « Inspecteur Kessler », articula Ned à voix basse. Ah !

– J'ai oublié mon chapeau, m'dame.

Un autre tambourinement, plus insistant, témoignant de la détermination du visiteur à se faire ouvrir, que les occupants des lieux le veuillent ou pas.

– Madame Delacroix ?

– J'arrive ! cria Rachel.

Ned lui décocha un regard noir. Elle haussa les sourcils : *Qu'est-ce que vous vouliez que je fasse ?*

Les deux hommes se dévisagèrent. Peut-être communiquaient-ils par télépathie ? En tout cas, ils parvinrent manifestement à une décision. Ned alla récupérer le feutre, le tendit à Rachel puis lui montra sa paume.

– Vous voyez la largeur de ma main ?

– Oui.

– Vous n'écartez pas plus la porte, compris ? Vous lui filez son chapeau et vous refermez.

Elle s'éloignait de lui quand il l'attrapa par le bras pour la forcer à se tourner vers Caleb. Le sang sur son visage s'assombrissait. En Haïti, songea Rachel, sa tête serait déjà couverte de mouches.

– Si vous vous avisez de désobéir, vous finirez comme lui.

Il la fit pivoter vers la porte et elle se mit à trembler.

– Arrêtez de trembler, chuchota-t-il.

– Ah oui ? Et comment, hein ? répliqua-t-elle entre ses dents serrées.

Il lui assena une claque brutale sur les fesses. Elle lui jeta un coup d'œil, et il la gratifia d'un sourire satisfait, car les tremblements avaient disparu.

– Voilà ! Je viens de vous apprendre un nouveau tour.

Le chapeau à la main, elle se dirigea vers le vestibule. Son sac, un petit modèle à bandoulière en cuir brun offert par Brian pour un Noël, était accroché à une patère dans l'entrée. Elle décida de ce qu'elle allait faire au moment même où elle posait les doigts sur la poignée de la porte : elle l'ouvrit plus largement que les quinze centimètres recommandés par Ned, de façon à offrir à l'inspecteur Trayvon Kessler une vue dégagée derrière elle du couloir qui desservait les chambres, de la porte de la salle de bains, du comptoir de la cuisine. Puis, sans se donner le temps de réfléchir, elle attrapa son sac, franchit le seuil et rendit son feutre au policier.

Des images terrifiantes lui traversèrent alors l'esprit. La balle lui sectionnait la colonne vertébrale, projetant des fragments d'os dans son système sanguin tandis qu'elle tombait dans les bras de l'inspecteur Kessler. Incapable de dégainer, celui-ci était touché à la tête et à l'épaule par les tirs répétés de Ned. Rachel et lui s'écroulaient l'un sur l'autre, alors que les deux tueurs s'approchaient d'eux et, le visage inexpressif, les truffaient de projectiles, faisant tressauter leurs cadavres…

– Inspecteur…

Avec un frisson Rachel ferma la porte derrière elle.

– Je me demandais si vous alliez revenir, ajouta-t-elle. J'allais vous appeler sur votre portable.

Il lui emboîta le pas quand elle marcha vers les ascenseurs.

– Vous sortez ?

Elle lui jeta un coup d'œil appuyé par-dessus son épaule gauche, une pose que Brian, Sebastian et deux autres de ses ex avaient toujours trouvée particulièrement sexy chez elle. À en juger par la façon dont Trayvon Kessler cilla à plusieurs reprises, la manœuvre fonctionnait.

– J'ai besoin de prendre l'air, pour dégriser.

– C'est bien à ça que sert le sommeil, non ?

– Je peux vous confier un secret ?

– Allez-y, j'adore les secrets. C'est pour ça que je suis devenu flic.

Ils avaient atteint les ascenseurs. Rachel appuya sur le bouton d'appel puis coula un regard furtif en direction de la porte de son appartement. Que ferait-elle si celle-ci s'ouvrait brusquement ? Se précipiterait-elle vers l'escalier ?

Ils la tueraient dans la cage.

– Je fume en douce, prétendit-elle. Et je n'ai plus de cigarettes.

– Ah.

Kessler hocha la tête.

– Je parie qu'il le sait…

– Mmmm ?

– Votre mari. Je parie qu'il le sait mais qu'il a choisi de ne pas vous le dire. Où est M. Perloff ?

– En train de cuver sur le canapé du salon.

– Je suis sûr que votre mari n'y voit pas d'inconvénient non plus. Il est progressiste, pas vrai ? Mouais, il a les idées larges, ce bon vieux Brian…

Elle leva les yeux vers l'afficheur au-dessus de l'ascenseur de gauche et constata que la cabine était coincée au troisième. Aucun chiffre n'apparaissait sur l'afficheur de l'ascenseur de droite. Il était probablement programmé pour s'arrêter la nuit, afin de faire des économies d'énergie.

Putains de minuteries, pensa-t-elle en tournant de nouveau la tête vers la porte de son appartement.

– Vous avez oublié quelque chose ? demanda Trayvon Kessler.

– Quoi ?

– Vous n'arrêtez pas de regarder en direction de chez vous…

Si Ned et Lars sortaient maintenant, arme à la main, ils auraient facilement le dessus sur Kessler. Mais si elle le mettait au courant, là, tout de suite, il dégainerait, la protégerait de son corps et appellerait la cavalerie. Et le cauchemar serait terminé.

Il lui suffisait de parler. Ensuite, elle serait bonne pour la prison.

– C'est vrai ? fit-elle. Je ne m'en étais pas rendu compte. En fait, je crois que je ne sais plus trop où j'en suis.

– Ah bon ? Pourquoi ?

– Il est possible que j'aie été un peu ébranlée en apprenant que mon mari avait une double vie…

– Ça se conçoit.

À son tour, Kessler leva les yeux vers l'afficheur.

– On prend l'escalier ?

– D'accord, répondit-elle sans réfléchir.

– Non, attendez. Ça y est, il arrive.

La cabine passa lentement du troisième au quatrième, avant d'accélérer jusqu'au neuvième.

Où elle s'immobilisa.

Rachel regarda Kessler.

Il haussa les épaules.

– Je descends par l'escalier, décréta-t-elle.

– Non, il repart…

Le chiffre dix venait de s'éclairer. Le onze, le douze, le treize et le quatorze se succédèrent rapidement sur l'afficheur. Et la cabine s'arrêta de nouveau. Rachel entendit des rires monter de la cage d'ascenseur. Apparemment, les résidents du quatorzième s'étaient offert en ce mardi un avant-goût de l'ivresse du samedi soir.

Trayvon Kessler tournait le dos au couloir quand Ned émergea de l'appartement. Elle songea à hurler, à courir vers l'issue de secours dont la lumière verte semblait lui faire signe d'approcher. Lorsque Kessler, qui avait suivi la direction de son regard, se retourna, Ned se tenait derrière eux, les mains vides, le Glock sans doute glissé derrière sa ceinture et dissimulé par son blouson.

– Rachel ! lança-t-il. Je ne vous avais pas vue depuis un bon moment.

– Ned…

Elle décela une lueur d'étonnement dans son regard à l'énoncé du prénom.

– Je ne suis pas beaucoup sortie, ces derniers temps, expliqua-t-elle.

Ned se tourna vers l'inspecteur Kessler.

– Ned Hemple, dit-il, la main tendue.

– Trayvon Kessler.

– Qu'est-ce qui amène la police de Providence à Boston ?

Sur le moment, Kessler parut surpris. Puis il baissa les yeux vers la plaque dorée accrochée à sa ceinture.

– Rien de spécial, je procédais juste à quelques petites vérifications.

Un *ding* annonça l'arrivée de l'ascenseur. Les portes coulissèrent, et ils s'engagèrent tous les trois dans la cabine. Kessler appuya sur le bouton du rez-de-chaussée.

26

Le détendeur

– Tout va bien, Rachel ? demanda Ned d'un air inquiet.

– Oui, pas de problème. Pourquoi ?

– Oh, c'est seulement que…

Il prit un air embarrassé en se tournant vers Kessler.

– J'habite à côté de chez Rachel et Brian, expliqua-t-il. Désolé, je ferais mieux de me taire.

Kessler se fendit d'un sourire nonchalant.

– Monsieur Hemple ferait-il mieux de se taire, Rachel ?

– Je ne vois pas pourquoi, répliqua-t-elle.

– Allez-y, monsieur Hemple, on vous écoute, l'encouragea l'inspecteur.

Ned se racla la gorge d'un air hésitant et contempla ses chaussures un petit moment.

– Voilà, je… j'ai entendu des… euh, des éclats de voix chez vous, il y a quelques minutes. Alors, j'imagine que tout ne va pas pour le mieux entre Brian et vous. Vous me direz, c'est pareil entre Rosemary et moi. Oh, rien de dramatique, mais… Bref, j'espère que tout finira par s'arranger.

– Des éclats de voix ? répéta Kessler, dont le sourire s'élargit.

– Il y a toujours des disputes dans un couple, affirma Ned.

– Oh, je sais bien, déclara le policier. En attendant, je suis étonné d'apprendre que Rachel se disputait avec Brian il y a quelques minutes…

La cabine s'arrêta au septième, et M. Cornelius, qui possédait trois discothèques dans le quartier de Fenway, s'y engagea. Il leur adressa un sourire poli avant de rédiger un texto sur son téléphone.

Ned l'avait piégée, songea Rachel. Même si elle parvenait à les semer une fois arrivée dans le hall – et elle n'avait absolument aucune idée de la façon dont elle pourrait s'y prendre –, Kessler reviendrait sûrement, armé cette fois d'un mandat, et découvrirait Caleb mort à l'intérieur de l'appartement.

Elle s'aperçut soudain que les deux hommes la regardaient, attendant manifestement un commentaire.

– Ce n'était pas Brian, Ned. Mais merci de vous inquiéter pour nous.

– Ah bon ?

– Non, c'était son associé, Caleb. Vous l'avez déjà rencontré à plusieurs reprises, il me semble.

Ned confirma d'un signe de tête.

– Oui, je me rappelle… Un jeune homme tout à fait séduisant.

– C'est ça.

– Mais comme je dis toujours à ma femme, reprit Ned à l'adresse de Kessler, la beauté ne dure qu'un temps…

– Je ne voulais pas qu'il rentre chez lui en voiture, précisa Rachel. Trop de bourbon.

– C'est drôle, intervint Kessler, je croyais qu'il avait pris le métro…

– Pardon ?

– Tout à l'heure, il nous a raconté qu'il était venu de Cambridge en métro.

– Euh, oui, mais comme il est tard, il voulait emprunter ma voiture pour rentrer à Seaport, où il habite, prétexta-t-elle. Voilà pourquoi on s'est querellés.

– Ah.

– Tout s'explique, alors, fit Ned, d'un ton suggérant cependant qu'il restait sceptique.

– Il aurait pu appeler un taxi, observa Kessler.

– Ou passer par Uber, renchérit Ned.

– M. Hemple n'a pas tort, souligna l'inspecteur.

– Vous n'aurez qu'à lui poser la question quand il aura dessoûlé, décréta Rachel.

À présent, M. Cornelius les regardait tous les trois tour à tour, incapable de comprendre ce qui se passait mais manifestement sensible à la tension ambiante.

Un instant plus tard, ils atteignirent le rez-de-chaussée.

Kessler prendrait congé dès qu'ils sortiraient de l'immeuble, supposait Rachel. Même si elle essayait de gagner du temps, de poursuivre la conversation avec lui sur le trottoir, Ned n'aurait qu'à faire semblant de s'éloigner, puis revenir sitôt l'inspecteur parti. Ou alors, il se posterait de l'autre côté de la rue pour la viser et l'abattre.

Elle porta une main à sa nuque et tripota le fermoir de son collier. En forçant un peu, elle réussirait peut-être à casser l'une des chaînes. Les perles tomberaient par terre, les deux hommes se pencheraient pour les ramasser et elle en profiterait pour filer par le local des boîtes aux lettres.

– Vous vous êtes fait piquer par une bestiole ? demanda Kessler.

– Hein ?

– Vous vous grattez le cou. Ça vous démange ?

Rachel laissa retomber sa main.

– Oui, un peu.

Ils s'avancèrent dans le hall. M. Cornelius tourna à droite en direction de la porte menant au parking. Ned et Kessler continuèrent tout droit.

Dominick, derrière son bureau, leur jeta un coup d'œil et parut légèrement étonné par la présence de Kessler et de Ned. Il se contenta néanmoins de gratifier Rachel d'un hochement de tête avant de retourner à la lecture de son magazine.

– Vous ne prenez pas votre voiture ? lança-t-elle à Ned.

– Mmmm ?

Il suivit son regard en direction de la porte du parking.

– Non.

– Vous êtes garé dans la rue ?

– Non, je vais juste marcher un peu.

– Décidément, tout le monde va se dégourdir les jambes, ce soir ! s'exclama Kessler, qui se tapota l'estomac. Il va falloir que je pense à me remettre au sport, moi aussi…

Il ouvrit la porte d'entrée et invita d'un geste les deux autres à sortir. Ned passa le premier, suivi par Rachel.

– Profitez bien de votre balade, Ned, dit-elle sur le trottoir. Et transmettez mes amitiés à Rosemary.

– Je n'y manquerai pas.

Ned tendit la main à Kessler.

– Ravi de vous avoir rencontré, inspecteur.

– Plaisir partagé, monsieur Temple.

– Hemple, rectifia Ned en lui serrant la main.

– Oh, bien sûr. Désolé.

Kessler retira sa main.

– Bonsoir, monsieur Hemple.

Durant quelques secondes, personne ne bougea. Pour finir, Ned se détourna et, les mains dans les poches, s'éloigna vers l'est. Rachel observa Kessler à la dérobée. Il semblait attendre quelque chose. Quand elle reporta son attention sur la rue sombre, Ned n'était plus nulle part en vue.

– Donc, c'était votre voisin Ned, reprit l'inspecteur.

– C'est ça.

– Rosemary et lui sont mariés depuis longtemps ?

– Une éternité.

– C'est bizarre, parce qu'il ne porte pas d'alliance. Il ne m'a pourtant pas paru du style à considérer les alliances comme un symbole de l'oppression sociétale imposée par la pensée dominante.

– Il l'a peut-être donnée à nettoyer ?

– Possible… Et que fait-il dans la vie, votre ami Ned ?

– Pour tout vous dire, je n'en sais trop rien.

– Pourquoi est-ce que je ne suis pas surpris ?

– Il travaille dans l'industrie, je crois.

– Dans l'industrie ? Peuh ! On ne fabrique plus rien dans ce pays.

Elle haussa les épaules.

– Bah, de nos jours, on ne se parle pas beaucoup entre voisins…

– Oh, ça, c'est sûr.

– Tout le monde cherche à préserver son intimité, ajouta-t-elle en lui adressant un sourire crispé.

Il ouvrit la portière côté passager d'une berline Ford de couleur sombre.

– Venez, je vous emmène acheter vos cigarettes.

Une nouvelle fois, elle scruta la rue. Tous les trois mètres environ, les réverbères projetaient une flaque de lumière sur le trottoir. Entre les zones éclairées s'étendaient des pans d'ombre effrayants.

– D'accord.

Elle monta en voiture.

Kessler s'installa au volant, plaça son chapeau entre eux et démarra.

– Vous savez, madame Delacroix, j'ai bossé sur pas mal d'affaires tordues dans ma carrière, mais je crois bien que celle-là va décrocher le pompon ! J'ai une blonde retrouvée morte dans le Rhode Island, un disparu qui menait une double vie et dont la femme ment comme un arracheur de dents…

– Je ne vous mens pas.

– Tsss, tsss ! fit-il en lui agitant son index sous le nez. Oh si, madame Delacroix. Vous m'avez raconté tellement de mensonges que j'en ai perdu le compte. Quant à votre voisin, le type marié sans alliance, en blouson Members Only et pantalon JCPenney… Les gars comme lui ne vivent pas dans des immeubles comme le vôtre. Il ne savait même pas où était ce putain de parking, et de toute évidence le portier ne le connaissait pas.

– Je n'ai pas remarqué.

– Nous, les flics, on est payés pour remarquer ce genre de détails à la con.

– Vous jurez beaucoup, inspecteur.

– Ça soulage, qu'est-ce que vous voulez !

Il bifurqua à gauche.

– Voyez-vous, madame Delacroix, mon problème, c'est que je suis incapable de déterminer pourquoi vous mentez et sur quoi au juste. Il est encore trop tôt à ce stade de l'enquête. N'empêche, vous ne m'abusez pas.

Quand il s'arrêta à un feu, Rachel se raidit, persuadée que Ned allait apparaître près de la vitre de Kessler et tirer dans la voiture.

Mais rien de tel ne se produisit. Le feu passa au vert et Kessler prit encore à gauche, avant de se garer devant le Tedeschi, dans Boylston Street, en face du Prudential. Lorsqu'il se tourna vers elle, son expression était indéchiffrable.

– La défunte Nicole Alden a été exécutée, déclara-t-il. C'est du travail de pro, vous pouvez me croire, je sais de quoi je parle. Et il est bien possible que ce soit l'œuvre de votre mari. Tout comme il est possible que lui-même ou certains de ses amis puissent avoir envie de vous rendre une petite visite. Auquel cas, Rachel…

Il se pencha vers elle, si près qu'elle décela l'odeur des bonbons à la menthe dans son haleine.

– … ce sera vous qui recevrez une putain de balle dans le crâne !

Il ne pourrait pas la sauver, se dit-elle, même s'il en avait envie, ce dont elle doutait. Sa mission consistait à élucider le meurtre de Nicole Alden, et il avait décidé, en suivant sa logique étriquée de flic, que la meilleure façon d'y parvenir, c'était de coller sa mort sur le dos de Brian. Mais si ce dernier ne donnait plus signe de vie, Kessler élargirait ses recherches. Les voitures louées par Zipcar étaient certainement équipées de traceurs permettant à l'entreprise de toujours savoir où elles étaient, aussi risquait-il d'apprendre qu'elle-même s'était rendue à Providence juste avant que la victime soit abattue. Et qu'elle était passée dans la rue où vivait Nicole Alden. À partir de là, il n'aurait aucun mal à imaginer un scénario plausible : l'épouse de Brian Delacroix découvre qu'il a une autre femme, enceinte de surcroît, et, folle de rage, la tue. Pour ne rien arranger, il ne tarderait pas à trouver le corps de l'associé de son mari chez elle, et l'examen du légiste lui révélerait que ledit associé était déjà mort quand elle lui avait affirmé qu'il était vivant, en train de cuver sur le canapé.

– Je n'apprécie pas qu'on me menace, déclara-t-elle posément.

– Je ne vous menace pas, j'énonce des faits.

– Des conjectures, inspecteur. De simples conjectures destinées à m'intimider.

– La peur que je lis dans vos yeux n'a rien d'une conjecture…

– J'ai déjà connu la peur.

Il secoua lentement la tête. De toute évidence, il avait du mal à la prendre au sérieux, elle, une bobo privilégiée qui ne travaillait même pas. Il imaginait sans doute son dressing rempli de tenues de sport griffées, d'escarpins Louboutin, de tailleurs en soie qu'elle portait pour aller dîner dans des restaurants qu'aucun flic n'avait les moyens de s'offrir.

– C'est peut-être ce que vous croyez, madame Delacroix, mais il existe en ce monde une noirceur dont on ne nous parle jamais à la télé ni dans les bouquins.

Cette nuit-là à Léogâne, se rappela-t-elle, les hommes de Dacelus avaient sillonné le campement à la lueur des feux allumés dans des poubelles, en vidant des bouteilles d'alcool bon marché. Vers deux heures du matin, Widdy lui avait dit : « Si vous les laissez me prendre maintenant, ils me feront peut-être juste… » Elle avait formé un rond avec les doigts de sa main gauche, et y avait enfoncé son index droit. « Mais si on les oblige à attendre, ils seront de plus en plus en colère et… » Elle avait passé cette fois ce même index en travers de sa gorge.

Widdy – Widelene Jean-Calixte de son nom complet – avait onze ans. Rachel l'avait convaincue de rester cachée. Mais, comme l'avait prédit la fillette, ses poursuivants étaient devenus enragés. Et peu après le lever du soleil, ils l'avaient débusquée. Ils les avaient débusquées toutes les deux, sa compagne et elle.

– Je m'y connais un peu en noirceur, affirma-t-elle.

– Ah bon ? fit-il, sceptique.

– Oui.

– Et qu'avez-vous appris ?

– Si vous attendez qu'elle vous trouve, vous pouvez vous considérer comme mort.

Sur ces mots, elle descendit de la voiture. Lorsqu'elle monta sur le trottoir, il baissa sa vitre.

– Vous comptez jouer les filles de l'air ?

Elle sourit.

– Oui.

– Je suis flic. Et plutôt doué pour ne pas perdre de vue les personnes auxquelles je m'intéresse.

– Mais vous êtes de Providence. Et ici, on est à Boston.

Il inclina légèrement la tête en signe d'assentiment.

– La prochaine fois qu'on se verra, madame Delacroix, j'aurai un mandat de perquisition.

– Eh bien, je suis prévenue.

Elle s'éloigna sur le trottoir. Elle ne fit même pas semblant d'entrer dans le magasin, se bornant à regarder Kessler démarrer, puis tourner à droite au croisement suivant. Elle traversa ensuite Boylston Street jusqu'à une station de taxis devant un hôtel. Elle monta à l'arrière du premier de la file et demanda au chauffeur de la conduire à la marina de Port Norfolk.

Le parking de la marina était désert, mais Rachel pria le chauffeur de patienter quelques minutes, car elle tenait à s'assurer que personne ne l'avait suivie. La zone tout entière semblait plongée dans le sommeil, et le silence était tel qu'elle entendait les bateaux cogner les uns contre les autres et grincer sous la brise nocturne.

Après le départ du taxi, elle monta à bord de celui de Brian, descendit dans le carré, éclaira et récupéra les clés dans le tiroir où elle les avait laissées lorsque Caleb et elle étaient revenus au port. Elle largua ensuite les amarres et mit le cap sur le large, tous feux de navigation éclairés. Vingt minutes plus tard, elle vit Thompson Island apparaître sous les étoiles ; peu après, elle atteignait le minuscule îlot où poussait l'arbre malingre. Elle redescendit dans le carré, et cette fois, comme elle n'était pas pressée par le temps, elle finit par trouver ce qu'elle cherchait : masque, palmes, bouteille. Elle poursuivit ses explorations jusqu'à dénicher une autre torche électrique et une combinaison de plongée féminine, taille médium – sans doute celle de la défunte Nicole Alden, pensa-t-elle. Elle l'enfila, fixa la bouteille, les palmes et le masque, puis remonta à la poupe. Assise sur le plat-bord, elle leva les yeux. Les nuages apparus un peu plus tôt s'étaient dispersés, dévoilant des étoiles rassemblées par groupes. Étrangement, elle ne les voyait pas comme des corps célestes, des divinités ou des servantes de divinités, mais plutôt comme des exilées perdues dans le vaste ciel d'encre. Même si, de la Terre, elles paraissaient proches les unes des autres, en réalité des années-lumière les séparaient.

Une distance semblable à celle qui pouvait exister entre elle-même et une femme née dans le Sahara au quinzième siècle.

Si nous sommes aussi seuls au monde, quel est l'intérêt de vivre ? aurait-elle voulu savoir.

Cette pensée en tête, elle bascula en arrière et s'enfonça dans l'océan.

Après avoir allumé sa torche, elle distingua bientôt celle qu'elle avait lâchée la première fois, et qui était tombée sur le sable à une vingtaine de mètres du rocher auquel était adossé Brian. Rocher qu'elle balaya du faisceau de sa lampe.

Il n'y avait pas de corps devant.

Déconcertée, elle dirigea le faisceau lumineux vers la gauche et vit un autre rocher environ vingt mètres plus loin. Elle palma dans cette direction, avant de s'apercevoir que ni la forme ni la couleur ne correspondaient. Brian était appuyé contre un haut rocher conique, semblable au premier qu'elle avait vu. Elle repartit en sens inverse, en explorant les alentours avec sa torche, jusqu'à revenir à son point de départ.

C'était là qu'elle l'avait laissé, elle en était certaine.

Avait-il été emporté par le courant ? Ou pire, par un requin ? Elle descendit au plus près de l'endroit où elle l'avait vu pour la dernière fois. Scruta le sable à la recherche d'éventuelles traces laissées par les jambes de Brian ou ses fesses, mais tout avait été effacé par les remous.

Il lui sembla soudain apercevoir une tache plus noire que le rocher lui-même, dépassant sur la gauche. Elle s'approcha et braqua sa lampe dessus.

Un deuxième étage de détendeur.

Elle contourna le rocher. Le détendeur était toujours relié à la bouteille.

Rachel leva les yeux vers la coque du bateau.

Tu es toujours vivant.

Elle remonta à la surface.

Du moins, jusqu'à ce que je te retrouve.

27

Tout ça

Elle mit le cap sur Thompson Island et découvrit le ponton à environ quatre cents mètres de l'endroit où Brian était tombé à l'eau. Aucun bateau n'y était amarré, évidemment. Le dernier avait disparu depuis longtemps.

Avec Brian à la barre.

Elle dut patienter un long moment avant d'avoir un taxi. Il était 4 heures du matin et l'opérateur de la société qu'elle appela ne savait pas où se trouvait la marina de Port Norfolk. Elle l'entendit pianoter sur son clavier d'ordinateur pendant au moins trente secondes, puis marmonner : « Dans vingt minutes. » Sur ce, il lui raccrocha au nez.

Immobile sur le parking plongé dans le noir, elle imagina le pire. Et si Trayvon Kessler avait déjà obtenu son mandat ? (*Non, ma grande, il aurait dû retourner à Providence, réveiller un juge, régler les problèmes de juridiction... Il ne pourra sans doute rien faire avant le lever du jour. Calme-toi, respire...*)

Mais comment se calmer ? Brian était en vie et Ned avait abattu Caleb. Elle revoyait encore l'expression du tireur au moment où il avait pressé la détente : celle d'un prédateur sûr de son pouvoir. Il avait tué un être humain assis à un mètre de lui aussi froidement qu'un rapace déchiquette un rongeur. S'il n'avait pris aucun plaisir à lui ôter la vie, il n'en avait manifestement conçu aucun remords non plus.

Quant à Brian, il s'était volatilisé. (Avait-elle compris depuis le début, à un niveau inconscient, qu'il n'était pas mort ?) Pour le moment, cependant, la vengeance était un luxe qu'elle ne pouvait pas s'offrir.

Ned et Lars étaient lancés à ses trousses.

Pour autant qu'elle le sache, il était possible de pirater les smartphones, d'en faire des dispositifs de repérage ou d'écoute. Si ses poursuivants s'y connaissaient en informatique, ils la localiseraient sans problème.

Des phares apparurent soudain à l'entrée de la route défoncée qui menait de la lisière de Tenean Beach au parking. Ils se rapprochèrent en tressautant. C'était peut-être le taxi. Ou peut-être Ned. Rachel referma sa main sur le pistolet dans son sac, celui-là même avec lequel son mari avait voulu, ou feint de vouloir, la tuer. Elle replia son index sur la détente et repoussa le cran de sûreté, bien consciente néanmoins de l'inutilité de la manœuvre. Si c'étaient Ned et Lars, ils n'auraient qu'à accélérer à la dernière seconde et la renverser. Impossible de leur échapper.

Les phares balayèrent le parking, puis le véhicule décrivit un arc de cercle pour venir se ranger devant elle. Il était marron et blanc, avec le sigle des taxis de Boston peint sur les portières. Une Blanche d'une cinquantaine d'années, arborant une coiffure afro blond platine, tenait le volant. Rachel monta, et elles quittèrent la marina.

Elle se fit déposer à deux cents mètres de chez elle et s'engagea dans la ruelle proche alors que les premières lueurs de l'aube éclairaient le ciel. Après avoir traversé Fairfield Street, elle descendit la rampe d'accès au parking de son immeuble, puis composa son code sur le clavier à droite de la grille. Une fois à l'intérieur, elle prit l'ascenseur jusqu'au onzième, ensuite l'escalier jusqu'au quinzième. Enfin, elle s'immobilisa devant sa porte.

C'était le moment qu'elle redoutait le plus. Si Ned ou Lars était resté sur place, elle mourrait dès qu'elle franchirait le seuil. Mais elle avait absolument besoin de savoir ce que Trayvon Kessler trouverait de l'autre côté de cette porte une fois qu'il aurait obtenu son mandat. Dans le taxi, elle avait évalué les risques et conclu que les deux tueurs la supposeraient partie pour de bon. Pourquoi serait-elle revenue ? À moins qu'ils n'aient misé sur une initiative stupide de sa part, justement..., songea-t-elle, la clé à la main. Ils savaient bien qu'elle n'avait jamais eu affaire à des individus de leur trempe, alors qu'eux passaient leur temps à intimider les néophytes comme elle. Derrière cette porte l'attendait la mort ou une réponse à ses questions. Plus les espèces que Brian gardait dans son coffre-fort. Pas beaucoup, peut-être deux mille dollars, mais suffisamment pour organiser sa fuite si Kessler avait déjà bloqué ses cartes de crédit. Si elle doutait qu'il soit en mesure de le faire, elle avait néanmoins bien conscience de ne rien connaître aux procédures policières concernant un suspect dans une affaire de meurtre. Car c'était ainsi qu'elle devait se considérer, désormais. Avant la fin de la matinée, elle serait peut-être même soupçonnée d'avoir commis deux homicides.

Elle regarda la porte et la clé dans sa main. Prit une profonde inspiration. Sentit ses doigts trembler quand elle les approcha de la serrure. Baissa son bras et inspira de nouveau.

Brian était vivant. C'est lui qui l'avait mise dans cette situation. Un jour ou l'autre, d'une façon ou d'une autre, elle le lui ferait payer.

Sauf si, bien sûr, elle passait de vie à trépas dans les trente secondes à venir.

Elle inséra la clé dans la serrure, mais ne la tourna pas. Imagina une pluie de balles traversant le battant et la touchant à la tête, au cou, à la poitrine… Ferma les yeux et s'exhorta à tourner cette fichue clé, en sachant qu'après elle n'aurait plus d'autre choix que d'entrer. Or elle n'était pas prête.

S'ils étaient de l'autre côté, ils pourraient tout simplement tirer à travers la porte. Ils ne l'avaient pas encore fait, mais cela ne voulait rien dire. Peut-être étaient-ils en train de se concerter du regard, un sourire satisfait aux lèvres, en vissant le silencieux sur leurs armes, guettant le moment où elle apparaîtrait.

Dans cette hypothèse, elle allait mettre leur patience à l'épreuve. Si elle n'entrait pas, ils finiraient bien par ouvrir…

Ah oui ? Et s'ils t'observaient par l'œilleton, hein ? Espèce d'idiote !

Elle fit un pas vers la droite, sortit de son sac le pistolet et repoussa de nouveau le cran de sûreté.

Elle se donna cinq minutes, qui lui parurent durer des heures, à tel point qu'elle consulta sa montre pour vérifier. Non, seulement cinq minutes s'étaient écoulées.

À l'échelle du Temps, nous mourons tous dès l'instant où nous voyons le jour. Si elle souscrivait à cette logique, se dit Rachel, elle était déjà morte depuis longtemps et contemplait cette scène depuis l'éther, en souriant devant les épreuves que son incarnation s'imposait.

Je suis déjà morte, se répéta-t-elle. Forte de cette pensée, elle tourna la clé, ouvrit la porte à la volée et pointa son arme devant elle, consciente qu'elle ne lui serait d'aucune utilité si l'un des deux hommes se tenait à sa droite ou à sa gauche.

Ils n'étaient pas là. Caleb était toujours assis à table, la peau livide, le visage couvert de sang séché et noirci. Elle referma derrière elle et se déplaça tout doucement vers la droite, le dos plaqué contre la cloison. La porte de la salle de bains était ouverte, révélant une pièce vide. Rachel colla un œil contre la fente entre l'encadrement et le battant pour s'assurer que personne ne se cachait derrière.

Elle se dirigea ensuite vers la chambre, dont la porte était fermée. Elle voulut appuyer sur la poignée, mais ses doigts imprégnés de sueur glissaient et elle dut d'abord les essuyer. Puis elle frotta sa manche sur la poignée, qu'elle saisit de la main gauche pour pouvoir tenir l'arme dans la droite. En poussant le battant, elle imagina Lars assis sur le lit, aux aguets. Prêt à tirer un coup de feu assourdi qui l'expédierait au sol, transpercée de part en part.

Il n'y avait personne dans la chambre. Cette constatation ne fit néanmoins que renforcer l'impression qu'elle avait eue en entrant : ils étaient meilleurs qu'elle à ce jeu-là. Autant dire que s'ils étaient réellement dans l'appartement, elle n'en sortirait pas vivante. Elle jeta néanmoins un coup d'œil au dressing de Brian et au sien en s'abandonnant au fatalisme. Elle sentait la mort rôder près d'elle, n'attendant que le moment de l'attirer dans l'autre monde.

Cet autre monde, auquel elle était promise depuis toujours… Qu'il soit au-dessus d'elle ou en dessous, blanc ou noir, chaud ou froid, ce ne serait pas ce monde-ci, avec ses commodités, ses distractions, ses fléaux compréhensibles. Peut-être ne serait-ce qu'un néant, une absence – l'absence de soi, de sens, d'âme, de mémoire.

Elle comprit soudain que, en Haïti, avant même l'horreur du campement, la vue des cadavres qui se consumaient dans les rues de Port-au-Prince et s'entassaient dans le parking de l'hôpital, pareils à des carcasses de voitures dans une casse, lui avait appris au moins une vérité sur la mort : aucun d'entre nous n'est spécial. Nous sommes tous éclairés de l'intérieur par une flamme unique, et lorsqu'elle s'éteint, lorsque la lumière déserte nos yeux, c'est comme si nous n'avions jamais existé. Nous ne sommes pas propriétaires de la vie, nous ne faisons que l'emprunter.

Pour en avoir le cœur net, elle visita les autres pièces, mais elle savait déjà que les deux hommes n'y seraient pas ; s'ils étaient restés pour la tuer, ils l'auraient fait dès l'instant où elle avait franchi le seuil. Elle retourna dans la chambre chercher un sac à dos où elle logea des chaussures de randonnée, plusieurs paires de chaussettes chaudes et une épaisse veste en laine. Elle prit également un sac de sport qu'elle emporta à la cuisine, et dans lequel elle fourra un couteau à découper, un autre plus petit, une torche électrique et des piles, une demi-douzaine de barres énergétiques, plusieurs bouteilles d'eau minérale et le contenu de la coupe à fruits sur le comptoir. Après avoir posé les deux sacs près de la porte d'entrée, elle repartit vers la chambre, où elle se déshabilla, puis enfila un pantalon large, un T-shirt à manches longues en Thermolactyl et un sweat-shirt noir à capuche. Elle rassembla ses cheveux en queue-de-cheval et coiffa une casquette des Newbury Comics. Une fois prête, elle alla ouvrir le coffre-fort dans le dressing de Brian, prit l'argent et se rendit à la salle de bains, où elle se regarda longtemps dans la glace. La femme en face d'elle paraissait épuisée et furieuse. Effrayée aussi, mais pas au point de se sentir paralysée. « Rien de tout ça n'est ta faute », dit-elle à son reflet, avec toute la fermeté empreinte de tendresse d'une sœur aînée s'adressant à sa cadette.

Quoi ? Qu'est-ce qui n'est pas ta faute ?

« Tout ça », c'était Widdy, Esther, Veronique l'ancienne bonne sœur et tous les morts de Port-au-Prince. C'était la toxicité de sa mère, l'absence de son père et le désintérêt de Jeremy. C'était la déception inspirée à Sebastian par tout ce qu'elle entreprenait. C'était le sentiment qu'elle avait toujours eu, du plus loin qu'elle s'en souvienne, de n'avoir de place nulle part et de mériter qu'on l'abandonne.

La voix dans sa tête avait en grande partie raison : elle n'y était pour rien.

Sauf en ce qui concernait Widdy. Widdy demeurerait toujours son péché le plus impardonnable, celui dont elle ne pourrait jamais s'absoudre. Widdy était morte depuis quatre ans. Et elle, la responsable de son meurtre, avait quatre ans de plus.

Elle saisit la photo de Brian et elle posée sur la commode. Leur photo de mariage officieuse. Alors qu'elle étudiait son mari, ses yeux de menteur et son sourire de menteur, elle comprit qu'elle ne valait pas mieux que lui. De l'école primaire au lycée, de la fac au monde du travail, elle s'était toujours composé un personnage. Quand elle sentait qu'il ne touchait plus son public, elle y renonçait pour s'en composer un nouveau. Jusqu'à Haïti. Jusqu'à Widdy. Après, il lui était devenu impossible de se reconstituer : il ne restait plus d'elle que le cœur atrophié d'une personnalité vidée de sa substance et l'énormité de son péché.

Nous sommes tous les deux des menteurs, Brian. Toi comme moi.

Elle sortit de la chambre. Revenue dans le salon, elle se rendit compte que son ordinateur n'était plus sur le bar, où elle l'avait laissé. Elle le chercha quelques minutes, par principe, mais elle savait déjà que Ned et Lars l'avaient emporté.

Et alors ? Elle avait encore son smartphone.

Ce qu'il lui manquait, c'était une voiture. Même si Kessler n'avait pas fait bloquer ses cartes de crédit, elle n'avait pas la possibilité d'en louer une ni d'utiliser le service Zipcar, parce qu'elle serait alors trop facile à repérer. Elle explora de nouveau tout l'appartement, sans trop savoir pourquoi, en évitant de regarder le cadavre à la table de la salle à manger, avant d'avoir une brusque révélation : c'était là, justement, qu'il fallait regarder.

Le porte-clés se trouvait dans la poche avant droite du jean de Caleb ; elle en devina la forme lorsqu'elle s'approcha de lui. Elle ne voulait pas voir son visage, c'était au-dessus de ses forces.

Qu'allait devenir Haya ? se demanda-t-elle. Et Annabelle ? À la fête, quatre jours plus tôt, Caleb avait soulevé sa fille jusqu'à son visage, et elle lui avait agrippé avec force la lèvre inférieure, qu'elle avait tirée. Il l'avait laissée faire. Il avait même éclaté de rire, alors que c'était manifestement douloureux. Quand la petite l'avait libéré, il l'avait serrée contre lui en humant le fin duvet sur son crâne.

Caleb était un acteur, tout comme Brian. Tout comme elle aussi. Mais il ne jouait pas la comédie dans tous les domaines : il ne jouait pas son rôle de père, ne feignait pas l'amour pour sa femme et sa fille, ne faisait pas semblant d'avoir des rêves, des désirs et des projets d'avenir.

Il avait été son ami, comprit-elle. Elle avait toujours vu en lui l'ami et l'associé de Brian, parce que c'était ainsi qu'il lui avait été présenté. Néanmoins, le temps et l'habitude avaient conféré à leurs relations une familiarité et une aisance qui ne pouvaient relever que de l'amitié.

Elle glissa ses doigts dans la poche du jean. Le denim était raide, le corps dessous plus raide encore. La rigidité cadavérique était installée, et il lui fallut une bonne minute pour extraire le porte-clés – un laps de temps durant lequel il lui vint à l'esprit que, si elle n'avait pas insisté pour repasser à l'appartement afin de sauvegarder son manuscrit, Caleb serait peut-être encore en vie.

« Non, non et non », chuchota aussitôt à son oreille la voix de la sœur aînée. C'était lui qui avait voulu boire un verre, se ménager une pause pour rassembler ses pensées avant de faire une heure de route. Sans compter que, quel que soit le jeu dangereux auquel ils se livraient, Brian et lui, tout avait été mis en branle longtemps avant qu'elle-même entre en scène.

Elle se résolut enfin à le regarder.

– Ce qui t'est arrivé n'est pas ma faute, murmura-t-elle.

Des larmes coulaient sur ses joues, qu'elle essuya d'un revers de main.

– Mais tu me manqueras, ajouta-t-elle avant de quitter l'appartement.

28

La ventouse

Elle remit de l'essence dans l'Audi de Caleb, puis s'arrêta prendre un petit déjeuner au Paramount, dans Charles Street, quand elle se rendit compte qu'elle n'avait rien avalé depuis vingt-quatre heures. Elle n'avait pas faim, pourtant elle n'en laissa pas une miette. Elle reprit ensuite la voiture pour se rendre à Copley Square, se gara dans Stuart Street et emprunta à pied la ruelle qui séparait l'hôtel Copley Plaza de la tour Hancock. Dépassa le quai de déchargement et la porte de service par laquelle elle avait vu Brian sortir sous la pluie et monter dans le Suburban noir. Elle tourna ensuite dans St. James et, à un certain moment, vit son reflet démultiplié par les panneaux vitrés. On aurait dit ces silhouettes découpées dans du papier, qui forment une sorte de ruban irrégulier.

Il était presque neuf heures et les rues grouillaient de piétons. Rachel atteignit l'entrée de la tour et suivit le flot de personnes qui se dirigeaient vers les portes à tambour. La liste des entreprises domiciliées à cette adresse se trouvait dans le hall, à droite du poste de sécurité. Elle chercha parmi les A, mais Alden Minerals n'y figurait pas. Aucun nom parmi les B ne lui parut pertinent. Parmi les C, en revanche, elle repéra tout de suite Cotter-McCann, la société de capital-risque mentionnée par Glen O'Donnell. Si elle ne pouvait en être sûre, il lui paraissait néanmoins tout à fait probable que Brian soit venu ce jour-là rencontrer les dirigeants de cette entreprise pour négocier la vente de parts dans sa mine.

En sortant de la tour, elle décida de faire un saut à la bibliothèque municipale. Elle traversa le bâtiment McKim pour rejoindre le bâtiment Johnson, où étaient rassemblés les ordinateurs, puis s'installa devant un moniteur pour chercher des informations sur un éventuel rachat par Cotter-McCann de parts d'Alden Minerals. Il n'y avait cependant que quelques lignes dans la rubrique économique du *Globe*, qui ne lui apprirent rien de nouveau par rapport à ce que Glen lui avait déjà dit.

Elle s'intéressa ensuite au lac Baker, afficha une carte satellite et cliqua sur l'icône du zoom jusqu'à distinguer les rares habitations de la zone : huit toits au nord-est du lac, le long de la frontière canadienne, et trois autres à l'ouest, à peine visibles, qu'elle faillit manquer. Elle imprima plusieurs photos, en élargissant le champ chaque fois, afin d'avoir une bonne représentation des lieux. Après avoir récupéré les tirages dans l'imprimante, elle ferma toutes les fenêtres sur son écran, effaça l'historique de ses recherches et quitta la bibliothèque.

Juste avant de partir pour Haïti, Rachel avait fait un reportage sur les mesures fiscales proposées par le Massachusetts aux producteurs d'Hollywood afin de les encourager à venir faire des tournages dans l'État. Désireuse d'évaluer l'impact de ces incitations sur l'économie locale, elle avait interviewé des agents travaillant pour des studios d'Hollywood, des membres du Congrès, ainsi que des comédiens, des techniciens spécialisés dans les repérages de décors et une directrice de casting. Cette dernière, Felicia Ming, était une commère blasée, se rappelait Rachel. Toutes deux s'étaient retrouvées à plusieurs reprises pour boire un verre au cours des mois qui avaient précédé le départ de Rachel pour Port-au-Prince. Elles s'étaient ensuite perdues de vue, mais Felicia lui avait envoyé quelques mails de soutien après son malaise en direct, et Rachel avait conservé ses coordonnées dans son téléphone.

Elle l'appela à la sortie de la bibliothèque et lui demanda comment elle pourrait trouver la trace d'un acteur engagé dans une production locale.

– Je peux te demander pourquoi tu t'intéresses à lui ? lança Felicia.

Rachel opta pour une réponse proche de la vérité.

– Il s'est pris de bec avec mon mari dans un bar, l'autre soir. Ils avaient un peu trop bu tous les deux.

– Ah oui ? Raconte !

– Oh, il n'y a rien de spécial à dire. C'est lui qui a été le plus malmené, et je voudrais lui présenter des excuses.

– Ils se sont querellés à cause de toi, c'est ça ?

– J'en ai bien peur.

– Ah, ah ! s'exclama Felicia. Tu as décidé de faire ton comeback ? Tant mieux ! Dès que tu reviendras parmi nous, tous les hommes se traîneront à tes pieds…

Rachel se força à rire.

– C'est l'idée.

– Tu sais pour quelle compagnie il travaille, ton gars ? demanda Felicia.

– La Lyric Stage.

– Il s'appelle comment ?

– Andrew Gattis.

– Une petite minute.

Pendant que Rachel patientait, un sans-abri passa près d'elle avec son chien. Elle se souvint alors de la nuit pluvieuse où Brian avait donné son imperméable à un malheureux dans le parc. Elle caressa l'animal et tendit un billet de dix dollars à son maître. Au même moment, la voix de Felicia s'éleva de nouveau dans le téléphone.

– Il est au Demange, un ensemble de locations meublées à Bay Village.

Elle indiqua l'adresse à Rachel.

– Bon, maintenant que tu as rejoint les vivants, ça te dirait d'aller boire un verre un de ces quatre ?

– J'adorerais, prétendit Rachel, qui éprouva néanmoins quelques scrupules à mentir.

Vingt minutes plus tard, elle se tenait devant un immeuble de Bay Village et appuyait sur la touche de l'interphone correspondant au nom du comédien.

– Ouais ? marmonna-t-il d'une voix ensommeillée.

– Monsieur Gattis ? C'est Rachel Delacroix.

– Qui ?

– La femme de Brian.

Un long silence s'ensuivit, qu'elle finit par rompre :

– Monsieur Gattis ? Vous êtes toujours là ?

– J'aimerais que vous partiez.

– Pas question, décréta-t-elle, surprise par la fermeté de son intonation. J'attendrai ici jusqu'à ce que vous soyez obligé de sortir. Et si vous passez par une autre issue, j'irai voir votre spectacle ce soir et je provoquerai un scandale mémorable. Alors…

La porte se déverrouilla dans un bourdonnement, et Rachel l'ouvrit. Le hall sentait le linoléum et le désinfectant, et des odeurs de nourriture indienne flottaient dans l'escalier jusqu'au deuxième étage. Une femme la croisa, qui tenait en laisse un bouledogue français, un chien qui avait toujours évoqué pour Rachel le résultat d'un croisement entre un carlin et un wombat.

Gattis l'attendait devant la porte du 24. Il rassembla en chignon ses longs cheveux gris jaunis par la nicotine quand il la fit entrer dans l'appartement. La disposition des lieux était des plus simples : cuisine et salon à droite, chambre et salle de bains à gauche. La fenêtre du salon donnait sur un escalier de secours.

– Café ? proposa-t-il.

– Volontiers. Merci.

Elle s'assit à la petite table ronde disposée près de la fenêtre pendant qu'il allait chercher deux tasses de café, une brique de lait et un bol de sucre en morceaux. À la lumière du jour, il offrait une apparence encore plus maladive que celle de l'homme ivre qu'elle avait rencontré le samedi soir. Sa peau sèche pelait par plaques, son nez était sillonné de veinules et ses yeux semblaient incapables de se fixer sur un point.

– Je dois partir en répétition dans une heure et je n'ai pas encore pris ma douche, alors il va falloir faire vite, déclara-t-il.

Rachel avala une gorgée de café.

– Vous avez suivi des cours d'art dramatique avec Brian, c'est bien ça ?

– Et aussi avec Caleb, oui. Mais c'était Brian le plus doué, et de loin. On savait tous qu'il avait le potentiel pour devenir une star, à condition qu'il ne trouve pas le moyen de tout foutre en l'air.

– C'est ce qui s'est passé ?

– En gros, oui. D'abord, il manquait de patience. Et puis, peut-être qu'il ne respectait pas assez le métier, parce qu'il avait trop de facilité, justement… Qui sait ? Il y avait aussi beaucoup de colère en lui, je m'en souviens. Il avait tout du personnage romantique, charmant et tourmenté. Les nanas étaient folles de lui. Oups, désolé.

Elle haussa les épaules en portant de nouveau sa tasse à ses lèvres. Quoi qu'on puisse dire sur Andrew Gattis, il faisait un bon café.

– D'où lui venait-elle, cette colère ? demanda-t-elle.

– D'être né pauvre. Il était *obligé* de bosser, vous comprenez ? Je veux dire, on était tous sur le pont du matin au soir. On avait des cours d'art dramatique, des ateliers d'improvisation et de mouvements improvisés. Plus des cours de danse, d'écriture théâtrale, de scénographie et de mise en scène. Sans parler du travail de la voix, des cours de diction et de l'apprentissage de la technique Alexander, qui vise à se débarrasser de certaines mauvaises habitudes de postures et de respiration pour libérer le corps et relancer sa dynamique. Croyez-moi, on ne chômait pas ! À six heures du soir, en général, on avait les yeux qui se fermaient tout seuls, les muscles tétanisés et un mal de crâne carabiné. Certains allaient directement se coucher, d'autres sortaient boire un coup. Mais pas Brian, oh non ! Lui, il planchait jusqu'à 2 heures du mat', pour se relever à 7. Pour la plupart, on avait dans les vingt-cinq ans, alors autant vous dire qu'on était bourrés d'énergie, pourtant il nous épatait. Jusqu'au jour où il s'est fait virer, où tous ses efforts ont été anéantis.

– On l'a viré de Trinity ?

Gattis confirma d'un signe de tête.

– Avec le recul, je me dis qu'il devait carburer au speed ou sniffer de la coke pour tenir le coup. Quoi qu'il en soit, la deuxième année, c'était une vraie pile électrique. On avait ce prof, Nigel Rawlins, une espèce de crétin de dilettante né avec une cuillère d'argent dans la bouche. Il faisait partie de ces types persuadés qu'il faut d'abord briser quelqu'un pour mieux le reconstruire après, mais j'ai toujours pensé qu'il prenait son pied en démolissant les autres et qu'il se fichait pas mal de leur reconstruction. On savait qu'il poussait les apprentis comédiens à abandonner, il avait bâti sa réputation là-dessus. Un jour, il s'en est pris au seul autre étudiant plus pauvre que Brian. Et qui, malheureusement pour lui, n'avait pas le dixième de son talent. Ce matin-là, donc, on répétait une scène censée se passer dans les toilettes pour hommes. L'étudiant en question devait réciter un monologue sur le débouchage d'une cuvette de W.C. obstruée – c'est tout ce dont je me souviens ; c'était sûrement un texte écrit par quelqu'un de la promo –, et il ne s'en sortait pas. Pour tout dire, il bousillait complètement la scène. Résultat, Rawlins a piqué une crise. Il l'a insulté, traité d'acteur raté, de minable, de boulet pour sa famille et pour tous ceux qui avaient le malheur de le connaître. Ça faisait des mois qu'il le harcelait, mais là, on atteignait des sommets ! Il est même parti dans une tirade démente, comme quoi c'était lui la grosse merde qui bouchait la cuvette, et qu'il fallait absolument l'éliminer de la classe avant qu'il entraîne tous les autres avec lui. Et c'est à ce moment que Brian – personne ne l'avait vu sortir de la salle – est arrivé avec une ventouse. Je ne vous parle pas d'un accessoire, là, mais d'une authentique ventouse dégoulinante de pisse. Il s'est jeté sur Rawlins, l'a fait tomber par terre et lui a appliqué la ventouse sur le visage, avant de… eh bien, de pomper. Quand le prof s'est débattu et a essayé de lui saisir les jambes, Brian lui a expédié son poing dans la figure, avec tant de force qu'on a tous entendu le bruit du coup. Et il a recommencé à pomper comme un dingue, jusqu'à ce que Rawlins tourne de l'œil.

Il s'adossa à sa chaise et termina son café.

– La direction l'a flanqué dehors dès le lendemain matin. Après, il a traîné à Providence encore un moment. Il avait été embauché par une pizzeria, mais je pense qu'il n'a pas supporté de livrer des pizzas à des gars avec qui il avait fait la fête et qui lui glissaient un billet en guise de pourboire. Un beau jour, il a mis les voiles et je n'ai plus entendu parler de lui pendant des années.

Rachel garda le silence un moment, en regrettant presque d'avoir entendu cette histoire, parce qu'elle se surprenait à éprouver de la sympathie pour cet imposteur qu'était Brian.

– Qu'est-ce qui est arrivé à l'autre étudiant ? Celui qui avait été humilié ?

– Caleb ?

Elle laissa échapper un petit rire surpris tandis que Gattis leur resservait du café.

– Vous n'aviez pas revu Brian depuis combien de temps avant l'autre soir, monsieur Gattis ?

– Dix ans, peut-être douze.

Il regarda par la fenêtre un moment.

– Je ne me rappelle plus trop.

– Vous avez une idée de l'endroit où il pourrait aller s'il ne voulait pas qu'on le retrouve ?

– Il possède des bungalows dans le Maine.

– Près du lac Baker ?

Il opina du chef.

Elle lui montra les photos qu'elle avait imprimées. Il les examina quelques instants, puis saisit un feutre dans un pot à crayons placé sur le rebord de fenêtre. Il entoura le groupe de trois toits.

– Les huit autres font partie d'un camp de chasse, mais ces trois-là appartiennent à Brian, expliqua-t-il. On y a séjourné avec un groupe d'étudiants de Trinity en 2005. On a bien rigolé, même si on n'était pas nombreux. Ne me demandez pas où il avait eu l'argent pour les acheter, parce que je n'ai pas posé la question. Brian préférait le bungalow du milieu. Peint en vert, avec une porte rouge.

– En 2005, vous dites ?

– Ou 2004. Bon, faut vraiment que j'aille me doucher.

Elle rangea les photos dans son sac et le remercia pour le café et le temps qu'il lui avait accordé.

– Je ne sais pas si ça peut vous aider, reprit-il au moment où elle atteignait la porte, mais jamais je ne l'avais vu regarder quelqu'un comme il vous regarde.

Rachel se retourna. Immobile sur le seuil de la salle de bains, il haussa les épaules.

– Mais bon, comme je vous le disais, c'est un excellent acteur.

Ils se dévisagèrent quelques instants.

– Il vous a payé pour gâcher la fête, samedi soir, c'est ça ? lança soudain Rachel. Il a tout orchestré, la dispute… Tout.

Machinalement, Andrew Gattis caressa l'encadrement de la porte. Celui-ci semblait avoir été repeint tant de fois que le pêne ne devait plus entrer dans la gâche.

– Qu'est-ce que ça change ? répliqua-t-il.

– Pourquoi avoir accepté de l'aider ?

– Plus jeunes, Brian et moi on s'entendait vraiment bien. Aujourd'hui, il est ce qu'il est, et moi aussi…

Il balaya du regard l'appartement comme s'il le trouvait déprimant et insignifiant.

– … mais je ne suis pas sûr de savoir encore qui on est. Quand on a passé tellement de temps dans la peau des autres qu'on n'identifie même plus sa propre odeur, peut-être qu'on ne se sent plus tenu d'être loyal envers quiconque, sauf envers ceux qui nous ont connus avant le maquillage et les costumes.

– Je ne vous suis pas, dit Rachel.

Nouveau haussement d'épaules.

– Tout à l'heure, je vous ai expliqué qu'on était obligés d'étudier toutes les disciplines à Trinity, quelle que soit notre matière de prédilection. Oh, Brian était un remarquable acteur, mais vous savez quelle était sa véritable passion ? demanda-t-il avec un petit sourire distant.

Elle fit non de la tête.

– La mise en scène.

Sur ces mots, il pénétra dans la salle de bains. Lorsqu'il tira la porte derrière lui, Rachel fut surprise d'entendre le déclic du pêne qui entrait dans la gâche.

29

Trop c'est trop

Elle suivit l'I-95 à travers le Massachusetts, le New Hampshire et jusque dans le Maine profond. Au niveau de Waterville, cependant, elle dut quitter l'autoroute et prendre la Route 201, au milieu de paysages ruraux qui, peu à peu, se vidèrent de toute habitation et cédèrent la place à des bosquets d'arbres immenses, créant une atmosphère légèrement irréelle, d'autant que l'air et le ciel avaient désormais la teinte grise du papier journal. Bientôt, le ciel lui-même ne fut plus visible, et le monde se réduisit autour d'elle à des troncs bruns, des frondaisons sombres et le ruban de bitume sous ses roues. Elle avait l'impression de se déplacer sous une épaisse chape de nuages ou de rouler à la tombée de la nuit, alors qu'il était trois heures de l'après-midi à la fin du mois de mai.

Puis, brusquement, une vaste étendue verdoyante succéda à la forêt. Des terres agricoles, supposa-t-elle, même si elle ne voyait ni fermes ni silos, seulement des champs où paissaient des vaches, des moutons et quelques chevaux. Son téléphone était logé dans le porte-gobelet et elle regarda l'écran assez longtemps pour avoir la confirmation qu'il n'y avait plus de réseau. Quand elle releva les yeux, le mouton – ou la chèvre, elle ne le saurait jamais – se trouvait à deux mètres de son capot. Elle fit une embardée, sortit de la route et plongea dans un petit fossé si brutalement qu'elle se cogna la tête contre le toit. Sur sa lancée, elle émergea du fossé comme une fusée, les quatre roues décollèrent, et le véhicule retomba lourdement sur la partie gauche du pare-chocs avant. L'airbag lui heurta le visage en se déployant, et elle se mordit la langue jusqu'au sang. L'arrière du véhicule s'éleva, et l'avant plongea. Le SUV fit deux tonneaux dans un fracas de verre brisé et de tôles froissées, accompagné par ses propres cris.

Puis il s'immobilisa, de nouveau sur ses roues.

Rachel secoua la tête plusieurs fois, faisant voler de minuscules éclats de verre. Elle demeura assise encore quelques minutes, le menton posé sur l'airbag comme sur un oreiller, en essayant d'évaluer les dégâts. Elle n'avait rien de cassé, apparemment, et seule sa langue saignait. L'arrière de sa tête l'élançait, sa nuque était raide et les muscles de son dos douloureusement contractés, mais elle était encore en un seul morceau. La boîte à gants et les différents espaces de rangement s'étaient vidés de leur contenu, qui s'était répandu sur le tableau de bord, le siège passager et les tapis de sol : cartes routières, papiers d'assurance, paquets de mouchoirs en papier, petite monnaie, quelques stylos, une clé…

Elle déboucla sa ceinture.

Se pencha vers le siège passager, écarta une paire de lunettes noires fendillées et récupéra la clé sur le tapis de sol. Petite, étroite, gris argent. Ce n'était pas celle d'une maison ni celle d'une voiture. D'un casier de vestiaire, peut-être, ou d'un cadenas, ou encore d'un coffre.

S'agissait-il de la fameuse clé ? Auquel cas, c'était Caleb qui l'avait en sa possession, pas Brian. Et il avait préféré mourir plutôt que de l'avouer.

Ou alors, ce n'était qu'une banale clé.

Après l'avoir empochée, elle descendit du SUV arrêté en plein milieu de la chaussée. Le mouton ou la chèvre avait disparu depuis longtemps. Les traces de pneus qu'elle avait laissées serpentaient jusqu'à l'endroit où elle avait quitté la route. Des bouts de verre – certains transparents, d'autres rougis –, ainsi que des morceaux de chrome et de plastique noir jonchaient le bitume. Elle vit aussi une poignée de portière arrachée.

Elle se remit au volant et essaya de démarrer. Le moteur vrombit en même temps que s'élevait un *ding-ding-ding* insistant, censé lui rappeler de boucler sa ceinture. Elle se servit du petit couteau de cuisine pour découper l'airbag. Ouvrit le capot. Alla jeter un coup d'œil au moteur, sans rien remarquer d'alarmant. Vérifia les pneus, qui paraissaient intacts. Alluma les phares, et constata que le droit, brisé, ne fonctionnait plus. Le gauche était fendu mais éclairait encore. À l'arrière, c'était l'inverse : à la place du feu de stop côté conducteur ne subsistait qu'une cavité béante ; l'autre, côté passager, n'avait pas trop souffert.

Elle contempla la vaste étendue de terres cultivées, la forêt derrière elle et celle qu'elle apercevait à l'horizon. Il s'écoulerait peut-être des heures avant qu'un automobiliste arrive, susceptible de lui porter secours. Ou seulement quelques minutes. Impossible à dire.

La dernière fois qu'elle avait regardé le kilométrage sur le compteur, elle était encore à cent dix kilomètres du lac Baker. Comme c'était une dizaine de minutes avant l'accident, elle estima à environ quatre-vingt-dix kilomètres la distance qui lui restait à parcourir. Brian avait payé Andrew Gattis pour se montrer à la fête ce soir-là et l'orienter sur le lac

Baker, parce qu'il voulait l'attirer à cet endroit. Pourquoi ? Pour la tuer ? Elle avait beaucoup réfléchi à la question. S'il avait vraiment eu l'intention de la supprimer, il aurait pu facilement le faire sur le bateau. Au lieu de quoi, il avait mis en scène sa propre mort. Chaque fois qu'elle regardait le lac Baker sur la carte, il lui semblait qu'elle voyait une porte donnant sur un autre pays. Brian avait-il prévu de la mener jusque-là ?

Quoi qu'il en soit, avait-elle le choix ? Elle ne pouvait penser à aucune autre alternative qui ne la conduirait pas en prison. À ce stade, ou elle retrouvait Brian, ou la partie était terminée pour elle.

– Allez, en route, murmura-t-elle.

Elle remonta en voiture et démarra.

Au-dessus d'elle, le soleil poursuivait sa course.

Elle quitta la 201 au lieu-dit Les Fourches. Ainsi nommé, sans doute, parce que si on voulait partir en randonnée dans la nature vers le nord-est, les routes, telles qu'elles figuraient sur la carte, se scindaient encore et encore, jusqu'à donner l'impression que, pour revenir à son point de départ, il n'y aurait d'autre solution que de se fier à son odorat ou d'adresser ses prières au ciel. Il faisait nuit noire à présent, le noir total des contes de fées germaniques et des éclipses solaires.

Après s'être engagée dans Granger Mills Passage, Rachel parcourut encore plusieurs kilomètres – ou peut-être juste deux ou trois, c'était difficile à dire tant elle était obligée de rouler lentement –, avant de s'apercevoir qu'elle avait dû rater la bifurcation vers Old Mill Lane. Elle fit demi-tour et scruta l'obscurité jusqu'au moment où elle aperçut une route étroite sur sa gauche. Aucune pancarte ne précisait de quelle voie il s'agissait ou l'endroit qu'elle desservait. Rachel la prit, pour se retrouver dans un cul-de-sac quatre cents mètres plus loin : son unique phare éclairait devant elle un terre-plein d'environ un mètre de haut, et un champ de l'autre côté. La route n'en avait jamais été une, elle était restée à l'état d'ébauche.

N'ayant pas la place de faire demi-tour, cette fois, elle enclencha la marche arrière et se concentra pour reculer, guidée par la lueur de l'unique feu de stop. À deux reprises, elle mordit sur le bas-côté. Lorsqu'elle atteignit Granger Mills Passage, elle repartit dans la direction d'où elle était arrivée et, au bout de quatre ou cinq kilomètres, découvrit un espace dégagé bordant des terres cultivées. Elle s'y arrêta et coupa le moteur.

Assise dans le noir, elle décida d'attendre le lendemain pour continuer, en espérant que Brian serait lui aussi contraint de patienter jusqu'au matin.

Assise dans le noir, elle se rendit compte qu'elle n'avait pas dormi depuis trente-six heures.

Elle passa entre les sièges pour s'allonger sur la banquette arrière, sortit son manteau de son sac à dos et s'en enveloppa, puis cala le sac sous sa nuque.

Le soleil la réveilla.

Elle consulta sa montre. Il était six heures et demie. Des nappes de brume ondoyaient au-dessus des champs. À environ trois mètres du SUV, de l'autre côté d'une clôture de barbelés lâches, une vache la regardait, impassible, en se fouettant les flancs de sa queue pour chasser les mouches. Rachel se redressa et regretta de ne pas avoir pensé à emporter une brosse à dents. Elle vida l'une des bouteilles d'eau puis grignota une barre énergétique. Descendit de voiture, s'étira et découvrit d'autres vaches dans le champ en face d'elle, d'autres nappes de brume aussi.

Le fond de l'air était frais, même au soleil, et elle resserra les pans de sa veste en respirant l'air pur à pleins poumons. Après avoir uriné sous l'œil indifférent de la vache, elle se remit au volant, fit demi-tour et repartit.

Le lac Baker n'était désormais plus qu'à une quarantaine de kilomètres, mais il lui fallut trois heures pour l'atteindre. Le semblant de route du départ avait cédé la place à une succession de pistes de terre battue, au mieux, et elle ne put que se féliciter de ne pas les avoir empruntées de nuit, parce qu'elle aurait certainement fini dans un fossé ou plongé dans un étang. Bientôt, les pistes elles-mêmes n'eurent même plus de nom et se transformèrent en simples chemins dont certains, pourtant indiqués sur la carte, étaient envahis par les herbes folles et les broussailles. Rachel se fiait à la boussole sur l'écran du GPS pour la guider vers le nord-est. Les pierres crissaient sous ses pneus et malmenaient le châssis, la ballottant dans tous les sens. Elle aurait dû avoir la nausée mais, concentrée comme elle l'était sur le tracé du chemin et les éventuels accidents de terrain, elle n'éprouvait pas le moindre malaise.

Il n'y avait plus de terres cultivées autour d'elle, seulement des prés devenus des fouillis de végétation, et bientôt elle pénétra dans une autre forêt – de ces forêts dont Brian avait toujours affirmé qu'elles avaient forgé son histoire familiale et sa carrière. Étrangement, songea-t-elle, il avait choisi pour le représenter un symbole à l'exact opposé de ce qu'il était : le bois était fiable, solide, on pouvait compter sur lui pendant des générations.

Brian, lui, était le plus grand menteur qu'elle ait jamais rencontré. Dieu sait pourtant que son métier de journaliste l'avait amenée à en rencontrer beaucoup.

Alors, comment a-t-il fait pour t'abuser ?

Je n'ai pas voulu voir plus loin que le bout de mon nez.

Pourquoi ?

Parce que j'avais besoin de me sentir en sécurité.

La sécurité est une illusion qu'on vend aux enfants pour les aider à s'endormir.

Alors j'avais besoin de redevenir une enfant.

Le chemin débouchait sur une clairière et n'allait pas au-delà. Il n'y avait que ce petit ovale d'herbes folles et de sable, derrière lequel s'étendaient de nouveau les bois. Rachel consulta sa carte, qui n'était cependant pas suffisamment détaillée pour inclure l'endroit. Elle le chercha sur les photos satellite qu'elle avait imprimées, pensa le reconnaître en voyant une minuscule tache claire sur un cliché et en déduisit qu'elle se trouvait à environ cinq kilomètres du camp de chasse. Elle enfila ses chaussures de randonnée, puis vérifia que le cran de sûreté était mis sur le P380 avant de le glisser dans son dos. Mais au bout de quelques mètres à peine, gênée par le frottement de l'arme, elle la fourra dans la poche de sa veste.

Les arbres autour d'elle étaient gigantesques et les frondaisons bloquaient le soleil. À la pensée que des ours devaient vivre dans ces bois, elle connut un moment de panique. Son odeur risquait-elle de les attirer ? À en juger par l'exubérance de la végétation, aucun humain n'avait emprunté ce sentier depuis longtemps, ce qui rendait sa progression malaisée. En citadine maladroite qu'elle était, elle écrasait les feuilles mortes, brisait des branches, respirait trop fort…

Elle perçut la présence du lac avant de le voir. Pas au bruit des vaguelettes venant lécher la grève, plutôt à une qualité particulière du silence et de l'air ambiant. Bientôt, elle distingua des reflets scintillants à travers les troncs. Quinze minutes plus tard, elle se tenait au bord de l'eau. Il n'y avait pas de rive, juste un à-pic d'environ deux mètres à la lisière de la forêt. Elle le longea pendant une bonne demi-heure avant d'émerger dans une autre clairière inondée de soleil.

Le premier bungalow qu'elle atteignit n'avait plus de fenêtres. La moitié du toit avait été emportée et l'un des murs s'était écroulé. Le suivant, en revanche, était bien celui décrit par Gattis : encadrements de fenêtres d'un vert fané, porte d'un rouge passé... Pour autant, il semblait bien entretenu : pas de fissures dans les murs, pas de feuilles mortes sur le perron, vitres intactes, quoique sales.

Le bois craqua sous ses pieds lorsqu'elle gravit les quatre marches jusqu'à la porte. Le temps de récupérer son pistolet, et elle tourna la poignée, puis ouvrit. L'intérieur sentait le refermé, mais ni l'humidité ni le moisi. La cheminée était propre et n'avait pas dû servir depuis un bon moment. Dans la kitchenette, les surfaces de travail étaient couvertes d'un fin voile de poussière. Le frigo contenait surtout des bouteilles d'eau minérale, plus trois grandes canettes de Guinness et des condiments qui n'étaient pas encore périmés.

Dans le salon, de taille modeste – le bungalow lui-même ne devait guère faire plus de trente mètres carrés –, se trouvaient un canapé de cuir brun fendillé et une petite bibliothèque remplie de romans d'aventures et de guides sur la pensée positive. Aucun doute, c'était bien l'antre de Brian. Dans la salle de bains, elle reconnut ses marques préférées de dentifrice et de shampooing. Dans la chambre, il y avait seulement un grand lit en laiton qui grinça lorsqu'elle s'y assit. Elle poursuivit ses explorations encore quelques minutes, sans relever le moindre signe d'une occupation récente. Elle ressortit et chercha des traces de pas aux abords de l'habitation. En vain.

Soudain rattrapée par la fatigue, elle s'assit sur le perron. Essuya une larme d'un revers de main, puis une autre, avant de renifler un bon coup, de se relever et de secouer la tête avec vigueur. Elle se sentait accablée par la perspective d'avoir à refaire tout le trajet jusqu'à la voiture, puis de retourner vers la civilisation au crépuscule alors qu'elle n'avait plus qu'un phare en état de marche, ce qui l'obligerait vraisemblablement à passer une autre nuit au bord de la route. Mais surtout, ce qui la minait, c'était l'idée de ne plus avoir nulle part où aller. La police avait dû découvrir le corps de Caleb, à présent, et déterminer qu'elle était à Providence au moment où Nicole Alden avait été assassinée. Même si les indices ne suffisaient pas à prouver sa culpabilité, elle serait envoyée en prison en attendant son procès. Autant dire, pendant peut-être un an, ou même plus. Et puis, après tout, qui sait si les indices ne suffiraient pas à l'incriminer, au moins pour le meurtre de Caleb ? Un inspecteur de police pourrait témoigner qu'elle lui avait menti en affirmant que la victime était vivante alors qu'elle était déjà morte. Il ne serait sans doute pas difficile après de convaincre un jury qu'elle avait également menti sur de nombreux autres points.

Elle avait perdu son foyer et tout ce qui faisait sa vie jusque-là. Elle possédait deux mille dollars en liquide, un sac contenant une tenue de rechange et une voiture qu'elle serait contrainte d'abandonner dans la première ville où elle trouverait une gare routière.

Mais ensuite, où irait-elle ?

Et comment pourrait-elle survivre avec seulement deux mille dollars, quand sa photo serait sur tous les écrans de télé et tous les sites d'informations du pays ?

Tout en marchant de nouveau à travers bois, elle passa en revue ses options, pour parvenir à la triste conclusion qu'elle n'en avait que deux : se livrer ou saisir son arme et la retourner contre elle.

Elle s'assit sur un rocher. Il lui faudrait encore une heure pour rejoindre le lac. Autour d'elle, il n'y avait que des arbres. Elle tira le pistolet de sa poche et le soupesa dans sa paume. À cette heure, Brian avait peut-être déjà mis un continent entre eux. Quelle que soit l'arnaque qu'il avait montée avec Alden Minerals et cette mine d'or, il irait jusqu'au bout de son plan. Et s'enfuirait avec le magot.

Il l'avait manipulée. Utilisée, puis abandonnée. Dans quel but ? Elle n'en avait aucune idée, ne voyait pas quel rôle elle avait pu jouer dans toute cette histoire. Elle était juste le dindon de la farce, la dupe, une innocente à la crédulité impardonnable.

Combien de temps son corps demeurerait-il dans la forêt avant d'être découvert ? Des jours ? Des saisons entières ? À moins que les animaux ne dévorent sa dépouille… D'ici à quelques années, quelqu'un tomberait sur un os ou deux, et la police de l'État viendrait ratisser le coin à la recherche du reste. Le mystère de la journaliste disparue soupçonnée d'avoir tué deux personnes serait enfin résolu. Les parents l'évoqueraient pour donner une leçon à leurs ados tentés de s'égarer. « Vous voyez, diraient-ils, elle ne s'en est pas sortie. La justice finit toujours par triompher, l'équilibre des choses est préservé, cette meurtrière a eu ce qu'elle méritait. »

Widdy, à une quinzaine de mètres d'elle, lui souriait. Sa robe n'était pas ensanglantée, aucune entaille ne barrait sa gorge. Elle n'ouvrit pas la bouche quand elle prit la parole, pourtant Rachel l'entendit distinctement.

Vous avez essayé.

– J'aurais dû faire plus.

Ils vous auraient tuée.

– Alors j'aurais dû mourir.

Mais qui aurait raconté mon histoire ?

– Personne ne s'intéresse à ton histoire.

J'ai vécu, pourtant.

Les larmes de Rachel tombaient dans la poussière et les feuilles mortes à ses pieds.

– Tu as vécu pauvre, et noire, sur une île dont tout le monde se fiche.

Vous, vous ne vous en fichiez pas.

Elle dévisagea la fillette à travers les arbres.

– Tu es morte parce que je t'ai convaincue de te cacher. Tu avais raison. S'ils t'avaient trouvée plus tôt, ils t'auraient violée, mais ils ne t'auraient pas égorgée, ils… ils t'auraient laissée vivre.

Quel genre de vie ?

– Une vie ! hurla Rachel.

Je n'en aurais pas voulu, de cette vie-là.

– Mais je refuse que tu meures. J'ai besoin que tu restes en vie.

J'ai disparu. Laissez-moi partir, miss Rachel. Laissez-moi partir, s'il vous plaît.

Rachel la regardait toujours. Soudain, elle cilla, et se retrouva à regarder un tronc d'arbre. Elle s'essuya les yeux et le nez sur sa manche. S'éclaircit la gorge. Respira l'air de la forêt.

Une seconde plus tard, ce fut la voix de sa mère qui s'éleva dans sa tête. C'était peut-être une hallucination due à la déshydratation, à la fatigue ou à l'hypoglycémie… À moins qu'elle n'ait déjà appuyé le canon de son arme contre sa tempe et tiré, et qu'elle ne soit morte ? En tout cas, c'était bien la voix de tabagique d'Elizabeth Childs.

« Couche-toi, disait-elle avec une bienveillance lasse, et bientôt nous serons réunies. Tu te rappelles cette semaine où tu étais malade, quand je n'ai pas quitté ton chevet ? Ce sera pareil. Je te préparerai tous tes plats préférés. »

Rachel se surprit à secouer la tête, comme si sa mère et les arbres pouvaient la voir, comme si elle n'était pas totalement seule. Était-ce ainsi qu'on devenait fou ? Qu'on finissait par se parler à soi-même au coin des rues et par dormir sous des porches, la peau couverte de plaies ?

Non, pas question.

Elle remit l'arme dans sa poche et se leva. Contempla les bois alentour. Elle savait qu'elle n'allait pas mourir juste pour simplifier l'existence de Brian, de Kessler ou de quiconque la supposait trop faible pour survivre en ce monde.

– Je ne suis pas folle ! lança-t-elle à sa mère et aux arbres. Et je ne veux pas te rejoindre dans l'au-delà, maman…

Elle leva les yeux vers le ciel.

– Une vie avec toi, c'était déjà trop !

Il était treize heures lorsqu'elle atteignit le SUV. À partir de là, il lui faudrait deux bonnes heures pour rejoindre la 201, et ensuite encore trois jusqu'à une ville assez importante pour avoir une gare routière. En espérant que les cars rouleraient après six heures du soir… Et qu'un policier ne l'arrêterait pas sur le trajet pour lui demander ce qu'elle fabriquait au volant d'un véhicule qui semblait avoir été lâché du haut d'une grue.

Elle mit le contact, démarra et reprit le chemin. Elle avait parcouru un peu plus d'un kilomètre quand l'homme allongé sur la banquette arrière lança soudain :

– Qu'est-ce qui est arrivé à bagnole de Caleb ? Elle a morflé, on dirait. Toi, par contre, t'es radieuse !

Il se redressa et lui sourit dans le rétroviseur.

Brian.

30

Instinct primaire

Elle écrasa la pédale de frein, se mit au point mort et déboucla sa ceinture. Brian était toujours assis au milieu de la banquette arrière quand elle se glissa dans l'espace entre les deux sièges de devant et lui expédia son poing dans la tempe. Elle n'avait jamais frappé personne, mais la douleur inattendue dans ses phalanges ne fut rien en comparaison de la satisfaction procurée par le bruit sourd de ses os heurtant ceux de Brian. Elle vit des larmes lui monter aux yeux et son regard devenir vague.

Emportée par sa fureur, elle le frappa de nouveau. Lui bloqua les épaules avec ses genoux et fit pleuvoir les coups sur ses oreilles, son front, ses tempes… Il tenta vainement de lui résister en se cambrant au maximum ; elle avait l'avantage et elle le savait. Elle l'entendit la supplier d'arrêter, s'entendit elle-même le traiter de tous les noms, mais rien d'autre ne comptait que la frénésie de ses poings. Il finit par réussir à dégager son épaule droite et, profitant de ce qu'elle était déséquilibrée, la repoussa brutalement. Alors qu'elle partait à la renverse entre les deux sièges, il se redressa, prêt à contre-attaquer.

Elle lui envoya son pied en pleine figure.

Il y eut un craquement – d'os ou de cartilage, elle n'aurait su le dire – et, sous l'impact, la tête de Brian rebondit contre la vitre. Il ouvrit et ferma la bouche à plusieurs reprises, comme s'il essayait d'avaler de l'air, puis ses yeux se révulsèrent et il perdit connaissance.

Je l'ai mis KO.

Un rire nerveux monta de sa gorge tandis qu'elle regardait les paupières de Brian papilloter. Elle sentait sa main droite ensanglantée commencer à enfler.

C'est moi qui ai fait ça ?

Elle saisit la clé de la voiture et son pistolet, puis descendit du SUV et fit quelques pas sur la route. Jamais elle n'avait eu autant envie d'une cigarette depuis qu'elle avait arrêté, sept ans plus tôt. Pour compenser, elle inhala à pleins poumons l'air trop pur de la forêt. Il lui semblait impossible d'établir le moindre lien entre ce qu'elle venait de vivre et la personne qu'elle était quelques heures auparavant, qui envisageait de se suicider, de renoncer.

Oh non, je ne renoncerai pas. Je ne baisserai les bras que le jour où je mourrai. Et ce ne sera pas de ma main.

La portière arrière s'ouvrit en grinçant, et les paumes de Brian apparurent au-dessus de la vitre. Le reste de son corps demeurait invisible.

– C'est bon, t'as fini ?

– De ?

– Me casser la gueule.

Rachel réprima une grimace. Sa main droite lui faisait un mal de chien, à présent, pourtant elle se força à la refermer sur le pistolet.

– Je crois, oui.

Quand Brian leva la tête, elle le visa.

– Hé, on se calme ! s'exclama-t-il en disparaissant de nouveau.

Elle contourna le véhicule en trois enjambées et braqua son arme sur lui.

– Il est chargé à blanc ?

Jusque-là accroupi, Brian se redressa laborieusement, comme s'il était soudain résigné à son sort.

– Hein ?

– Tu l'as chargé à blanc, ce flingue-là aussi ?

– Non.

Elle dirigea le canon vers son torse.

– Je te le jure ! s'écria-t-il. Ce truc tire des putains de vraies balles !

– Ah oui ?

Il écarquilla brusquement les yeux en comprenant ce qu'elle avait l'intention de faire.

Rachel appuya sur la détente.

Brian se jeta à terre. Ou plutôt, il bondit du véhicule et atterrit sur le sol, les mains en l'air.

– Relève-toi, ordonna-t-elle.

Il obéit, les yeux fixés sur le pan d'écorce que le projectile avait arraché au pin malingre à sa droite. Du sang coulait de son nez, qui dégoulinait sur ses lèvres et gouttait de son menton. Il s'essuya sur son avant-bras, puis cracha dans l'herbe sur le bas-côté.

– On dirait bien du vrai sang, ce coup-ci, observa-t-elle. Comment t'as fait pour celui qui a jailli de ta bouche sur le bateau ?

– Devine.

Une petite lueur malicieuse éclaira le regard de Brian, mais pas son visage.

Rachel rejoua en esprit la scène sur le bateau. Elle le revit assis calmement en face d'elle, tandis qu'elle l'accusait d'avoir une autre femme et une double vie. Imperturbable, il continuait de grignoter.

– Les cacahouètes, murmura-t-elle.

– Gagné ! lança-t-il, le pouce levé. Il y avait deux capsules de faux sang dans le sachet.

Il considéra d'un air méfiant le pistolet qu'elle tenait toujours.

– Qu'est-ce que tu comptes faire, Rachel ?

– Je n'ai encore rien décidé, *Brian*.

Elle baissa son arme, il baissa les mains.

– Si tu me tues, et franchement, je ne pourrais pas t'en vouloir, t'es foutue, déclara-t-il. T'as pas de fric, aucun moyen de t'en procurer, les flics te soupçonnent d'être impliquée dans un meurtre et…

– Deux meurtres.

– Deux ?

Elle confirma d'un signe de tête.

Il réfléchit quelques secondes, puis reprit la parole :

– Tu as aussi à tes trousses des types pas sympas du tout. Bref, si tu me tues, je te donne encore deux ou trois jours à tout casser pour profiter de ta liberté et choisir tes fringues. Et je sais à quel point tu attaches de l'importance à ton apparence, ma chérie.

Rachel le visa de nouveau et il leva de nouveau les mains. Sans la quitter des yeux, il inclina la tête de côté. Elle l'imita. Contre toute attente, elle eut momentanément l'impression de retrouver leur complicité et elle fut prise d'une soudaine envie de rire. Sa rage demeurait intacte, son sentiment de trahison aussi – il avait abusé de sa confiance, détruit sa vie, nom d'un chien ! –, pourtant elle sentait se réveiller son ancienne tendresse pour lui.

Elle dut réprimer un sourire.

– En parlant d'apparence, la tienne laisse sérieusement à désirer.

Il porta les doigts à son visage, les ramena tachés de sang et se regarda dans la vitre du SUV.

– Je crois bien que tu m'as cassé le nez.

– C'est ce qu'il m'a semblé, en effet.

Il souleva le bas de son T-shirt pour se tamponner la figure.

– J'ai une trousse de secours dans le coin, révéla-t-il. On peut aller la chercher ?

– Et pourquoi devrais-je accepter, très cher ?

– Parce que, très chère, elle est planquée dans un 4 × 4 qui, lui, n'a pas l'air d'être tombé d'un pont !

Ils repartirent en voiture vers la clairière puis s'enfoncèrent à pied dans les bois. À moins d'une dizaine de mètres de la lisière, un Range Rover vert sapin était soigneusement camouflé dans la végétation. Un modèle du début des années quatre-vingt-dix aux ailes rouillées et aux portières arrière cabossées, mais les pneus étaient neufs et le véhicule paraissait suffisamment solide pour tenir encore vingt ans. Rachel garda Brian en joue tandis qu'il récupérait sa trousse de secours et un petit miroir de poche dans un sac en toile à l'arrière. Puis, assis sur le plancher du coffre, sous le hayon ouvert, il entreprit de nettoyer ses blessures avec de l'alcool à 90°, en grimaçant de temps à autre.

– Bon, où veux-tu que je situe le début de tout ça ? demanda-t-il.

– À toi de juger.

– Eh bien, c'est facile. Tu es arrivée dans les dernières manches, mais j'avais entamé la partie depuis longtemps.

– La partie de quoi ?

– Dans le jargon du métier, on parle de « salage » des échantillons.

– Et c'est quoi au juste, ton métier ?

Dans le regard qu'il posa sur elle, elle décela de la déception teintée d'incrédulité, comme s'il était une star sur le déclin qu'elle n'aurait pas reconnue.

– Je suis un arnaqueur.

– Un escroc, quoi.

– Je préfère « arnaqueur », ça a plus de panache. Un escroc, pour moi, c'est un type qui essaie de te refourguer des actions au rabais ou les produits d'entretien merdiques de chez Amway.

– Merci de m'avoir éclairée sur cette subtilité lexicale.

– De rien.

Il lui tendit du coton imprégné d'alcool pour sa main. Rachel le remercia d'un hochement de tête, glissa l'arme derrière sa ceinture et s'écarta de quelques pas en désinfectant ses phalanges.

– Il y a cinq ans, je suis tombé par hasard sur une mine abandonnée à vendre en Papouasie-Nouvelle-Guinée, expliqua-t-il. Alors j'ai monté une société afin de pouvoir la racheter.

– Qu'est-ce que tu connais aux mines ?

– Moi ? Rien du tout.

Délicatement, il essuya le sang dans son nez à l'aide d'un coton-tige.

– La vache ! Tu ne m'as pas raté, ma fille, dit-il, une note d'admiration dans la voix.

– La mine, Brian, lui rappela-t-elle en s'efforçant de nouveau de ne pas sourire.

– Bref, comme je te disais, Caleb et moi on l'a rachetée. À la même période, il a créé un cabinet d'experts, auquel il a attribué un historique entièrement fictif mais tout à fait crédible en Amérique latine – une structure familiale qui remontait à des générations –, pour peu qu'on n'y regarde pas de trop près. Trois ans plus tard, ce cabinet, Borgeau Engineering, a entrepris une évaluation « indépendante » de la mine. Laquelle, à ce stade, était déjà « salée » par nos soins.

– Traduction ?

– Eh bien, tu enfouis de l'or à des endroits relativement faciles d'accès – mais pas trop quand même. Le but, c'est de procéder par extrapolation : pour un pourcentage d'or *x* trouvé dans les échantillons prélevés sur tel ou tel site, on en déduit un pourcentage *y* pour la totalité de la mine. C'est la conclusion à laquelle nos experts indépendants…

– Borgeau Engineering ?

– C'est ça. Ils ont affirmé que nous possédions des ressources d'une valeur de quatre cents millions d'onces d'or, au lieu des quatre millions estimés au départ.

– Ce qui a boosté le cours de vos actions, j'imagine.

– Encore aurait-il fallu qu'on en ait… Non, cette conclusion a fait de nous une menace potentielle pour la concurrence dans la région.

– Tu veux parler de Vitterman Copper and Gold ?

– Je vois que tu as potassé le sujet…

– J'ai été journaliste pendant dix ans, ne l'oublie pas.

– Exact. Alors, qu'est-ce que tu as découvert d'autre ?

– Que tu avais probablement obtenu un prêt d'une société de capital-risque appelée Cotter-McCann.

– Et pourquoi nous aurait-elle prêté de l'argent, à ton avis ?

– Officiellement, pour vous permettre de résister à toute tentative d'OPA hostile de la part de Vitterman. Vous auriez ainsi eu le temps d'extraire suffisamment d'or pour rendre votre société inattaquable.

Il acquiesça d'un signe de tête.

– Mais le bruit court que Cotter-McCann est féroce, ajouta-t-elle.

– Très, confirma-t-il.

– Par conséquent, il y a fort à parier que ses dirigeants feront main basse sur ta mine et tous ses profits.

– Tout juste.

– Sauf qu'il n'y aura jamais de profits, n'est-ce pas ?

Il garda le silence, se bornant à l'observer attentivement.

– À combien se montait le prêt ? demanda-t-elle.

Un sourire éclaira le visage de Brian.

– Soixante-dix millions.

– En cash ?

– Oui. Plus quatre cent cinquante millions en actions.

– Qui elles-mêmes ne valent rien.

– Exact.

Tout en réfléchissant, Rachel se mit à marcher en cercle, écrasant feuilles mortes et aiguilles de pin.

– En fait, vous n'en aviez dès le départ qu'après les soixante-dix millions.

– Oui, avoua Brian.

– Et vous les avez eus ?

Il jeta les derniers cotons ensanglantés dans un sac en plastique qu'il lui présenta.

– Oh que oui ! Ils attendent sagement dans une banque aux îles Caïmans que j'aille les chercher.

Elle laissa tomber ses propres cotons dans le sac.

– Alors dis-moi : qu'est-ce qui a merdé dans ce plan grandiose ?

L'expression de Brian s'assombrit.

– Le hic, c'est qu'à partir du moment où on a transféré l'argent déposé dans une banque du Rhode Island, le compte à rebours s'est déclenché. Ce genre de transaction attire vite l'attention, surtout de sociétés comme Cotter-McCann. Et nous, on a commis au moins deux erreurs. D'abord, on a sous-estimé leur vitesse de réaction, parce qu'on ne pouvait pas deviner qu'ils avaient quelqu'un à leur solde à la Sécurité intérieure qui demanderait une DSF.

– C'est-à-dire ?

– Une déclaration de suspicion de fraude. Oh, on savait qu'on n'y couperait pas, mais il y a normalement un délai entre le signalement d'une activité de ce genre et sa notification à l'intéressé.

– Il y a eu d'autres imprévus ?

– T'as une heure devant toi ? Quand on monte ce genre de coup, il y a cinq cents trucs qui peuvent mal tourner, pour un qui se passe bien. On était loin de se douter qu'ils installeraient un traceur sur ma voiture. Et tiens-toi bien, ils n'avaient pas encore de soupçons à ce stade ! S'ils l'ont fait, c'était juste parce qu'ils appliquaient la procédure standard.

– Et ils t'ont suivi jusqu'où ?

– Au même endroit que toi. Chez Nicole.

Sa voix se brisa, et Rachel y aurait sans doute vu la manifestation d'un chagrin sincère si elle n'avait pas eu la démonstration saisissante de ses talents d'acteur.

– Ils m'ont probablement raté de dix minutes. Mais ils l'ont trouvée, elle. Et ils l'ont tuée.

Il relâcha lentement son souffle, puis émergea brusquement de sous le hayon, le referma et frappa dans ses mains.

– D'autres questions dont tu as besoin de connaître la réponse tout de suite, parce que ça ne peut pas attendre ?

– Oh, une bonne centaine.

– J'ai dit : « Parce que ça ne peut pas attendre. »

– Comment t'as fait pour avoir l'air si mort ? Au fond de l'eau, avec le sang qui coulait et le…

– Des accessoires, répondit-il. Pour le sang, c'était facile. J'ai utilisé des petites poches et capsules remplies de faux sang. Celles sur ma poitrine étaient déjà en place avant que tu montes à bord. Celles dans ma bouche venaient du sachet de cacahouètes, comme tu l'as déjà compris. La bouteille d'air comprimé m'attendait au fond de l'eau. Le problème, c'est que t'as plongé rudement vite, et que j'ai eu à peine le temps de me mettre en place.

– Mais pour ton expression ! s'impatienta-t-elle. T'avais le regard éteint, les traits complètement figés…

– Comme ça ?

On aurait pu croire qu'on venait de lui planter à la base du cerveau une seringue remplie de strychnine. La vie déserta d'abord ses yeux, puis le reste de son visage. Non seulement il avait l'immobilité d'un masque mortuaire, mais même son esprit semblait l'avoir déserté.

Elle agita la main devant ses yeux, qui demeurèrent fixes. À aucun moment il ne cilla.

– Combien de temps tu peux tenir ?

Il reprit son souffle.

– Là, peut-être encore vingt secondes.

– Et si j'étais restée au fond, à te regarder ?

– J'avais encore quarante secondes devant moi, une minute maximum. Quoi qu'il en soit, tu ne l'as pas fait. Une bonne arnaque se fonde toujours sur au moins un principe : les gens sont prévisibles.

– Sauf quand ils bossent chez Cotter-McCann.

– Touché.

Il frappa de nouveau dans ses mains, et toute trace de son effrayante composition macabre disparut.

– Bon, l'heure tourne, alors si tu n'y vois pas d'inconvénient, je t'expliquerai la suite en route, d'accord ?

– En route pour où ?

Il indiqua le nord.

– Le Canada. Caleb doit nous retrouver là-bas demain matin. Où l'as-tu déposé, d'ailleurs ? À la planque ?

Ne sachant quoi répondre, elle se borna à le dévisager en silence.

– Rachel ?

Il s'arrêta, la main sur la portière côté conducteur.

– Dis-moi que vous êtes allés à la planque après avoir quitté la marina.

– Non, on n'a pas eu le temps.

– Où est Caleb ? questionna-t-il, soudain blême.

– Il est mort, Brian.

Il se couvrit la figure de ses mains, qu'il appuya ensuite sur les vitres du Range Rover. La tête basse, il parut chercher son souffle. Enfin, il se tourna vers elle.

– Comment ?

– Ils lui ont tiré une balle en plein visage.

– Qui, « ils » ?

– Je ne sais pas. Deux hommes qui cherchaient une clé.

Il avait l'air vulnérable, soudain. Complètement perdu. Il se laissa glisser le long du Range Rover et s'assit par terre, secoué de sanglots.

En trois ans, jamais elle ne l'avait vu sous ce jour. L'homme qui avait partagé sa vie ne s'effondrait pas, il était solide, il n'avait pas besoin d'aide. Celui devant elle n'était qu'une version amoindrie de Brian, privée de toutes ses parties vitales. Elle remit le cran de sûreté sur le pistolet, qu'elle glissa derrière sa ceinture, puis s'assit à côté de lui. Il s'essuya les yeux et renifla, les narines toujours luisantes de sang.

Ses mains et sa voix tremblaient quand il demanda :

– Tu l'as vu mourir ?

– Oui. Il était aussi près de moi que tu l'es maintenant. L'un des deux gars l'a abattu froidement.

– Et tu n'as aucune idée de qui ils étaient ?

– Non, ils ressemblaient à des agents d'assurance. Pas ceux en costard-cravate, les autres, ceux qui démarchent dans les centres commerciaux.

– Et toi ? Comment t'as fait pour t'en sortir ?

Elle lui raconta tout. Pendant qu'elle parlait, elle le vit se ressaisir peu à peu. Ses tremblements cessèrent, son regard s'éclaircit.

– C'est Caleb qui avait la clé, déclara-t-il quand elle se tut. C'est fini. Game over.

– Elle ouvre quoi, cette clé ?

– Un coffre dans une banque.

Rachel effleura le bout de métal dans sa poche.

– Une banque aux îles Caïmans ?

– Non, dans le Rhode Island. Ce dernier jour, j'ai eu une sorte d'intuition, de mauvais pressentiment. Ou peut-être que j'ai paniqué, comme un foutu gosse. Bref, je suis allé déposer nos passeports à la banque. Je me disais que s'il m'arrivait quelque chose, Nicole pourrait toujours les récupérer. Sauf que c'est à elle qu'il est arrivé quelque chose. Alors j'ai refilé la clé à Caleb.

– Quels passeports ?

– Le mien, celui de Caleb, d'Haya, du bébé, de Nicole… et le tien.

– Je n'en ai plus.

– Oh si, dit-il en se redressant péniblement.

Elle saisit la main qu'il lui tendait et il la hissa sur ses pieds.

– Je le saurais, si j'en avais un, répliqua-t-elle. Le mien a expiré il y a deux ans.

– Je t'en ai fait faire un autre.

Il ne lui avait pas lâché la main et elle n'avait pas essayé de se dégager.

– Ah oui ? Et avec quelle photo ?

– Le Photomaton dans le centre commercial, l'autre jour, répondit-il.

Pas mal, pensa-t-elle. *Bien joué*.

Le temps de prendre la clé dans sa poche, et elle la lui brandit sous le nez. Pour la seconde fois en quinze minutes, elle le vit revenir à la vie.

– C'est la clé dont tu parlais ?

Il cilla à plusieurs reprises, puis hocha la tête.

– Pourquoi l'avoir confiée à Caleb ? demanda-t-elle en la rangeant.

– C'est lui qui devait aller chercher les passeports. Lui et moi, on aurait été capables de se faire passer l'un pour l'autre dans notre sommeil. Je te jure, sa version de ma signature paraissait plus authentique que ma propre signature... Toi, tu devais me suivre au Canada, où on aurait rejoint les autres dans un endroit appelé Saint-Prosper. De là, on serait tous partis à Québec prendre un avion pour quitter le pays.

Ils se dévisagèrent longuement sans dire un mot. Rachel fut la première à rompre le silence :

– Donc, on se serait enfuis tous les six ? Ensemble ?

– Oui. C'était ça, le plan.

– Toi, ton meilleur copain, sa femme et sa fille, et tes deux femmes.

Il la relâcha.

– Nicole n'était pas ma femme.

– Qu'est-ce qu'elle était pour toi, alors ?

– Ma sœur.

Rachel recula d'un pas en scrutant ses traits pour essayer de déterminer s'il disait la vérité ou pas. Mais comment aurait-elle pu le savoir ? Elle avait vécu avec lui pendant trois ans sans se douter qu'il lui cachait son vrai nom, sa profession et son passé. Deux soirs plus tôt, il avait réussi à la convaincre qu'il était mort, en la dévisageant de ses yeux éteints au fond de l'océan. Brian Delacroix n'était pas un menteur comme les autres.

– Elle était enceinte ?

– Oui.

– De qui ?

– On n'a pas vraiment le temps d'entrer dans les détails…

– Qui était le père, Brian ?

– Un dénommé Joel. Voilà, t'es contente ? Il bossait dans la même banque qu'elle. Un type marié, avec trois gosses. C'était juste une passade, mais après l'avoir quitté, Nicole a décidé de garder le bébé, parce qu'elle rêvait d'avoir un enfant. Elle n'avait pas besoin de l'aide financière de Joel, puisqu'on allait se partager soixante-dix millions. Tu veux le rencontrer ? Pas de problème, je peux arranger ça. Tu n'auras qu'à lui demander si son ancienne maîtresse était bien enceinte de lui quand on l'a exécutée dans sa cuisine parce que son… son…

De plus en plus agité, il allait et venait devant elle.

– … son espèce de connard de frangin avait laissé sa voiture devant chez elle pendant qu'il retournait à Boston secouer sa femme pour la ramener à la réalité !

Le rire qui échappa à Rachel ressemblait à un jappement.

– Toi, tu m'as ramenée à la réalité ?

– Bien sûr !

– Tu te fous de ma gueule, là !

– Il fallait que tu sois prête à fuir. Je pensais que Cotter-McCann mettrait au moins trois mois à réagir, voire six. J'espérais six. Malheureusement, ils sont allés vite, parce qu'ils sont agressifs et cupides, et que, quand ils veulent quelque chose, ce sont eux qui fixent les délais. Personne d'autre. Jamais je n'aurais imaginé, le jour où ils ont transféré l'argent sur notre compte, qu'ils s'adresseraient à un cabinet indépendant pour avoir une contre-expertise de la mine. Pourtant, c'est ce qu'ils ont fait. Et jamais je n'aurais imaginé non plus qu'ils lanceraient deux tueurs après moi et mes associés. Mais, là encore, je me suis planté. Alors j'ai dû renoncer au plan A, sauter le plan B et passer directement au plan C, celui où je te devais t'infliger un électroc pour te réveiller. Et ça a fonctionné.

– Rien n'a fonctionné, Brian. Rien ne…

– T'as encore peur de conduire ?

– Non.

– De prendre un taxi ?

– Non.

– Les grands espaces t'effraient toujours ? Et les ascenseurs, hein ? Et les plongeons dans la mer ? Est-ce que tu as eu une seule crise de panique depuis que tout s'est accéléré ?

– Comment veux-tu que je le sache ? Je vis dans un état de panique permanent depuis le jour où je t'ai vu sortir d'un immeuble à Boston alors que tu étais soi-disant à Londres.

– D'accord. Ce qui ne t'a pas empêchée de surmonter cette panique pour faire ce qu'il y avait à faire. Me tuer, entre autres.

– Mais tu n'es pas mort.

– Ah, mille excuses.

Il la prit par les épaules.

– Aujourd'hui, tu n'as plus peur, parce que tu n'écoutes plus que ton instinct primaire. J'avais semé des « indices », mais rien ne t'empêchait de retourner à ta petite vie et ne plus en bouger. Je ne les ai pas peints en fluo pour que tu les voies, non, j'ai fait en sorte que tu sois obligée de les chercher. Tu aurais pu te fier à tes yeux – après tout, juste pour te donner un exemple, les tampons sur le passeport avaient l'air authentiques –, pourtant tu as suivi ton instinct, bébé. Ce que te disaient tes tripes, pas ta tête.

– Ne m'appelle pas « bébé ».

– Pourquoi ?

– Parce que je te déteste.

Il feignit de réfléchir un moment, puis haussa les épaules.

– C'est en général ce qu'on ressent envers ceux qui nous forcent à ouvrir les yeux.

31

La planque

Ils laissèrent le SUV défoncé de Caleb dans les bois et firent en Range Rover les quatre cent quatre-vingts kilomètres jusqu'à Woonsocket, dans le Rhode Island, au sud de la frontière du Massachusetts et à environ vingt-cinq kilomètres au nord de Providence. Au début, ils n'échangèrent que quelques mots. Ils avaient mis la radio et l'écoutèrent suffisamment longtemps pour entendre qu'ils étaient recherchés dans l'enquête sur la mort de deux personnes. Les services de police de Boston et de Providence ne disaient pas pourquoi ils pensaient le meurtre d'une employée de banque dans la petite ville de Providence lié à celui d'un homme d'affaires à Boston, mais ils tenaient à s'entretenir avec Brian Alden, frère de la victime de Providence et associé de celle de Boston, ainsi qu'avec sa femme, Rachel Childs-Delacroix. Les pistolets enregistrés à leur nom n'ayant pas été retrouvés dans leur appartement de Back Bay, il fallait les supposer armés.

– En gros, ma vie est foutue, déclara Rachel aux abords de Lewiston, dans le Maine. Même si j'arrive un jour à prouver mon innocence.

– Et le « si » est de taille, souligna Brian.

– Je me ruinerais en frais d'avocats.

– Et tu passerais pas mal de temps en taule en attendant que la procédure aboutisse.

Elle lui jeta un coup d'œil furieux qu'il ne remarqua pas, car il se concentrait sur la route.

– D'autant qu'ils risquent d'y ajouter d'autres chefs d'accusation…

– Entrave à la justice, c'est la première chose qui me vient à l'esprit, confirma Brian. Les flics ont tendance à mal le prendre quand on oublie de leur dire qu'il y a un cadavre dans la salle à manger. On peut ajouter départ précipité d'une scène de crime, délit de fuite, conduite imprudente… Et ce n'est qu'un début, je dois pouvoir compléter la liste.

– Tu te crois drôle ?

Il lui coula un bref regard.

– Tu penses que ça m'amuse ?

– T'arrêtes pas d'être sarcastique. Cynique même.

– Je suis toujours comme ça quand j'ai la trouille.

– Toi, t'as la trouille ?

Il haussa les sourcils.

– Une trouille bleue, tu veux dire ! Je t'explique ? Si personne n'a découvert la planque, si on arrive à Providence sans se faire pincer, si on parvient à entrer dans la banque et à accéder au coffre où j'ai caché les passeports et le fric pour le voyage, si on réussit à ressortir et à quitter Providence, à récupérer Haya et le bébé, à trouver un aéroport où personne ne nous guettera, où nos têtes n'apparaîtront pas sur tous les écrans de téléphones, de tablettes et d'ordinateurs, sans compter les neuf postes de télé au bar diffusant en permanence les images de CNN, et s'il n'y a pas de comité d'accueil à Amsterdam… alors, oui, il est possible qu'on puisse s'en tirer. Mais, pour le moment, et compte tenu de tous les obstacles qu'on va devoir éviter, j'estime nos chances proches de zéro.

– Amsterdam ? s'étonna-t-elle. Tu ne m'avais pas dit que l'argent était aux îles Caïmans ?

– Et il l'est. Le problème, c'est que, là-bas, on est sûrs de tomber sur les hommes de main de Cotter-McCann. Alors, on va à Amsterdam, et une fois sur place on transférera les fonds en Suisse.

– Mais pourquoi Amsterdam ?

Il haussa les épaules.

– J'ai toujours aimé cette ville. Elle te plairait, d'ailleurs. Les vieux canaux sont jolis, et il y a des vélos partout.

– Tu veux m'emmener faire du tourisme ?

– Pourquoi pas ?

– On n'est plus ensemble, je te signale.

– Ah non ?

– Non, espèce de sale menteur ! À partir de maintenant, on est en relation d'affaires, point final.

Il baissa sa vitre et, pendant quelques instants, laissa l'air lui gifler le visage pour le réveiller. Remonta la vitre.

– OK, si c'est ce que tu veux. Mais tu ne m'empêcheras pas d'être amoureux de toi.

– Tu n'as aucune idée de ce qu'est l'amour.

– Permets-moi de ne pas être d'accord.

– Tu as vraiment essayé de retrouver mon père ?

– Quoi ?

– Quand je t'ai connu, tu étais détective privé.

– Non, c'était une arnaque. Ma première, en fait. J'avais besoin d'une couverture pour effectuer des recherches sur tous les employés d'une start-up high-tech qui s'installait dans le coin.

– Je ne comprends pas.

– Cette société comptait soixante-quatre employés, si ma mémoire est bonne. Soixante-quatre dates de naissance, soixante-quatre numéros de sécurité sociale, soixante-quatre CV.

– Tu as volé soixante-quatre identités ?

– Oui, répondit-il avec fierté. Dont l'une figure sur ton passeport.

– Et donc, quand je suis entrée dans ton bureau…

– … j'ai voulu te dissuader de m'engager.

– Mais lorsque je suis revenue quelques mois plus tard, tu as accepté mon argent et…

– J'ai réellement enquêté, Rachel. Je me suis même donné un mal de chien ! Je regrette de ne pas avoir été assez malin pour envisager que James puisse être son nom de famille, d'accord ? N'empêche, j'ai identifié tous les profs prénommés James qui avaient enseigné dans la région au cours des vingt années passées, comme je te l'ai dit. Le seul boulot honnête que j'ai fait en tant que privé, c'était pour toi.

– Pourquoi ?

– Parce que tu es quelqu'un de bien. Ça vaut la peine de se battre pour toi et avec toi. Tu le mérites.

– Tu mens comme tu respires, Brian ! Et tu essaies encore de me manipuler.

Il réfléchit quelques instants, puis déclara :

– Au début, Caleb et Nicole insistaient pour que je te quitte. Les arnaqueurs n'ont pas le droit d'avoir des histoires d'amour, disaient-ils, juste des histoires de cul. Ma sœur, qui se retrouvait enceinte d'un type marié, se permettait de me donner des conseils ! Et Caleb aussi, alors qu'il allait épouser une femme qui ne parlait pas un mot d'anglais. Mes deux conseillers du cœur…

Il secoua la tête.

– « Ne surtout pas tomber amoureux. » Tu parles ! On s'est tous bien foutus dedans !

Elle dut prendre sur elle pour ne pas le regarder.

– Je suis tombé amoureux de toi, parce que c'est ce qui arrive à un homme quand il rencontre la femme auprès de qui il a envie de se réveiller chaque matin jusqu'à sa mort. Il « tombe » amoureux. Et ne se relève pas. S'il a vraiment de la chance, elle « tombe » amoureuse aussi, et c'est la dégringolade pour tous les deux. Il n'est plus question de revenir en arrière, parce que si tout était si parfait avant, personne ne serait « tombé ». Moi, quand je t'ai rencontrée dans ce bar, je venais tout juste de mettre mon plan à exécution. Ce soir-là, j'avais signé les derniers papiers pour la mine, et Caleb devait me rejoindre pour célébrer ça. Mais quand je t'ai vue, je lui ai envoyé un texto pour lui dire que je ne me sentais pas bien, et il est allé manger tout seul de son côté. Tu étais là, dans la salle, et j'ai pensé : « C'est Rachel Childs. J'ai essayé de retrouver son père autrefois. Je la regardais souvent à la télé et j'enviais le petit veinard qui partageait sa vie. » Là-dessus, cet espèce d'abruti bourré a commencé à t'emmerder, je suis intervenu, et le plus ironique, c'est que tu as pensé à un coup monté. C'était trop génial ! Pour un peu, ça m'aurait convaincu de l'existence de Dieu ! Ensuite, je suis parti à ta recherche dans les rues et…

Il s'interrompit un instant, et cette fois elle tourna la tête vers lui.

– Je t'ai rattrapée. Après, il y a eu la promenade, la panne de courant et ce bar fabuleux.

– C'était quoi, la musique qui passait quand on est entrés ?

– Tom Waits.

– Quelle chanson ?

– « Long Way Home[1] ».

---

1. Littéralement : « Loin de chez moi ».

– « 16 Shells from a Thirty-Ought-Six[1] » aurait été plus approprié, non ?

– Peut-être.

Il changea de position sur son siège et appuya son poignet sur le haut du volant.

– Écoute, Rachel, tu as le droit de ne pas apprécier mes méthodes, et je comprends que tu ne sois pas ravie d'avoir découvert la vérité au sujet de mes activités. Alors, tu peux arrêter de m'aimer, mais moi, je ne peux pas. Je ne vois pas comment je ferais.

Elle fut tentée de le croire, pendant quelques secondes, avant de se rappeler à qui elle avait affaire : un acteur, un arnaqueur, un menteur professionnel.

– Quand on aime quelqu'un, on ne fout pas sa vie en l'air, rétorqua-t-elle.

Il rit doucement.

– Oh si ! C'est même l'essence de l'amour : il faut prendre en compte deux personnes au lieu d'une. Alors, forcément, les choses deviennent plus compliquées, plus désordonnées et plus périlleuses. Tu veux que je te présente des excuses pour avoir « foutu ta vie en l'air », comme tu dis ? D'accord. Je suis désolé. Mais qu'est-ce que j'ai foutu en l'air exactement, hein ? Ta mère est morte, tu n'as jamais connu ton père, tes amitiés sont pour le moins éphémères, et tu ne sors jamais de l'appartement. Alors, c'était quoi cette vie-là, Rachel ?

Bonne question, se dit-elle.

Ils arrivèrent à Woonsocket au coucher du soleil. C'était une ancienne ville industrielle à l'agonie, où les quelques efforts de rénovation entrepris ici et là ne parvenaient pas à alléger l'atmosphère générale de désolation. La rue principale était bordée de

1. « Seize cartouches tirées par un calibre 30-06 ».

devantures condamnées. Des usines se dressaient derrière les boutiques abandonnées, exhibant leurs façades de brique couvertes de graffiti, leurs fenêtres cassées ou inexistantes, leurs murs fissurés par la végétation qui avait envahi les abords. Ce déclin de l'industrie était le résultat d'une évolution qui s'était produite avant sa naissance, songea Rachel, du passage d'une culture qui fabriquait des choses de valeur à une culture qui consommait des produits de qualité douteuse. Elle-même avait grandi dans cette absence, dans le souvenir entretenu par d'autres d'un rêve si fragile qu'il était probablement voué à l'échec dès le début. S'il y avait jamais eu un contrat social entre le pays et ses citoyens, il avait disparu depuis longtemps ; ne subsistait que le principe hobbesien en vigueur depuis que les premiers hommes avaient émergé des cavernes à la recherche de nourriture : Dès que j'aurai mis la main sur ce dont j'ai besoin, tu devras te démerder tout seul.

Brian emprunta une succession de petites rues sombres qui grimpaient à flanc de colline, puis redescendit vers quatre longs bâtiments en ruine de quatre étages, dont une usine, regroupés au bord de la rivière. Il n'y avait rien d'autre aux alentours. Chaque édifice de brique comportait au moins une centaine de fenêtres côté route, et le même nombre côté rivière. Quand Brian les contourna, Rachel aperçut des passages couverts reliant les derniers étages des différents bâtiments, de sorte que, vu du ciel, l'ensemble devait former un double H.

– C'est ça, ta planque ? demanda-t-elle.

– Non, c'est une usine désaffectée.

– Alors, où est-elle ?

– Pas loin.

Ils longèrent les façades aux fenêtres brisées, devant lesquelles poussaient des herbes folles aussi hautes que le Range Rover. Des gravillons, des cailloux et des éclats de verre crissaient sous les pneus.

Puis Brian sortit son téléphone et envoya un texto. Quelques secondes plus tard, le mobile vibra, indiquant qu'il avait reçu une réponse. Il le rangea dans sa veste et fit encore deux fois le tour des bâtiments. Parvenu à l'extrémité du site, il éteignit les phares et se dirigea vers une petite éminence qui devait surplomber un barrage, à en juger par le son. Au sommet, un bosquet d'arbres à moitié morts dissimulait une maison d'un étage au toit noir mansardé. Brian mit la voiture au point mort mais laissa le moteur tourner.

– C'était là que logeait le veilleur de nuit, expliqua-t-il. Le site appartient à la ville depuis que l'usine a fait faillite, dans les années soixante-dix. La terre est probablement empoisonnée, mais personne n'a les moyens de procéder à des analyses. Bref, on a pu acheter cette baraque pour une bouchée de pain.

Il changea de position sur son siège.

– Elle est parfaitement saine, ajouta-t-il. Et elle offre une vue dégagée de tous les côtés. On ne peut pas s'en approcher sans se faire remarquer.

– À qui as-tu envoyé ce texto ? demanda Rachel.

– À Haya.

De la tête, il indiqua la maison.

– Elle est à l'intérieur avec Annabelle. Je voulais la prévenir de notre arrivée.

– Alors, pourquoi on n'entre pas ?

– Pas tout de suite.

– Qu'est-ce qu'on attend ?

– Que mon impatience l'emporte sur mon angoisse.

Il leva les yeux vers la bâtisse. Une lumière brillait quelque part au fond.

– S'il n'y avait rien à signaler, Haya était censée me répondre : « Je vais bien. Tu peux entrer. »

– Et ?

– Elle n'a tapé que la première phrase.

– Elle ne s'exprime pas dans sa langue. Et elle est terrifiée.

Il se mordilla la joue.

– On ne peut pas lui dire pour Caleb, déclara-t-il.

– Il le faut, pourtant.

– Si elle pense qu'il est juste retardé et qu'il nous rejoindra à Amsterdam dans deux jours, elle tiendra le coup. Dans le cas contraire…

Il se tourna vers elle et lui effleura la main. Rachel retira aussitôt ses doigts.

– On ne peut pas lui dire, Rachel. À la moindre défaillance de notre part, ils nous élimineront tous. Y compris le bébé.

Elle le dévisagea longuement.

– Elle est déjà bien assez imprévisible comme ça, ajouta-t-il. On la mettra au courant à Amsterdam.

Rachel hocha la tête.

– J'ai besoin de te l'entendre dire, l'encouragea-t-il.

– On la mettra au courant à Amsterdam.

– Bien. Tu as toujours ton flingue ?

– Oui.

Il glissa une main sous son siège et retira un Glock 9 mm qu'il coinça derrière sa ceinture.

– Tu avais un pistolet depuis le début ? s'étonna-t-elle.

Brian poussa un soupir distrait.

– J'en ai même trois, Rachel.

Ils firent deux fois le tour de la maison dans le noir avant que Brian s'engage sur les marches en bois affaissées à l'arrière, qui menaient à une porte dont la peinture avait presque disparu. Les planches craquèrent sous leurs pieds. La maison elle-même grinçait sous les assauts d'un vent d'une fraîcheur inhabituelle pour la saison. Brian déverrouilla la porte et l'ouvrit.

Le bip d'une alarme s'éleva sur leur gauche. Brian composa un code sur le boîtier pour l'arrêter.

Le couloir central s'étendait devant eux jusqu'à la porte d'entrée. Rachel remarqua un escalier en chêne sur la droite. Une odeur de propre flottait dans l'air, mêlée à un léger relent de poussière ou de mildiou sans doute imprégné dans les murs, et dont aucun récurage ne pourrait venir à bout. Brian sortit de sa veste deux lampes-stylos, lui en tendit une et alluma la sienne.

Haya, assise sous la fente de la boîte aux lettres dans la porte d'entrée, à côté d'un tas de courrier tombé par terre, serrait à deux mains un pistolet.

Brian lui fit signe et, un sourire chaleureux aux lèvres, s'avança vers elle. Elle se releva, baissa son arme, et il l'enlaça gauchement. Rachel les rejoignit.

– La petite dort là-haut, dit Haya en indiquant le plafond.

– Va te reposer, déclara Brian. Tu sembles épuisée.

– Où est Caleb ?

– Il est possible que les méchants soient sur ses traces, Haya. Il ne voulait pas les conduire jusqu'ici. Jusqu'à toi et Annabelle. Tu comprends ?

Elle respirait trop vite. Elle se mordit la lèvre supérieure si fort que Rachel craignit de la voir saigner.

– Il est… vivant ?

– Oui, prétendit Brian. Il va passer par le Maine. On en a parlé, tu te souviens ? Il va traverser la frontière, entrer au Canada et prendre l'avion à Toronto.

Personne ne pourra remonter sa piste dans le Maine. On connaît bien le terrain, lui et moi. Tu sais ce que signifie ce mot, « terrain » ?

Elle hocha la tête à deux reprises.

– Il va… s'en sortir ?

– Bien sûr, affirma Brian avec une fermeté qui inspira du mépris à Rachel.

– Il ne répond pas quand je l'appelle sur… son portable.

– Je te l'ai déjà expliqué, Haya : il est possible de localiser un téléphone. Alors, si l'un de nous pense qu'il est suivi, il doit s'en débarrasser.

Brian lui prit les mains.

– Ça va aller, tu verras. On s'en ira dès demain matin.

Haya interrogea Rachel du regard, posant une question implicite qui transcendait la barrière de la langue : « De femme à femme, est-ce que je peux lui faire confiance ? »

Rachel cilla en signe d'assentiment.

– Va te coucher, lui conseilla-t-elle. Tu as besoin de dormir.

Quand Haya s'engagea dans l'escalier sombre, elle dut résister à l'envie de s'élancer derrière elle pour tout lui raconter : son mari, le père de son enfant, était mort, et elle s'apprêtait à emmener sa fille en cavale avec deux inconnus qui lui avaient menti et continueraient à le faire jusqu'à ce qu'elle ne puisse plus les mettre en péril.

Puis Haya tourna à droite au sommet de l'escalier, et elle la perdit de vue.

Brian dut deviner ses pensées, car il demanda :

– Qu'est-ce que tu veux lui dire, Rachel ?

– Que son mari a été tué.

– Vas-y, ne te gêne pas.

Il indiqua les marches d'un grand geste.

– Ne sois pas cruel, dit-elle après un moment.

– Alors évite de juger, riposta-t-il, à moins que tu ne sois prête à en assumer pleinement les conséquences.

Ils fouillèrent ensemble le rez-de-chaussée, pièce par pièce, pour s'assurer qu'il n'y avait personne.

Après seulement, Brian éclaira.

– Tu crois que c'est prudent ? s'enquit Rachel.

– Si les tueurs connaissaient l'existence de cet endroit, ils nous auraient attendus à l'usine ou dans la maison avec Haya. Puisqu'ils ne sont pas là, j'en déduis que la planque est encore sûre. Nicole n'a pas vendu la mèche, probablement parce qu'ils n'ont pas pensé à lui poser la question…

En voyant ses épaules s'affaisser, elle comprit qu'il était au moins aussi vidé qu'elle. De sa main armée, il lui indiqua l'escalier.

– Haya dort dans la chambre de droite, déclara-t-il. Il y a un placard à linge en face de la salle de bains. Dans la première chambre sur la gauche, tu trouveras une commode où sont rangés des vêtements à ta taille. On va tous les deux prendre une douche, je préparerai du café et on se mettra au travail.

– Hein ? Quel genre de travail ?

– Il faut que je t'apprenne quelques trucs de faussaire.

32

Confession

Les cheveux toujours humides, vêtue d'un T-shirt, d'un sweat-shirt et d'un pantalon de survêtement effectivement à sa taille, Rachel s'assit en face de Brian et posa sa tasse de café sur la table, en même temps qu'il plaçait devant elle un stylo et des feuilles vierges. Il lui montra ensuite plusieurs documents comportant la signature de sa sœur.

– Tu veux que je me fasse passer pour Nicole ?

– Pendant cinq minutes, oui. Le temps d'entrer dans cette banque et d'en sortir, tu assumeras sa dernière identité.

Il plongea la main dans un sac de sport, où il prit un petit tas de cartes d'identité et de cartes de crédit entourées d'un élastique. Il en retira un permis de conduire délivré dans le Rhode Island, au nom de Nicole Rosovitch, qu'il lui donna à examiner.

– Je ne lui ressemble pas du tout, observa-t-elle.

– La forme du visage est similaire.

– Pas les yeux.

– C'est pour ça que j'ai prévu des lentilles de contact colorées.

– Les siens sont plus grands, souligna-t-elle. Et ses lèvres sont aussi plus fines.

– Mais le nez et le menton sont à peu près identiques.

– On verra tout de suite que je ne suis pas la femme sur la photo.

– Le quadra hétéro moyen que tu vas rencontrer, sans doute père des 2,2 gosses requis, qui a le boulot le plus assommant du monde et, j'imagine, la femme la plus assommante du monde, ne se rappellera qu'une chose à propos de la blonde canon qu'il a reçue dans son bureau il y a quelques mois : que c'était une blonde canon. Il ne nous reste donc plus qu'à te transformer en blonde ; la partie « canon » est déjà assurée.

Elle ignora la flatterie.

– Tu as aussi prévu des produits de coloration ?

– J'ai apporté des perruques, dont une identique à celle qu'elle portait.

– Les banques disposent de logiciels de reconnaissance faciale, aujourd'hui.

– Pas cette banque-là. C'est pour ça que je l'ai choisie. Dans le doute, il est toujours préférable de privilégier le petit commerce du coin. Cette agence est installée à Johnston depuis trois générations. Elle s'est équipée d'un distributeur il y a quatre ans seulement, après que ses clients lui ont fait parvenir une pétition. Le propriétaire, que tu vas voir, est aussi le directeur, et c'est lui qui s'occupe personnellement des opérations dans la salle des coffres. Il s'appelle Manfred Thorp.

– Tu déconnes !

Il s'assit à califourchon sur la chaise près d'elle.

– Non, sérieux, il m'a raconté que son prénom était dans la famille depuis mille ans. Chaque génération doit avoir son « Manfred » et, pour reprendre ses termes, c'est lui qui a « tiré la plus courte paille ».

– Tu le connais bien ?

– Je ne l'ai vu qu'une fois.

– Et il t'a donné tous ces détails sur lui ?

Il haussa les épaules.

– Les gens se confient volontiers à moi. C'était pareil avec mon père.

– Qui était-ce ? demanda-t-elle en se tournant vers lui. Ton vrai père, je veux dire.

– Jamie Alden, répondit-il avec un grand sourire. Mais tout le monde l'appelait Lefty[1].

– Parce qu'il était gaucher ?

– Non, parce qu'il était incapable de rester longtemps au même endroit et avec la même personne. Il a quitté l'armée sans prévenir, démissionné d'une bonne vingtaine de boulots, plaqué trois femmes avant ma mère et encore deux autres après. Il a fait quelques apparitions dans ma vie jusqu'au jour où il a braqué le mauvais bijoutier à Philadelphie. Le gars en question était armé jusqu'aux dents, et Lefty n'avait jamais su tirer. Il a été abattu.

Il haussa les épaules.

– Tous ceux qui prendront l'épée périront par l'épée, je suppose...

– C'est arrivé quand ?

– Pendant que j'étais à Trinity.

– Au moment où tu as été viré ?

Surpris qu'elle soit au courant, il pencha la tête de côté en lui adressant un petit sourire. Il demeura quelques secondes ainsi, à la regarder, avant d'acquiescer.

– Le lendemain du jour où j'ai appris sa mort, j'ai filé une raclée mémorable au professeur Nigel Rawlins.

– Je sais. Avec une ventouse.

---

1. « Left » signifie « gauche ». C'est aussi la forme passée du verbe « leave », qui signifie « quitter ».

– Je n'avais que ça sous la main, répliqua-t-il avec un petit rire. Bon sang ! Je peux te dire que ç'a été une sacrée bonne journée !

Elle secoua la tête, incrédule.

– On t'a renvoyé.

– Exact. Pour coups et blessures, ajouta-t-il fièrement.

– Comment peux-tu dire que c'était une bonne journée ?

– Parce que j'ai suivi mon instinct. Je savais que Rawlins n'avait pas le droit de traiter Caleb de cette façon et que j'avais raison d'intervenir. Il a gardé son poste, et peut-être même qu'il donne toujours ses cours merdiques. Mais je serais prêt à parier ma part des soixante-dix briques qu'il n'a plus jamais osé rabaisser quelqu'un comme il l'avait fait avec Caleb et sans doute bon nombre de victimes avant lui. Il devait avoir bien trop la trouille de voir un autre étudiant de sa classe se transformer en psychopathe à la Brian Alden. Ce jour-là, j'ai fait ce que j'avais à faire, tu comprends ?

– Et moi ? demanda-t-elle au bout d'un moment.

– Quoi, toi ?

– Je ne suis pas mon instinct, je ne me confronte pas au monde extérieur.

– Bien sûr que si, c'est juste que tu manques de pratique. Mais aujourd'hui, tu es revenue parmi nous, bébé.

– Ne m'appelle pas « bébé ».

– D'accord.

– Tu prépares cette escroquerie depuis combien de temps exactement ? Quatre ans ?

Il réfléchit, fit un calcul dans sa tête.

– À peu près, oui.

– Et depuis combien de temps utilises-tu l'identité de Brian Delacroix ?

Elle crut lire un semblant de gêne sur ses traits.

– Depuis près de vingt ans, par intermittence.

– Pourquoi ?

Il demeura quelques instants songeur, comme si personne ne lui avait encore jamais posé la question.

– J'étais au boulot un soir, dans cette pizzeria de Providence, quand un collègue m'a dit : « Y a ton sosie au bar d'en face », raconta-t-il. J'ai voulu en avoir le cœur net et, en effet, j'ai vu ce gars, Brian Delacroix, entouré de types qui lui ressemblaient, genre fils de bonne famille, et de filles sexy. Je te la fais courte, OK ? J'ai traîné dans ce bar assez longtemps pour repérer son manteau et le lui faucher. C'était un beau manteau, en cachemire noir, avec une doublure rouge. Chaque fois que je l'enfilais, je me sentais…

Il chercha le mot.

– … plus solide.

En cet instant, son regard était celui d'un petit garçon perdu dans une galerie marchande.

– Je ne pouvais pas le porter trop souvent, pas à Providence où je risquais de tomber sur lui, poursuivit-il. Mais après mon renvoi de Trinity, je suis parti à New York, et là je le mettais tout le temps. Si je devais passer un entretien d'embauche, je l'endossais et j'avais le job. Je voyais une fille qui me plaisait, je l'endossais, et abracadabra, elle terminait dans mon lit. J'ai néanmoins compris très vite que ce n'était pas lié au manteau en soi, mais à ce qu'il m'aidait à dissimuler.

Déconcertée, elle plissa les yeux.

– Il cachait l'absence de mon père et l'alcoolisme de ma mère, expliqua-t-il. Il cachait le logement social minable où on avait vécu, qui était toujours imprégné de l'odeur du loser mort d'une overdose avant notre emménagement. Il cachait tous les Noël merdiques, les anniversaires qu'on ne fêtait jamais, les chèques des allocations, les coupures d'électricité, le défilé de connards bourrés qui traînaient autour de ma mère et ma crainte de devenir moi aussi un jour un connard bourré dans la vie d'une femme comme elle – d'avoir les mêmes boulots nuls, de raconter les mêmes histoires de pilier de bar, de négliger mes gosses au point qu'ils finiraient par me détester. Quand j'avais ce manteau sur les épaules, mon avenir était complètement différent. Je n'étais plus Brian Alden, j'étais Brian Delacroix. Et je peux te dire que ça n'avait rien à voir !

Il s'interrompit, l'air à la fois vidé et embarrassé par cette confession. Après avoir contemplé un moment le mur lambrissé, il poussa un profond soupir et jeta un coup d'œil aux papiers que sa sœur avait émargés. Il en retourna un sur la table, plaçant ainsi la signature en haut.

– Le truc pour imiter une signature, c'est de la considérer avant tout comme une forme. Essaie de reproduire la forme.

– Mais elle sera à l'envers…

– Oh, bien sûr, je n'y avais pas pensé ! Bon, tu as raison, autant abandonner tout de suite.

Elle lui donna un petit coup de coude dans les côtes.

– Tais-toi.

– Aïe !

Il se frotta la cage thoracique.

– Je vais t'apprendre à la tracer à l'endroit quand tu auras maîtrisé la forme inversée. Ça te va ?

– Ça me va, répondit-elle en posant son stylo sur la feuille.

De sa chambre, Rachel l'entendit de l'autre côté de la cloison d'abord se tourner et se retourner dans son lit, ensuite se mettre à ronfler. Elle sut alors qu'il était sur le dos, parce que c'était toujours dans cette position qu'il ronflait. En général, il lui suffisait de le pousser doucement pour qu'il s'allonge sur le côté. Elle envisagea d'aller le faire, avant de se raviser, car elle n'était pas sûre de pouvoir le toucher et rester habillée.

C'était de la folie pure. Elle risquait d'être tuée le lendemain ou même dès ce soir à cause de cet homme. Il avait libéré des démons qui se calmeraient seulement lorsqu'elle serait morte ou en prison. Alors, comment était-il possible qu'elle puisse éprouver encore de l'attirance pour lui ?

Peut-être parce que la conscience du danger imminent la rendait plus vivante que jamais et aiguisait tous ses sens. Elle entendait les gargouillements de l'eau dans les canalisations, percevait l'odeur métallique de la rivière et le bruit des rongeurs qui filaient le long des murs. Il lui semblait que des fourmillements couraient sur sa peau, que le sang circulait plus vite dans ses veines. Elle ferma les yeux en imaginant se réveiller comme ce matin-là, dans les premiers mois de leur histoire, quand elle avait découvert la tête de Brian entre ses cuisses et senti sa langue se promener tout doucement sur son sexe mouillé. Lorsqu'elle avait joui, elle lui avait donné un coup de talon dans la hanche, si fort qu'il avait eu un bleu. Il s'était redressé en plaquant la main sur la zone douloureuse, et il avait l'air si drôle en cet instant, si sexy aussi, qu'elle avait pouffé en voulant s'excuser, alors même que des tremblements semblables à de petites décharges électriques la parcouraient tout entière. Puis elle l'avait embrassé à pleine bouche, jusqu'à en perdre haleine. Brian avait souvent fait allusion à ce baiser par la suite, en disant qu'il n'en avait jamais connu de meilleur, qu'il avait eu l'impression qu'elle se fondait en lui. Après, elle l'avait fait jouir à son tour, et alors qu'ils étaient étendus sur les draps défaits, en nage, un sourire idiot aux lèvres, elle s'était demandé à voix haute si le sexe n'était pas un mini cycle de vie à lui tout seul.

« Qu'est-ce que tu veux dire ?

– Eh bien, ça commence par une pensée ou une impulsion, en tout cas quelque chose de modeste, et ensuite ça ne fait que grandir. »

Il avait regardé son ventre.

« Ou se ratatiner.

– OK, si tu veux, mais plus tard. Au départ, ça grandit, ça gagne en force et en intensité, ensuite il y a l'explosion, suivie d'une sorte de mort ou d'agonie, d'une extinction du désir, et après, en général, tu fermes les yeux et tu sombres dans l'inconscience. »

Dans son lit inconnu, Rachel rouvrit les yeux. Aucun doute, seule l'éventualité d'une mort imminente pouvait expliquer son désir de coucher avec un homme qu'elle détestait. Sa colère contre lui avait beau gronder en elle, elle devait résister à l'envie de se lever, de marcher pieds nus jusqu'à sa chambre et de le réveiller comme il l'avait réveillée ce matin-là.

Soudain, elle comprit que ce n'était pas du sexe qu'elle voulait. Pas du tout. Ni même des caresses.

Elle sortit de sa chambre, fit quelques pas et se glissa dans celle de Brian, dont le rythme de la respiration changea quand elle referma doucement la porte derrière elle. Elle se doutait qu'il s'était réveillé et scrutait l'obscurité. Elle se débarrassa de son T-shirt et de sa culotte, puis s'assit au bout du lit et plaça ses pieds à côté du coude de Brian.

– Tu me vois ? demanda-t-elle.

– Presque.

Il posa une main sur le haut de son pied mais ne fit pas la moindre tentative pour se rapprocher d'elle.

– Il faut que tu me voies, reprit-elle. C'est tout ce que je veux pour le moment.

– OK.

Elle s'accorda quelques instants afin d'affermir sa résolution. Elle ne savait pas exactement pourquoi elle agissait ainsi, juste que c'était nécessaire. Vital, même.

– Je t'ai déjà parlé de Widdy.

– La fillette en Haïti ? Oui.

– Celle qui est morte à cause de moi.

– Tu n'as pas…

– Non, je ne l'ai pas tuée moi-même, mais elle avait raison : si j'avais laissé ces hommes l'emmener quatre ou même deux heures plus tôt, ils n'auraient pas été aussi déchaînés. Ils l'auraient peut-être épargnée.

– Mais quel genre de vie aurait-elle eu ?

– C'est ce qu'elle m'a dit.

– Hein ?

– Rien, t'occupe.

Elle inspira profondément, consciente de la chaleur de sa main qui lui caressait le pied.

– Ne fais pas ça.

– Hein ?

– Arrête de me caresser.

Il obéit, sans toutefois enlever ses doigts.

– Je t'ai raconté qu'elle voulait s'offrir à eux et que je l'en ai dissuadée, et que plus tard ils l'ont trouvée.

– Oui, confirma-t-il.

– Et où étais-je, à ce moment-là ?

Brian ouvrit la bouche comme pour répondre, avant de se raviser.

– Tu ne me l'as jamais dit, déclara-t-il enfin. J'ai toujours supposé que vous aviez été séparées d'une manière ou d'une autre…

– Nous n'avons jamais été séparées. J'étais à côté d'elle lorsque ces hommes sont arrivés.

– Et… ?

Il se redressa légèrement.

Elle s'éclaircit la gorge.

– Le chef de la… de la meute, je ne vois pas d'autre terme, s'appelait Josué Dacelus. On m'a rapporté que c'est maintenant une sorte de chef de gang tout-puissant mais, à l'époque, ce n'était encore qu'un jeune voyou.

Rachel observa quelques instants son mari tandis que le vent de la nuit faisait vibrer les vitres dans leurs encadrements.

– Ils nous ont débusquées juste avant le lever du soleil. Je serrais Widdy dans mes bras, et ils me l'ont arrachée. Quand j'ai voulu les repousser, ils m'ont jetée à terre et m'ont craché dessus en me bourrant de coups de pied et de coups de poing. Widdy ne criait pas, elle pleurait en silence, comme une fillette de son âge pleurerait son animal mort… Je me rappelle avoir pensé qu'une enfant de onze ans ne devrait pas avoir d'autres raisons de pleurer. J'ai essayé de les arrêter, Brian, mais je n'ai réussi qu'à les rendre encore plus furieux. Même s'il était beaucoup plus risqué pour eux de s'en prendre à moi, une Blanche munie d'une carte de presse, que de violer et d'assassiner des gamines et des bonnes sœurs haïtiennes, il n'aurait pas fallu grand-chose pour qu'ils passent à l'acte. Et puis, au moment où ses hommes entraînaient Widdy, Josué Dacelus a glissé le canon de son calibre 45 dans ma bouche et l'a fait aller et venir en disant : « Tu préfères quoi ? Faire ta BA ou rester en vie ? »

Durant quelques instants, elle fut incapable de poursuivre. Ses larmes coulaient sans retenue.

– Bon sang ! chuchota Brian. Tu sais bien que tu n'aurais pas pu…

– Il m'a forcée à le dire, Brian ! Il a retiré le flingue de ma bouche et m'a obligée à prononcer les mots à voix haute alors que les autres emmenaient Widdy.

Elle s'essuya les joues et repoussa d'un même mouvement les mèches égarées devant ses yeux.

– « Je veux vivre ».

Elle baissa la tête, laissant ses cheveux retomber devant son visage. Quand elle se redressa, Brian n'avait pas bougé.

– Je tenais à t'en parler, pour une raison qui m'échappe encore, ajouta-t-elle.

Elle libéra son pied et se leva. Il la regarda renfiler sa culotte et son T-shirt. La dernière chose qu'elle entendit au moment où elle quittait la chambre fut un mot prononcé dans un chuchotement :

– Merci.

33

La banque

Les pleurs du bébé la réveillèrent.

Le soleil venait de se lever. Elle s'engagea dans le couloir alors que les cris diminuaient et trouva Haya dans sa chambre, en train de changer sa fille sur une petite table à langer près d'un berceau. Brian, ou plus vraisemblablement Caleb, avait même pensé à suspendre un mobile au-dessus du berceau et à repeindre les murs en rose. Haya portait un T-shirt de Green Day que Rachel avait déjà vu sur Caleb, par-dessus un caleçon d'homme. À en juger par les draps en désordre, elle avait dû se tourner et se retourner dans son lit toute la nuit. Elle glissa la couche souillée et les lingettes dans un sac en plastique posé à ses pieds, puis attrapa une couche propre sur une étagère sous la table.

– Je vais le jeter, dit Rachel en récupérant le sac.

Haya, occupée à mettre la nouvelle couche, ne parut pas l'entendre. Annabelle posa sur elle ses grands yeux bruns, puis regarda Rachel.

– Est-ce que les femmes en Amérique cachent des… secrets à leur mari ? demanda Haya.

– Ça arrive. C'est différent au Japon ?

– Je ne… sais pas, répondit Haya de son habituel débit saccadé.

Et d'ajouter d'une traite, sans la moindre hésitation :

– Probablement parce que je n'ai jamais mis les pieds au Japon.

Rachel eut soudain devant elle une inconnue, mélange de l'ancienne Haya et d'une créature à l'expression rusée qui en savait long sur la façon dont tourne le monde.

– Tu n'es pas japonaise ?

– Je suis de San Pedro, chuchota Haya, les yeux fixés sur le seuil de la chambre.

– Alors, pourquoi…, commença Rachel en allant fermer la porte.

Haya relâcha son souffle.

– Caleb était ma cible. J'ai tout de suite deviné que c'était un escroc. Du coup, je n'en revenais pas qu'il puisse gober aussi facilement toutes mes conneries.

– Comment vous êtes-vous connus ? On soupçonnait tous une histoire de fiançailles arrangées sur Internet.

– Non, je faisais le tapin et c'était un de mes clients. La directrice de l'agence d'escorts racontait toujours aux hommes qui me voyaient pour la première fois que j'étais arrivée dans le pays depuis trois semaines seulement, que j'étais nouvelle dans le métier, etc.

Elle haussa les épaules, souleva Annabelle et lui donna le sein.

– C'était un prétexte pour faire monter les tarifs. Quand Caleb s'est pointé, je me suis dit qu'il y avait un truc qui clochait : il était trop beau gosse pour avoir à payer pour coucher. Alors, soit il était du genre brutal, soit il avait un sérieux problème. Mais non, il a tout de suite opté pour la position du missionnaire, tout en tendresse. La deuxième fois, il m'a dit après que j'étais parfaite pour lui : je savais où était ma place, quel était mon rôle, je ne parlais pas la langue…

Elle esquissa un sourire triste.

– Il a dit : « Haya, tu ne peux pas me comprendre, mais je pourrais facilement tomber amoureux de toi. » J'ai regardé sa montre, son costume, et j'ai répété : « Amoureux ? » en le dévisageant avec un air de gamine perdue. Ensuite, j'ai pointé le doigt sur lui et sur moi, et déclaré : « Moi j'ai de l'amour pour toi. »

D'une main légère, elle caressa la tête d'Annabelle qui tétait.

– Il a marché. Deux mois plus tard, il a versé cent mille dollars à la directrice de l'agence pour me racheter. Après, je les ai bien observés et écoutés, Brian et lui, tandis qu'ils montaient ce coup.

– Pourquoi m'en parles-tu maintenant ?

– Parce que je veux ma part.

– Je n'ai rien à…

– Caleb est mort ?

– Mais non ! s'exclama Rachel, comme si elle était piquée au vif par l'absurdité de la question.

– Je ne te crois pas, répliqua Haya. Alors, autant te prévenir : si vous me lâchez, tous les deux, je vous balancerai avant que vous puissiez atteindre un aéroport. Et je ne me contenterai pas d'alerter les flics, je ferai remonter l'info jusqu'à Cotter-McCann. Eux, ils ne vous laisseront pas vous en tirer.

– Encore une fois, pourquoi m'en parler à moi ?

– Parce que Brian prendrait le risque de m'abandonner s'il savait. Il n'hésiterait pas. Mais toi, t'es pas suicidaire.

Ah oui ? songea Rachel. *T'aurais dû me voir hier.*

– Maintenant que t'es au courant, tu t'assureras qu'il reviendra me chercher.

Elle indiqua le bébé.
– Nous chercher.

Haya avait repris son rôle lorsqu'elle demanda à Brian, qui lui expliquait ce qu'elle devait faire au cas où des visiteurs inopportuns arriveraient pendant leur absence, si Caleb était toujours en vie.

Tout comme Rachel, il lui mentit.

– Il va bien, oui. Bon, quel store tu baisses ?

– L'orange, répondit-elle. Dans la…

– Le cellier, c'est ça.

– Le cellier, répéta-t-elle.

– Et à quel moment tu le baisses ?

– Quand tu m'enverras un… texto.

Il hocha la tête.

Elle se contenta de le dévisager.

La Cumberland Savings & Loan se présentait à sa clientèle comme une banque familiale, fondée dans le comté de Providence, Rhode Island. À la fin des années 1980, il y avait encore des champs cultivés à la place des magasins qui la jouxtaient. La petite ville de Johnston était autrefois entourée de terres agricoles, et c'était aux fermiers que les Thorp avaient à l'origine proposé leurs services. Mais aujourd'hui, les centres commerciaux supplantaient les fermes, la chaîne de restauration rapide Panera avait remplacé les étals de produits frais et les fils des fermiers, qui ne voulaient plus s'asseoir sur les tracteurs, préféraient poser leurs fesses sur un fauteuil dans un petit bureau au milieu d'un parc industriel et habiter une grande maison sur deux niveaux avec des plans de travail en travertin.

Les affaires du Panera local tournaient bien, à en juger par le nombre de voitures garées devant. Il y en avait beaucoup moins devant la banque quand Rachel s'engagea sur le parking à neuf heures et demie ce matin-là. Elle en compta onze au total. Les deux les plus proches de l'entrée stationnaient sur des emplacements réservés : une Tesla noire sur celui marqué « Directeur », et une Toyota Avalon blanche sur celui marqué « Cumberland S&L Employé du mois ». La vue de la Tesla lui donna à réfléchir : lorsque Brian lui avait décrit Manfred Thorp, elle avait imaginé un péquenaud grassouillet en veston couleur caramel et cravate jaune. Or, la Tesla ne cadrait pas avec ce portrait. Elle se gratta le nez pour dissimuler sa bouche au cas où on l'observerait.

– Manfred conduit une Tesla ?

– Et alors ? lança Brian, allongé sur la banquette arrière, sous une bâche.

– J'essaie de me le représenter.

– Brun, jeune, sportif.

– Tu m'avais dit qu'il avait la quarantaine.

Elle se gratta de nouveau le nez en parlant dans sa paume et se sentit complètement ridicule.

– J'ai dit, pas loin de la quarantaine. Peut-être dans les trente-cinq ans. Bon, qu'est-ce que tu vois sur le parking ? Fais semblant d'avoir une conversation au téléphone.

Elle saisit son portable et le plaqua contre son oreille.

– Deux voitures près de l'entrée. Quatre autres au milieu du parking et cinq véhicules d'employés près du terre-plein tout au bout.

– Comment sais-tu qu'ils appartiennent à des employés ?

– Ils sont groupés à l'extrémité du parking alors qu'il y a plein de places libres plus près. Ça indique en général une section attribuée aux employés.

– Mais la voiture de Manfred est près de la porte ?

– C'est ça. Juste à côté de celle de l'employé du mois.

– Ça ferait sept bagnoles pour la banque ? Non, c'est beaucoup trop pour une si petite agence. Tu aperçois des têtes à l'intérieur ?

Elle se concentra. Sur le terre-plein poussait un immense érable rouge qui était probablement déjà là quand les premiers puritains étaient arrivés en Amérique. Ses longues branches et son feuillage abondant bloquaient le soleil, de sorte que les cinq voitures dessous étaient dans l'ombre. Si l'une d'elles pouvait paraître suspecte, c'était celle du milieu, parce que le conducteur l'avait garée en marche arrière, contrairement aux quatre autres. Le sigle sur la calandre lui révéla qu'il s'agissait d'une Chevrolet. Sans doute une berline, vu la longueur.

– Impossible à dire d'ici, répondit-elle.

Elle posa la main sur le levier de vitesses.

– Je m'approche ?

– Non, non, surtout pas ! Comme tu es déjà arrêtée, ça paraîtrait bizarre. Tu es sûre que tu ne vois pas l'intérieur ?

– Oui. Et si je regarde trop longtemps dans cette direction et qu'il y a bien quelqu'un dans une de ces voitures, ça risque d'attirer l'attention, tu ne crois pas ?

– Bonne remarque.

Elle relâcha son souffle en s'efforçant d'ignorer le bourdonnement du sang dans ses oreilles et les battements affolés de son cœur. Elle avait envie de hurler.

– Mais au point où on en est, on n'a pas le choix, il faut se jeter à l'eau.

– Super, dit-elle dans le téléphone. Non, vraiment, c'est super.

– Encore une chose : ils ont peut-être aussi placé quelqu'un à l'intérieur de la banque. Quelqu'un qui sera assis sur une chaise, en train de feuilleter des brochures, par exemple. Qui a pu se présenter avec un faux badge, en racontant qu'une opération de surveillance était en cours, et bla-bla-bla… Moi, c'est ce que j'aurais fait.

– Et cette personne serait capable de repérer une perruque, à ton avis ?

– J'en sais rien.

– Pourrait-elle me reconnaître sous mon déguisement ?

– J'en sais rien.

– C'est tout ce que t'as à me dire ? Un « Je vous salue Marie » et une kyrielle de « J'en sais rien ? »

– C'est là-dessus que se fondent la plupart des arnaques, très chère ! Bienvenue au club. Cotisations payables à la fin du mois et interdit de se garer sur la pelouse.

– Je t'emmerde.

Elle descendit de voiture.

– Attends ! lança-t-il alors qu'elle récupérait son sac dans l'habitacle.

– Quoi ?

– Je t'aime fort.

– T'es qu'un con.

Elle passa son sac en bandoulière et claqua la portière.

Alors qu'elle se dirigeait vers la Cumberland Savings & Loan, Rachel dut résister à l'envie de regarder en direction des cinq voitures stationnées sous l'érable. Compte tenu de la position du soleil, le coin serait peut-être plus lumineux quand elle atteindrait l'agence, mais elle ne voyait pas comment affecter la nonchalance pour observer discrètement les parages. En approchant de la banque, elle aperçut son reflet dans la porte vitrée : cheveux blond miel jusqu'aux épaules, qui ne lui paraissaient pas du tout naturels, même si Brian l'avait assurée du contraire ; yeux bleu vif, du plus étrange effet ; jupe bleu marine, chemisier en soie couleur pêche, mocassins noirs – une tenue sobre, en accord avec l'image de la cadre supérieure dans une société de services en informatique que prétendait être Nicole Rosovitch. Sur les conseils de Brian, elle avait aussi mis un soutien-gorge de la même couleur que le chemisier, un modèle push-up destiné à mettre en valeur son décolleté, mais pas de façon trop évidente, juste pour inciter Manfred Thorp à y jeter un coup d'œil de temps à autre, et à ne pas regarder de trop près le reste de sa personne.

À dix pas de la porte, elle faillit tourner les talons et prendre la fuite. Si ses dernières crises de panique l'avaient préparée à des réactions physiques pénibles – bouche desséchée, altération du rythme cardiaque, sensibilité exacerbée aux couleurs et aux sons –, elle n'avait jamais été contrainte de se comporter normalement dans ces moments-là. Or, si elle ne parvenait pas à feindre un calme olympien avec suffisamment de conviction pour remporter un Oscar, elle serait tuée ou arrêtée. Elle ne voyait pas d'autre issue.

Elle entra.

L'histoire de la banque était résumée sur une plaque à côté de la porte et à travers une série de photographies sur les murs, dont la plupart dans des tons sépia, même si l'établissement avait été fondé en 1948 et non en 1918. Sur l'une d'elles, deux hommes en costume mal-seyant et cravate trop courte coupaient le ruban le jour de l'inauguration ; une autre montrait l'agence entourée de champs ; une autre encore, l'agence cernée par des tracteurs et diverses machines agricoles, sans doute pour une fête quelconque.

La porte du bureau de Manfred Thorp, en chêne massif recouvert d'une peinture rouge tirant sur le brun, datait manifestement de l'époque où la première photo avait été prise. Derrière les cloisons vitrées, les stores en bois ou en plastique imitation bois étaient baissés. Impossible de dire si Thorp se trouvait à l'intérieur ou pas.

Il n'y avait pas de comptoir d'accueil. Rachel dut patienter derrière une vieille dame qui soupira beaucoup, jusqu'au moment où les deux guichets se libérèrent presque en même temps. L'employé qui occupait l'un d'eux, en chemise rouge à carreaux barrée par une fine cravate, invita d'un mouvement de tête la vieille dame à avancer. Sa collègue s'adressa à Rachel.

– Oui, madame ?

Elle la gratifia d'un sourire absent, comme quelqu'un qui ne s'intéresse pas à la conversation mais connaît néanmoins suffisamment son rôle pour le laisser croire. La trentaine, elle portait un haut sans manches, sans doute pour faire admirer ses bras sculptés et enduits de spray autobronzant. Elle avait des cheveux raides, bruns et mi-longs, arborait une pierre énorme à l'annulaire gauche et aurait été jolie sans cette expression crispée donnant l'impression qu'elle avait été frappée par la foudre en plein orgasme.

– Alors, que puis-je faire pour vous ? demanda-t-elle en posant sur Rachel un regard aussi brillant que vide.

Le prénom « Ashley » se détachait sur son badge.

– J'ai besoin d'accéder à mon coffre, répondit Rachel.

Son interlocutrice fronça le nez.

– Vous avez votre carte d'identité ou votre permis de conduire ?

– Oui, oui.

Rachel sortit le permis de Nicole Rosovitch et le glissa dans l'ouverture sous la vitre.

Ashley le repoussa délicatement avec deux doigts.

– Je n'en ai pas besoin. Il faudra le montrer à M. Thorp lorsqu'il sera disponible.

– Et dans combien de temps le sera-t-il ?

Encore un sourire absent.

– Pardon ?

– Quand M. Thorp sera-t-il disponible ? insista Rachel.

– Vous n'êtes pas la première cliente de la journée, madame.

– Je n'ai jamais prétendu le contraire. Je vous demande simplement quand je pourrai voir M. Thorp.

– Mmmm...

Le sourire d'Ashley vacilla, signe qu'elle commençait à perdre patience. Elle plissa de nouveau le nez.

– Sous peu.

– Et ça veut dire quoi ? Dix minutes ? Quinze ? Vous ne pouvez pas être plus précise ?

– Veuillez vous asseoir dans l'aire d'attente, madame. Je vais l'informer que vous êtes là.

Sur ces mots, elle jeta un coup d'œil appuyé derrière l'épaule de Rachel et la congédia en lançant :

– Monsieur ? Que puis-je faire pour vous ?

Un vieil homme aux cheveux blancs et au regard contrit prit la place de Rachel dès qu'elle s'écarta du guichet.

Elle alla s'installer dans l'aire d'attente, où se trouvait déjà une fille d'une vingtaine d'années aux cheveux teints en noir bleuté et aux yeux couleur saphir, arborant quelques tatouages New Age dans le cou et sur les poignets. Elle portait des bottes de motard hors de prix, un jean déchiré de créateur et un haut noir sur un haut blanc, tous deux sous une chemise blanche impeccable mais deux fois trop grande pour elle. Elle feuilletait une revue immobilière. Quelques coups d'œil discrets suffirent à Rachel pour constater qu'elle était ravissante et possédait l'assurance d'un top model ou d'une diplômée d'un de ces établissements privés qui enseignent l'étiquette et les bonnes manières.

A priori, songea Rachel, pas le genre de personne qu'on imaginait travailler pour Cotter-McCann et passer ses journées à espionner les clients d'une banque. De fait, plongée dans sa lecture, elle l'avait à peine regardée.

Néanmoins, le magazine entre ses mains, qui présentait des propriétés à vendre ou à louer en zone périurbaine – la couverture montrait des maisons de style Cape Cod –, ne cadrait pas avec son allure : elle était plutôt du genre à vivre dans un loft en plein centre-ville. Mais là encore, cela ne voulait peut-être rien dire, pensa Rachel. Dans les salles d'attente, elle-même avait déjà feuilleté des tas de revues auxquelles elle ne se serait jamais intéressée en d'autres circonstances. Un jour, pendant que sa voiture était en révision, elle avait lu toute une page sur les accessoires en chrome pour Harley les plus recherchés sur le marché des pièces détachées, fascinée par les similitudes entre cet article et un autre qu'elle avait parcouru chez le coiffeur quelques semaines plus tôt sur la meilleure façon d'accessoiriser sa garde-robe de printemps.

En même temps, l'attitude (ostensiblement ?) concentrée de cette fille – front plissé, yeux rivés aux pages – amena Rachel à se demander ce qu'elle faisait là. La chargée de clientèle, Jessie Schwartz-Stone, seule dans son bureau vitré, tapait sur son clavier avec la petite gomme au bout de son crayon à papier, et les deux guichetiers étaient temporairement désœuvrés. Le bureau du directeur-adjoint, Corey Mazzetti, également vitré, était vide.

Elle est comme toi, elle attend Manfred Thorp, se dit Rachel. *Elle a peut-être aussi un coffre, même s'il est rare que les filles de vingt ans et quelques en possèdent un, surtout dans ce genre de petite ville. À moins qu'il ne se transmette dans sa famille de génération en génération ?*

Ah oui ? Tu connais beaucoup de gens qui se transmettent un coffre de génération en génération ?

Elle observa de nouveau la jolie brune à la dérobée, pour s'apercevoir que celle-ci la dévisageait ouvertement. Elle lui sourit – un signe de complicité ? de triomphe ? une simple marque de politesse ? –, avant de se replonger dans sa revue.

La porte rouge s'ouvrit enfin, et Manfred Thorp apparut sur le seuil, en chemise claire à rayures, fine cravate rouge et pantalon foncé. Comme l'avait dit Brian, il était brun et avait une silhouette sportive. Ses yeux, également bruns, lui déplurent, sans qu'elle sache trop pourquoi. Peut-être juste parce qu'il avait les paupières tombantes.

– Mademoiselle…, commença-t-il.

Il vérifia sur le papier dans sa main.

– Mademoiselle Rosovitch ?

Rachel se leva et lissa l'arrière de sa jupe en pensant : *Alors, avec qui cette fille a-t-elle rendez-vous, nom d'un chien ?*

Elle serra la main de Manfred Thorp, qui l'introduisit dans le bureau. Quand il ferma la porte derrière elle, Rachel imagina la jolie brune tatouée plongeant la main dans son sac pour récupérer son portable et envoyer un texto à Ned ou à Lars : « Elle est à la banque. »

S'ils surveillaient le parking d'une des voitures garées sous l'érable, les deux hommes entreprendraient aussitôt de fouiller les parages. Ils n'auraient pas de mal à découvrir Brian sous la bâche. L'un d'eux ouvrirait la portière, appuierait le silencieux contre son front et lui logerait une balle dans le crâne. Ils n'auraient ensuite plus qu'à la guetter à sa sortie de l'agence.

Non, non... Ils ont besoin de Brian vivant pour faire transférer l'argent sur leur compte. Ils ne le tueraient pas.

Moi, en revanche, je ne leur sers à rien.

– Alors, que puis-je faire pour vous ?

Était-ce un effet de son imagination ou la regardait-il d'un drôle d'air ?

– Je voudrais accéder à mon coffre.

Il ouvrit un tiroir.

– Bien sûr, pas de problème. Pourriez-vous me montrer votre permis de conduire, s'il vous plaît ?

Elle prit son portefeuille dans son sac, en sortit le faux permis et le poussa vers lui sur le bureau.

Il n'y accorda pas la moindre attention, car il était trop occupé à la dévisager. Il y avait bien quelque chose de déplaisant dans son regard, constata-t-elle : sinon de la cruauté, du moins de la dureté et une suffisance certaine. Manfred Thorp avait de toute évidence une très haute opinion de lui-même.

– On s'est déjà rencontrés, non ? lança-t-il soudain.

– Sûrement. Mon mari et moi avons loué ce coffre il y a environ six mois.

Il pressa quelques touches sur son clavier puis scruta son écran.

– Cinq, pour être exact.

Je t'ai dit « environ », connard !

– Et vous avez une procuration, ajouta-t-il après avoir de nouveau pianoté sur son clavier. Bien. Je vérifie que tout est en ordre, et ensuite nous pourrons y aller.

Il s'empara du permis de conduire et l'approcha de son écran, sans doute pour comparer les signatures. Plissa les yeux. S'adossa à son fauteuil, la regarda, puis se concentra de nouveau sur le permis et l'écran.

Rachel sentit sa gorge se nouer.

Le souffle lui manquait.

Le bureau était devenu une vraie fournaise, soudain.

Manfred Thorp laissa tomber le permis par terre.

Il se pencha, le ramassa et le tapota sur son genou. Quand il tendit la main vers le téléphone, Rachel envisagea de saisir l'arme dans son sac, de la braquer sur lui et de lui ordonner de la conduire illico à la salle des coffres.

Mais elle ne voyait pas comment un tel scénario pourrait avoir une fin heureuse.

– Nicole…, dit-il, le combiné à la main.

– Euh, oui ?

– Nicole Rosovitch.

Se surprenant à aspirer sa lèvre inférieure, elle s'obligea à fermer la bouche et à le considérer d'un air interrogateur.

Il haussa les épaules.

– Joli nom. Ça sonne bien, déclara-t-il en pressant une touche sur le combiné. Vous faites du sport ?

Elle sourit.

– Du Pilates, oui.
– Ça se voit.
Et d'ajouter dans le téléphone :
– Apportez-moi les clés, Ash.
Après avoir raccroché, il lui rendit son permis.
– Il ne devrait plus y en avoir pour longtemps.
Le soulagement de Rachel fut de courte durée. Déjà, il ouvrait un tiroir.
– Il me manque juste une petite signature.
Il poussa vers elle une carte de signature type.
– Vous vous servez encore de ces trucs-là ? demanda-t-elle d'un ton léger.
– Oui, et il en sera ainsi tant que mon père sera parmi nous, répondit-il.
Il leva les yeux vers le plafond.
– Et je remercie Dieu tous les jours de ne pas l'avoir encore rappelé à lui.
– Je comprends. C'est lui qui a fondé tout ça, j'imagine.
– Non, c'est mon grand-père. Lui, il a juste… Bref, passons.
Après avoir tiré de sa poche de poitrine un stylo Montblanc, il le lui tendit.
– Si vous voulez bien me faire l'honneur…
Par chance, elle n'avait pas encore rangé le permis dans son portefeuille. Il était resté sur le bureau, près de son coude. Brian lui avait bien répété la veille, au cours de ses deux heures d'entraînement, que le meilleur moyen de contrefaire une signature consistait à la visualiser comme une forme. Elle avait obtenu les meilleurs résultats en se contentant de jeter un rapide coup d'œil au tracé original avant de le reproduire d'une traite. Mais l'exercice remontait à la veille, alors qu'elle était installée à une table de cuisine et qu'il n'y avait pas d'enjeu.

Pas de panique. Je peux le faire.

Elle regarda le permis, se concentra sur la signature et posa la pointe du Montblanc sur la carte. Elle en avait griffonné la moitié quand la porte s'ouvrit à la volée derrière elle.

Au prix d'un énorme effort, elle parvint à ne pas se retourner et à finir de signer.

Ashley contourna la table de travail pour remettre un trousseau de clés à son patron. Elle demeura ensuite à côté de lui, en toisant Rachel comme si elle l'avait démasquée.

Manfred Thorp passa les clés en revue jusqu'à ce qu'il trouve celle qu'il cherchait. À cet instant seulement, il parut s'apercevoir de la présence d'Ashley.

– Vous êtes en pause ?

– Pardon, Manny ?

– Merci pour les clés, mais je vous rappelle qu'on a une banque à faire tourner.

En voyant le sourire qu'Ashley adressait à son patron, Rachel comprit qu'il le paierait plus tard, et acquit la certitude qu'ils étaient amants. La femme au visage inexpressif sur les photos dans le bureau le savait peut-être, ou peut-être pas ; les deux gamins rondouillards avec elle, en revanche, étaient sûrement loin de s'en douter. Quand Ashley quitta la pièce, Rachel songea que « Manny » devait tromper son épouse parce qu'elle n'exprimait rien et trahir ses fils parce qu'ils étaient gros. *Mais tu serais bien incapable de te l'expliquer, hein, salopard ? Pour quelqu'un comme toi, qui n'a aucune intégrité, les vœux prononcés à l'église ou les engagements que tu aurais dû tenir ne veulent rien dire…*

Sans même jeter un coup d'œil à la carte de signature, il se leva.

– Nous y allons ?

Lorsqu'ils sortirent de la pièce, la brune dans l'aire d'attente avait disparu. Peut-être attendait-elle simplement un copain ou une copine, qui avait des opérations bancaires à faire ? Ensuite, elle était partie déjeuner avec lui ou elle au Chili's de l'autre côté de la rue.

Ou alors, scénario numéro deux : elle avait identifié sa cible, envoyé un texto à Ned, à Lars ou à d'autres tueurs, et en ce moment même elle rentrait chez elle en peaufinant son alibi, au cas où la police l'interrogerait plus tard au sujet de la femme à la perruque blonde qui avait été assassinée sur le parking de la banque vers dix heures et quart ce matin-là.

Manfred Thorp s'arrêta devant une haute porte blindée. Il s'approcha d'un boîtier à droite, composa un code, fit un pas à gauche et appuya le pouce sur un autre boîtier. Un déclic se fit entendre, et il tira la porte, révélant une grille, qu'il déverrouilla avec l'une des clés sur son trousseau.

Alors qu'il la précédait dans la salle des coffres, Rachel fut soudain frappée par une pensée consternante : elle n'avait pas demandé le numéro du coffre à Brian.

Et il ne le lui avait pas donné.

Comment avait-il pu consacrer autant d'efforts à tout préparer en prévision d'un scénario catastrophe, s'arranger pour obtenir de faux papiers d'identité et de faux passeports, veiller à choisir une banque répondant à tous les critères, lui apprendre la veille, pendant plusieurs heures, à imiter une signature… et oublier une information aussi cruciale ?

Ah, les hommes.

– … au cas où vous voudriez rester seule.

La voix de Manfred Thorp la tira de ses réflexions. Elle suivit son regard vers une porte noire sur sa gauche.

– Avez-vous utilisé la pièce de confidentialité lors de votre dernière visite ?

– Non, s'entendit-elle répondre.

– Pensez-vous en avoir besoin aujourd'hui ?

– Oui.

Rachel évalua le nombre de coffres à au moins six cents. Rien que pour une petite bourgade où vivaient essentiellement d'anciens fermiers ? Que pouvaient-ils avoir de si précieux à entreposer ? La recette du crumble aux pêches ? La montre du grand-père ?

– Bon, eh bien…, reprit Thorp.

– Allez-y, je vous suis.

Il la précéda vers les rangées de coffres au fond. Elle chercha la clé dans son sac, en caressa les deux faces et sentit sous ses doigts des chiffres gravés. « 865 », lut-elle après l'avoir laissée tomber dans sa paume, tandis que Manfred Thorp insérait sa propre clé dans la porte correspondant à ce numéro. Elle inséra la sienne dans l'autre serrure, et ils les tournèrent en même temps. Puis il retira la boîte.

– Vous souhaitez rester seule, c'est ça ?

– Oui, confirma-t-elle.

D'un geste, il lui indiqua la porte noire, et elle l'ouvrit, pour découvrir une pièce minuscule, cloisonnée d'acier, avec une table et deux chaises. Des spots encastrés dans le plafond diffusaient une lumière blanche.

Après avoir posé la boîte sur la table, Thorp plongea son regard dans le sien, alors qu'ils n'étaient qu'à quelques centimètres l'un de l'autre, et Rachel comprit soudain qu'il espérait une petite faveur, comme s'il possédait un charme si irrésistible que les femmes rêvaient forcément de se jeter sur lui.

– Je n'en aurai que pour quelques minutes, dit-elle d'un ton sec en allant se placer de l'autre côté de la table.

– Oh, euh… Bien sûr. À tout à l'heure.

Elle garda le silence et ne releva les yeux qu'après avoir entendu la porte se refermer.

Elle ouvrit la boîte.

À l'intérieur, comme prévu, se trouvait la sacoche avec laquelle elle avait vu Brian entrer dans la banque quatre jours plus tôt. Quatre jours seulement ? Il lui semblait qu'un millier d'années s'était écoulé depuis ce moment.

Elle dégagea la sacoche du logement étroit, puis la tint par les poignées pour la laisser reprendre sa forme. Les espèces étaient au-dessus, comme l'avait dit Brian : plusieurs liasses de billets de cent et même une de billets de mille, toutes entourées d'un élastique. Elle les transféra dans son sac à main. Ne restaient que les six passeports.

Ses doigts se refermèrent sur la petite pile. Mais à peine les avait-elle comptés qu'un flot de bile lui remonta dans la gorge. Il n'y en avait que cinq.

Non…

Elle jeta un regard éperdu aux spots, aux parois d'acier. *Je vous en prie, ne me faites pas ça. Pas maintenant. Pas après tout ce que j'ai enduré. Je vous en prie…*

Ne t'emballe pas. Regarde les passeports avant de désespérer.

Elle ouvrit le premier et tomba sur la photo de Brian. Identité d'emprunt : Hewitt, Timothy.

Le deuxième était celui de Caleb, alias « Branch, Seth ».

Ses mains tremblaient si fort, quand elle saisit le troisième passeport, qu'elle dut le lâcher, serrer et desserrer les poings, et s'obliger à respirer calmement.

Elle le reprit, l'ouvrit et vit d'abord le nom : Carmichael, Lindsay.

Puis la photo – celle de Nicole Alden.

Le quatrième était établi au nom de « Branch, Kiyoko ». Et comportait la photo d'Haya.

Le cinquième était celui du bébé.

Elle ne cria pas, n'envoya pas tout valdinguer, ne renversa pas les chaises. Elle s'assit par terre, se couvrit les yeux de ses mains et s'immergea à l'intérieur d'elle-même.

Je me suis contentée de regarder ma vie m'échapper, pensa-t-elle. *Je n'ai pas su réagir, à aucun moment, et j'ai toujours cherché à justifier ma passivité en affirmant que j'étais là pour témoigner. Mais, en réalité, je me dégageais de l'obligation d'agir.*

Jusqu'à maintenant.

Et voilà où ça m'a menée. Je suis seule, totalement seule, et je vais mourir. Le reste n'est que du décorum, de l'accessoire.

Elle dénicha un paquet de Kleenex parmi ses affaires, sous les liasses de billets, et en utilisa deux pour s'essuyer le visage, puis contempla le contenu du sac : l'argent à gauche, les clés, son portefeuille et le pistolet à droite.

Alors qu'elle avait les yeux rivés sur l'arme – et il s'écoula peut-être dix minutes ainsi, ou peut-être seulement une, elle n'aurait su le dire –, une certitude s'imposa à elle : elle ne pourrait jamais la braquer sur Brian et presser la détente une seconde fois. Ce serait au-dessus de ses forces.

Elle le laisserait partir.

Sans passeport, cependant – qu'il se démerde, elle allait le remettre au coffre –, et sans l'argent, parce qu'elle avait bien l'intention de le garder.

Mais elle ne le tuerait pas.

Pourquoi ?

Parce qu'elle l'aimait. Du moins, elle aimait une illusion. L'illusion de ce qu'il lui avait fait éprouver, pas seulement pendant leur mariage de façade, mais même au cours des quelques jours écoulés. L'expérience de cette imposture avec Brian lui paraissait presque préférable à la réalité de sa propre existence.

Elle fourra les mouchoirs usagés au fond de son sac. Au moment où elle faisait tomber les billets pardessus, son regard fut attiré par un coin de couverture bleu foncé, coincé entre deux liasses. Elle le saisit, révélant un passeport.

Ce fut son visage qu'elle découvrit cette fois, sur une photo d'elle prise en ce samedi pluvieux qu'ils avaient passé à la Galleria Mall trois semaines plus tôt – le visage d'une femme qui essayait de paraître forte, sans y parvenir tout à fait.

Mais qui avait au moins le mérite d'essayer.

Rachel rangea les six passeports dans son sac, avec tout le reste, et quitta la pièce.

34

La danse

En revenant de la salle des coffres, Rachel chercha une nouvelle fois du regard la fille aux tatouages, mais ne la vit nulle part. Elle tourna à droite après l'aire d'attente et aperçut Manfred Thorp derrière le guichet, en train de parler à Ashley. Tous deux levèrent les yeux, et quand Thorp ouvrit la bouche comme pour l'appeler, elle s'empressa de pousser la porte et de sortir.

Elle distinguait désormais parfaitement les voitures sous l'érable, d'autant que le soleil coopérait. Sur les quatre véhicules restants, un seul était occupé : la Chevy garée à l'inverse des autres. Un homme était assis au volant. Si elle ne discernait pas ses traits, c'était néanmoins bien une tête masculine, avec une mâchoire carrée et des oreilles en feuilles de chou. Impossible toutefois de déterminer s'il surveillait l'agence, s'il s'agissait d'un employé qui s'accordait une pause, d'un micheton qui se faisait tailler une pipe ou d'un représentant étranger à la ville arrivé en avance à son rendez-vous parce qu'il était parti tôt pour éviter les habituels embouteillages sur l'I-95 vers Providence entre huit et dix heures le matin.

Comme si de rien n'était, elle regarda droit devant elle en avançant entre la voiture de l'employé du mois et une camionnette arrêtée sur la place réservée aux handicapés, dont le conducteur s'était également garé en marche arrière. En longeant la porte coulissante sur sa gauche, Rachel imagina un instant qu'elle s'ouvrait brusquement et que des mains l'agrippaient pour l'attirer à l'intérieur.

Rien de tel ne se produisit, mais elle remarqua un gros SUV noir qui s'approchait sur sa droite. En proie à une étrange fascination, elle vit la vitre teintée côté conducteur descendre lentement, puis un bras d'homme apparaître dans l'ouverture, révélant une manche de veste sombre d'où émergeait le poignet d'une chemise blanche. Avant même qu'elle ait pensé à chercher l'arme dans son sac ou à courir s'abriter derrière la camionnette, l'inconnu avait complètement tendu le bras à l'extérieur et, une cigarette pincée entre l'index et le majeur, soufflait un long jet de fumée, la nuque calée par l'appuie-tête. Il lui adressa un sourire indolent au passage, comme pour dire : « Rien ne vaut un p'tit plaisir de temps en temps, pas vrai ? »

Tout en le suivant des yeux, Rachel plongea la main dans son sac, repoussa le cran de sûreté du P380 et serra l'arme entre ses doigts jusqu'au moment où elle atteignit le Range Rover. Elle ouvrit la portière de la main gauche, grimpa sur le siège, plaça le sac à côté d'elle et en sortit le pistolet.

– T'es toujours là ? demanda-t-elle, l'index sur la détente.

– À ton avis ? J'ai même eu le temps de fêter plusieurs anniversaires pendant ton absence ! répondit Brian. Qu'est-ce que t'as foutu, bon sang ?

– Sérieux ? C'est comme ça que tu m'accueilles ?

Elle repoussa le cran de sûreté et posa le P380 dans le compartiment entre les sièges.

– Grands dieux, chérie, j'avais presque oublié à quel point tu es belle ! Rien de nouveau sous le soleil, remarque. Et tu n'as pas perdu quelques kilos ? Non que tu en aies eu besoin, d'ailleurs…

– Va te faire foutre ! rétorqua-t-elle, avant de partir d'un petit rire dont elle fut la première surprise.

Il s'esclaffa.

– D'accord, excuse-moi. Bon, comment ça s'est passé ? Attends, avant de répondre, il vaudrait mieux que tu mettes le contact et que tu recommences le truc du téléphone.

Elle s'exécuta.

– Ils risquent de se demander pourquoi je n'utilise pas un kit mains libres, non ? objecta-t-elle.

– Tu n'as pas d'oreillette et tu conduis une bagnole de 1992.

– Bien vu, admit-elle en plaquant son portable contre son oreille.

– T'as repéré quelqu'un de suspect à l'intérieur ?

Elle démarra et se dirigea vers la sortie.

– Difficile à dire. Il y avait une fille dans l'aire d'attente qui m'a paru bizarre.

– Et sur le parking ?

– Un type au volant d'une Chevy garée avec les voitures des employés.

Alors qu'elle approchait de la route, Brian déclara :

– Prends à droite.

Quelques instants plus tard, Rachel s'engageait dans une montée bordée de maisons en bardeaux, la plupart peintes en rouge, certaines en bleu, les autres ne présentant qu'une façade gris-brun délavée par les intempéries. Peu après, la route formait une ligne droite qui semblait se déployer sur des kilomètres entre les champs. Le ciel au-delà était d'un bleu presque irréel, comme dans les vieux films en

Technicolor. De gros nuages blancs s'amoncelaient au sud-est, sans pour autant projeter d'ombre sur les prés. Rachel ne tarda pas à comprendre pourquoi Brian avait choisi cet itinéraire : il n'y avait pas le moindre carrefour en vue. La ville de Johnston s'arrêtait là.

– Alors ? reprit Brian au bout d'un moment.

– Alors quoi ?

– On est suivis ?

Elle jeta un coup d'œil dans le rétroviseur, qui ne lui révéla qu'un long ruban gris et vide.

– Non.

– Tu vois loin derrière ?

– Peut-être à deux kilomètres.

Il garda le silence une bonne minute avant de lancer :

– Et maintenant ?

– Toujours rien.

– Rachel ?

– Oui, Brian ?

Quand il se redressa sur la banquette arrière, il arborait un sourire jusqu'aux oreilles.

– Comment tu te sens, là ? Rudement bien ou drôlement mal ?

En croisant le regard de Brian dans le rétroviseur, elle se demanda si le sien reflétait une excitation semblable.

– Je me sens…

– Allez, vas-y, dis-le !

– Rudement bien.

Il frappa dans ses mains et poussa un cri de victoire.

Elle accéléra, donna un coup de poing sur le volant et l'imita.

Dix minutes plus tard, elle ralentissait à l'approche d'une autre zone commerciale. Pour l'avoir repérée à l'aller, elle savait qu'elle rassemblait un bureau de poste, une sandwicherie, un marchand de vins et spiritueux, un magasin de vêtements de la chaîne Marshalls et une laverie automatique.

– Pourquoi tu te gares là ? s'enquit Brian en jetant un œil aux bâtiments bas, tous gris sauf le Marshalls, d'un blanc qui virait au coquille d'œuf.

– J'ai une course à faire.

– Ça ne peut pas attendre ?

– Non.

– Écoute, Rachel, déclara-t-il, une note de condescendance dans la voix, on n'a vraiment pas le temps de…

– S'engueuler ? Tout à fait d'accord. Je reviens vite.

Elle laissa la clé sur le contact et la sacoche qu'elle avait récupérée à la banque aux pieds de Brian. Il lui fallut dix minutes chez Marshalls pour se débarrasser de son costume de Nicole Rosovitch et enfiler un jean, un T-shirt rouge à encolure en V et un gilet noir en cachemire. Elle tendit les étiquettes à la caisse, transféra son autre tenue dans un des sacs en plastique du magasin, paya et sortit.

Du coin de l'œil, elle vit Brian, qui la guettait, commencer à se redresser, puis prendre une expression contrariée quand elle lui fit un signe rapide de la main avant de se diriger vers la poste.

Elle regagna la voiture cinq minutes plus tard. Lorsqu'elle se glissa au volant, Brian paraissait beaucoup plus pâle. Plus petit aussi, et vaguement nauséeux. La sacoche était toujours posée à ses pieds, mais il l'avait de toute évidence fouillée : une liasse de billets dépassait de l'ouverture.

– Tu n'as pas pu t'empêcher de vérifier, hein ? lança-t-elle. Merci pour la confiance !

– Parlons-en ! Mon passeport n'y est pas, le tien non plus.

– Exact.

– Où sont-ils ?

– J'ai le mien, lui assura-t-elle.

– Super.

– Je trouve aussi.

– Rachel…

– Oui, Brian ?

À voix basse, presque dans un chuchotement, il demanda :

– Où est ce putain de passeport ?

Du sac en plastique de chez Marshalls, elle retira un papier qu'elle lui tendit.

Il le lissa sur sa cuisse.

– C'est quoi ?

– C'est écrit dessus : un bordereau d'expédition. Global Express. Livraison garantie par le service postal des États-Unis. C'est ton numéro de suivi, là-haut, dans le coin droit.

– Merci, je sais lire. Et je vois que tu te l'es adressé à l'hôtel Intercontinental d'Amsterdam ?

Elle confirma d'un signe de tête.

– C'est bien ? interrogea-t-elle. Tu y as déjà logé ? Il avait l'air pas mal sur Internet, alors c'est celui-là que j'ai choisi.

En cet instant, il la regardait comme s'il avait envie de cogner sur quelque chose. Sur elle, peut-être. Ou sur lui-même. Ou encore, sur le tableau de bord.

Non, plus probablement sur elle.

– Qu'est-ce que tu as envoyé à l'hôtel Intercontinental d'Amsterdam, Rachel ?

– Ton passeport.

Elle démarra et sortit du parking.

– Comment ça ?

Sa voix rendait un son de plus en plus assourdi. Rachel savait d'expérience qu'il abordait toujours les disputes ainsi, juste avant d'exploser.

– Eh bien, répondit-elle lentement, comme si elle s'adressait à un enfant obtus, j'ai expédié ton passeport à Amsterdam, où je prévois d'être demain soir. Sans toi, bien sûr. Toi, tu seras toujours ici, aux États-Unis.

– Tu ne peux pas faire ça.

Elle tourna la tête vers lui.

– Trop tard…

– Tu ne peux pas faire ça ! répéta-t-il, en hurlant cette fois.

Et d'envoyer un grand coup de poing dans le toit de la voiture.

Elle attendit de voir s'il allait frapper autre chose. Comme il ne réagissait pas, elle déclara, au bout d'environ un kilomètre et demi :

– Tu m'as menti depuis notre rencontre, Brian. Tu penses vraiment que j'allais passer là-dessus ? Me contenter de te dire : « Bah, c'est pas grave, mon chou, et merci beaucoup de t'être occupé de moi ? »

Elle tourna à gauche au niveau de la pancarte indiquant l'I-95 à quinze kilomètres.

– Fais demi-tour, bordel ! s'écria Brian.

– Pourquoi ?

– Pour que j'aille récupérer mon passeport.

– On ne peut pas reprendre le courrier une fois qu'on l'a déposé. C'est la loi, un truc qui dit qu'on n'a pas le droit de gêner le travail des agents de la poste, quelque chose comme ça.

– Fais demi-tour, Rachel.

De nouveau, elle se surprit à rire.

– Qu'est-ce que t'as en tête, Brian ? Tu vas braquer la poste ? Tu ne crois pas qu'ils ont des caméras ? Oh, tu réussiras peut-être à mettre la main sur ton passeport, mais après, en plus d'avoir Cotter-McCann sur le dos, tu seras recherché par tous les flics du coin, la police de l'État et, puisque ce sera sûrement un crime fédéral, le FBI. Réfléchis bien. C'est vraiment dans cette voie-là que tu veux t'engager ?

Il la foudroya du regard.

– Tu me détestes, n'est-ce pas ? le défia-t-elle.

Il ne cilla pas.

– Bah, c'est en général ce qu'on ressent envers ceux qui nous ouvrent les yeux, dit-elle, répétant ses propos.

Il envoya un autre coup de poing dans le toit.

– Je t'emmerde, Rachel.

– Ah, enfin un petit mot gentil ! Bon, aimerais-tu que je t'aide à recenser les options qu'il te reste, mon chéri ?

Brian ouvrit la boîte à gants en la frappant du côté de son poing, en retira un paquet de cigarettes et un briquet. Il en alluma une puis baissa légèrement la vitre de son côté.

– Tu fumes ? s'étonna-t-elle.

– Tu as mentionné des options…

Elle tendit la main.

– Donne-m'en une.

Il lui tendit sa cigarette, en alluma une autre et, alors qu'ils roulaient sur la route déserte en fumant, Rachel se sentit toute-puissante pendant quelques instants.

– OK, je commence, dit-elle. Tu peux toujours me tuer.

– Je ne suis pas un assassin, répliqua-t-il avec une indignation lasse qui parut à Rachel aussi touchante qu'agressive.

– Le problème, bien sûr, si tu choisis cette éventualité, c'est que tu ne récupéreras jamais ton passeport.

Et avec tout ce monde qui te court après, j'imagine que ce ne sera pas facile de trouver quelqu'un pour t'en fabriquer un nouveau. En admettant qu'un type accepte, je suis sûre qu'il te réclamera une fortune avant de te balancer à Cotter-McCann de toute façon.

À son expression fermée, elle comprit qu'elle avait mis en plein dans le mille.

– Tu n'as plus personne à qui te fier, n'est-ce pas, Brian ?

Il fit tomber sa cendre par l'ouverture de la vitre.

– C'est ce que tu me proposes ? De te faire confiance ?

– Non, c'est ce que j'exige, déclara-t-elle.

Au bout d'un moment, il demanda :

– Et ça se traduirait comment, d'après toi ?

– Eh bien, pendant quelques jours, tu cavaleras partout comme un rat pour échapper à tes poursuivants, pendant qu'Haya, AB et moi, on se baladera le long des canaux d'Amsterdam.

– Elle te plaît, cette image, hein ?

– Après, à l'heure et à l'endroit convenu, tu iras chercher le passeport que je t'aurai renvoyé par la poste.

Il tira si fort sur sa cigarette que le tabac grésilla en s'embrasant.

– Tu ne peux pas faire ça.

Rachel expédia son mégot par la vitre.

– Comme je te l'ai dit, c'est déjà fait, mon cher.

– Je t'ai sauvée.

– Pardon ?

– Je t'ai délivrée de la prison que tu t'étais construite. J'ai passé des années entières à te préparer à ce moment. Si ce n'est pas de l'amour, ça, c'est qu…

– Tu veux vraiment que je croie à ton amour ?

Elle se gara sur le bas-côté et se mit au point mort.

– Très bien. Alors, laisse-moi quitter le pays, donne-moi accès à l'argent, et crois-moi sur parole quand je te dis que je t'enverrai ton passeport.

Elle fit aller et venir son index entre eux, étonnée par la résurgence rapide et l'intensité de sa colère.

– Parce que tu n'as pas le choix, Brian : ce putain de marché est non négociable !

Il détourna les yeux et contempla la route grise, le ciel bleu et les champs jaune pâle annonçant l'été.

En principe, pensa-t-elle, *c'est maintenant qu'il devrait me menacer.*

– D'accord, déclara-t-il.

– Pour ?

– J'accepte tes conditions.

– C'est-à-dire ?

– Tout. J'accepte tout.

– Non. Je te demande seulement d'avoir la foi.

Il gratifia son propre reflet d'un sourire désabusé.

– C'est bien ce que je disais.

Brian envoya un texto à Haya de l'autoroute. Pour la seconde fois en vingt-quatre heures, la réponse parut lui déplaire.

Comme convenu, il avait écrit :

« Tout va bien ? »

Si tel était le cas, elle était censée répondre :

« Super. »

S'il y avait un problème, elle devait écrire :

« Ça va. »

Au bout de quinze minutes, elle répondit :

« Tout est OK. »

À Woonsocket, il fit prendre à Rachel la direction de la plus haute colline, puis lui demanda de redescendre vers le sud. Ils roulèrent un moment dans la ville, avant de tourner dans un semblant de rue poussiéreuse qui s'achevait devant un monceau de déchets, de plaques de plâtre défoncées et de divers matériaux de construction inutilisables. De là, ils avaient une vue panoramique sur la rivière, l'usine et la maison du veilleur de nuit. Brian récupéra des jumelles dans la boîte à gants et fit la mise au point en les braquant sur la maison.

– Le store du cellier est toujours relevé, observa-t-il.

Rachel sentit l'oiseau dans sa poitrine battre deux fois des ailes.

Il lui tendit les jumelles pour qu'elle constate par elle-même ce qu'il en était.

– Elle a peut-être oublié ?

– Peut-être.

– Pourtant, tes instructions étaient claires.

– On ne peut plus claires.

Ils s'assirent et surveillèrent la maison en s'échangeant les jumelles à intervalles réguliers, à l'affût du moindre mouvement. À un certain moment, Rachel crut voir une ombre bouger derrière la fenêtre la plus à gauche au premier, mais elle n'aurait pu en jurer.

Néanmoins, ils savaient.

Ils savaient.

Rachel dut lutter contre la nausée tant elle avait l'impression que l'oxygène se raréfiait autour d'eux.

Pour finir, Brian prit le volant et refit le trajet en sens inverse. Il poussa un peu plus loin que la veille au soir, afin d'approcher du site par un point situé plus au nord. Ils y pénétrèrent par une vieille route parallèle à la voie ferrée, et au grand jour la carcasse des différents corps de bâtiment parut à Rachel encore plus pitoyable et impressionnante, comme les os blanchis par le soleil d'une ancienne divinité royale massacrée en même temps que sa cour jadis majestueuse.

Ils découvrirent le pick-up garé à l'intérieur du bâtiment le plus proche de la rivière, dont l'un des murs s'était écroulé, de même que presque tout le premier étage. Il s'agissait d'un véhicule monstrueux, un énorme Sierra noir, anguleux et fonctionnel, dont les roues et les ailes étaient maculées de boue séchée.

Brian mit la main sur le capot.

– Pas vraiment chaud mais encore tiède. Ils ne sont pas arrivés depuis longtemps.

– Ils sont combien, d'après toi ?

Il regarda dans la cabine.

– Difficile à dire. Il y a de la place pour cinq, mais à mon avis ils ne sont pas venus aussi nombreux.

– Pourquoi ?

Brian haussa les épaules.

– Le personnel coûte cher.

– Perdre soixante-dix millions de dollars, ce n'est pas rien non plus !

Durant quelques instants, il examina le bâtiment en silence, et elle devina qu'il analysait la situation, que son regard survolait les lieux sans vraiment les voir.

– Tu veux les affronter ? demanda-t-elle.

– Oh non, je n'en ai aucune envie, répliqua-t-il en écarquillant les yeux. Mais je ne crois pas avoir le choix.

– On pourrait toujours sauter l'étape du retour à la maison et filer…

– Tu serais prête à abandonner Haya et le bébé ?

– Il suffirait d'appeler la police. Haya ne sait rien, elle n'aura pas de mal à feindre l'ignorance.

– Si la police se pointe, qu'est-ce qui empêchera les types à l'intérieur de les abattre, sa fille et elle ? Ou de les prendre en otages pour négocier ?

– Rien, admit-elle.

– Malgré tout, tu serais prête à les laisser ?

– Et toi ?

– Réponds d'abord, éluda-t-il, avec un petit sourire. Qu'est-ce que ce salopard t'avait dit en Haïti, déjà ?

– « Tu préfères quoi ? Faire ta BA ou rester en vie ? »

– C'est ça.

– Tu peux nous sortir de là ? demanda-t-elle.

– Je peux *vous* sortir de là, oui. Moi, je vais avoir plus de mal, compte tenu des nouvelles dispositions que tu as prises.

Elle ignora la pique.

– Tout de suite ?

– Tout de suite.

– Quelles sont nos chances ?

– *Nos* chances ?

– OK, mes chances et celles d'Haya et d'Annabelle.

– Cinquante-cinquante, je dirais. Toutes les heures, elles diminuent de cinq pour cent en faveur de Cotter-McCann. Ajoute une femme terrifiée et un bébé dans l'équation – à condition, évidemment, de pouvoir les arracher aux griffes de types qui savent bien mieux que nous jouer de la gâchette –, et elles se réduisent encore plus.

– Donc, pour le moment, on est à égalité. Mais si on monte jusqu'à cette baraque, il est tout à fait probable qu'on ne voie pas la fin de cette journée.

Les yeux légèrement arrondis, il hocha la tête à plusieurs reprises.

– Très probable, oui.

– Et si je te dis que je veux fuir, tu t'engages à m'aider ?

– Je n'ai pas dit ça. J'ai juste dit que c'était une option.

Rachel leva les yeux vers les poutres noircies et le toit défoncé qui laissaient entrevoir des lambeaux de ciel bleu.

– Il n'y a pas d'option, déclara-t-elle.

Il patienta.

– Ou on s'en va tous les quatre…

Elle prit plusieurs brèves inspirations, jusqu'à en avoir le tournis.

– … ou personne ne s'en va.

– D'accord, chuchota-t-il, et elle se rendit compte qu'il était aussi effrayé qu'elle. D'accord.

À cet instant, elle décida de tout déballer.

– Haya parle un anglais parfait, Brian.

Il plissa les yeux.

– Elle a grandi en Californie. Elle a piégé Caleb.

– Mais pourquoi ? demanda-t-il en lâchant un petit rire incrédule.

– Pour qu'il la sauve d'une vie merdique, si j'ai bien compris.

Il secoua la tête, puis un sourire éclaira ses traits – ce sourire si typique de Brian, révélant qu'il était toujours surpris d'être encore surpris par la façon dont tourne le monde et en même temps séduit, d'une certaine façon.

– Merde, alors ! Je l'aime bien, finalement… C'est elle qui te l'a dit ?

Rachel acquiesça.

– Pourquoi ?

– Pour nous inciter à ne pas l'abandonner.

– Je serais presque tenté de le faire, admit-il. Mais je ne laisserai pas mourir la gosse de Caleb. Pas pour soixante-dix petits millions.

Il souleva le rabat qui recouvrait la roue de secours du Range Rover et en retira un fusil court, avec une poignée de pistolet.

– Il te faut combien d'armes ? demanda-t-elle.

Tout en insérant des balles dans le chargeur, Brian jeta un coup d'œil en direction de la maison.

– Tu m'as déjà vu tirer, pas vrai ? Je suis nul. Un fusil devrait me permettre d'augmenter mes chances.

Même s'il prétendait ne pas vouloir sacrifier la fille de Caleb, songea Rachel, il pouvait très bien décider de la tuer, elle, avec cette arme hideuse. Ce ne serait peut-être pas la solution la plus rationnelle mais, après tout, ils avaient dépassé depuis longtemps le stade de la raison…

Ce n'était cependant pas sa préoccupation première, apparemment, aussi alla-t-elle ouvrir la portière du pick-up côté conducteur. Le tapis de sol était crotté. Elle tendit le cou par-dessus le siège et vit le tapis côté passager dans le même état. Impossible de savoir où les avaient menés leurs recherches, mais manifestement leurs poursuivants avaient pataugé dans la boue… Elle ouvrit ensuite la portière arrière, pour constater que les tapis de sol étaient immaculés.

Elle les montra à Brian.

– Ils ne sont que deux.

– Sauf s'il y a une autre bagnole garée ailleurs.

Rachel se mordilla la lèvre. Elle n'avait pas envisagé cette hypothèse.

– Je croyais que t'étais le roi de la pensée positive…

– On va dire que c'est mon jour de congé.

– Mais…, commença-t-elle, avant de s'interrompre, incapable de terminer sa phrase.

Sa main retomba le long de son flanc. Elle avait envie de vomir et l'avoua à Brian.

– Où sont les scientologues quand on en a besoin ? ironisa-t-il.

Il pointa son fusil vers le fond du bâtiment, au-delà des tas de terre, d'ordures et de morceaux de murs arrachés par les voleurs en quête de cuivre.

– Il y a un escalier derrière, expliqua-t-il. Descends, et tu trouveras un tunnel.

– Quoi ?

– Avec Caleb, on l'a creusé ces derniers mois. Quand tu croyais que j'étais en déplacement à l'étranger.

– Ravie de l'apprendre, vraiment.

– On pensait que si on avait le temps de voir débarquer l'ennemi, on pourrait toujours filer par là. Donc, tu vas descendre…

– Moi ?

– OK, on va descendre, ramper jusqu'à la baraque et…

– Pourquoi ramper ? C'est si étroit que ça ?

– Et même plus ! Si je bouffais une pizza maintenant, je me retrouverais probablement coincé.

– Je refuse d'y aller.

– Tu préfères mourir ?

Il agita le fusil comme si c'était une extension de son bras.

– Je préfère mourir en surface que sous terre, oui.

– T'as une meilleure idée, peut-être ? riposta-t-il d'un ton cassant

– Tu ne m'as même pas exposé la tienne, je te signale ! Tout ce que j'ai entendu, c'est le mot

« tunnel ». Et pointe ce satané truc vers le sol, s'il te plaît.

Il considéra le fusil, haussa les épaules en signe d'excuse et baissa le canon.

– Voilà mon plan : on suit ce tunnel, on arrive par la chambre du fond au rez-de-chaussée et on entre dans la maison pendant qu'ils nous guettent depuis les fenêtres.

– Et qu'est-ce qui les empêchera de nous tirer dessus ?

– L'effet de surprise nous donnera l'avantage.

– Tu rigoles ?

– Non.

– Ce sont des pros, Brian. Un gentil, même armé, ne peut pas l'emporter sur un méchant armé lui aussi et habitué à la violence.

– Bien. À toi.

– Quoi ?

– À ton tour. Vas-y, donne-moi une meilleure idée.

Elle s'accorda quelques instants pour faire le point. Ce n'était cependant pas facile d'essayer de réfléchir avec la peur au ventre, alors qu'une seule pensée lui occupait l'esprit : fuir. Elle s'y efforça néanmoins.

Quand elle lui eut livré le fruit de ses cogitations, il se mordilla la lèvre inférieure, l'intérieur de la joue, puis la lèvre supérieure.

– Pas mal.

– Tu crois ?

Il sonda son regard comme pour tenter de déterminer s'il pouvait se montrer honnête avec elle.

– Non, admit-il pour finir. Mais c'est mieux que mon plan.

– En attendant, ça pose un gros problème, dit-elle en s'approchant de lui.

– Lequel ?

– Si tu ne joues pas ton rôle, ils m'abattront dans la minute.

– Peut-être même avant.

Elle recula d'un pas et lui fit un doigt.

– Alors, comment je peux être sûre que tu ne me lâcheras pas ?

Il sortit ses cigarettes de la poche de sa veste et lui en proposa une. Elle déclina d'un geste. Il en glissa une entre ses lèvres, l'alluma et rangea le paquet dans sa poche.

– À tout à l'heure, Rachel.

Sur un ultime haussement d'épaules, il sortit du bâtiment et s'éloigna en direction de la maison du veilleur de nuit. À aucun moment il ne se retourna.

35

Photo de famille

Au volant du Range Rover, elle suivit la voie ferrée qui passait entre l'usine et la rivière, puis s'en écarta après le dernier bâtiment de brique rouge et se fraya un chemin parmi les gravats, les parpaings et les rochers, en espérant que rien de ce qui heurtait le dessous du véhicule n'était suffisamment dur ou pointu pour percer le réservoir d'essence. Elle continua ainsi, secouée par les cahots, jusqu'à la petite route que Brian lui avait décrite et qui grimpait à l'arrière de la colline menant à la maison du veilleur de nuit.

À l'approche du sommet, elle accéléra pour franchir la crête, et le Range Rover pencha tant vers la gauche qu'elle craignit de se renverser. Luttant contre son instinct, elle écrasa l'accélérateur, et le véhicule se stabilisa avant de surgir en trombe dans la clairière derrière la maison.

Ned et Lars émergèrent tous les deux sous la véranda. Arme au poing. Ned inclina la tête en la découvrant, l'air surpris mais aussi triomphant. Dans ses petits yeux se reflétait une expression qu'elle reconnut sans peine pour l'avoir vue souvent dans le regard des autres, et qui ne manquait jamais de la mettre hors d'elle, tout en lui donnant le sentiment d'être minuscule.

Quelle conne !

Elle arrêta le Range Rover et en sortit, mais se plaça de façon à l'utiliser comme rempart entre elle et la véranda.

– N'essayez pas de fuir, dit Ned. Sinon, il faudra qu'on vous pourchasse. Au bout du compte, l'histoire se terminera de la même façon, sauf qu'on sera tous de mauvaise humeur.

Il tenait le Glock avec lequel il avait tué Caleb, déjà muni du silencieux. La bande-son accompagnant sa mort, pensa-t-elle, serait sans doute un *pop* assourdi. Mais dans la mesure où Lars avait calé sur son bras une grosse carabine de chasse, le genre d'arme qu'elle imaginait capable de tuer un ours, ce serait peut-être un *bang* sonore qui marquerait sa fin.

Les deux hommes descendirent en même temps de la véranda.

Rachel brandit son pistolet vers eux par-dessus le capot.

– Restez où vous êtes.

Ned leva les mains et tourna la tête vers son comparse.

– Je crois qu'elle nous tient.

Brian était-il à l'abri quelque part, en train de regarder la scène en souriant ?

Lars continua d'avancer vers le Range Rover, mais en diagonale. Ned l'imita, dans la direction opposée. Ainsi, chaque pas qu'ils faisaient la rapprochait d'elle tout en les éloignant l'un de l'autre.

– Arrêtez !

Lars marcha encore un peu avant de s'exécuter.

Et si Brian avait conservé un passeport de secours ? Il la regarderait mourir et s'accaparerait tout le butin.

– On joue à quoi ? lança Ned. Un, deux, trois, soleil ?

Il fit deux pas vers elle.

Brian ! cria-t-elle dans sa tête. *Brian, au secours !*

Elle tendit son bras armé au-dessus du capot.

– J'ai dit : « Arrêtez ! »

– Mais vous n'avez pas dit : « Soleil ».

Il fit encore un pas.

– Stop !

Sa voix se répercuta sur les murs de la maison et le versant de la colline.

Celle de Ned demeura neutre et mesurée quand il reprit la parole :

– Écoutez, Rachel, je suis sûr que vous avez déjà vu des films où des petites filles avec des flingues tiennent en respect des gros méchants avec des flingues. Le problème, c'est que ça ne se passe pas comme ça dans la vraie vie. Vous nous avez laissés quitter cette véranda. Ensuite, vous nous avez laissés nous placer à bonne distance l'un de l'autre. Autrement dit, dans cette vraie vie où nous sommes maintenant, vous n'aurez pas le temps de nous éliminer tous les deux. L'un de nous vous descendra avant. Ce sera peut-être moi, ou peut-être lui, mais vous ne vous en sortirez pas.

Brian ! T'es où, bon sang ? Est-ce que tu m'as abandonnée ?

Sa main tremblait si fort qu'elle dut poser son coude sur le capot pour en garder le contrôle. Elle visa Ned, sachant que du même coup elle se retrouvait dans l'incapacité de surveiller Lars.

Haussant les sourcils, Ned gratifia d'un regard appuyé son bras agité de tressaillements.

– Vous voyez ce que je veux dire ?

Oh, merde, merde, merde... Est-ce que tu m'as trahie ?

Du coin de l'œil, elle vit Lars faire encore deux pas.

– S'il vous plaît, dit-elle. Ne bougez plus.

Ned sourit. Échec et mat.

À l'étage, le bébé se mit soudain à pleurer.

Lars leva les yeux, Ned garda les siens rivés sur Rachel.

Brian apparut sous la véranda, leva son fusil et pressa la détente.

La balle pénétra dans le dos de Lars et ressortit alors qu'il tenait toujours la carabine. Des fragments de plomb et des petits bouts de Lars furent projetés sur les portières du Range Rover, la carabine s'envola et atterrit sur le capot. Lars tomba à genoux, et au même moment Rachel tira sur Ned.

Elle n'avait pas eu conscience de presser la détente, mais elle avait dû le faire quand même, parce qu'il cria comme s'il engueulait l'arbitre pour n'avoir pas vu une faute pendant un match – un « Ahhhh ! » incrédule et dégoûté –, recula et s'effondra sur les marches de la véranda. Il n'avait plus son Glock, constata-t-elle.

Son pistolet toujours braqué sur lui, elle contourna le 4 × 4. Ned la regarda approcher, avant de jeter un coup d'œil à Brian, qui le menaçait de son fusil. Son bras tremblait, remarqua Rachel qui, à sa grande surprise, s'aperçut que ses propres tremblements avaient cessé.

Lars tomba face contre terre avec un bruit sourd.

Rachel ramassa le Glock de Ned, décida de le garder et glissa son pistolet derrière la ceinture de son jean. Puis Brian et elle se campèrent devant le blessé en se demandant ce qu'ils allaient faire de lui.

Elle l'avait touché à l'épaule. Son bras gauche pendait, inerte, comme s'il n'y avait plus rien pour le retenir, aussi supposa-t-elle que la balle lui avait fracassé la clavicule.

Il la regardait toujours, en aspirant de courtes bouffées d'air. Il paraissait abandonné et perdu – un représentant de commerce à la fin d'une mauvaise semaine. Le sang s'étalait sur sa chemise blanc cassé et trempait le côté gauche de sa veste – un modèle à carreaux, doublé, semblable à celui que beaucoup d'ouvriers portaient sur les chantiers.

– Où est votre téléphone ? demanda Brian.

Ned grimaça de douleur en approchant la main de la poche droite de son pantalon en velours. Il lui tendit un téléphone à clapet.

Brian l'ouvrit, afficha le journal des appels puis les textos.

– Quand êtes-vous arrivés ?

– Vers neuf heures, répondit Ned.

Brian lut l'un des messages.

– Vous avez écrit : « On a eu C. » Ça veut dire quoi ?

– La femme de Perloff était l'objectif C, vous êtes le A, expliqua Ned.

D'un mouvement de tête empreint de lassitude, il indiqua Rachel.

– Elle, c'est le B.

Les pleurs du bébé s'élevèrent de nouveau, atténués par la vitre et la distance.

– Où est Haya ? s'enquit Rachel.

– Ligotée à l'étage, dans la chambre de sa fille. La gosse est dans son berceau, elle est trop jeune pour en sortir toute seule. Elles n'iront nulle part.

Après avoir examiné une nouvelle fois le journal des appels et les textos, Brian observa :

– Plus d'appels ni de messages après neuf heures et demie. Pourquoi ?

– Rien à signaler. On vous attendait, Brian. Sans trop y croire, d'ailleurs.

– Comment vous appelez-vous ? intervint Rachel.

– Qu'est-ce que ça change ?

Elle n'insista pas. Elle n'avait pas de réponse à lui fournir.

– Comment nous avez-vous retrouvés ? questionna Brian.

Ned cilla à plusieurs reprises et gémit en essayant de changer de position sur les marches.

– En fouillant les dossiers bidon sur l'ordinateur portable de votre associé. La société qui a acheté cette maison est la même que celle qui a loué les sondes d'exploration minière à Djakarta il y a deux ans.

– Est-ce qu'on nous cherche ailleurs ?

– Désolé, dit Ned. Même si je vous pouvais vous aider – et je serais prêt à balancer tout ce que je sais pour un peu d'eau –, je ne suis au courant que de ce qui concerne ma mission et mon service. J'ignore tout du reste.

Rachel alla chercher une bouteille d'eau dans le Range Rover et voulut la donner au blessé, mais dans l'intervalle il avait sorti son portefeuille et bataillait pour en extraire une photo. Quand il laissa tomber le portefeuille à côté de lui, elle hésita. Si elle voulait vraiment savoir, il lui suffirait de le ramasser et de regarder son permis de conduire pour connaître son nom. Elle n'y toucha cependant pas.

Il lui tendit la photo avant de prendre la bouteille.

L'image montrait une fillette blonde – onze ou douze ans, menton large, grands yeux et sourire hésitant –, qui avait passé un bras autour des épaules d'un garçon brun un peu plus jeune, dont les lèvres fines et le nez épaté rappelaient ceux de Ned. Son sourire était plus large et plus assuré que celui de sa sœur.

– Mes gosses, dit Ned.

Brian y jeta un coup d'œil.

– Rangez ça, ordonna-t-il.

Sans quitter Rachel du regard, Ned poursuivit comme s'il n'avait rien entendu :

– Caylee, ma gamine, est rudement débrouille. Elle a lancé le programme Big Buddies dans son école. C'est…

– Arrêtez, l'interrompit Rachel. Taisez-vous.

– … quand les grands, comme elle, servent de mentors aux plus petits, en CP ou en CE1, pour qu'ils aient moins peur. C'était son idée. Elle a un cœur d'or.

– Taisez-vous, répéta Rachel.

Ned avala goulûment plusieurs gorgées d'eau.

– Et Jacob, mon gamin, il…

Brian pointa son fusil sur lui.

– Fermez votre putain de gueule !

– D'accord, d'accord ! s'écria Ned.

Le croyant peut-être sur le point de tirer, il renversa de l'eau sur ses genoux.

Rachel le vit trembler en portant de nouveau la bouteille à sa bouche. Elle aurait donné cher pour que son cœur se change en pierre ou se dessèche, mais malheureusement il n'en fut rien.

Ned but encore un peu, puis se lécha les lèvres.

– Merci, Rachel.

Soudain, elle fut incapable de soutenir son regard.

– Je m'appelle…, commença-t-il.

– Ne faites pas ça, chuchota-t-elle.

Elle releva les yeux, lui aussi, et ils se dévisagèrent suffisamment longtemps pour qu'elle distingue chez lui à la fois le petit garçon d'autrefois et l'homme odieux qu'il était devenu. Puis il baissa les paupières en signe d'acquiescement.

Brian marcha jusqu'au sommet de la pente, plia le bras et lança haut le téléphone de Ned, qui fendit l'air avant de tomber dans la rivière. Il reprit la parole sans se retourner.

– Qu'est-ce qu'on va faire de vous ?

– J'y pensais, justement, répondit Ned.

– Je m'en doute, répliqua Brian en pivotant.

– Vous n'êtes pas des tueurs.

Brian inclina la tête vers Lars.

– Votre copain, là-bas, ne serait sûrement pas du même avis.

– Il menaçait votre femme, c'était un danger immédiat. Vous avez tiré pour la protéger. Ce n'est pas la même chose que d'exécuter froidement quelqu'un. Pas du tout.

– Vous feriez quoi à notre place ? demanda Rachel.

– Oh, vous seriez déjà morts ! répondit Ned. Mais je me suis débarrassé de mon âme il y a longtemps, Rachel. Vous, vous avez encore la vôtre.

Une nouvelle fois, il changea laborieusement de position sur les marches.

– Que vous m'abattiez ou pas, le résultat sera le même : la boîte enverra une seconde équipe, si ce n'est déjà fait. Ils n'en ont rien à foutre de moi, je ne suis qu'un larbin parmi d'autres. Qu'ils me découvrent vivant ou mort, peu importe, ils continueront à vous traquer. Ils m'emmèneront peut-être chez un toubib, ou peut-être pas, mais vous, ils ne vous lâcheront pas. Ce que j'essaie de vous dire, c'est que votre décision en ce qui me concerne ne changera rien à votre sort. Sauf que, si vous me tuez de sang-froid, vous devrez l'assumer chaque matin devant la glace.

Tandis que Brian et Rachel réfléchissaient à ses propos, il se redressa lentement, en s'appuyant contre le montant à droite de la balustrade cassée.

– Hé ! l'avertit Brian.

– Si je dois mourir, autant que ce soit debout.

Brian et Rachel échangèrent un regard éperdu. Ned avait raison : il ne leur avait pas été difficile de tirer sur eux la première fois, parce qu'ils n'avaient pas eu le temps d'y penser. Alors que là…

À l'étage, la fillette hurla. Elle poussait des cris plus aigus, à présent, plus frénétiques.

Rachel n'avait pas l'habitude des bébés. Elle n'avait jamais eu à s'en occuper. Et la perspective d'être coincée dans la chambre du haut avec la petite si les choses tournaient mal en bas lui paraissait encore plus terrifiante que de monter la garde.

– Va voir, je reste avec lui, déclara-t-elle.

Brian hocha la tête.

– Au moindre geste, tu le butes.

Facile à dire !

– Et comment ! répliqua-t-elle néanmoins.

Il monta les marches et plaça le canon de son fusil sous le menton de Ned.

– Pas de conneries, surtout.

Ned ne dit rien. Il contemplait un point à proximité des bâtiments en ruine.

Brian entra dans la maison.

À peine avait-il disparu que Rachel se sentit brusquement en position de faiblesse.

Près du poteau, Ned tanguait sur place. Il lâcha la bouteille d'eau et parut sur le point de s'effondrer, mais il parvint à se rétablir de justesse.

– Vous perdez trop de sang, observa Rachel.

– Exact. Je peux vous redemander de l'eau ?

Elle allait ramasser la bouteille quand elle se ravisa. Du coin de l'œil, elle le surprit en train de l'observer, et durant une fraction de seconde il lui parut beaucoup moins vulnérable. Il avait l'air farouche et prêt à bondir.

– L'eau, insista-t-il.

– Récupérez-la vous-même.

Il se baissa en poussant un grognement, tendit la main et effleura la contremarche au-dessus de la bouteille.

Une fenêtre s'ouvrit au-dessus d'eux, et plusieurs choses se produisirent dans un intervalle de deux ou trois secondes :

– Ils ont tué Haya ! s'écria Brian.

Ned s'élança et percuta de sa tête la poitrine de Rachel en même temps qu'il essayait de lui prendre son Glock.

Rachel dégagea sa main armée.

Ned lui expédia son épaule valide dans le menton.

– Tue-le ! hurla Brian.

Rachel pressa la détente et tomba par terre.

Ned s'écarta d'elle. Quand elle l'entendit gémir, elle tira de nouveau. La première fois, elle ne l'avait pas vraiment pris pour cible, c'était juste un réflexe de défense. La deuxième, elle roula sur elle-même et visa les jambes de Ned qui s'éloignait d'elle. Elle fit feu pour la troisième fois à genoux, en direction des fesses de Ned, au moment où celui-ci atteignait le sommet de la pente.

Il plongea et disparut de sa vue, et elle se demanda s'il avait réellement poussé un cri, une sorte de glapissement, lorsqu'elle avait tiré ce troisième coup de feu, ou si elle l'avait imaginé.

Elle se remit debout, courut vers le versant et découvrit Ned agenouillé en bas. Sans hésiter, elle se précipita à sa suite, zigzaguant entre les broussailles, les hautes herbes, les bouteilles vides et les vieux emballages de hamburgers, le pistolet levé à hauteur de sa joue droite.

Entre-temps, Ned s'était relevé et titubait en direction du premier bâtiment de brique. Quand Rachel arriva au pied de la colline, il se traînait vers une vieille chaise de bureau toute rouillée, une main plaquée sur son ventre. Quelqu'un avait entaillé le revêtement du siège, qui crachait une mousse brune. Ned s'y assit et la regarda approcher.

Le téléphone de Rachel vibra. Elle le sortit et le plaqua contre son oreille.

– T'as rien ? demanda Brian.

– Non.

Elle jeta un coup d'œil derrière elle. Il se tenait sous la véranda, le bébé sur son épaule, le fusil dans son autre main.

– T'as besoin de moi ?

– Non. Je maîtrise.

– Ils lui ont tiré une balle en pleine tête, Rachel, dit-il d'une voix étranglée. Dans la chambre, devant le bébé.

– Écoute-moi, Brian. Ça va aller, d'accord ? Je n'en ai pas pour longtemps.

– Dépêche-toi.

– Pourquoi avez-vous tué Haya ? demanda-t-elle à Ned quand elle le rejoignit.

Il appuya sa paume sur son flanc. L'une des balles, elle n'aurait su dire laquelle, avait pénétré quelque part dans son dos avant de ressortir par la hanche gauche.

– Ça fait partie des avantages en nature, répondit-il.

Un son qui ressemblait à un rire s'échappa de la bouche de Rachel.

– Pardon ?

– Le taux horaire est minable, dans ce métier. Alors il nous faut bien un petit bonus de temps en temps…

Sa tête tomba peu à peu sur sa poitrine tandis qu'il considérait la carcasse de l'usine.

– Mon vieux bossait dans un endroit comme ça à Lowell.

– Cotter-McCann pourrait facilement construire des immeubles sur ce site, ou un centre commercial. Un casino, même, pourquoi pas ? Il ne leur faudrait pas un an pour récupérer leurs soixante-dix millions.

– Le sol est probablement empoisonné.

– Et alors ? répliqua Rachel en espérant que, si elle prolongeait la conversation, il finirait par mourir devant elle, vidé de son sang. Ils n'auront qu'à reprendre leurs billes et lever le camp avant que les gens commencent à tomber malades.

Il parut réfléchir quelques instants, puis esquissa un hochement de tête.

– Haya ne savait rien, dit Rachel. Elle parlait à peine anglais.

– Les flics ont des traducteurs. Et je peux vous assurer que son anglais s'est beaucoup amélioré durant les dernières minutes.

Son teint virait au gris, mais la main qu'il pressait sur sa blessure semblait toujours ferme et forte. Il leva vers elle ses yeux de chien battu.

– Ce n'est pas moi qui fixe les règles, Rachel. Je ne contrôle rien. Je me contente de faire mon travail pour nourrir ma famille, et certains soirs, comme tous les parents, j'espère que mes gosses connaîtront une vie meilleure. Qu'ils auront plus d'options que je n'en ai eu.

Il tourna de nouveau la tête vers l'usine, et elle suivit la direction de son regard.

– Vous pensez qu'ils auront une chance de s'en sortir mieux que vous ?

– Non.

Il considéra le sang qui trempait sa cuisse, et sa voix se brisa quand il déclara :

– Je crois que ces moments-là sont terminés.

– C'est drôle, moi, j'en arrive à me demander s'ils ont jamais existé.

Ned entendit quelque chose dans sa voix qui l'amena à redresser la tête. Son dernier mot fut : « Attendez… »

Elle visa son torse, à un mètre vingt de distance, mais son bras tremblait si fort quand elle tira que la balle atteignit Ned au cou. Il se raidit contre le dossier de la chaise, haletant comme un chien assoiffé, clignant des yeux vers le ciel. Ses lèvres remuaient mais il n'émettait aucun son. Le sang s'accumula dans le creux de sa gorge et dégoulina vers le siège.

Il cessa de cligner des yeux. Ses lèvres se figèrent.

Rachel remonta au sommet de la colline.

Brian tenait toujours Annabelle contre son épaule. La petite avait les yeux fermés et la bouche entrouverte. Elle dormait.

– Tu veux des enfants ? lui demanda-t-elle.

– Quoi ?

– Ce n'est pas très compliqué, comme question.

– Oui, répondit-il. J'en veux.

– En plus de celle-là ? Parce que c'est notre fille, maintenant.

– Notre fille ?

– Oui.

– Je n'ai pas de passeport.

– Non, c'est vrai, mais tu as notre enfant. Tu en veux d'autres ?

– Si j'en réchappe, tu veux dire ?

– Si tu en réchappes, concéda-t-elle.

– Oui, répéta-t-il.

– Avec moi ?

– Avec qui d'autre ?

– Dis-le.

– Je veux avoir des enfants avec toi, et avec personne d'autre.

– Pourquoi personne d'autre ?

– Parce que je n'aime que toi, Rachel. Je n'ai jamais aimé que toi.

– Oh.

– J'en veux plusieurs, à propos. Des gosses.

– Plusieurs ? C'est toi qui vas les mettre au monde, peut-être ?

– Et voilà, ça commence, dit-il à la fillette endormie sur son épaule. Sortez les violons ! Non, mais tu te rends compte ?

Rachel se tourna vers la maison.

– Je vais dire au revoir à Haya.

– Tu n'es pas obligée d'y aller.

– Si. Je veux lui rendre hommage.

– Ils lui ont explosé la tête, Rachel.

Elle grimaça. Haya avait poursuivi avec une telle détermination son rêve de devenir une personne différente de celle imposée par le destin que Rachel, ayant rencontré la « vraie » Haya quelques heures plus tôt seulement, n'avait aucune envie de voir son visage transformé en bouillie et son corps gisant dans une mare de sang noir. Mais si elle ne la regardait pas une dernière fois, cette femme rejoindrait la cohorte de tous ceux qui avaient disparu de son univers sans laisser de traces, et bientôt il deviendrait facile d'oublier qu'elle avait réellement existé.

S'il est en ton pouvoir de le faire, faillit-elle dire à Brian, *tu dois présenter tes respects aux morts. Tu le dois, c'est tout. Il faut pénétrer dans le champ d'énergie de ce qu'il reste de leur esprit, de leur âme ou de leur essence, et la laisser circuler en toi. Et peut-être qu'au cours de ce passage, un soupçon de leur énergie restera dans ton corps, se greffera à tes cellules. C'est dans cette communion que les morts continuent à vivre. Ou essaient, du moins.*

Elle se borna cependant à déclarer :

– Ce n'est pas parce que c'est horrible que je vais me défiler.

Cette remarque ne parut pas lui plaire, mais il se contenta de dire :

– Après, il faudra qu'on parte.

– Comment ?

– J'ai un bateau amarré un peu plus bas, répondit-il en montrant la rivière.

– Ah bon ?

– Un gros. Il nous permettra de rejoindre Halifax. Dans deux jours, vous aurez quitté le pays.

– Et toi, qu'est-ce que tu vas faire ?

– Me planquer au vu de tous, répondit-il en posant une main sur la tête du bébé, avant de lui embrasser l'oreille. Tu as peut-être remarqué que j'étais doué pour ça…

– Peut-être trop.

Il inclina tristement la tête sans un mot.

– Et si on prend du retard ? demanda-t-elle. Si l'un de nous se blesse, se casse la cheville ou je ne sais quoi ?

– J'ai un plan B.

– Combien t'en as ?

Il réfléchit.

– Pas mal, à vrai dire.

– Et pour moi ?

– Mmmm ?

– T'as un plan de secours pour moi ?

La fillette toujours calée sur son épaule, Brian lâcha son fusil, tendit la main vers elle et fit glisser une mèche de ses cheveux entre son pouce et son index.

– Non. Pas pour toi.

Au bout d'un moment, elle regarda la maison derrière lui.

– J'y vais.

– D'accord, je t'attends.

Elle s'avança vers la porte. À l'intérieur, comme tous les stores étaient baissés sauf un, il faisait sombre et frais. Elle s'immobilisa au pied de l'escalier, se représenta le corps d'Haya et sentit sa résolution vaciller. Faillit rebrousser chemin. Mais elle repensa à la femme qu'elle avait vue dans la chambre ce matin-là, celle qui lui avait révélé sa véritable identité à travers des yeux d'un noir aussi profond que la première ou la dernière des nuits, et s'émerveilla devant tant de volonté, d'obstination. Il en fallait, des couilles, pour opérer une métamorphose si totale que la bataille entre la personnalité captive et celle de son ravisseur était perdue d'avance… ! Chacune était appelée à combattre l'autre dans une guerre sans fin, d'où aucune ne pourrait jamais sortir victorieuse et redevenir elle-même.

C'était aussi ce qui s'était passé pour Brian Alden, comprit-elle, depuis le moment où il avait enfilé le manteau subtilisé à Brian Delacroix. Et pour Elizabeth Childs, Jeremy James et Lee Grayson. Ils avaient tous montré une facette d'eux à certaines périodes de leur vie, puis d'autres au fil du temps, dont quelques-unes l'avaient croisée, avaient modifié son existence ou lui avaient donné la vie. Mais ensuite ils avaient évolué vers de nouvelles versions d'eux-mêmes. Voire, de nouvelles personnes. Puis Elizabeth et Lee étaient allés encore plus loin, dans cet ailleurs où se trouvait maintenant Haya. Une transformation de plus.

Et moi ? se demanda Rachel. *Qui suis-je, sinon un être en transit permanent ? Toujours en mouvement. Capable de s'adapter au voyage, mais pas de se fixer.*

Elle gravit les marches, consciente de la présence du passeport de Brian coincé derrière le sien dans la poche avant de son jean. Il lui semblait que la pénombre s'obscurcissait autour d'elle.

Je ne sais pas comment tout ça finira, dit-elle aux ténèbres. *Je ne sais même pas quelle est ma véritable place dans le cours des choses.*

Pour toute réponse, les ténèbres devinrent plus noires encore à mesure qu'elle poursuivait son ascension.

Mais il y aurait sans doute de la lumière à l'étage, et il y en aurait forcément quand elle ressortirait.

Et si, par quelque bizarrerie dont le destin avait le secret, il n'y en avait pas – si elle devait découvrir que tout ce qu'il subsistait du monde, c'était la nuit et aucun moyen d'y échapper…

Alors elle s'en ferait une amie.

Remerciements

Merci à…

Dan Halpern et Zachary Wagman pour leurs corrections et leur patience.

Ann Rittenberg et Amy Schiffman pour leurs précieux conseils (et leur patience).

Mes premiers lecteurs – Alix Douglas, Michael Koryta, Angie Lehane, Gerry Lehane et David Robichaud –, qui ont su combler mes lacunes dans le domaine de l'information télévisée.

Et chapeau à Mackenzie Marotta, pour avoir réussi à jongler avec tout et à assurer la logistique.

pca
cmb
édition pré-presse
livres numériques

44400 Rezé

Achevé d'imprimer en septembre 2018
sur les presses de Normandie Roto Impression s.a.s.
61250 Lonrai (Orne)
pour le compte des Éditions Payot & Rivages
18, rue Séguier - 75006 Paris
N° d'imprimeur : 1803540
Dépôt légal : septembre 2018

Imprimé en France